鏡の国

岡崎琢磨

PHP研究所

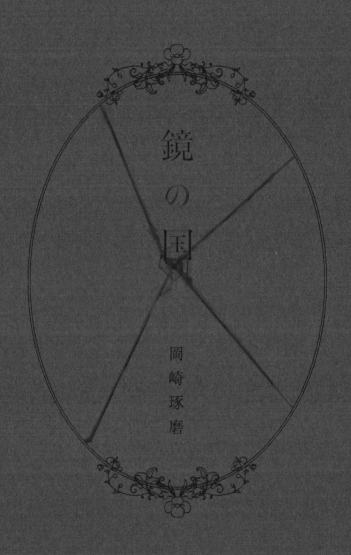

鏡の国

目次

装画／orie

装丁／岡本歌織（next door design）

西暦二〇六三年八月　神奈川県鎌倉市

私は叔母《おば》を嫌いになった。結局のところ、正しいのは私ではなく母だったということだ。

「……室見響子《むろみきょうこ》先生の遺作『鏡の国』のお原稿、おかげさまで社内でも大変好評でして、初版部数も大きく上乗せすることができそうです」

座卓をはさんだ真向かいに正座して、松下出版の編集者、勅使河原篤《てしがわらあつし》は広くなった額から止めどなく噴《ふ》き出る汗を拭《ふ》いている。

天気予報が連日異常気象を告げるこの八月上旬の猛暑のさなかに、襟つきのシャツとスラックスを着て――それも、常に適温を保つ温冷ウェアでもなければポータブルのクーラーも持たずに――鎌倉の坂の上にあるこの邸宅まで、最寄り駅から歩いてきたというのだから無理もない。まして彼は不惑《ふわく》を過ぎ、全身がふっくらしてきたところなのだ。まあ、体型など薬でいくらでも調節できるこの時代に、あえてありのままを受け入れ、それでいて運動のために徒歩を選ぶあたりに、私は同じ令和《れいわ》生まれとして親近感を抱きもするが。

もっとも、たとえ彼がだらだらと続く上り坂を歩く途中、こんな不便な場所に家を建てた小説家のもの好きを呪《のろ》ったとしても、私が負い目を感じるいわれはない。本日の会合がここでおこなわれることになったのは、私ではなく勅使河原の指定だった。

「ほら、たーくん。じっとして」

和室の中を力いっぱい駆け回っていた息子の大志《たいし》を、私は力ずくでひざの上に座らせる。二歳を迎えたころからエネルギーを持て余すようになったこの小さな猛獣の相手をするうちに、私はずいぶん白髪が増えた。畳がめずらしいからだろうか、今日もこの家に着いておよそ二時間、猛獣は休むことなく暴れ続けている。

「こちらがゲラの第三校と、装丁の見本刷りです」

勅使河原が座卓の上に、大きな封筒を二つ並べる。

音楽ＣＤやコミックスのあとを追うように、世に出される小説の大半が電子で読まれるようになった結果、紙の本がコレクターズアイテムになって久しい。若手の小説家の中には、いつか紙の本を出すことを目標にしている人も多いと聞く。それでも室見響子は古い作家なので、紙の本にも一定の需要があり、ゲラ――校正などにかけるための印刷見本――はこうして紙でやりとりしているのだった。

先に、装丁のほうに手を伸ばした。

単行本の表紙の右側に、楕円形《だえんけい》のクラシカルな鏡が描かれ、その中に一人の女性の顔が大きく映し出されている。『鏡の国』というタイトルと著者名は、鏡の左側に威風堂々《いふうどうどう》と記されていた。

特徴的なのは、その鏡がバツ印を描くように、四つにひび割れていることだ。これは、著者である室見響子直々《じきじき》の指示だった。デザインのメモが、原稿に付記してあったのだ。四分割という数まで明記され、作中に登場する四人の主要人物を象徴《しようちよう》しているように、私には思われた。

勅使河原によると、室見響子は装丁にあまり口出しするタイプの小説家ではなかったそうだ。

自分は小説のプロであって本作りのプロではないから、と。そんな著者が大事な遺作に添えた希望を尊重し、デザインは室見響子の指示を忠実に再現してある。

私がその出来栄えに感心していると、勅使河原が言う。

「桜庭《さくらば》さんにはここまでひとかたならぬご尽力を賜《たまわ》り、何とお礼を申し上げていいか」

「いえ……私は別に、何も」

「和製クリスティの名をほしいままにした稀代《きだい》のミステリ作家、室見響子。その遺作が、先生が若かりしころの実体験をもとに執筆された小説だったというのですから、これが話題になることは約束されたようなものです。そんな貴重な原稿をわが社におあずけくださり、本当にありがとうございます」

私が差し出した冷たいルイボスティー入りのグラスを脇によけ、勅使河原は深々と頭を下げる。半年ほど前から幾度となく繰り返されてきたこのやりとりに、私は飽き飽きしていた。

「勅使河原さんについては、あの人を褒《ほ》めない叔母が生前、何度も口にしておりましたから。あれは見込みのある編集者だ、と」

「もったいないお言葉です」

「私は苦々《にがにが》しく思ってましたけど。もうベテランの域の編集者さんを捕まえて、見込みがある、だなんて、この人は小説家なのに言葉の使い方を知らないのかって」

「若手のころから担当させていただいておりましたので。二回りも歳上の先生にしてみれば、私なんていつまで経っても青二才にしか見えなかったでしょう」

勅使河原が叔母の担当になったのは二十年近く前だと聞いている。彼に部署異動の辞令が下った折、叔母は担当が替わるならもう御社では書かないとごね、特例で続投を認めさせたという逸話《いつわ》も残っているらしい。

かような経験を積んできたにもかかわらず、私を前にした勅使河原の態度は、二十年前の青年そのままのような気がして、私には微笑《ほほえ》ましかった。

「よほど、勅使河原さんのことを気に入っていたんだと思います。ですから、松下出版さんに原稿をお渡しすることに迷いはありませんでした」

「恐れ入ります。先生は……」

込み上げるものがあったのか、勅使河原は言葉を詰まらせる。障子《しょうじ》の外で、アブラゼミがけたたましく鳴いている。そう言えば庭木の剪定《せんてい》業者の手配を忘れているな、と思った。


――室見響子は、私の母の妹だ。

二十代後半で有名なミステリ新人賞を受賞して小説家デビューし、私の物心がつくころには、ベストセラー作家として名を馳《は》せていた。緻密《ちみつ》な構成。クセがなく読みやすい文体。フェミニズムやルッキズムや精神医療など、その時代を反映したテーマの数々。そして、真意を知ると目を開かれるような感覚を味わえる、巧妙なタイトル。室見作品の備えるそれらの特長は、文壇から高い評価を得てきた――だが、叔母が単なる売れっ子を超えて時の人にまで祭り上げられた理由は、必ずしもその筆力だけではなかったようだ。

地元を流れる川の名前に、本名の古賀《こが》響子の下の名前をくっつけただけ、という安直《あんちょく》なペンネームとは裏腹に、室見響子はその作家人生において、公式には生年月日以外のプロフィールを完全に伏せ、顔写真も一切表に出さない、いわゆる覆面《ふくめん》作家の姿勢を貫いた。その、作品に負けず謎めいた正体について、噂が噂を呼んだ結果、あるメディアが叔母の顔写真を一枚掲載し、叔母は激怒してそのメディアと絶縁するという騒動が起きる。その写真の叔母が美しかったことから、現代では考えられないが、一部では《美貌《びぼう》の作家》ともてはやされた時代もあったらしい。

確かに姪《めい》の私から見ても、叔母はきれいな人だった。そしてその美しさは春の陽気ではなく、ましてや夏の灼熱《しやくねつ》でもなく、冬の厳しい寒さを思わせた。ほっそりと尖《とが》った顎《あご》のライン、五十を過ぎてもしみやたるみの一つもなかった頰、獲物を狙う獣《けもの》のような鋭《するど》い目、すっきり通った鼻梁《りよう》。理知的で、気が強く、迷いがないことがその顔立ちからは伝わってきた。事実、彼女の仕事ぶりは苛烈《かれつ》で、精神的ストレスを理由に担当を外《はず》れた編集者もいたと聞く。

そんな叔母と、年子の母は折り合いが悪かった。法事などで顔を合わせるたびに皮肉の応酬《おうしゆう》で、その日の夜は必ずと言っていいほど母から愚痴《ぐち》を聞かされた。彼女によればまだ六歳のころ、自分が買ってもらったリカちゃん人形の髪を、叔母が勝手に切ってしまって以来、一度も仲直りをしないままだったそうだ。

実の娘として、母がすぐれて人格者だったとは思わない。虫の居所が悪いときに当たられたこともあったし、パートの同僚の陰口を叩《たた》いていたことも知っている。

けれど、それでも母は、どこにでもいる《善良な》人だった。コモンセンスを持ち、たまの日帰り登山が何よりの楽しみで、日々に不満はなきにしもあらずだけれども、家庭を大事にしながら一日一日を大切に生きていた。叔母のように特別な才能や有り余る財産に恵まれずとも、母のような人生を送れたらそれだけで御《おん》の字だ、と私は思う。

ところがそんな母にとっては、自分とは正反対の人生を選んだかに見える叔母が鼻持ちならなかったようだ。努力と才能でわが道を切り拓き、生涯独身を貫いた叔母の人生の選択を、そんなことはなかったに決まっているのに、母は自身への当てつけと思い込んでいた節《ふし》すらあった。叔母は叔母で、思ったことを口に出さずにはいられない性分なので、慎ましく自己満足的な生活を送る母のことをしばしば嘲笑《あざわら》っていた。これからは女性の時代だ、あなたのような人が家庭での性役割の固定化を助長するのだ、などともっともらしい理屈を添えて。

うちの家族は母の気持ちをよく知っていたので、わが家では叔母に関する話題はタブーのように扱われていた。叔母が書いた小説を読むことはおろか、原作となった映画やドラマを見ることさえ禁じられていた。いまは亡き父も、体育会系の弟も、私の知る限り母の言いつけを律義《りちぎ》に守った。

だが、少なくとも私の教育に関しては、母は失敗を犯した。

——子供とは、禁止されればされるほど、やりたくなる生き物なのだ。

退屈したのか、大志が身をよじる。正座をした私の太ももに、おむつのぽよんとした感触が伝わる。

「桜庭さんは、室見先生の作品を愛読してらしたんですよね」

勅使河原の確認に、私はうなずいた。

「幼いころから、本を読むのが好きだったので。母には読むなと言われていましたが、学校の図書室などで」

「姪であると同時にファンでもあった」

ファン。その単語を吟味《ぎんみ》してから、私は答えた。

「おもしろかったです。小説家としては優《すぐ》れた人だった、と思います」

室見響子の作品を読み終えるたび、あの長編の末尾に必ず記されていた〈了〉の字を目にするたび、私は静謐《せいひつ》な感動に満たされた。ミステリによって人の心を暴《あば》き出す技術と描写力、そして一切の妥協を感じさせないプロ意識の高さによって、どの作品も生身《なまみ》の人間の手で書かれたことに畏怖《いふ》するほどの完成度を誇っていた。

「だから、先生の著作権はすべて、桜庭さんが相続することになったんですね」

四年前に母が心臓の病気であっけなくこの世を去り、その二年後に叔母が体調を崩したとき、私たち姉弟のほかに身寄りのない彼女の世話をするのは私の役目になった。結婚して大田区に住んでいる私と違って、弟は地元広島——母ではなく、桜庭姓の父が生まれ育った街だ——にいるので、それ以外に選択肢がなかった。

といっても叔母は訪問看護などの手配を自分でさっさと済ませ、前世紀の遺物のようなこの和風建築で生涯を終える態勢を整えていたので、私は洋服や洋菓子といった細々《こまごま》としたお使いを兼ねて、月に数回のペースで顔を見せるだけでよかった。それでもおよそ二年間、この邸宅の前の坂を何度、車で上《のぼ》ったか知れない。

それまで疎遠《そえん》になっていた叔母は、歳を重ねてますます偏屈《へんくつ》になっていた。とはいえ、人生の終末に差しかかっている人にまで模範的《もはんてき》であれと期待するほど、私は狭量《きょうりょう》ではなかった。それに、叔母の書いた小説を読んできた私には敬意があった。だから小言を言われても、古びた価値観を押しつけられても聞き流した。聞き流せると思っていた。

ところが、私が叔母の好まない服やお菓子を買ってきたとき、あるいは四十手前での初産《ういざん》を機に退職して現在は無職である――ゆえに、平日でも叔母のもとへ足を運べた――ことを話したときに叔母が、

――やっぱり、あの人の娘ね。

とつぶやくのを耳にするたび、私の中に残っていた親愛の情は目減りしていった。人は、誰かについて好きか嫌いかを、線を引いてここからこっち側は好き、こっち側は嫌い、と機械的に判別しているわけではない。けれど、その好意の境界線みたいなものがあるとしたら、叔母と会う回数が積み重なるほど、私の彼女に対する思いはその線に近づき、まさに嫌いの側へと踏み越えよう、というところまで来ていた。

昨年の暮れ、六十五歳の誕生日を迎えたばかりというタイミングで叔母が亡くなり、相続の話になったとき、弟は一も二もなく言いきった。

「姉さんが全部受け取るのが筋だよ」

叔母はそれなりの額の資産のほかに、死後も収益を上げる見込みのある著作権を遺しており、私はそのすべてを相続した。だから遺稿の存在が判明するにあたり、その行く末は私の一存によるところとなったのだ。

したがって勅使河原の最前の発言は、正しいとも誤りとも言いきれない。もっとも、私にはどちらでもよかったので否定はしなかった。

「理解ある方に相続していただけて、こちらとしては助かりました。売れている作家さんの死後

の作品の扱いには、困ることもめずらしくなくて」

相続がもめているせいで刊行に至れなかったケースや、相続人が素人《しろうと》であるにもかかわらず内容に口を出してきたケースなど、勅使河原はいくつかのエピソードを立て板に水でしゃべる。興味をそそられはしたが、こんな雑談のために、彼はこの会合を要請したのではあるまい。話が区切りを迎えたところで、私は訊いた。

「それで、今日はどのようなご用件でしょうか」

私が大田区に住んでいることも、日がな一日、幼い息子の面倒を見ていることも、彼は知っている。私への連絡は基本的にオンラインで済ませ、それも夜になれば控えるといった気遣いを欠かす人ではなかった。

その彼が、叔母の邸宅まで来い、と私を呼びつけたのだ。名目はゲラや装丁の件だったが、それだけでは済まない、大事な話があることは何となくわかった。なのに、なかなか本題に入らないのはどうしてだろう。

勅使河原は数秒、静止した。こちらに向けた眼差《まなざ》しは思わずひるむほど鋭く、私は《ああ、これが編集者という生き物なのか》と妙なところで納得した。

「これまで『鏡の国』の原稿に繰り返し目を通していただき、ありがとうございました」

「いえ。育児の合間に取り組むことができ、出版されれば収入にもつながるので、むしろ大助かりでした。出版に至るまでの工程って大変なんだな、とは痛感しましたけど」

「本来であれば、第三校は修正が正しく反映されているかのチェック程度にとどめ、著者さんにはお見せしないことも多いんです。それを本日こちらにお持ちしたのは、桜庭さんに折り入ってお話があるからでして」

「お話?」

それには答えることなく、勅使河原は別の質問をこちらに投げかけた。

「以前、本作のご感想をおうかがいしたことがありましたね。あれは、いまでも変わりませんか」

原稿を読み終えた勅使河原から、「ぜひともうちで出版したい」という返事が届いたとき、私は次のような感想を彼に伝えたのだった。

——この作品を読んで、私は叔母が嫌いになりました。

「好き」と「嫌い」の境界線の、叔母はぎりぎり「好き」側にとどまったままで亡くなった。けれども『鏡の国』という作品はそんな、死してもはや何をも語れなくなった叔母を、線の向こうへと押し出してしまった。私は思った。やっぱり母は正しかった。私はこの人を、もっと早く嫌いになるべきだったのだ、と。

「何度読んでも、同じことです」

私ははっきりと答える。

「作品としてはよくできていると思います。けれど最後の最後で、叔母の人としての醜《みにく》さが露呈《ろてい》したように感じてしまいました。そんな読み方は、身内以外には許されないでしょう。しかし、私はどうしても、そこから逃れられないのです」

叔母にとって、ただ一人の姪として。彼女の晩年を間近《まぢか》で見てきた者として。

勅使河原はちょっとうつむき、独り言のように語り始めた。

「……私は室見先生を慕《した》っておりました。小説家としての力は言うに及ばず、人としても、凜《りん》とした女性だったと思います」

凛とした。日本語に関わる職業人らしい言葉選びだ。

「もちろん、私は先生とはあくまで仕事上のお付き合いです。作家と担当編集者の関係は、どこまでが仕事でどこからがプライベート、と明確に切り分けられるものばかりではありませんが、どんなに会話をし、取材をご一緒し、長い時間をともに過ごそうとも、私が先生の私的な領域に立ち入ったように感じた瞬間は数えるほどしかありませんでした。桜庭さんとは違って、先生がご親類やご友人に向けていた顔を、私はほとんど知りません」

私だって、多くは知らないのだ。母が叔母を毛嫌いしていたから——否《いな》、母が叔母を嫌うことを、私を含めた家族全員が受け入れていたから。

勅使河原のこめかみを、一筋の汗が伝う。

「ですが、それでも私は思うのです。果たして先生は、本当に桜庭さんが思うような人だっただろうか、と」

「どういうことです？」

「桜庭さんの感想は、誤解に基づくものであるかもしれません」

勅使河原は第三校の入った封筒を、私のほうへと押し出した。

「正直に申し上げます。第二校までの編集作業中、私はいくつかのポイントで、違和感を覚えました。小さな小さな、でも編集者として見過ごすことはできない、まして先生が気づかれないわけもない、違和感を」

「違和感、ですか。これまで、そのようなことは一言もおっしゃいませんでしたよね」

「はい。なぜならその違和感は、『鏡の国』を独立した小説として読む場合には、あまり問題のないものばかりだったからです。言い換えるなら、『鏡の国』がフィクションである限り、本筋には差《さ》し障《さわ》りない違和感でした」

私はゲラを封筒から出してめくり、「前書き」の記されたページを開く。

「でも、『鏡の国』はフィクションではなかった。叔母はこれを、《ほぼノンフィクション》と表現しています」

「ええ。そうなると、矛盾《むじゅん》が出てくるように思うのです。『鏡の国』と、現実とのあいだに」

違和感。矛盾。私には見えなかったものたちだ。

「『鏡の国』は、作品としては完成しています。ですからこれまで、担当編集者としての責務をまっとうできている気でいました。けれども第三校になり、いよいよ手を加えうる最終の機会を迎えたとき、私はそれらの違和感を、まるで家の中に入ってきたアリを潰《つぶ》すように見て見ぬふりをしてきたことに対して、本当にこれでよいのだろうか、と猛烈な不安を抱いたのです。それはまるで、天国の先生から担当失格の烙印《らくいん》を押されてしまったかのようでした。それも、よりによって最後の担当作で」

「はあ」

「私はこの段階で大幅な修正をかけて会社や組版会社に嫌がられることも覚悟したうえで、第三校を今一度読み込み、違和感をリストアップし、その理由を突き止めるべく必死で考えました。そして一つの、確信に近い推論を得るに至りました」

「推論、とは」

障子を震《ふる》わすほど低い声で、勅使河原は告げた。

「『鏡の国』には、削除されたエピソードがあると思います」

彼が熱に浮かされたようになるのが、私には理解できなかった。

「それって、特別なことなんですか。素人考えですが、作品作りをしていれば、一度書いたエピソードを削除することくらい、ままあるのでは」

「おっしゃるとおりです。しかし、作者がそれをにおわせているとなれば話は別です」

「叔母が作中で、削除されたエピソードが存在していることを示唆《しさ》している、と？」

「はい。むろん、先生が削除したほうがいいと結論されたのであれば、私はそれを支持します。しかしながら、先生はプロの作家としてはまごうことなく一流で、作品にとって不要なにおわせを残すことを是《ぜ》とするような方ではなかった。しかるにこれは、先生から私たち読者に向けた、《最後の謎》なのではないかと思うのです」

「最後の、謎……」

「仮に私の推論が正しかったとして、削除されたエピソードは何なのか。それはこの世に残っているのか。もし残っているとしたら、そのエピソードに目を通さぬまま『鏡の国』を刊行するのは、長年先生と伴走《ばんそう》してきた担当編集者にあるまじき怠慢《たいまん》ではないか。私はそう、考えております」

「ということは、現在の『鏡の国』はエピソードを欠いたものであり、私の叔母に対する認識にも誤解を生じさせているおそれがある。だから、その削除されたエピソードの原稿が残っているのなら、私にも目を通してほしい。そのようにおっしゃりたいのですね」

「そういうことです」

だんだん彼の考えが読めてきた。私は言う。

「だから、私をこの家へ呼んだのですか。この家に、削除されたエピソードの原稿が遺されているかもしれないから」

「ご協力いただけませんか」

「でも、遺品の整理はもう済んでます。データに関しても、アクセス可能なものはとことん調べました。これ以上、何かが見つかるとは思えないのですが」

勅使河原は、落胆せずに言いきった。

「先生は、未来永劫《みらいえいごう》入手不可能なものについてにおわせるような、アンフェアな方ではありません」

そんなのはただの妄信《もうしん》だ、と言いかけてやめた。少なくとも作家としての室見響子は、私よりも勅使河原のほうがはるかによく知っている。

「説明していただけますね。なぜ、勅使河原さんがそのような推論に至ったか」

「もちろんです。そのためには、今一度『鏡の国』を冒頭から読んでいただく必要があります」

うながされるまま、私は『鏡の国』の第三校をめくっていく。やけに静かだと思ったら、大志は私のひざの上で寝息を立てていた。

鏡の国

室見響子

前書き

本作は私・室見響子が小説家になる以前に、習作として書いた作品である。私自身の実体験をもとにしており、内容についてはほぼノンフィクションであることをお断りしておく（ただし、読者の没入を妨《さまた》げる要因となるのを防ぐべく、氏名など私を指す固有名詞は変えてある）。

本作を読んでくださった方の多くは、私の特異な過去にきっと驚かれることだろう。同時に、私が長い作家キャリアにおいて一貫して顔出しを拒《こば》み、経歴を伏せてきた理由の一端《いったん》についても、ご理解いただけるかもしれない。信念のもとに、私はこれまで作中でしばしばルッキズムや女性差別を糾弾《きゅうだん》してきたが、自身かつて容姿と女性性を利用して口を糊《のり》した時期があり、それが作品を読まれるうえでのノイズになるのを嫌ったのだ。

現在、私は不治の病に侵されており、新作を書く気力と体力、そして時間の猶予《ゆうよ》を失いつつある。それでも最後に何かと考えていたところ、ある出来事がきっかけで、長年にわたり眠らせていたこの原稿の存在を思い出した。素人時代に書いたとあって何もかもが未熟で、さすがにまったく手を加えないわけにはいかなかったが、当時の若さと情熱を尊重し、可能な限り軽微な修正にとどめるようにした。

二〇六二年九月

室見響子

第一章　再会

1

国体《こくたい》道路を大名《だいみよう》方面へ向かって走っていると、突然雨が降り出した。

この前髪がいけないのだ、と香住《かすみ》響《ひびき》は思う。肩の下まで伸ばした黒髪の、毛先のカールは何とかうまくいって、あとは前髪さえ顔の左側へ自然に流れてくれれば、取材に遅刻することも、雨に降られることもなかったのに。だけど、何度やり直しても前髪はまるで干からびたタコの足のように不気味《ぶきみ》で、鏡の前を離れられなかった。

そんな理由で遅刻するのは社会人失格だなんてこと、他人に言われるまでもなくわかっている。都度《つど》反省し、早い時間から準備をするよう心がけてきた。

でも——前髪が。

この、どうしようもなく気持ちの悪い前髪が。

どうしても響を、鏡にはりつけにして逃さないのだ。

準備の時間を長めにとっても、そのぶん鏡の前に立つ時間が延びるだけだった。こんな醜《みにく》い前髪を人目にさらすくらいなら、死んだほうがまし。決して大げさでないそんな思いを無理やり抑《おさ》え込み、それこそ前髪ごとちぎるようにして鏡から身をはがすころには、いつもすでに間に合わない時刻になっていた。

マスクの下でする呼吸が苦しい。すれ違う人の視線が、肌だけでなく心にも突き刺さる。前を歩くスーツの男性が急に立ち止まり、その肩にバッグをぶつけてしまった響は「すみません」と謝って走り去る。男性の舌打ちの音が、耳の奥で何度もリフレインしていた。

――いったい私は、いつからこんな風になってしまったのだろう。

少女のころの約束が、いまもなお響を追い詰める。

テクノポップに合わせて機械のようなダンスを踊る、三人組の女性ユニットを友達に教えてもらったのがきっかけだった。おもしろい動きに惹《ひ》かれ、二人で一所懸命ダンスを真似《まね》した。アイドルになるのが夢だと言ってはばからないその友達に、本当は少女小説が好きで小説家になりたかったにもかかわらず、響は自分もアイドルになる、と話を合わせた。

中学生になると、秋葉原《あきはばら》を拠点に活動する女性アイドルグループがブレイクしたのを機に、日本全国でアイドルグループが雨後《うご》の筍《たけのこ》のように生まれ始めた。響にとってアイドルは、どうせなれやしないものから、もしかしたらなれるかもしれないものへと変わっていった。

響が地元福岡《ふくおか》で結成されたローカルアイドルグループのオーディションに合格したのは八年前、高校二年生のときだ。

卒業後の進路に迷っている時期だった。グループは半年前に活動を開始し、ラジオやイベントにたびたび出演していたので響もその名を知っていた。二期生募集のネット広告を見つけたとき、響は半ば義務感に後押しされて、オーディションを受けることを両親に直談判《じかだんぱん》した。父親は反対したが、母親のほうは娘が美人であると思っていることを隠さない人だったので、最終的には許してくれた。

オーディションを受けさえすれば、たとえアイドルになれなくても示しがつく——そんな思いすらあったのに、響はオーディションに真剣に取り組み、合格してしまった。

いい意味でも悪い意味でも、ローカル感の強いグループだった。メンバーはみんなひたむきではあったけれど、売れようという気概《きがい》を持った人は少なく、県民性もあるのか、どことなく安穏《あんのん》な空気が漂っていた。そもそも地方から全国区にのし上がったグループの前例がまだ少ない時期で、動画メディアやウェブ配信など個人で使えるツールは黎明期《れいめいき》と言ってよく、メンバーたちはレッスンや与えられた仕事をこなす以外に何をやればいいのかがわからず、大なり小なりとまどっていた。

それでも響は、アイドル活動を楽しんでいた。友達と語り合ったアイドルになるという夢を、自分は叶《かな》えたのだ。その高揚感が、いまにして思えば少なすぎるギャラや、不当な仕事にも耐え抜く原動力となっていた。レッスン場まで毎回車で送り迎えしてくれる母の応援と、ファンの喜ぶ顔も彼女を支《ささ》えていた。

ときにはメンバー間で小競り合いが起きることもあったが、響がその当事者になることは稀《まれ》だった。彼女の性格に加え、露骨《ろこつ》に人気の優劣がつけられる宿命のアイドルグループにおいて、彼女の人気が可もなく不可もなくといったところだったのも大きかったのだろう。嫉妬《しっと》の対象になることも、反対に蔑《さげす》まれることも少なく、歳上の一期生にはかわいがられ、同期からも相談や愚《ぐ》痴《ち》を聞かされることのほうが多かった。

そんな彼女を苦しめたのは、だからグループの内側で発生する問題ではなく、外側での出来事だった。

響の加入後、地元の銀行とのタイアップが決定したり、地上波の帯番組のコーナーレギュラーをもらったりして、グループが福岡県内で広く知られるようになると、しだいにネットには口さがないコメントが飛び交うようになった。


〈銀行のCMで知ったけどブスばっかで引いた〉

〈歌もダンスも下手《へた》すぎじゃね？　素人《しろうと》のおままごと〉

〈あれ、福岡って美人が多い県で有名なんじゃなかったっけ？〉

〈中洲《なかす》のキャバ嬢のほうが百倍ましなレベル〉


事務所の偉い人が、叩《たた》かれるのは有名になった証《あかし》だ、むしろ胸を張れと鼓舞《こぶ》した。母は哀れむような顔をして、何かを下に見ることでしか自尊心を保てない人たちがいるのよ、と言った。彼ら大人の意見は正しかったと、いまの響なら素直に思う。

だが、当時の響はまだ十代だった。大して関心もないであろう人たちの、だからこそ本心も混じっているに違いないコメントを、ただのノイズと切り捨てて前進するには、彼女はあまりに若かった。正論は必ずしも人を救わない。鈍感《どんかん》になることが正義でもない。悪意を素通りできないだけの脆《もろ》さや純真さは、若さゆえの魅力や活力と表裏一体《ひょうりいったい》だった。

響は自分の、あるいはほかのメンバーたちの顔が——自分からはそう見えないけれど——本当にかわいくないことが、叩かれる原因なのではないかと考えるようになった。一つ一つは小さな雪片でも降り積もれば災害となるように、誹謗中傷《ひぼうちゅうしょう》は彼女の心を確実に蝕《むしば》んでいった。

それは加入から一年が経過したある日のライブ前、楽屋にいるときに起きた。

ステージ衣装に着替え、鏡で全身を確認していた響は、セットしたばかりの前髪が少し乱れていることに気がついた。指先でいじっていると、ふいに動画サイトにアップされたグループのライブ映像についたコメントがフラッシュバックした。

〈後ろのほうで踊ってる女の前髪キモすぎ〉

そもそもダンスをしていれば、汗をかいて髪が変になることはある。それに曲の中でも立ち位置はどんどん変わるので、後ろのほう、というだけで特定はできない。そのときは響も、自分のことかもと思いはしたものの、気には留めなかった。

けれどいま、目の前の鏡には、奇妙な前髪をした自分が映っている。響の中に、確信が生まれた。

——あのコメントは、私のことを指していたんだ。

突如、座り込んで嗚咽《おえつ》を始めた響のもとに、メンバーやマネージャーが集まってきた。響は自分でもわけがわからず、思ったことをそのまま吐き出す。

「前髪が、前髪が変なの」

仲のいいメンバーが肩を抱き、変じゃないよ、となぐさめてくれる。けれどもその場にいるほかの人たちから伝わってくるのは、異物を見るような困惑《こんわく》だった。

響は本番までに平静を取り戻すことができず、体調不良を理由にその日の出演をキャンセルした。しかしその後も仕事の直前になると、発作《ほっさ》のように髪型がおかしく見えることからくる恐怖にとらわれた。無理してステージに立った日もあったが、曲についていくのが精一杯で、本調子だったころのパフォーマンスにはほど遠かった。

そんな状態が三ヶ月ほど続き、響は事務所と話し合い、高校を卒業したタイミングで活動休止することに決めた。少し休めば落ち着くだろう、というのが事務所と、響自身の希望的観測だった。しかし結局、一年が経過しても回復の兆《きざ》しは見られず、響はみずからの意思でグループを抜けた。彼女のアイドル人生は、実質一年あまりで終わりを告げた。

芸能活動をやめてしまうと、響の精神は徐々に安定していった。依然、前髪は気持ち悪く感じられたけれど、だからといってネットに悪口を書かれる心配はない。そのことが、響に何よりの救いをもたらした。

アイドルをやめた翌年、響は実家の最寄り駅近くのカフェでアルバイトを始めた。店員は頭にバンダナを巻かなければならず、前髪を露出せずに済むことが、彼女に働く勇気を与えた。二年間のアルバイト生活は、響にとって大切な社会復帰の機会となった。

ところが、だ。

二〇二〇年、新型コロナウイルスが日本国内で蔓延《まんえん》し始めると、状況は一変した。飲食店は軒並み休業に追い込まれ、潰《つぶ》れた店も少なくなかった。響の勤務するカフェは政府から支給される補助金を経費に充《あ》ててどうにかやりくりしていたが、人件費までは回らず、アルバイトは一斉解雇を言い渡された。つらい時期にお世話になったカフェだったから、響は悲しいけれど受け入れざるを得なかった。

自宅の外に出ることさえはばかられた緊急事態宣言下で、響は今後の人生についてじっくり考える時間を得た。そして、自分がアイドルとして活動するのではなく、現代社会でがんばっているアイドルをはじめとした女性たちを応援したいと思うようになった。もともと小説家志望だったことも関係し、特にマスコミやウェブメディアに強い関心を持ち、学歴も経験もないけれどそのような業界で働けたら、という願望を抱いた。

ブログに記事を書くようになったのは、それが求職活動において何らかの足しになることを期待したからだ。反響があれば志望先へのアピールになるし、なくても執筆の練習にはなる。そうして書いた記事の一つが、あるときＳＮＳで大きな話題となった。その記事に興味を持って連絡をくれたウェブメディアが、響の現在の勤め先だ。

『アザーサイド』は、オリジナルの記事をウェブ配信する一次メディアである。

大手出版社が刊行するゴシップ誌のウェブ部門として派生し、その後独立したメディアとなった。芸能人のゴシップから各種エンタメやグルメ情報までカバー範囲は広く、現在、月間およそ八千万ＰＶ《ページビュー》を誇る。

ほかにもいくつかのメディアがブログに興味を示してくれた中で、最終的に響がアザーサイド編集部への就職を決めた最大の理由は、地元福岡で働けると言われたからだ。

親会社である大手出版社のネットワークを生かし、アザーサイドはいくつかの地方都市にオフィスを持っていた。グルメやイベントなど、地方ならではの記事を掲載することも多いからだ。

それぞれのオフィスは四、五人と小規模だが、近隣の県を含めたエリアをカバーするにはじゅうぶんな人員と言える。

アザーサイドの福岡オフィスに来ないかと誘《さそ》われたとき、響は迷った。東京に拠点を置く、彼女の目標により共鳴してくれそうなメディアに就職するという選択肢もあった。

しかし、ずいぶん落ち着いたとはいえ、響の心身はまだ万全というにはほど遠かった。やはり前髪が気になって待ち合わせに遅れたり、息が苦しくなったりすることもめずらしくなかった。そんなとき、地元にいれば家族や友達を頼れるが、東京ではそうもいかない。いきなり見知らぬ街へ行って働くには、不安が大きすぎた。

そうして響は中途採用でアザーサイドに入り、この春で二年目になった。地元を離れはしなかったものの、就職と同時に実家を出て独り暮らしを始めた。稀には希望の記事を書かせてもらえることもあったが、普段は別のライターが書いた記事を編集したり、上からあてがわれた取材をしたり、あるいは営業に回ったりと、編集者とは名ばかりの何でも屋である。

今日は福岡市随一《ずいいち》の繁華街である天神《てんじん》地区から西に歩くことおよそ十分、大名にあるイタリアンレストランを取材することになっていた。大型商業施設など高いビルが建ち並ぶ天神とは異なり、大名は飲食店やアパレルブランドの路面店が軒を連ねる雑多なエリアで、古くから若者の集《つど》う街として知られている。

目指すお店の場所は事前に確認済みだった。道が入り組んでおり、また歩行者も多いので、タクシーではなく徒歩で向かうほうが早いと考えたのだが、天気までは読めなかった。五月上旬、お店の営業に障《さわ》りのない午後三時。汗と雨で濡れた自分を認識すると、また前髪のことが気になり出す。振り払うように、足を動かした。

約束の時刻から十分遅れで、響は目的地に到着した。

イタリアンレストラン『ヴェンティ・クワトロ』。まだ新型コロナウイルスが影も形もなかった七年前にオープンし、店主の確かな料理の腕と、瀟洒《しようしや》だが気取らない店の雰囲気が好評で、着実に人気を獲得してきた。客層は二十代から五十代と幅広く、利用目的はデートや女子会が多い。アザーサイドで取り上げるのは、今回が初めてだった。

雑居ビルの外側に設けられた階段の前に立ち、響は着ているネイビーのセットアップに乱れがないかを確かめる。鏡は——見ない。どうせまた、前髪が気になってしまうから。遅刻する旨《むね》の電話はすでに入れてある。

パンプスのかかとがレンガの階段を叩く硬《かた》い音がする。二階に上がって木製の扉を引き、近くのテーブル席に座る店主の姿を認めた響は、勢いよく頭を下げた。

「遅くなりまして申し訳ありません！　わたくし、ご連絡差し上げましたアザーサイド編集部の香住と申します」

反応が返るまでの数秒は、とてつもなく長く感じられた。

「……とにかく、さっさと始めてくれるかな。五時半からお客さん入れるんで」

顔を上げる。店主の熊谷《くまがい》が、自分の前の席を顎《あご》でしゃくった。

許しの言葉は一言もなかった。それでも、取材させてくれるだけましと言えた。過去には響の遅刻のせいで取材対象が激怒し、取りつく島もなくなってしまったこともあった。死にたいくらいに落ち込んだのに、それでも響の遅刻癖は直らない。

熊谷は不機嫌《ふきげん》そうに、太い腕を組んでいる。低く響く声といい、マスク越しにもわかるひげで覆《おお》われた顎といい、全身から威圧感《いあつかん》が漂ってくる。四十歳と聞いているが、知らなければもっと歳上に見える。蛇《へび》に見込まれた蛙《かえる》となって、響は向かいの椅子に収まった。

奥の厨房《ちゅうぼう》にいた若い男性シェフが、響の前に水の入ったグラスを出してくれる。礼を言って受け取りながら、響は彼のほうを見た。

色白で、マスクに覆われた頬の面積はやや広く、黒髪をきっちり収めたシェフ帽子の下にのぞく額は秀でている。だが、響が何よりも気になったのは、彼の目だった。

――この目は、私を見ていない。

なぜか、そう感じられた。小ぶりでかわいらしくもある両目は、確かにこちらに向けられているのに、まるで何も見ていないような、ただそこに二つの黒い空洞があるだけのような印象だった。

厨房へと引っ込む彼の背中が見えなくなるまで、響は目で追った。本当は水を飲みたかったけれどグラスには手をつけず、濡れた頭や肩をタオルで拭《ふ》くこともしなかった。

「それではよろしくお願いします。まずは、こちらのお店をオープンされた経緯《けいい》から――」

飲食店の取材は慣れており、質問はおおむねパターン化されている。ときには思わぬ方向に話が広がるケースもあるが、基本的には情報の正確性を心がければよい。一時間ほどで、響は首尾よく取材を終えることができた。

ディナータイムの開店の時間が迫っているので、すぐに辞去する。店の入り口で振り返り、再度頭を下げた。

「あらためまして、本日は大変申し訳ありませんでした」

「もういいよ。次からは気をつけて」

丁寧《ていねい》なインタビューが功《こう》を奏《そう》したのか、熊谷の態度は軟化《なんか》していた。ほっとしたけれど、それはおくびにも出さない。

厨房から先の男性シェフがやってきて、熊谷と一緒に見送ってくれた。入り口の扉が閉まる寸前、響は彼を盗み見る。

やはり、その目は響を見ているようで見ていなかった。

2

「で、今日は何で遅刻したんだよ」

くすんだ色の壁に囲まれたオフィスに、アザーサイド福岡オフィス長、遠藤征一《えんどうせいいち》の声が響き渡る。

「それは、あの、体調不良で……」

響が肩を縮めると、遠藤は回転椅子の背にもたれ、ぐるりと首を回した。

「これで何回目だよ、香住。本当に反省してるのか」

情けなくて涙が出てくる。うつむいたまま、響は唇を噛んだ。

アザーサイドの福岡オフィスは、福岡市地下鉄中洲川端《かわばた》駅から徒歩五分、博多の風景を象徴する那珂川《なかがわ》と、その支流の博多川にはさまれたオフィスビルの十二階にある。

ヴェンティ・クワトロの取材を終えた響は、その足でオフィスに戻った。そしてこの日、出勤していた遠藤を見つけると、気が進まないながらも遅刻した由《よし》を報告したのだった。

二〇二〇年に始まる新型コロナウイルスの蔓延、いわゆるコロナ禍以降、ビジネスマンたちの労働スタイルはコペルニクス的転回ともいうべき大変革を迎えていた。満員電車での通勤が当たり前だったのが、多くの企業で自宅やシェアオフィスなどを拠点としたリモートワーク中心の労働に切り替えられた。あれから三年が経ち、今月の八日にはついに新型コロナウイルスの感染症法上の分類が二類からインフルエンザなどと同じ五類に変更され、街中ではマスクをしない人の数も一気に増えたが、アザーサイドのように引き続きリモートワークを許可している企業はめずらしくない。

遠藤は厳《きび》しい上司だが、理不尽なことで怒るような人ではない。意気消沈《いきしょうちん》する響を見ると、気遣うような声色《こわいろ》に変わった。

「本当に体調が悪いのなら病院行けよ。行ったか？　病院」

「いえ……それはまだ」

行けるわけがない。体調不良というのは嘘で、前髪が気になるだけなのだから。

「取材前に緊張して具合悪くなるって、心の病気じゃないのか。コロナじゃないんだから、我慢してたってよくならないぞ」

「そう、ですよね」

「香住個人じゃなく、編集部全体の信用に関わるんだからな。わかったら、もう行け」

ようやく解放され、響は自分のデスクへ戻る。隣のデスクの久我原巧《くがはらたくみ》の視線を感じたので、響は前髪を触りながら言った。

「あの、私、変ですか」

「ああ、いや。香住さん、大丈夫かなって。部長の説教、長かったから」

「すみません。私のせいで、空気悪くなって」

久我原はマスクの上の目を動かして遠藤のほうを一瞥《いちべつ》し、彼が聞き耳を立てていないことを確認すると、響に顔を近づけてささやいた。

「どうやら、奥さんとうまくいってないらしい」

「部長が、ですか？」

響は問い返す。遠藤の正式な肩書はオフィス長だが、呼称にするにはまどろっこしいので、部下はみな彼のことを部長と呼ぶ。

「コロナで家にいる時間が増えたことで、奥さんがイライラし始めてからここ数年、家に居場所がないんだってさ。行きつけのバーで、酔うとよく愚痴ってるとか」

「さすが久我原さん。情報通ですね」

この先輩社員は響より一年早く入社したに過ぎないが、すでにオフィスでは鼻が利《き》くと評判だ。

「遅刻は反省すべきだが、説教は部長の憂さ晴らしの線もある。ま、深くは気にしないことさ」

「お気遣い、痛み入ります」

響が言うと、久我原は涼《すず》やかな顔でＰＣに向き直った。

四年制大学を出て新卒でアザーサイドに採用されたので、二十三歳で入社した響と同い年だと聞いている。彫りの深い顔立ちとジェルできっちり分けた短髪、鷹揚《おうよう》な仕草《しぐさ》に低くよく通る声。

大人びていて、どこかミステリアスな印象を受ける。

何を隠そう、響がアザーサイドで働くきっかけを作ったのは、この久我原だった。

ブログの記事が話題となって、落ち着かない日々を送っていたころのことだ。記事のリンクを貼っていたＳＮＳを通じて、響のもとに一通のメッセージが届いた。

〈香住響さま
初めまして。突然のご連絡失礼します。私、ウェブメディア『アザーサイド』編集部の久我原巧と申します。

香住さまの執筆された記事を拝読し、内容もさることながら、その文章と構成力に光るものを感じました。別の記事によれば、香住さまは現在休職中で、マスコミやメディアでのお仕事をご希望されているとのこと。そこで、もしよろしければぜひ一度、わが編集部に見学にいらっしゃいませんか。香住さまがお住まいの福岡にありますオフィスに欠員が出ており、即戦力を募集しております。

ご興味ございましたら、ご一報いただけると幸いです。どうぞよろしくお願いいたします。

久我原巧〉

のちに知ることになるのだが、当時新入社員だった久我原に採用の権限《けんげん》などはなく、独断でコンタクトを取ったらしい。その理由を訊ねた響に対し、久我原は悪びれもせずに答えた。

「欠員が出たせいで、仕事量が増えて辟易《へきえき》していたのは事実だからね。手あたりしだいに声をかけたら、誰かしらは採用してもらえるとにらんでいた」

胆《きも》の据《す》わった人だ、と思う。

ともあれ、久我原のセッティングで響は遠藤と面談し、採用される運びとなった。そのようないきさつがあるからか、久我原はいつも響に何かと目をかけてくれている——もっと言えば、それ以上の強い思いを感じ取ることもある。

もし男前の久我原に好意を持たれているのだとしたら、響は悪い気はしない。ただ、福岡オフィスは五人と少数精鋭《せいえい》で、その内部で男女の問題が生じれば業務に支障が出ることは想像に難くない。働き始めて一年ほどの響にとって、居心地が悪くなりかねない立ち回りは避けたい。

だから響は、久我原の洗練された優しさに心を動かされても、社交辞令で応対することしかできないのだった。

3

次に言い渡された仕事は、ライブ配信アプリの取材だった。

「近々開催されるランキングバトルを大々的に取り上げてほしいってことで、アプリ側からスポンサーの申し出があったんだ。記事全体は本社でまとめるが、ライブ配信には地方格差がないっていう魅力もアピールしたいらしく、それぞれのエリアで人気の配信者を取り上げることになった。そこで、九州エリアの人気配信者のピックアップと取材は香住に任せる。いいな」

オフィスで聞かされた遠藤の指令に、響は首を縦に振った。

ライブ配信業界は近年かつてない活況を呈《てい》している。スマートフォンの性能が上がり、誰でも気軽に配信できるようになったことに加え、アプリ自体の技術も向上し、さまざまな映像の加工がリアルタイムかつハイクオリティでおこなえるようになったこと、さらにコロナ禍以降、人々の自宅で過ごす時間が増えたことなどが要因と考えられる。

取材を指示されたとき、アイドル時代にライブ配信がいまくらい人気だったらどうしていただろう、と響は考えた。事務所に所属していたので勝手にはできなかったし、収益も大半は事務所に持っていかれたはずだ。それでも、アイドルだけではとうてい食べていけない薄給の足しにはなったかもしれない。

とはいえ、お金のためにはやらなかっただろう、とも思う。響はアイドル時代、幸いにして実家住まいで金銭面ではさほど困っていなかった。それに、切実な理由があるのなら、当時もライブ配信サービスは存在していた。結局、アイドルとしての人気に直結するほど視聴者人口が多くないというのが事務所の、そして響自身の判断だった。

いまは――想像しただけでぞっとする。配信中、配信者は原則、常に画面に映し出される自分の顔を見続けることになる。すなわち、前髪を視聴者にさらすばかりでなく、自分にも突きつけながら配信するわけだ。とてもじゃないけど耐えられそうにない。

現在では、有料無料を問わずライブ配信でファンを獲得するアイドルや女優はめずらしくない。さらにはライブ配信だけで大金を稼ぎ、有名アイドル並みの人気を博している配信者もいる。ライバルはいくらでもいるということだ。アイドル業界を早々にドロップアウトしてよかったと、響はあらためて実感するのだった。

アザーサイドで取り上げるのは、『アイプッシュ』というライブ配信アプリだった。

「あなたのお気に入りの配信者《アイドル》を応援《プッシュ》しよう！」というのが、その名前の由来だそうだ。二年ほど前に国内企業がサービスを開始し、着実にユーザー数を増やしているものの、大手数社にはいまだに水をあけられている。

そこで今回、アイプッシュ公式主催で、四ヶ月に及ぶランキングバトルを開催することになった。参加にはエントリーが必要で、参加資格は女性を自認していること。男性配信者のランキングバトルも後日の開催が予告されている。

参加者は配信中に獲得した、すなわち視聴者から贈られたポイント数によって順位がつけられる。最初の二ヶ月は参加者全員で争われる予選期間、その上位三十名が、続く二ヶ月でおこなわれる決勝に駒を進めることができる。

エントリーはすでに締め切られ、予選がスタートする六月一日まではひと月を切っている。その間にアザーサイドに紹介記事をアップすることで、視聴者を増やそうという魂胆《こんたん》だ。

その日の夜、響は自室のベッドに寝転がり、スマートフォンにアイプッシュをインストールした。

配信機能を備えたSNSや動画アプリでライブ配信を見たことはあったが、ライブ配信専用アプリを使うのは初めてだった。最初にアカウント作成を要請され、とりあえず下の名前の「ひびき」で登録する。新規登録者に配布される無料のポイントを受け取り、現在配信中の配信者が一覧で表示される画面に切り替わった。

これでもう、誰かの配信を視聴するのはもとより、自分でも配信ができるようになった。あまりにあっけなく、実感がない。使い方がわからないのでひとまず配信を見てみようと思い、響は一覧の一番上、もっとも多くの視聴者を集めている女性配信者の画像をタップした。

スマートフォンの画面いっぱいに、配信者の顔が映し出される。目がぱっちりしていて、唇はつまむと弾《はじ》けそうなほど張りがあり、思わず見とれてしまう美人だ。これで芸能人というのならともかく、一般人だとはにわかに信じがたい。

これといって何かをしているわけではなく、視聴者を相手に雑談をしている、といった感じだ。画面の下部には視聴者が送信したらしいコメントが次々に流れている。

と、次の瞬間、思いがけないことが起こった。

『ひびきさん、初めましての方かな？　こんばんは！』

反射的に、響は視聴を終了するボタンをタップしていた。

こちらが画面越しにのぞいているつもりで、反対にのぞき込まれたように感じてひやりとした。配信者には、誰が視聴を始めたのかが伝わるようになっているのだ。考えてみれば当然である。コメントなどを通じてリアルタイムに配信者と視聴者がやりとりをする双方向性が、ライブ配信の大きな魅力の一つなのだから。

あらためて、響はアイプッシュの仕様を確認する。配信者に知らせることなく入室――配信の視聴を開始すること――するのは不可能らしい。ただし、退室つまり視聴を終了しても、配信者に通知はいかない。抜けた人に対してリアクションをする必要はないのだから、これもまあ当然だろう。先の配信者を不快にさせなくて済んだと知り、胸を撫《な》で下ろした。

いちいち気にするほうがおかしいのかもしれない。けれども響は、配信者に認識されることに本能的な抵抗があった。アイドル時代、スタンディングの客席の後ろのほうでステージを見つめながら満足そうにしているファンを見て、自分が観客でも最前列ではなくあそこを選ぶだろう、と考えたことを思い出した。

とはいえ仕事である以上、配信を見ないわけにもいかない。少し悩んで、適当に配信者を選んだのがよくなかったのだ、と結論づけた。真剣に視聴する気持ちがあれば、配信者に認識されても後ろめたくないはずだ。

今一度、響は配信者の一覧を開いた。よく見ると、名前の横にランキングバトルのロゴが入っている配信者がちらほらいる。エントリーした配信者はその旨がわかりやすく表示されているらしい。予選は六月からだが、それまでにフォロワー――配信が開始されると通知が行くなど、その配信者を日頃から視聴している層――を増やすに越したことはない。戦いはもう、始まっているのだ。

エントリーには住所の入力が必要となるため、アイプッシュ側は参加者の在住エリアを把握《はあく》しており、響にも九州在住のエントリー者のリストが渡されていた。総勢四十八名。この中から、三人の配信者をピックアップしなければならない。特定の配信者を記事で取り上げるのはランキングバトルへの介入《かいにゅう》だという批判は確実に出るので、できれば記事の力を借りずとも決勝に進めるくらい人気のある配信者を中心に取材したい。そういう人はまめに配信しているだろうから、見つけやすいはずだ。

とにかく、まずはリストに名前のある配信者を探すところから始めよう。そう考えてスマートフォンの画面をスクロールしていた響の指が、ある配信者のところで止まった。

ベッドの上で飛び起きる。画面に目を近づけ、よく観察する。

間違いない。確信した瞬間、彼女は無意識につぶやいていた。

「郷音《さとね》……」

配信者のアカウント名は『さとねる』。画面に映る姿は金髪のショートカットで、縁《ふち》のくっきりしたアーモンド形の目をしている。肌は白く、尖《とが》った鼻と色素の薄い唇は、コーカソイドの血が流れていると言われても納得してしまう。少年のような純真さと、大人の女性の色気とをバランスよく兼ね備えた美貌《びぼう》だ。

十歳のときに別れて以来、一度も顔を合わせてないから、もう十五年ぶりになる。少女は大人の女性になった。それでも響は、彼女の顔を一目で見分けた。

新飼《しんかい》郷音。響の幼なじみであり、かつての親友だった。

恐ろしい記憶が甦《よみがえ》り、響の心はずきりと痛む。ロゴを見る限り、郷音もランキングバトルにエントリーしたらしい。確認すると、九州エリアの配信者のリストに名前があった。まさか、こんな形で再会するとは。

逃げたいという思いが一瞬、響の脳裏《のうり》をかすめた。けれど、ある事実を確かめたくて、響の指は吸い寄せられるように郷音の配信をタップしていた。

郷音の顔が大写しになる。画面の向こう側で呼吸し、しゃべり、笑っている。通信にタイムラグがあるからだろうか、何秒かののち郷音が、こちらに向かって手を振った。

『ひびきさん、いらっしゃーい』

この反応にまたもビクッとしながら、郷音の顔の一点を、響は凝視《ぎょうし》した。

ない。

どう見ても、ない。

郷音の頬に、火傷《やけど》の痕《あと》はなかった。すべすべしていることが画面越しにも見て取れ、響の肌よりもずっときれいだと思えるほどだった。

――痕、消えたんだ。

脱力してしまう。郷音の頬がきれいになったからといって、響の過《あやま》ちが帳消しになるわけではない。それでも、気持ちが楽になるのだけは止《と》めようもなかった。

言い渡された仕事で偶然、幼なじみを見かけ、現状を知った。信じがたいめぐり合わせに響が放心していると、郷音は視線を斜め上にやって、語り出した。

『ひびきさん、かー。子供のころ、同じ名前の友達が近所にいたなー』

まさか自分の話題になるとは思わず、響は呼吸も忘れて郷音の話に聞き入った。

『すっごい仲よくて、よく二人で一緒に踊ったりしてたよ。そのころ人気があったアイドルなんかを真似してね。いやー、懐かしいなー。……ん？〈さとねるのダンス見てみたい〉？あは、いや無理無理。もう踊れるわけないから。〈いまはさとねるが僕のアイドルです！〉はいはい、ごちそーさまです。〈何ポイント贈ったらダンス見せてくれる？〉うーん、十万ポイントくらいくれたら考えようかなあ。あはは』

視聴者に媚《こ》びるのではなく、さばさばとあしらうのがさとねるのスタイルらしい。そんなことを理解する一方で、響は迷っていた。

その響だよ、と名乗り出るべきだろうか。あなたと一緒に踊っていた響だよ、とコメントを送ったら、郷音はどんな反応を示すだろうか。

これがむしろプライベートであれば、そんな出しゃばった真似をしようとは夢にも思わなかっただろう。だが、響にはあくまでも職務上の目的があった。郷音なら、かつての親友なら、見ず知らずの配信者よりはよほど取材しやすいに違いない。身内びいきのそしりは免《まぬか》れないが、そのくらいの公私混同なら会社は見逃してくれるだろう。幸いさとねるの配信はそれなりの数の視聴者を集めており、人気の面では申し分ない。

意を決し、響はコメント欄に文字を入力していく。送信ボタンを押すまでに、三分以上もためらった。

〈さとねるさん、こんばんは。先ほど話に出していただいた、ひびきです。一緒にダンスをしたこと、憶《おぼ》えててくれてうれしい。久々に、二人で話がしたいです〉

ほかの視聴者のコメントがこんな丁寧な文体でないことは、響もわかっていた。けれども彼女にはこれが精一杯だった。かつての親友という結びつきが、かえって彼女を不自由にしていた。

送信が完了して数秒後、コメントが表示されているのであろうカメラの下部に目をやった郷音の顔色が変わった。

『嘘……え、待って待って。本当に響なの？』

さとねるとしての表情を作るのも忘れ、彼女は呆然《ぼうぜん》としている。視聴者にも表示されているコメント欄は、〈感動の再会きた！〉〈これはまじでダンス見られる流れか？〉といった無責任なコメントであふれ返った。

『え、どうしよう。わたしも話したい。どうすればいいんだろう。アイプッシュってＤＭ《ダイレクトメッセージ》

機能ないもんね。わたしが転校したのは小学生のときだから携帯電話《ケータイ》とかも持ってなかったし、連絡先わかんないな』

郷音が慌《あわ》てている。実は、アイプッシュからの要請による取材なので、ランキングバトルに参加する配信者の連絡先はアイプッシュ経由で問い合わせることができる。参加者側も、記事で取り上げられれば有利になることは確実なので、普通は喜んで教えてくれるだろう。

だが、郷音本人にはともかく視聴者には、ランキングバトルの件で取材していることを知られないほうがいい。どうコメントすべきか考えていると、郷音がこぶしで手のひらを打って言う。

『あ、そっか。響の実家に連絡してみればいいのか。一軒家だったから、たぶん昔と同じだよね。うちのママに聞けば連絡先わかりそう。ねー響、まだ見てる？　実家、変わったりしてない？』

響は急いでコメントを送信した。

〈住所も電話番号も変わってないよ〉

コメントを見た郷音が、にっこり笑った。

『オッケー。じゃ、ちょっと連絡取ってみるから、響のママに言伝《ことづて》しといて。いやー、びっくりしたなあ。あ、わたしこのあとちょっと用事あるから、今日の配信はそろそろ終わりにするね。みんな、見てくれてありがとー。じゃねー』

唐突《とうとつ》に、郷音が配信を切る。あまりの急展開にまだ緊張が解けず、スマートフォンの画面に映し出された〈配信は終了しました〉の文字を、響はしばらく見つめ続けた。

4

響の実家は、福岡市早良区《さわらく》の住宅街の一画にある。

会社員の父が二十年のローンを組んで買った戸建てで、広くはないが一家四人で手狭になることもなく、小さな庭があり、ガレージにはファミリーカーが駐車されている、要するにその地区でもっとももありふれているような家だった。

二百メートルほど離れた郷音の家も似たり寄ったりで、ただ違いと言えば郷音は父親の母親、つまり祖母と同居していたので、縁側があったり、いつ入っても畳と線香のにおいがする仏間《ぶつま》があったりと、和の趣《おもむき》がいくらか備わっていた。郷音が小学校に上がるタイミングで新築したらしい。

小学校に入学し、クラスメイトになったのを機に、響は郷音と仲よくなった。気が強い郷音と、のんびり屋の響とは、凸《でこ》と凹《ぼこ》が合うように相性《あいしょう》がよかった。たまにはケンカもしたけれど、数日も経てばまたすぐに元の親友どうしに戻った。

郷音がアイドルへの興味を示し始めたのは、小学四年生の春だった。

「ねえ響、このダンス、二人で一緒に踊ろうよ」

そう言って郷音が見せてきたYouTubeの動画で、響はそのユニットの存在を知った。そのころ郷音が薦《すす》めるものは何でも魅力的に映っていた響は、瞬《またた》く間に夢中になった。二人でネット上の動画や歌番組の録画を見ながら、発表する機会があるわけでもないのに、次から次に新しい曲のダンスを習得していった。

「わたし、アイドルなりたい。なれるかなあ」

響の家でダンス練習の休憩中《きゅうけいちゅう》、母親が出してくれたオレンジジュースを飲みながら郷音がそう言ったとき、響は心から応援できた。

「絶対なれるよ！　郷音、ダンス上手《じょうず》だもん」

「本当？　じゃあ、響も一緒にアイドルなろう」

「えー、私はどうかなあ」

「響だってダンスの練習がんばってんじゃん。それにさあ、なんか男子にもモテてるっぽいよ。うちのクラスの××が、響のことかわいいって言ってたし」

「やだー！　サイアクー！」

「私と二人組でアイドルデビューしてさ、オリコン一位目指そうよ」

「うーん、わかった。じゃあ、私もがんばってみる！」

そのときの響は本気ではなく、郷音に話を合わせただけだった。クラスの男子に褒《ほ》められていたというのも、実は響をその気にさせるための郷音の方便《ほうべん》だったことがのちにわかった。

それでも響は自分の脳内で、夢が膨《ふく》らむのを止められなかった。本当にアイドルになって郷音と一緒にいられたら、この先もずっと楽しいだろうな。そして歳を取ったら、今度は小説家になって——。そんな無邪気《むじゃき》な妄想《もうそう》は、決して本気でアイドルになりたいわけではない響の心すら高揚させた。

ところがその幸せは、夏の終わりまで続かなかったのだ。

同じ年の夏休み、響は家族旅行で沖縄《おきなわ》へ行き、郷音にお土産《みやげ》を買って帰った。そしてそのお土産を渡すため、郷音の家を訪れたのだった。

新飼宅の一階にあるリビングの、テレビの前に置かれたローテーブルでお土産の封を開けた郷音は、一目見て明るい声を上げた。

「うわあ、かわいい！　響、ありがとう！」

響が渡したのは、ガラス製のホルダーに入った、ハイビスカスの形をした赤のアロマキャンドルだった。

郷音の反応を見て、響はほっとした。郷音は気に入らないものは気に入らないとはっきり言うし、服や小物にこだわりがあるので、プレゼントは毎回センスが試される。そのアロマキャンドルも沖縄の雑貨店で、両親に呆《あき》れられながら一時間以上かけてようやく選んだものだった。

「喜んでもらえてよかった。火を点《つ》けたら、いい香りがするんだって」

「そうなんだ。じゃ、さっそく点けてみようっと」

「え、いいの？　大人がいないのに」

そのとき郷音の家族は全員留守で、同居していた祖母は一年前に亡くなっていた。

「大丈夫《だいじょうぶ》だよ。このガラスの中で燃えるだけだし」

「それもそうか。あ、でも窓は開けておこう。火を使うときは、換気しないと具合が悪くなるって聞いたことある」

リビングはエアコンが効いていて涼しかったが、響は目の前の掃き出し窓を開けた。

玄海灘《げんかいなだ》から吹く潮風が、レースのカーテンを揺らす。雲一つない青空が広がる、気持ちのいい午後だった。郷音が父親の部屋から持ってきたオイルライターでキャンドルに点火すると、沖縄で食べたフルーツを彷彿《ほうふつ》させる、甘くて爽《さわ》やかな香りが漂ってきた。

「いいにおい」郷音もうっとりしている。

少しのあいだ、二人はアイドルごっこをして遊んだ。歌って踊るだけじゃなく、ファッションショーの真似事などもやった。それに飽きると、二人は二階の郷音の部屋へ行って、当時そろってはまっていた少女小説を読み始めた。

ベッドに寝転がっていた郷音は、いつの間にか寝息を立てていた。つられて眠気を感じた響は手にしていた本を開いたままで伏せ、そばの丸テーブルに突っ伏して目を閉じた。窓越しの日差しの熱とエアコンの冷風のバランスが妙に快適で、とろけるように眠りに落ちていった。

どのくらい、そうしていたのだろう。

鼻をつく異臭で、響は目を覚ました。

初めは寝ぼけまなこで視界がかすんでいるのかと思ったが、違った。

郷音の部屋には、どす黒い煙が充満《じゅうまん》していた。

「郷音、起きて！」

響が体を揺すると、郷音はううん、とうなる。

「なに？　響……」

「火事だよ！　火事！」

「えっ？」

郷音はがばっと飛び起きた。

二人で階段を駆け下りる。さっきまで遊んでいたリビングが、炎に包まれていた。

「響、どうしよう」郷音はパニックに陥《おちい》っている。

「玄関から逃げよう！」

響は郷音の手を引っ張った。新飼宅の玄関は、リビングとは反対側にあった。そちらにはまだ、火の手が回っていない。

ところが、響が先に三和土《たたき》に下りて靴を履《は》いた瞬間、郷音が響の手を振りほどいた。

「おばあちゃんの鏡、リビングに忘れてきちゃった！」

共働きの両親を持つ郷音は、同居する祖母によくなついていた。一年前、祖母が亡くなったときはいたく悲しみ、形見《かたみ》にもらった古めかしい金属製の鏡を毎日のぞき込んでいた。

「取ってくる！」

郷音が踵《きびす》を返して駆け出す。靴を履いていたせいで、響は反応が遅れた。

「だめだよ、郷音！」

土足《どそく》のままであとを追う。郷音は勢いを増す炎をものともせず、ローテーブルの下をのぞき込んでいる。だが、

「あれ、ない」

リビングで一緒に遊んでいたとき、響も鏡を見た記憶があった。にもかかわらず、鏡が見当たらないらしい。

「何でないの。わたし、どこやったっけ――」

「郷音、危ない！」

響は悲鳴を上げた。

窓周辺が燃え盛り、近くに置かれていた観葉植物が、炎をまとって郷音の頭上に倒れかかってきたのだ。

「きゃあっ！」

振り向いた郷音が、右腕でわが身をかばう。だが、間に合わなかった。

「熱い！　熱い！」

「郷音！」

響は束の間恐怖も忘れ、郷音に駆け寄った。観葉植物を靴の爪先で蹴り飛ばし、郷音の肩を抱いて立ち上がらせる。

さすがに鏡どころではなくなったようで、郷音はおとなしく響の先導《せんどう》に従った。玄関から出て、門の外にまで来ると、二人はその場にへたり込んだ。茫然自失《ぼうぜんじしつ》の響の隣で、郷音はずっと泣いている。

「痛い、顔が痛いよ……」

「郷音、見せて」

涙目を向けてきた郷音の顔を見て、響は絶句した。

郷音の右の頬には、大きくて赤黒い火傷ができていた。

火のついた観葉植物が直接、郷音の顔に当たったらしい。

泣きながら、郷音が訊いてくる。

「ねえ響、わたしの顔、どうなってる？」

響は何も答えられなかった。

「――あなたたち、大丈夫！」

ちょうどそのとき、近くの家から中年女性が出てきて、二人に声をかけてくれた。煙に気づいた近くの住民がすでに通報していたようで、それから五分と経たず消防車と救急車が到着し、あたりがにわかに騒がしくなるのを、響はレースカーテン越しの景色のようにぼんやりながめていた。

炎はすぐに消し止められ、新飼宅の被害はリビングだけにとどまった。

響は大人たちに何度も事情を訊ねられ、無感情に答えていった。あのおうちにはよく行くの。はい。キャンドルに火を点けて遊んだんだね。はい。大人がいないのに、危ないとは思わなかったの。思ったけど、郷音がガラスの中で燃えるだけだから大丈夫って言ったので――。響の母親は「あなたの命が無事でよかった」と言って抱きしめてくれたけど、響はとてもそんな風に考えられなかった。

やがて、消防により出火原因が特定された。

アロマキャンドルの火が、風で揺れたレースカーテンに燃え移ったのだという。響たちの証言だけでなく、窓周辺が特に激しく燃えていたことなど、被害の状況とも一致していた。

出火原因を聞かされたとき、響は自分を激しく責めた。

――私が、お土産にキャンドルなんか選んだせいで。

郷音はその顔に、あんなにもひどい火傷を負ってしまった。

彼女はアイドルになりたいという夢を持ち、それを私にも分け与えてくれた。だけど、あれだけ目立つ火傷が顔にありながら、アイドルになれるとは思えない。

彼女の夢を、私が奪ったのだ。

郷音の肌がどのくらい元どおりになるのかは響にはわからなかったが、火傷を負った直後の状態を見てしまっていたので、一生治らないのではないかという恐怖心が消えることはなかった。

火災のあと、郷音は少しのあいだ入院したため、学校へは来なかった。響はお見舞いに行こうとしたが、郷音の両親に断られた。いまは不安定なのでそっとしておいてほしい、と。

それから間もなく、郷音がよそに引っ越した、という情報が流れてきた。新飼宅の建物はまだ原型をとどめており、業者による修繕《しゅうぜん》が進められていたものの、恐ろしい記憶の染みついたあの家に戻るのを郷音がひどく嫌がったらしい。土地と建物はともに売りに出され、火災から一年後には別の一家が暮らし始めた。

別れの言葉さえ告げられぬまま親友がいなくなってしまったことを悲しむ一方で、正直に言えば、響はどこか安堵《あんど》もしていた。火傷の痕が残る郷音と、いままでどおりに付き合い続けられる自信がなかった。郷音のことを慕《した》う気持ちも、キャンドルの件について謝罪したいのも、本心には違いない。それでも、響にとっても、郷音にとっても、このまま別れるのが正解という気がしていた。

そんな響のもとに、郷音から手紙が届いたのは、彼女が響の住む街を去って二ヶ月が過ぎたころだった。

内容は通り一遍の別れの挨拶《あいさつ》で、少女らしいセンチメンタルさはあれど、総じてたわいもないものだった。ただ、末尾に記された一節だけが、そこだけペンのインクが替わったみたいに異質なものに、響の目には映った。

〈わたしはたぶん、この顔ではもうアイドルにはなれないと思う。だから、響はわたしのぶんまで夢を叶えてね。〉

その日から、響は絶えず自分に言い聞かせながら生きていくことになる。

——私は郷音の代わりに、アイドルにならなければいけないのだ、と。

5

配信を通じて郷音とやりとりした翌日には、実家の母親から響のもとに連絡が来た。

『びっくりしたわよ。あの郷音ちゃんから、いきなり電話がかかってくるなんて』

動転して、知らせておくのを忘れていた。事情をかいつまんで説明しても、母親はまだ狐《きつね》につままれたような声色だった。

郷音は響の連絡先を聞き出すのではなく、自身のスマートフォンの電話番号を伝えるにとどめたらしい。再会を期するにあたり、半分は彼女の意思で行動したので、もう半分は響に決めさせようとしたのかもしれなかった。

迷ったけれど、響はまずSMS《ショートメッセージサービス》を送ることにした。直接話す決心がつかなかったのもあるが、こちらには郷音と再会したいという純粋な思いだけでなく取材の目的もあったので、先にそれを断っておいたほうがいいと判断したためだった。

一度に送信できる文字数が制限されているせいもあり、響から送ったメッセージはビジネスライクになった。郷音からはすぐに返信が来て、取材を受けてくれる旨と、都合のいい日時を教えてくれたが、その文面も淡泊《たんぱく》だった。

翌週の水曜日の午後、響は郷音に指定された、薬院《やくいん》にあるコーヒー店を訪れた。白を基調としたシンプルな内装で、世界大会で優勝したこともあるバリスタがコーヒーを淹《い》れてくれるらしい。再会への緊張で気もそぞろだったためか、響の前髪のセットはいつもよりスムーズに済み、少し早く着いた店内に郷音の姿はまだなかった。

マスクを外《はず》してアメリカンを飲みながら郷音を待つあいだも、響は動悸《どうき》を抑えきれずにいた。

――彼女に会って、何を話せばいいのだろうか。会えなかったこの十五年間の空白を埋《う》めて、昔みたいに仲よくする？　もちろん、そうなればいいけど……。

いや、本当に自分はそうなることを望んでいるのだろうか。むしろ、再会を果たしてわだかまりをいくらか解消できたら、あとは疎遠《そえん》になるという未来を想定してやいないか。だって、彼女は私のせいで――。

何にせよ、取材という口実があることは心強かった。対応に困ったら、取材の話を持ち出せばいい。響はボイスレコーダーを準備し、まるで堰《せき》を築くようにメモ帳とＰＣをテーブルの上に置いた。

待ち合わせの時間から五分が過ぎたとき、ガラス張りのドアの開く音がして、響はそちらを見やった。

配信で見たのと同じ、金髪のショートカット。大きめのサイズの白Tシャツに、黒のダメージジーンズ。ベージュのマスクからのぞく目は、鮮《あざ》やかなピンクで縁取られている。

立ち上がった響を認め、郷音はこちらに近づいてくる。向かいの席に黒のトートバッグを無造作に置くと、注文をしにカウンターへ向かった。

違和感が、足元からせり上がってくるような感覚があった。

久しぶり、と声をかける暇さえなかった。配信のときに見せた、驚きつつもどこかうれしそうな様子は、今日の郷音からは微塵《みじん》も感じられない。

カフェラテの入ったマグカップを手に、郷音はテーブル席へ戻ってきた。立ちっぱなしの響に遠慮せず、椅子にどっかり座って足を組む。どうすればいいかわからずおどおどしていると、

「何してんの？　座れば」

十五年ぶりに聞いた、郷音の肉声がそれだった。

響は慌てて腰を下ろす。浮かべた笑みはぎこちなくなった。

「久しぶり、だね。本当に連絡くれて、ありがとう」

「別に。わたしも響には会いたかったし」

その言葉は、必ずしもいい意味ではなさそうだった。

「アイプッシュで郷音を見つけたときは、本当に驚いた」

「よく気づいたね。十五年も会ってなかったのに」

「変わってないなと思ったよ。もちろん大人の女性になって、すごくきれいになってたけど。そ

れでも、一目で郷音だってわかった」

「ふうん。ま、そう簡単には忘れないか。響とは、いろいろあったしね」

いろいろ。含みのある表現だ。

「郷音こそ、よく私との思い出をしゃべる気になってくれたよね」

「だって『ひびき』なんて名前、そんなにありふれてないもん。しかも、自分の名前と同じ字が入ってるんだからさ。嫌でも思い出しちゃうよ」

「迷惑だった？　勝手にコメントして」

郷音はその発言を無視して、

「まあでも、さすがに『本人です』ってコメントが来るとは思わなかった。あそこで名乗り出るのは勇気が要《い》ったでしょ」

「そうだね。実を言うと、配信を見てちょっと安心したんだ。何ていうか、その……」

「火傷のこと？」

先に言及してもらえて助かった。

「そう。見た感じ、まったくわからなかったから。痕とか残らなかったんだなって」

すると、郷音は耳元に手をやって、するりとマスクを外した。

あらわになった彼女の顔を見た響の、息が止まった。

郷音の右の頬には、耳から唇に向かってまっすぐに、赤い火傷の痕がくっきり残っていた。

「響、知らないんだ。無理もないか。アイプッシュ、慣れてない感じだったもんね」

郷音はジーンズのポケットから取り出したスマートフォンを振る。

「アイプッシュって、コンセプトでアイドル向けを謳《うた》うだけあって、加工技術がすごいんだよ。美肌効果のエフェクトで、こんな火傷くらいはリアルタイムでもきれいに消せる。わたしがアイプッシュで配信を始めたのは、それが一番の理由」

郷音は続けて、普段は厚塗りでごまかしているけれど完全には隠しきれないこと、コロナでマスクするようになってから化粧なしでも気軽に外出できるようになったこと、ただしマスクを外さざるを得ない場面では、マスクでこすれて化粧が薄れるのでかえって面倒になったことなどを、矢継ぎ早に語った。

カフェラテに口をつける郷音を前に、響はうなだれる。

「ごめん……私、軽率なことを」

「残念だったね。痕、消えてなくて」

郷音が笑う。感じのいい笑い方ではなかった。

「どういう意味？　それは、残念だったけど」

「だって痕が残らなくてよかったって言ったの、わたしにとってじゃなくて、響にとって、でしょ？」

「そんなことないよ」

反射的に言い返したものの、図星《ずぼし》でもあった。気持ちが楽になったのを、響は確かに自覚していた。

「だからわたし、響に会いたいって思ったんだよね。いまのわたしを見て、響がどんな顔するのか興味があってさ」

「それ、現代の医療技術でも消せないの？」

火に油を注《そそ》ぐおそれがあるとわかっていながらも、話を逸《そ》らしたい一心で、響はそんなことを訊ねる。

郷音はおもしろくなさそうに、

「レーザーとか使えば、けっこうきれいになるらしいよ。お金もたかだか数十万とか」

「じゃあ、どうして……」

「やってみたに決まってるじゃん。でも、無理だった」

彼女の苛立《いらだ》ちが、空気を通して伝わってきた。

「顔に痛みや熱さを感じると、あの日の光景がフラッシュバックするんだ。それでわたし、気がつくと狂ったみたいに悲鳴上げてた。それ以来、あの機械に近づくのさえおぞましい感じがして、治療はあきらめた」

「そう、だったんだ」

傷口に塩をすり込むようなことをした申し訳なさで、響はますます消え入りたくなった。

そんな響に愛想《あいそ》を尽かしたように、郷音はため息をついて言う。

「で、響はどうしてアイドルやめちゃったの」

「知ってたの？」

「まあね。高校生のころにも、福岡へはちょくちょく遊びに来てたから。それで、銀行の外に貼り出されてるポスターでアタッカーを見かけたときに、これ響じゃん、って」

『アタッカー』というのが、響が所属していたアイドルグループの名前だった。《ＨＡＫＡＴＡ》

を逆から読んだだけという、何のひねりもない由来である。

「ごめんね。アイドルになるって郷音と約束したのに、挫折《ざせつ》しちゃって」

するると、郷音は舌打ちをした。

「やめな。そういうの」

「そういうのって、何？」

「大丈夫だよ、響はがんばったよ、わたしのためにありがとう。そう言ってもらいたいのが見え見え」

ショックだった。そんなつもりじゃなかった――だが、本当にそう言いきれるのか？

「くせになってるんだよ。さっきも、勝手にコメントして迷惑だったかって訊いた。そんなことないよありがとう、なんて言うとでも思った？」

郷音は《そんなことないよありがとう》の部分だけ、他者に媚びるような甘ったるい声色を使った。

「……ごめん」

としか言えない。

「アイドルやるにもいろんな苦労があっただろうし、それはわたしにはわからないから、響が謝る必要なんてない。自分の人生なんだから、好きにすればいい。いい大人なんだし、そんなこと言われなくてもわかってるでしょう」

「でも、郷音に対して申し訳なく感じてるのは、嘘じゃなくて」

「どうしてそんな卑屈《ひくつ》になったの？　さっきから、敵に囲まれてるみたいにビクビクしてさ。昔はそうじゃなかったじゃん」

　そうか、私は卑屈なのか、と響は思う。その感情を手繰《たぐ》り寄せると、やはりアイドル時代に端《たん》を発していた。

「アイドルをやめたのはね、自信がなくなっちゃったからなんだ。当時、ネットでいっぱい悪口を書かれたから」

「誰が何やったって悪く言う人はいるよ。気にするだけ無駄でしょ」

「私だって、頭では理解してたよ。でも、だから傷つかないかっていうとそれは違って」

「……まあ、わかるけど。わたしも配信やってて、ひどいコメントもらうことは日常茶飯事だし」

　配信アプリの機能で、中傷コメントが表示されないようフィルターがかけられているというのは、響も仕事を通じて把握していた。だが、スラングなどを駆使《くし》して心ないコメントを浴びせる視聴者や、ＳＮＳに悪口を書き込む人もいるらしい。

　響は前髪をせわしなく撫でつけながら続けた。

「あるときね、前髪が気持ち悪いってネットに書かれたの。それ以来、鏡を見るたびに、どうしても前髪が気になるようになっちゃって」

　郷音の視線が自分の髪に向くのが、響は苦しい。

「少しでもましになるようにいじってみるんだけど、どうしても気に入らなくて。出番前なのに鏡から離れられなくて、泣き出しちゃったこともあって。こんな気持ち悪い姿でステージになんて立てないと思うようになって、それでやめたの」

　重い告白をしている自覚はあったので、響は無理に笑顔を作った。

「向いてなかったんだ。ほら、子供のころは自分がかわいいかどうかとか、あんまりよくわかってなかったじゃない。でも、グループに入って思い知らされた。私みたいな女がアイドルになろうだなんて、思い上がりだったんだなって」

新しい二人組の客が入ってきて、響たちの隣のテーブル席に座る。その雑音が落ち着くのを待って、郷音は口を開いた。

「――ムカつく」

響はびくりとする。

「私、また卑屈なこと言ったね」

「そこじゃなくて」

郷音の眼差《まなざ》しは、光線のようにまっすぐだった。

「こんなこと言うのは癪《しゃく》だけどさ。アイドルやってるときの響、かわいかったよ」

「違う、私、郷音にそんなこと言わせたかったわけじゃ」

「わかってるって」

ぴしゃりと切り捨てられ、響は口ごもる。

「そう感じたら、言ってない。響、自分のこと本気で気持ち悪いと思ってるみたいだったから、それがムカつくって言ってんの」

「どうして？」

「かわいかったからだよ。同じグループの、どの子にも負けてなかったと思う」

「それで、何で郷音がムカつくの」

「ムカつくでしょう。自分よりかわいい女が『私ブスでー』なんて言ってたら、こっちはどうなるんだよって話じゃない」

「私なんかより郷音のほうが……」

「そういうの、いま要らないから」

郷音はハエを払うように手を振る。

優《すぐ》れた容姿を持つ女性が自分のことをかわいくないと言うのを、響は謙遜《けんそん》か、さもなくば自虐《じぎゃく》に見せかけた自慢だと思っていた。だから郷音の苛立ちは理解できる。だが、響のそれは本心だった。

「でも私、そんなに人気なかったよ」

「それは、アイドルの人気が顔だけじゃ決まらないからでしょう。アイドルとしての振る舞いが下手だったんじゃないの。それこそ、自信がなかったせいとかで」

心当たりはあった。グループ内でよく、響は「キャラがない」と言われた。握手会などでファンと交流する機会があっても、緊張が先に立ってファンの言葉にうまく返せないから、相手を困らせてしまうことが多々あった。

「正直に言うとさ、一緒にアイドル目指そうって誘ったころは、自分のほうがかわいいと思ってたよ。響、ちょっと芋《いも》っぽかったし」

はっきり言われても、同感なので気に障りはしない。

「でもね、顔に火傷の痕が残って、時間経過では消えそうにないって知ったとき、わたし、自分が化け物にでもなったみたいな気がしてさ。響と離れてかよった学校でも、不気味だって陰口叩かれたりしてたし。恋愛くらいは普通にしてたけど、アイドルなんて思いもよらないようになってた。そんなときだった、響がアイドル活動してると知ったのは」

郷音は微笑《ほほえ》んだ。今度は嫌な感じのしない笑みだった。

「びっくりした、すっごくかわいくなってたから。やっぱりプロは違うんだなって」

「そんな風に言ってもらえるほど、活躍してはいなかったけど……」

「響が話を合わせてくれてただけで、本気でアイドルを目指してはいなかったことくらい、わたしにもわかってたよ。性格的に向いてるとも思えなかったしね。なのに、響はわたしとの約束を守って、本当にアイドルになってた。外見を磨《みが》いて、歌やダンスの練習も一所懸命がんばったのが伝わってきた。それを知ったときにね、思ったんだ――わたし、何やってんだろうって」

火災から、七年の月日が過ぎていた。あの焼けたリビングにずっととらわれていた郷音は、ようやく足を踏み出した。

「まずはメイクを勉強して、火傷の痕をだいぶごまかせるようになった。髪型変えて、ダイエットもがんばった。そしたら、自分で言うのも何だけど、ずいぶんかわいくなれたと思う。自信がついてきたところで、アイドルのオーディションもいくつか受けてみた。でも、全部不合格」

残酷《ざんこく》な結果に、響は何も言えない。

「火傷の痕を隠すのに、どうしても厚塗りしなきゃならなくて。パッと見だとわかりづらくても、さすがにオーディションではバレるんだよね。当時のアイドルに求められるものって、少女性というか、化粧っ気のない純粋さみたいなものばかりだった。もともと十代の終わりでアイドルを目指そうと思ったら、若さが武器にならないから、ほかの長所が必要だったたし。アイドルの多様化が進んだ現代なら、わたしにも居場所があった気もするけど」

郷音は華奢《きゃしゃ》な指先で、火傷の痕にそっと触れる。

「落とされるのにいろいろ理由はつけられたけど、最終的にはいつも『化粧がケバい』って言われてた。それで、やっぱこの顔でアイドルは無理なんだって、きっぱりあきらめたんだ」

郷音の夢を奪ってしまった事実をあらためて突きつけられ、響は暗い気持ちになる。

「高校卒業後は、化粧が厚くても問題ない職種に就《つ》きたくて、アパレルブランドで働き始めた。けど、あるときアイプッシュの存在を知って、試しに使ってみたら、化粧をしなくても火傷の痕が加工できれいに消えて感動した。これならわたしでも、アイドルみたいになれるかもって思った」

彼女はおよそ一年、ライブ配信を続けているのだという。容姿だけでなくフランクなキャラクターを売りにして、着実に人気を獲得してきた。ライブ配信が軌道《きどう》に乗ってじゅうぶんな収入を得ることができているので、現在はアパレルの仕事をやめ、配信一本に絞っているそうだ。

「今回のランキングバトルも、新たな挑戦なんだ。優勝したら、火傷のことを視聴者に明かすつもり。こんなハンディキャップがあっても人はかわいいと認めてもらえるんだってこと、知らしめたくて」

「……すごいね。郷音は、本当に強い」

それに引き換え私は、と言いたくなるのを、響はぐっとこらえる。たとえ、郷音が立ち直る契《けい》機《き》に自分はなれたのだとしても、それだけだ。郷音が努力したのも、反対に自分が挫折したのも、結局はその人の持ち前なのだろう。

いつの間にか店内が混み、外に待ちの列ができるほどになっていた。夕方に差しかかり、学校帰りの学生などが増えたようだ。長居してしまったことに響が居心地の悪さを感じていると、郷音は言った。

「本当は今日、響に会うまで、すごく意地悪な気持ちだった。どうせ響は人生イージーモードなんだろうなって。わたしみたいな欠点もなく正真正銘《しょうしんしょうめい》かわいくて、みんなにチヤホヤされて、しんどかっただろうアイドル活動も腰掛けみたいな短期間でやめちゃってさ。厭味《いやみ》の一つも言ってやらないと気が済まないわって」

出会い端《はな》、挑発的だった郷音の態度は、いまではかなり軟化している。

「だけど実物の響を前にして、萎《な》えちゃった。自分のこと、本気でブスだと思ってるみたいなんだもん。その様子じゃ、人生ちっとも楽しくないでしょう」

響は認めざるを得なかった。

「うん……楽しくない。何をしてても、気がつくと前髪のことばかり考えちゃってるから。そういう自分が社会人として恥ずかしくて情けないことや、自意識過剰だってこともわかってるけど、この前髪のせいでひどい見た目になってしまってる事実は変えようがない。郷音だって私の前髪、気持ち悪いと思うでしょ？」

するると、郷音は人差し指でテーブルを数回叩いて、

「だーかーら、その認識が間違ってるって言ってんの。聞いてた？　わたしの話」

「聞いてたよ。でも、本音《ほんね》かはわからないし」

「あんた、ほんとムカつくね」

水掛け論の様相を呈してきたので、響は角度を変えた。

「百歩譲って、郷音が私のこと本当にかわいいと思ってくれてたとしても、それは好みの問題だよね。私が自分のことをかわいくないと思うのも、私の好みじゃないってだけなの」

響は百パーセント正しいことを言ったと思った。ところが、郷音はそれすらも否定した。

「いーや。わたしは好みを抜きにして客観的な話をしてる。香住響は、誰が見たってかわいい。そう思えないなら、あんたはどっかが狂ってる。気持ち悪いのは、見た目じゃなくてその根性だよ。病院行って、脳の検査でも受けたほうがいいんじゃない？」

遠藤部長からも受診を勧められたことを、響は思い出す。

私が、病気？　そんなこと、絶対にありえない。私は単に自分の見た目、特に前髪にコンプレックスがあるだけだ。それは事実に基づいているのだから、脳障害や精神疾患《しっかん》であるはずがない——。

でも、本当にどこかが悪いのだとしたら？

医者に診《み》てもらって何の問題もなければ、自分は間違ってなかったと胸を張れるのだ。反対に異常が見つかれば、何らかの手は打てるのかもしれない。いずれにしても、このまま何もしないでいて、部長からも郷音からも非難を浴び続けるのが一番の愚策《ぐさく》ではないか。

郷音がスマートフォンで時刻を確認して、椅子から立ち上がった。

「わたし、このあと配信やるからそろそろ行くわ。わたしのこと、記事にしてくれるんだっけ？ごめんね、大した話もできなくて」

本来の目的を忘れていた。録音を聞き返して無理にでも使えそうなところをピックするしかない、と響は考える。

「時間作ってくれてありがとう。申し訳ないけどギャラはお支払いできないから、せめて飲み物代は……」

「いいよ、このくらい。記事にしてもらえれば、確実にランキングバトルで有利になるし」

引き止める間もなく、郷音は立ち去ろうとする。が、二歩進んだところで振り返った。

「そう言えば」

「何？」

「ブログ、読んだよ。自己憐憫《れんびん》がひどくてムカついた。自分が有名になるために、あのことさえも利用するんだなって」

「あ、あれは……」響は青ざめる。

「だけど、それも考え変わったわ。何て言うか、そんな器用な真似ができるようにも見えないし。たぶん、書くことでしか過去をやり過ごせなかったんでしょう」

書くことでしか、過去をやり過ごせない。

うかつにうなずいたりはしないが、そうかもしれない、と響は感じる。苦しい思いを、ずっと溜め込んだままでは生きられなかった。

「響の態度しだいでは、縁《えん》を切るつもりでここに来た。でも思い返せば、子供のころの響はいつも優しかったね。わたし、そんな大事なことも忘れてたな」

とまどう響を見て、郷音は微笑む。

「また近いうち、ごはんでも誘ってよ。じゃあね」

郷音が店を出ていく。最後にうれしい言葉をかけられたのに、喜んでいいのかもわからない。この短時間で、あまりにも目まぐるしく感情が動きすぎ、響は二時間のステージを終えた直後のように疲れきっていた。

6

響がアザーサイドに採用されるきっかけとなった、ブログの記事。

それは、郷音との関係と火災による突然の別れ、そして郷音との約束に縛られてアイドルになったことを、赤裸々に綴《つづ》ったものだった。

郷音の言うように、長年携《たずさ》えてきた罪悪感が風船のように膨らんで、どうにかして空気を抜かないと破裂しそうで書いた記事だったのかもしれない。当時の彼女は就職活動の一環と割りきっていたつもりだったが、むしろそれを口実にしたようにも思える。

響はローカルのアイドルグループに二年ほど在籍しただけでほぼ無名だったが、それでも記事は瞬く間にネット上で拡散され、ＳＮＳのトレンドランキングのトップテンに入るなど大きな話題となった。アイドルがまばゆい活動の裏で抱えていた闇というのは、陳腐《ちんぷ》だが万人受けするストーリー性があったのだろう。

アイドル時代のファンからは、過去を隠して明るく振る舞っていたことをいまさら知ってショックだった、という感想を受け取った。的外れなことに、売名のための作り話とする中傷も多数届いた。取材の申し込みや芸能事務所からのコンタクトもいくつかあったものの、響はそれらすべてを丁重《ていちょう》にお断りした。求めていたのは、メディアに採用されるための実績だけだった。

もちろん郷音の名前は伏せ、火傷の位置も微妙《びみょう》に変えるなど、個人の特定につながらないよう最善を尽くした。しかし、それでも想像をはるかにしのぐ反響が来たとき、響は郷音に迷惑がかかるかもしれないことに怯《おび》え、どうにかして事前に本人の許可を取ろうとしなかったことを後悔《こうかい》した。同時に、これがものを書くという営《いとな》みなのか、とも思い知った。書いたことによって何が起きようが、すべての責任は筆者にある――それらを受け止める覚悟がなければ、書くべきではない。

もしかすると郷音にも記事が伝わったかもしれない、とは思っていた。記事を公開してしばらくは、郷音から恨《うら》み節《ぶし》を綴ったメッセージが届きはしないかとビクビクしながら過ごした。しかし二、三ヶ月も過ぎるころには、アザーサイドに採用されることで頭がいっぱいになり、記事の件は意識に上《のぼ》らなくなっていた。

まさかそのあとに再会が待ち受けているとは、思いもよらなかった。

郷音と会った次の週の月曜日、響は午前休を取り、心療《しんりょう》内科を受診することにした。

響が独り暮らしをする自宅マンションは、大濠《おおほり》公園の近くにある。大濠公園は福岡市中央区にある県営の都市公園で、その名のとおり元は福岡城の外濠《そとぼり》であり、中央に外周およそ二キロメートルの大きな池がある。園内に福岡市美術館があり、周辺には福岡城跡、舞鶴《まいづる》公園が隣接し、春には大勢の花見客で賑《にぎ》わう。かつては毎年、夏に県下有数の規模の西日本大濠花火大会が催《もよお》されて大変な人出となっていたが、コロナ禍前の二〇一八年を最後に中止されている。

目指す心療内科は、福岡市地下鉄大濠公園駅のそばにあるという。アプリのマップで表示されたルートを参考に、自宅から五分ほど歩く。汗ばむほどの陽気で、前髪がべたつかないかが気にかかった。

年季《ねんき》を感じさせるビルの下に立ち、三階にあるという心療内科を見上げ、響は思う。

――病気なわけ、ないんだけどな。

メンタルヘルスに関する病院にかかったことはこれまで一度もなかった。アイドル活動を休んでいた時期も、母親の「ゆっくり休めばじきによくなる」という言葉を鵜呑《うの》みにしていた。響自身、ちょっと気持ちが不安定なだけで、病院へ行くようなことではないと思っていた。

エレベーターで三階に上がると、正面にタッチ式の自動ドアが見える。〈大濠駅前メンタルクリニック〉の文字が表記されていた。

重い足を動かし、中に入る。建物の外見とは裏腹に、清潔感のある空間だった。待合室には観葉植物が置かれ、空気清浄機も作動している。平日にもかかわらず長椅子には五人の患者が座っており、混雑ぶりがうかがえた。

「十一時から予約した香住です」

「初めての方ですね。こちらにご記入をお願いします」

受付で渡されたバインダーにはさまれた紙には、住所や氏名といった個人情報のほか、症状について記入する欄がある。

恥ずかしいな、と思った。前髪がコンプレックスで、なんて書かなければならないことを。もっと重く、大変な病気で苦しんでいる人がたくさんいるのに、こんなつまらないことで受診し、医師の時間を奪い、ほかの患者の受診する枠を減らすことを申し訳なく感じた。


どのような症状で来院されましたか――見た目（主に前髪）に関するコンプレックスが強い。

それは、いつごろからですか――十八歳のとき。

悩みの大きさを一から五の数字で表すとどうなりますか――二。

薬による治療についての希望はございますか――なるべく薬に頼りたくない。


記入を終えた響は、バインダーを受付の女性に返す。症状がバカバカしすぎて笑われやしないかと不安だったが、お掛けになってお待ちください、と言われただけだった。

予約の時間を十分ほど過ぎたころ、響の名前が呼ばれた。

引き戸を開けて診察室に入る。PCが置かれたデスクの前に、マスクをつけた男性の医師が座っていた。二人とも眼鏡《めがね》をかけていることで知られる人気お笑いコンビの、背の高いほうに雰囲気が似ている。年齢は五十歳くらいか。

「香住さん、初めまして。医師の小田《おだ》と申します」

椅子に座った響に対し、医師はそう名乗った。柔らかい声だった。

先ほど響が記入した紙に目を通しながら、小田は診察を開始する。

「ご自身の見た目にコンプレックスがあるということですけど、具体的にはどんな風にお困りですか」

「すみません。正直、病院にかかるようなことじゃないと思うんですけど……上司に受診しろと言われ、逆らえなくて」

　言い訳をしながら、響はへらへらしている。

「大丈夫ですよ。続けてください。それと、容姿に関わるお話なので、マスクは外していただけますか」

　抵抗はあったが、医師の指示にしたがい、響はマスクを外した。

「えっと……昔、福岡でアイドル活動をやってたことがありまして。そのころネットに〈前髪が気持ち悪い〉と書き込まれてから、前髪が気になるようになってしまったんです。そのせいで、自分の見た目すべてが嫌いになって」

　それから響は自身の状態について説明していった。コンプレックスが克服できず、アイドルを引退したこと。現在は編集者の仕事をしているが、前髪が気になって大事な約束に遅刻してしまうケースがあること。とはいえ毎回ではなく、生活するうえでさほど困っているわけではないこと。

　話しているあいだも、やはり病院に来るような悩みではないという考えが繰り返し響を襲い、逃げ出したくなるのを懸命《けんめい》にこらえた。先生に迷惑をかけてはいけないという思いから、響は最後にこう付け加えた。

「わかってるんです。こんなのは病気でも何でもなく、ただのコンプレックスだって。友達には認識が間違ってるって言われたけど、私の目には、鏡に映る自分の姿がちゃんと見えているんですから。先生だって、この前髪を見たら気持ち悪いと思われますよね？」

　すると、小田は何かを見つけたと言わんばかりに目を見開いた。

「香住さん。一つ、質問していいですか」

「何でしょう」

「あなたが先ほどからおっしゃるご自身の見た目について、百点満点で点数をつけるとすると何点ですか」

「それは、主観で、ですか」

「はい。ご自身の思う点数で結構です。正直に答えていただかないと意味がないので、謙遜などはなさらないでください」

診察室には鏡がなかったので、響は閉じたまぶたの裏に、自分の見た目を思い浮かべた。

小動物めいた丸い目。長くて量の多いまつ毛。小ぶりな鼻。線のはっきりした顎。ちょっと膨らんだ頬。こめかみに近づくにつれてやや垂れ下がる眉。人よりちょっと広がっている耳。丸みを帯びた額。

――すべてを台なしにする、前髪。

答える前に、確認したいことがあった。

「あの、先生」

「どうされましたか」

「点数って、マイナスでもいいですか」

まるで予期していたかのような間《ま》で、小田は答えた。

「かまいません」

響は、自分の直感したそのままの点数を告げた。

「マイナス三十点です。どう見ても気持ち悪いので、零点以下だと思います」

謙遜や自虐では断じてなかった。響にとって自分の見た目は、それほどまでに劣っているものだった。

ゆったりとうなずいたあとで、小田は言った。

「香住さん。よく聞いてください」

あなたは病気ではありません。そう言ってもらえることを、響は期待した。

背筋を伸ばした響に、医師は診断を言い渡した。

「あなたは、身体醜形障害《しんたいしゅうけい》の疑いがあります」

「シンタイ……？」

知らない病名だったので、響は意味をとらえ損《そこ》なった。小田は繰り返す。

「身体醜形障害です。醜形恐怖症、と言ったほうが聞きなじみがあるかもしれません」

頭を殴《なぐ》られたような衝撃《しょうげき》が、響を襲った。

醜形恐怖症。

アイドル時代、こんな噂を幾度か耳にしたことがある。

――あのグループのあの子、醜形恐怖症らしいよ。フェスとかでは元気そうにしてるけど、実際はボロボロなんだって。

そのたびに、響は不思議に思ったものだ。あんなにかわいい子がどうして？　と。

そんな病気に自分が、まさか。

「ご存じですか。身体醜形障害について」

「聞いたことくらいは……でも、待ってください」

動揺のあまり、響は小田の話の流れをさえぎった。

「違うと思います。私はただ、自分の見た目が好きではないだけなんです」

「では、先ほどのご質問にお答えしましょう」

こちらが焦《あせ》れば焦るほど、小田は冷静になっていくように見える。

「香住さん。私に、自分の前髪を気持ち悪いと思うか、と訊ねましたね」

「はい。答えてくださらなかったので、肯定の意かと」

「私はそうは思いません。あなたの前髪は、少しも変ではありません。前髪だけではなく、髪型全体やお顔立ちも同様です。私の目から見る限り、あなたは平均よりも美しい女性ですよ」

響は思わず、前髪を執拗《しつよう》に撫でつける。

「私が患者だから、そう言っているだけでしょう」

「違います。おそらくですが、周囲に同じ質問をぶつけたことがあったでしょう。一度でも、確かに気持ち悪いねと答えた人がいましたか？」

響は思い返す。すぐに、久我原や郷音にも同じ質問をしたことに思い当たった。

――あの、私、変ですか。

――郷音だって私の前髪、気持ち悪いと思うでしょ？

それに対する答えは、こうだ。

――ああ、いや。

――だーかーら、その認識が間違ってるって言ってんの。

「でも、面と向かって気持ち悪いだなんて、普通は言えませんよね」

「私は本心であなたのことを美しいと思っていますし、あなたのまわりの人も同じように評価しているはずですが、こうした言葉をどれだけかけても身体醜形障害の患者さんには届かないこともよく知っています。現に、真《ま》に受けていませんね？」

「はい……」

「では、お世辞や嘘の付け入る隙《すき》のない、より客観的な事実を探しましょう。誰もが容姿をマイナス三十点と評するような女性が——そんな女性が実在するかは別として——果たしてアイドルグループのオーディションに合格するでしょうか」

——そんなことは。

言われるまでもなく、わかっていたのだ。

郷音の言うとおり、アイドルとして少しでも人気が出るように、かわいくなる努力をした。まわりの子たちのほうがよく見え、劣等感に悩まされながら、それでも自分のことを、かわいいと思えている時期も確かにあった。なのに私は、後年になってそれをただの思い上がりだったと——。

過去の自分と現在の自分とのあいだに生まれた齟齬《そご》を自覚し、響の世界は揺らぎ始める。

「先生。私は、自分の見た目が好きではないという話をしているんです。他人がどう思うかは関係ありません。容姿に関するコンプレックスくらい、誰にだってありますよね」

「ええ。私も若い時分、精神科医のくせに頼りにならなそうな顔をしていると言われてから、この顔がいまでもコンプレックスです」

冗談だとわかったが、笑えなかった。

「コンプレックスと身体醜形障害のあいだには、明確な線引きがあります」

「何ですか、それは」

「自分の見た目に関する悩みが日常生活に支障をきたしているかどうか、です」

この医師は何を聞いていたのだ。苛立ちさえ覚え、響は反論する。

「私、言いましたよね。そんなに困ってるわけじゃないって」

「香住さん、よく考えてください。あなたは前髪を気にするあまり、仕事の約束に遅れたことが何度もあるという。これは、いち社会人としては異常なことですよ。それを支障《ししょう》をきたしていると言わずして、何と言いますか」

言葉に詰まる。自分以外の人間が、髪型が気に入らないからという理由で大事な仕事に遅刻してきたら、どう思うか。そんなの言うまでもなかった。

「そのほかにも、香住さんが身体醜形障害だと診断した根拠はたくさんあります」

穏《おだ》やかな口調で、小田は続ける。

「まず、あなたが自分の前髪を気持ち悪いと思うか、と私に訊ねたこと。にもかかわらず、私が正直に答えてもまったく信じてくれなかったこと。これは、身体醜形障害患者の典型的な行動パターンです。次に、あなたが自分の容姿にマイナス三十点をつけたこと。私は百点満点でと申し上げたのに、です。本人の容姿如何《いかん》を問わず、普通はそこまで極端に低い点数をつけないものなのです。さらに、あなたが前髪に強くこだわっておられること。身体醜形障害患者の大半は、見た目全体というより一つあるいは複数の、特定の部位を醜いと思い込みます。そしてもう一つの根拠は、あなたが私から見て美しい女性であること」

「どういう意味ですか」

　意外に思われ、響は訊き返した。

「身体醜形障害患者の多くは、平均以上に容姿の優れた男女であるとされています。他者による評価と自己評価とのあいだに乖離《かいり》があるため、本人は苦しんでいるのに周囲には理解されず、果ては厭味にすら受け取られてしまうのです」

　──ムカつくでしょう。自分よりかわいい女が『私ブスでー』なんて言ってたら、こっちはどうなるんだよって話じゃない。

「こうした患者さんはときに美容整形手術を望みますが、医師の目には何ら異常が見られないため、施術《せじゅつ》を断られるケースもあります。また、整形依存《いぞん》と言われる人たちがいますが、あれも身体醜形障害の症状として表れることがあります。元が醜くなく、見た目ではなく精神に問題を抱えているのですから、手術を受けたところで満足できるはずがないのです。こういった患者さんの多くは、術後一時的に症状が改善する場合もありますが、またすぐに自分の容姿が嫌いになっていきます」

　医師の話を頭では理解できるのに、それでも響の心は、身体醜形障害であると認めることを拒絶していた。

「先生は……どうしても、私が病気ということにしたいんですね」

「香住さん。私は何も、あなたを論破《ろんぱ》したいわけではありません」

「じゃあ、どうして」

「あなたがご自身の状態を正しく把握し、治したいと思ってくださらなければ、治療が開始できないからです。ですから私は、あなたが身体醜形障害であると思われる理由を述べ、その特徴についてご説明しました」

治療。その言葉は大仰《おおぎょう》で恐ろしく、響は急に、診察室が広くなったように感じた。

「仮に、先生のおっしゃっていることが正しいとして……結局のところ私は、自分の見た目で悩んでるってだけですよね。そんなの、治療するほどのことなんでしょうか。世の中には、もっと深刻な悩みを抱えている人が大勢いるのに、たかが見た目のことで悩んでる自分なんかが、苦しいだなんてとても言えない――」

「とんでもない。身体醜形障害はあらゆる精神障害の中でもっとも患者を苦しめるものの一つ、と書いている精神科医もいるほどなのですよ」

曇っていた目が、磨かれたような心地がした。

「苦しかったでしょう。いままで、よくがんばってこられましたね」

小田の声は、温かかった。

響の目から、涙がぼろぼろとこぼれ、止まらなくなった。

「苦しかった……です。ずっと、自分はなんて気持ち悪いんだろうって……でも、誰もわかってくれなくて。いけないことだと思いながらも、こんな見た目に生んだ親を恨んでしまったりもして……」

誰にも言えなかった本音が、次から次へとあふれ出る。

小田は相槌《あいづち》を打ちつつ、響のつっかえながらの話に聞き入ってくれる。七年間、溜め込んだものを勢いに任せて吐き出してしまったら、響はいくらか落ち着きを取り戻した。

「取り乱してしまってすみません」

「いえいえ」

小田は言う。響は目元をハンカチで拭《ぬぐ》い、告げた。

「先生に苦しかったって認めてもらえて、すごく救われました。だけど私、やっぱり自分が病気だなんて、すぐには受け入れられません。治療というのも、何だか怖い」

医師は鷹揚にうなずいた。

「今日の私の話を踏まえ、一度ご自身でじっくりお考えになるとよろしいでしょう。治療はいつでも始められますので、気が向いたらまたお越しください」

「わかりました」

「それと、これだけは忘れないでいただきたい」

眼鏡の奥の目を細め、小田はゆっくりと語った。

「あなたが苦しいとお感じになっていることは、病気であろうとそうでなかろうと変わりません。病気じゃないから苦しいと言ってはいけないとか、症状が軽いから我慢しなければいけないとか、そんなことは決してないのです。身体醜形障害の治療に限らず、メンタルクリニックではそうした苦しみを和《やわ》らげる方法をご提案できます。苦しいと感じたら、いつでも医者を頼ってください」

「……はい。ありがとうございます」

診察室を出る。引き戸が閉まった瞬間、響はこらえきれずに上を向き、洟《はな》をすすった。

7

スマートフォンの社内チャットアプリに遠藤からメッセージが届いたのは、夜、響が顔にパックを貼ったまま小説を読んでいたときだった。

〈香住、昨日サイトにアップしたイタリアンの記事、お店にお礼の連絡したか？〉

個別ではなく、福岡オフィスの五人全員が見られる共有チャットだ。ばつの悪さを覚えつつ、響は返信した。

〈すみません、まだです〉

〈早くやっとけよ。取り返せるときに取り返せ〉

耳が痛い。了解《りょうかい》の返事をし、響はスマートフォンを置いた。

日々のタスクにいっぱいいっぱいで、そういうところまで気が回らない。「最初のうちはそんなもん」と久我原はなぐさめてくれるが、彼だって響と一年しか変わらないのに如才《じょさい》がない。

この仕事、向いてないのかな、と思う。文章を書くことにはやりがいを見出しているけれど、取材には遅刻するし、膨大《ぼうだい》な量の雑務にもストレスを感じている。もっと執筆《しっぴつ》だけに集中できる仕事のほうがいいのかもしれない。そう、たとえば小説家のような――。

現実逃避《とうひ》を始めたところで、スマートフォンがまたも着信音を鳴らした。

今度は郷音からのＳＭＳだった。何だろう、と身構えてしまう。前回会ったとき、ＬＩＮＥの連絡先を交換し損ねていた。

　メッセージの内容は意想外だった。

〈ヴェンティ・クワトロの記事、見たよ！　わたし、あの店好きでよく行ってるんだ〉

　アップされた紹介記事は署名入りだったので、響が書いたと誰にでもわかる。郷音がアザーサイドをチェックしてくれているのは、再会した響を気にかけていることの表れだ。素直にうれしかった。

　何と返信しようかと考えたとき、郷音の台詞《せりふ》が頭をよぎった。

　――また近いうち、ごはんでも誘ってよ。

　それは、とてもいいひらめきに思えた。


　その週の金曜日、十八時を回ったところで、響は荷物をまとめて席を立ち、隣の久我原に声をかけた。

「お疲れ様です。お先、失礼します」

「香住さん、このあと予定でも？」

　何気《なにげ》ない風に質問され、どきりとした。ない、と答えたら食事にでも誘われたのかもしれない。幸い、答えは決まっていた。

「はい。女友達と、ヴェンティ・クワトロに行くんです」

　これが、響のひらめきなのだった。お店を利用すればただ連絡する以上にお詫《わ》びの気持ちを伝えられるし、郷音にはごちそうすることでノーギャラだった取材のお礼ができる。すでにヴェンティ・クワトロにはその旨を伝えて予約を済ませてあり、遠藤からも経費で支払っていいという許しを得ていた。

「そう。それはいいね。楽しんで」

残念そうな素振《そぶ》りは微塵も見せず、久我原は仕事に戻る。そのスマートな姿に、響はつい見入ってしまう。マスクをしていても、横顔のラインがきれいだ。

デスクの上はいつもすっきり片づいていて、周囲に仕事ができる印象を与える。油断するとすぐに資料などで散らかしてしまう響とは大違いだ。小物にもこだわりがあるようで、四月の誕生日で二十五歳を迎えたという彼に先月、福岡オフィスの社員全員でお金を出し合ってプレゼントしたデジタル時計は、相変わらず使われている形跡がなかった。セイコーの、黒地のパネルにLEDの文字が映えるおしゃれなデザインで、サイズもデスクに置くのにぴったりだったのに。部長が陰で「せっかくあげたんだから、あいつ気を遣えよ、なあ」と愚痴るのを、響は聞かされたことがある。

「どうかした?」

久我原が再度こちらを向いたので、響はわれに返った。ちょこんと頭を下げ、逃げるようにオフィスを出た。

地下鉄に乗って大名を目指す。お店には、予約した十九時の十分前に到着した。

小さな正方形のテーブルに通される。キャンドルが置かれていたので、店員に下げてほしいとお願いした。さすがにこんなことでは動揺しなくなったが、二人のあいだに置かれていていいものではない。

郷音は十九時ちょうどに来店した。ハイブランドの黒いキャップを被《かぶ》り、細身のパンツに黒のレザージャケットを合わせている。配信を見ていても感じることだが、中性的なファッションが好みなのかもしれない。無難なオフィスカジュアルを選択した響とは、ちぐはぐな取り合わせのようにも感じられた。

「おつかれー」

郷音が着席する。笑顔だったことにほっとした。

「ごめんね。付き合ってもらって」

「全然。こっちがお礼を言いたいくらい。タダでこのお店に来られるなんて、ラッキー」

郷音がキャップとマスクを外す。火傷の痕はメイクの下でもうっすら見えるけれど、キャンドルを下げてもらったおかげで薄暗いので気にならない。郷音に恥をかかせたくないという思いから、響はまたも前髪が変じゃないかを訊ねようとして、慌てて口をつぐんだ。今日は仕事のあとで髪型が崩《くず》れやすいとわかっていたので、後ろで結んでいる。

取材の折にもいた若手のシェフが、おしぼりを運んでくれる。

「先日はありがとうございました」

響が声をかけるも、シェフは響の顔にぴんときていないようだ。

「アザーサイドの香住です。メールでお伝えしました」

「ああ。熊谷からうかがっております。本日はご利用ありがとうございます。どうぞごゆっくりしていってください」

シェフはそう言い残して去っていく。取材は数週間前とはいえ、終始マスクをつけていた。顔を憶えられていなくても仕方ないのだが、気まずい思いをさせてしまっただろうか、と響は気がかりだった。

プロセッコで乾杯《かんぱい》をする。キレがよく、一杯目に最適だった。郷音はお酒が好きで何でも飲むという。響は強いほうではないが、嗜《たしな》む程度には飲める。料理はコースを頼んであった。

「それにしても、ガチで誘ってくれるとはね」

その一言で、響は萎縮《いしゅく》してしまう。

「郷音が誘ってって言ってたから……」

「気、遣わせた？　はは、ごめんごめん。でも、うれしかったよ。本当言うと、嫌われたなと思ってたから」

「嫌われた？」

「そりゃそうでしょう、あれだけ前回、ずけずけ言ったんだから。嫌われて当然だし、言いすぎたかなって後悔したりもした」

嫌われて当然。言われてみれば、そうなのかもしれない。けれど、響はそんなこと考えもしなかった。郷音の言ったことは正しかったし、そもそも自分が郷音を嫌うなんて——負い目があるから、そう思うのかもしれなかったが。

「郷音でも後悔したりするんだ」

「あんたねえ、わたしのこと、どういう生き物だと思ってるの」

郷音は呆れている。

「だって、郷音の言葉には迷いがなかったし。正しい自信があるんだろうなって」

「それはそうだけど、正しけりゃ何でも言っていいわけじゃないでしょう。わたし、普段はあそこまで感じ悪くないよ。これでもコミュニケーション能力あるほうなんだから」

それは配信を見ていればわかる。たった一人であんなに長時間しゃべり続けるなんて、響にはとうてい真似できない。

「ともかくさ、この前は勝手なことばかり言って悪かったよ。それもこれも、わたしたちがこの十五年間、互いのことを何も知らずに生きてきたせいなんだよね。だから、今日はそのブランクを埋めたい。昔みたいに、一番の親友に戻れるように」

この年齢で一番だなんて少し重たく感じながらも、響は郷音の気持ちがうれしかった。一品目の料理が届いたのを皮切りに、二人はこの十五年間について語り始めた。


ヴェンティ・クワトロの料理は美味《びみ》だった。

真鯛《まだい》のカルパッチョは塩味と酸味の調和が取れ、スズキのポワレはレモンバターソースが旨みを強く引き立て、低温調理で仕上げたという鹿のグリルで響は、人生で初めて鹿肉をおいしいと感じた。おすすめで出してもらったワインとの相性もよく、シチリアの白はさっぱりしていながらもミネラル感があって魚料理にぴったりだったし、キャンティ・クラシコはまさに王道というべき安定感で、プーリアのプリミティーヴォはしっかり甘みがあってお肉のソースによく合った。

十歳で福岡を離れた郷音はその後、山口《やまぐち》県にある母方の実家で高校生まで過ごしたらしい。けれども学校での人間関係がうまくいかず――本人いわく《いじめというほど深刻ではなかった》そうだ――不登校になりかけていたところ、響のアイドル活動を知ったことが一つのきっかけとなり、立ち直って卒業した。

「だから、この前ケンカ売ったけど、響にはずっと感謝してるんだよ。これは本当」

アイドルのオーディションは落選続きだったものの、アパレルの仕事は楽しかった。郷音の売り上げ成績はよく、常連客もついて、向いていると感じられた。五年ほど勤めたが、ライブ配信で収入を得られるようになり、やめたのはすでに聞いたとおりだ。

「火傷はいまでもコンプレックスだけど、そこにあって変わらないもののことばかり考えてるのは不毛《ふもう》だからね。わたしはいまの自分の顔が好きだし、火傷があってもかわいい女性でありたいと思ってる」

そんな言葉で、郷音は自身の話を締めくくった。

申し訳ないな――それが、響の中でまず浮かんだ感想だった。

火事を起こしたことが、ではない。郷音のように誰の目にも明確な傷などがあるわけではないのに、ただ自分の見た目が気に入らないというだけで苦悩し、病院にまで行った自分を恥じたのである。

もし自分が顔に火傷を負っていたら、そっちが気になって前髪どころではなかったはずだ。つまり、おまえの悩みは贅沢《ぜいたく》だ――そんな風に非難されているようにすら感じた。だからと言って響のコンプレックスは少しも軽くなりはしなかったし、むしろ郷音と比較して安心するほうが最低だとも感じていたけれど。

バトンタッチした響は、郷音と別れてからの十五年間のことをかいつまんで話した。文章を書く仕事を志望した時期に差しかかると郷音は、

「響、もともと少女小説好きだったもんね。アザーサイドみたいなメディアで働いてるって聞いたときはちょっと意外だったけど、文章が先にあったのか」

　と納得していた。

「うん。郷音とはアイドルになるって約束したけど、本当は私、子供のころから小説家になりたかったの」

「そうなんだ……もしかしてわたし、響の夢を奪っちゃったのかな」

　郷音のつぶやきに、響はうろたえて、

「違うよ。アイドルになってみたいと思ったのは嘘じゃないし。それに小説家なら、いまからでも目指せる」

「そっか。言われてみればそうだよね。でもわたし、響が自分の夢を犠牲《ぎせい》にしてわたしの夢を叶えてくれたような気がして」

　それは——まさに、自分が郷音の夢を奪ったからだ。

　響はそう思ったけれど、口にはしなかった。また、優しい言葉をかけてもらいたがっているように映りそうだから。それに、ブログに綴った響の本心は、郷音もすでに読んでいる。

　その流れで響は、前回自分から話せなかったブログの記事に言及した。

「本当にごめん。事前に許諾《きょだく》を取るべきだったのに」

　響が頭を下げると、郷音は苦笑した。

「もういいって。あの記事がバズってるのを知ったときはぶっちゃけ、響有名人じゃん、わたしも有名になっちゃってるじゃんやっぱ、ってテンション上がった部分もあったしね」

額面どおり受け取ったわけではないものの、郷音がそう言ってくれたこと自体が、響にとっては救いだった。

「郷音、誰かに何か言われたりしなかった？」

「何人かはね。仲いい友達とか元カレには、火傷の理由を話してたし。でも、火事の件を知ってる早良区の人たちとは引っ越しで縁切れちゃってたし、山口では学校になじめなくて火事のことを話す相手がほとんどいなかったから。響も特定を避けてくれてたしね」

迷惑をかけていなかったと知り、響は心の底から安堵した。

コースが終わるまでの二時間半、会話は途切れることなく、響は少女に戻ったみたいに、いや大人になったからこそ、郷音といたころの楽しさを思い出していた。

「やっぱり響は、わたしの一番の親友だよ」

郷音のそんな軽はずみな台詞にさえ、響は上質なワインさながらに陶酔《とうすい》した。

頃合いを見計らって、店主の熊谷に挨拶したい旨をホールスタッフの女性に伝える。ほどなく、熊谷が先の若いシェフを引き連れてやってきた。

「本日はご利用いただきありがとうございました。お料理、お楽しみいただけましたでしょうか」

取材の折とは異なり、熊谷の態度は慇懃《いんぎん》だ。今日はこちらが客だからかもしれない。

「ええ、とっても。重ね重ね、先日は申し訳ありませんでした」

「いえ。こちらこそ横柄な態度を取ってしまい、大変失礼しました」

お店の利用が効いたかなと思ったが、違った。

「アップされた記事、読みました。当店のよさを、とても的確に表現していただいたように感じました。取材を受けたことは何度もありますが、これまででもっとも気持ちのいい記事でした。私は掲載記事なんかをべたべた貼ってる飲食店を毛嫌いしておりますが、アザーサイドさんの記事は、店内に飾りたいと思いました」

「あ──ありがとうございます！」

響は立ち上がり、お辞儀する。

見た目を気にしすぎる自分が仕事の邪魔《じゃま》をする。その一方で、そんな自分を救ってくれるのも、やはりひたむきに仕事をがんばってきた自分自身なのだ。

「あの、ちょっといいですか」

と、そのとき郷音が口をはさんだので、響は顔を上げた。

熊谷が言う。「何でしょう」

「後ろの方、お名前は？」

突如、話を振られ、若きシェフは後ろから肩を叩かれたみたいにびっくりしていた。

「彼は当店のシェフを務めております、吉瀬《きちせ》といいます。先日の香住さんの取材にも同席しておりましたので、ご挨拶を、と」

「一瞬でいいので、マスクを取っていただけませんか」

思いがけない要求だったからだろう、吉瀬は助けを求めるように熊谷を見る。熊谷が小声で指示した。

「お客様の言うとおりにしなさい」

吉瀬は右手を耳元にやり、マスクを外した。

恰好《かっこう》いいというより、きれいという形容詞が似合う。鼻は尖り、薄い唇の右上に小さなほくろがある。どことなく思春期の少年を彷彿させる、繊細《せんさい》な面立《おもだ》ちだった。

郷音がガタンと椅子を鳴らして立ち上がった。

「やっぱり。そのほくろ、伊織《いおり》くんでしょう」

吉瀬の表情に、怯えが浮かんだ。

「すみません。どこかでお会いしましたか」

「わたし、新飼郷音。ほら、子供のころ、早良区で一緒に遊んでた」

誰も見ていないかのようだった吉瀬の目が、郷音の上で焦点を結んだ。

「もしかして……さっちゃん？」

「そう！　すごい、こんなところで出会えるなんて。ねえ、響も憶えてない？」

無関係だと思っていたのに巻き込まれ、響はたじろぐ。

「私も会ったことあるの？」

「夏休みにうちの隣の家に来てた男の子、いたじゃん。いつも、響んちの近くの公園で待ち合わせてた」

言われてようやく、記憶を包み込んだ脳の布地に、じわじわ染みが浮かぶように、思い出が甦ってきた。

「伊織くん……そうだ。確かに、いた」

「じゃあ、香住さんってあの響ちゃんか。憶えてるよ。懐かしいなあ」

吉瀬が——伊織が笑う。かわいらしい笑みだった。

「おまえ、お知り合いなのか」

熊谷に問われ、伊織は答える。

「家庭の事情で、小学生のときに一ヶ月だけ、早良区にある親戚の家にあずけられたことがありました。隣に住んでいた彼女が、遊び相手になってくれたんです。会うのは……たぶん、十五年ぶりくらい」

「へえ、そりゃまた奇遇《きぐう》な」

「伊織くん、一緒に写真撮ろうよ。すみません、シャッターお願いできますか」

郷音がスマートフォンを熊谷に差し出す。その図々《ずうずう》しさに響はハラハラしたが、熊谷は快く応じてくれた。

「いいですよ。じゃあ、吉瀬はお二人のあいだに立って」

無意識に、響は前髪に手をやる。

この手の写真撮影が、彼女はどうも苦手であった。けれども同世代の友人やアイドル仲間は、SNSに上げると言って、お構いなしに写真や動画を撮りたがる。

「ハイ、チーズ」

「ありがとうございます」

熊谷が撮ってくれた写真を確認した郷音は、すぐに伊織に向き直る。

「伊織くんにも送りたいから、連絡先教えて」

伊織は勤務中もスマートフォンを持っていたので、郷音にLINEの連絡先を教えていた。その流れで響もようやく郷音とＬＩＮＥを交換する。

「本日はありがとうございました」

熊谷が一礼し、伊織とともに店の奥へ去っていった。

響は今日一番の目的を果たしたので、引き上げることにした。お会計を済ませて雑居ビルの外に出ると、空には左側の欠けた月が輝いている。あと数日で、上弦《じょうげん》を迎えるだろう。

「郷音、今日はありがとう」

天神方面に向かって歩き出しながら、響は感謝を述べる。郷音は前回会った薬院に住んでいるとのことだったので、一緒に天神まで戻ってから、それぞれ地下鉄と西鉄《にしてつ》天神大牟田《おおむた》線に乗ることにした。

「こちらこそ、ごちそうしてくれてありがとうだよ。すごく楽しかった。それに」

ジャケットのポケットに手を突っ込んで、郷音は宙を見上げる。

「まさか、伊織くんと再会するなんてね。吉瀬ってそんなに多い苗字《みょうじ》じゃないから、もしかしてとは思ったけど」

「こんな偶然ってあるんだね」

「わたし、あのころ伊織くんのこと好きだったんだ。すっかり忘れてたけど」

さらりと受けた告白に、響はどう反応していいかわからない。少女の束の間の恋心は微笑ましいが、そのあとに起きた悲劇を思うと痛い。

月末の金曜の夜に、大勢のマスクを外した人たちで賑わう天神西通りを過ぎ、きらめき通りを抜けて駅に到着する。上の階に行けば西鉄福岡（天神）駅、地下に行けば地下鉄天神駅なので、郷音とはここでさよならだ。

「じゃあ響、またね」

「うん。おやすみ、郷音」

手を振り合って、二人は別れる。

地下鉄の電車に乗り、吊革につかまって揺られていると、響はようやく心身が弛緩《しかん》するのを感じた。郷音と会う緊張、言葉を選びながら会話する疲労感、そしてそれらを上回る楽しさは、今宵《こよい》の響の神経を絶えず高ぶらせていた。

――今日はそのブランクを埋めたい。昔みたいに、一番の親友に戻れるように。

郷音の言葉を反芻《はんすう》するたび、胸の中が熱くなる。

――私たち、きっとあのころみたいな親友になれる。郷音もそう思ってくれたよね。

正面に座るスーツの男性が怪訝《けげん》そうな目をしたことで初めて、響はマスクでも隠しきれないほどにやにやしてしまっていることに気づく。ほっとしたせいで、遅れてアルコールが回ったからかもしれなかった。

西暦二〇六三年八月　神奈川県鎌倉市

『鏡の国』の第一章を読み終え、私はゲラから顔を上げる。

編集作業の過程で何度も読んでいるので、内容は頭に入っている。ここまでざっと流すのに、大して時間はかからなかった。大志《たいし》はひざから降ろして座布団《ざぶとん》の上に寝かせてあるが、いつまで眠り続けてくれるだろうか。

「いかがでしたか」

勅使河原《てしがわら》が、あぐらをかいたまま身を乗り出す。

「と、言うと」

「第一章にも、違和感のある箇所があったかと」

私は不明を恥じるしかない。

「ごめんなさい。気づきませんでした」

「そうですか。まあ、一般の読者さんのほとんどが気にも留めない些細《ささい》なことでも、重箱の隅をつつくようにして指摘《してき》するのがわれわれミステリ編集者の仕事ですからね」

だったら試すような真似《まね》をしないでほしい。いくら大作家と同じ血が流れていようとも、しょせん私は素人《しろうと》なのだから。

「どこにあるんですか、その違和感というのは」

「響《ひびき》と郷音《さとね》の会話の中に。ですが、詳しい説明をするのは、最後まで目を通してからのほうがよろしいでしょう」

「いやにもったいぶりますね。まるで、小説の中の名探偵みたい」

「面目《めんぼく》ない。どうすれば話が美しくまとまるかを追求してしまうのは、編集者の性《さが》です」

勅使河原は、おじさんなのに少年みたいに笑う。

「それにしても……叔母《おば》が作家になる前はアイドルグループにいたなんて、原稿を読むまで全然知りませんでした。母も、そんなことは一言も言ってなかった」

『鏡の国』の遺稿を読んだあとで、私はアタッカーというアイドルグループについてネットで調べてみた。しかしながら半世紀も前に活動していた、特別売れたわけでもない地方のグループの情報は、ネット上には少ししか残っておらず、十年ほど活動したのちに解散したらしいことがかろうじて判明した程度だった。メンバーの一覧表や集合写真も見つかりはしたものの、全員が芸名を用いており、また画質も粗《あら》く、その中のどれが叔母なのかは見分けられなかった。

「先生は、作家になるまでの経歴を伏せておられましたからねえ」

勅使河原が懐かしむように言う。文庫のそでや本の後ろのページなどに書かれている叔母のプロフィールは、作品ではなく個人に関することはきわめて簡潔で、そのあまりの情報量の少なさに、初めて室見《むろみ》作品を手に取ったときはとまどった記憶がある。

「それと、香住《かすみ》響の性格も私の知る叔母とは印象が違っていて新鮮でした。当たり前ですけど、叔母にも若いころがあったんだなって」

「それはつまり、見た目のことで悩んだり、とか？」

「身体醜形障害《しんたいしゅうけいしょうがい》を、悩みと表現していいのかはわかりませんけど。周囲に怯《おび》えてびくびくしながら過ごしているようなところが、です。私の知る叔母はいつも強気で、そんな時代があったようには見えませんでした。やっぱり、作家として成功することで自信をつけていったんでしょうか」

勅使河原は顎《あご》をさすりながら、

「これはここだけの話ですけどね。確かに性格が変わる作家さんはいらっしゃいます。元は朗《ほが》らかでいい人だったのに、売れて忙しくなるにつれて付き合いづらくなってしまう方もめずらしくありません。あ、室見先生がそうだったと言っているわけではありませんよ」

その否定は、肯定と同義ではなかろうか。

「編集者の私が申し上げることではありませんが、執筆業も商売ですから、ときには取引先に足元を見られたり、失礼をはたらかれたりといったトラブルも起こります。自分がしっかりしていないと身を守れない、と気を張るようになるのは自然なことなのです」

「その変化が、私生活にまで影響を及ぼす場合も？」

「あるでしょう。これは編集者としての意見というより、一般論ですが」

愚問だった。叔母はいわばその実例なのだ。

「ともかく、第一章で身体醜形障害、十五年前の火災、友人たちとの再会といった、この作品における重要なキーワードが明かされました。ここから響たちの関係性を軸に、物語は展開していきます」

勅使河原の定型的なリードに、すでに先を知る私はうなずく。

「第二章にも、削除されたエピソードにつながる手がかりはあります。注意して読んでみてください」

「わかりました」

私は再び『鏡の国』のゲラに目を落とした。

第二章　急転

1

六月に入り、アイプッシュ主催のランキングバトルが始まった。

『みんなー、さとねるがんばるからね。よかったらポイントどんどんお願いします。あ、修ちゃんさんありがとー。タローラモさんもありがとねー』

スマートフォンの画面の中では郷音《さとね》が愛想《あいそ》よく手を振っている。少しでも助けになればと、自室で本を読みながら配信を流していた響《ひびき》も所有ポイントの一部を贈った。

アザーサイドにアップされたアイプッシュ主催ランキングバトルの特集記事はおおむね好評だった。人気配信者に対するひいきだとする声も、それほど大きくはなかったようだ。そもそも人気配信者はこれまでアイプッシュの売り上げに貢献《こうけん》してきた人たちなので、運営側がメディア経由でスタートダッシュのアドバンテージを与えるのは、不公平とも言いがたかった。

もちろん記事に取り上げられたからといって、全員が予選の狭き門を突破するわけではない。ランキングは平等選挙ではなく、稼いだポイントの数で決まる。少数でも強力な支援者がいるだけで、予選通過圏内に入り込める可能性はじゅうぶんあるのだ。油断すると落選するという危機感は、取材したいずれの配信者も等しく抱いているように見えた。

『〈さとねるは賞金何に使うの？〉いやー、気が早いって。欲しいもの？　そうだねえ、めっちゃリアルな話すると、いまは本棚かなー。わたし、けっこう本読むんだけど、いまうちに小さい本棚しかないから、だいぶ前からパンパンになっちゃっててさ。面白味のない回答で悪いね。〈さとねるが本読むのめっちゃ意外〉失礼だな！〈どうせ漫画ばっかでしょ？〉まあ、それはそう……コラ！　小説もそこそこ読んでるわ』

次々に流れてくるコメントを、郷音は軽快にさばいていく。リアルタイム視聴者数は百人を超え、もっとも配信者が多くなるであろう夜のこの時間帯でも、現在配信しているランキングバトルエントリー勢の中で八位という好位置につけている。彼女が夢を叶《かな》える第一歩の手助けができた気がして、響はうれしかった。

郷音の顔は今日もきれいに加工され、火傷《やけど》の痕《あと》は気配《けはい》すらない。

響は先月の人気配信者の取材を振り返る。郷音のほかに長崎県に一人、熊本県に一人、それぞれ目星《めぼし》をつけて取材を申し込んだところ快くオーケーしてくれた。どちらも若くてかわいい女の子だったが、やはり配信では加工を使っているそうで、会ってみると印象がやや違っていた。今回の記事に載せる画像は配信から転載することになっていたので、何の問題もない。ただ、元のままでもかわいいのに加工する必要があるんだな、という点だけが引っかかりはした。

――誰が見たってかわいいあの子たちも、私と同じように、容姿にコンプレックスを抱いているのかな。

響がアイドルになったのと同じ時期、世間ではスマートフォンで気軽に画像を加工できるアプリが流行し始めていた。メンバーたちのあいだでも、SNS等に上げる写真は加工アプリを使うべきなのか、それともライブや握手会とのギャップをなくすためになるべく加工しないほうがいいのか、といった議論は一度ならず交わされた。

いまでは撮影時に自動で修正してくれるアプリが広く普及し、配信する動画さえリアルタイムで加工されるようになった。操作一つでコンプレックスが消せるのはいいこと、と響は素直に思う。でも、何だかまるで、現代の女性はかわいいのが当たり前で、かわいくないのはいけないことだと誰もが思い込んでいるみたいだ。

そういう時代の、私も犠牲者《ぎせいしゃ》だと言えるのかもしれない——医師から言われた身体醜形障害という病名が、響の頭の中をめぐっていた。

『そうそう、今日は配信見てくれてるみんなにサプライズがあるんだ。ちょっと待っててね。すぐ戻ってくるから、絶対切らないでよ。お願いね!』

そう言い残し、郷音は唐突《とうとつ》に画面から消えた。彼女の自室であろう白い壁をながめていると、響はそれまで有名人を見るような心境だったところ、郷音と友達であることがにわかに意識された。

ヴェンティ・クワトロで食事をして以降も、郷音とは連絡を取り合っていた。

〈伊織《いおり》くんとごはん行く約束したよ。響にも会いたいらしいから、一緒に来て〉

そんな誘《さそ》いから始まった会食の約束は、もう来週に迫っている。

内心、響は伊織を含めた会食に乗り気ではなかった。子供のころの思い出は遠く霞《かす》んで見えるようだし、郷音とも友達に戻ったばかりで、早くもそこに第三者が介入《かいにゅう》することへの不安や不満もあった。

しかし一方で、響は吉瀬《きちせ》伊織という人物に興味を抱いてもいた。

——彼の目。誰かを見ているようで、誰をも見ていないかのような、あの目。

そこにどんな光景が映っているのか、響は理由もわからず気になっていた。

会食のお店の選定は郷音の一方的な押しつけで、グルメ記事を執筆している響に一任された。

昨日、出社したオフィスで仕事に興が乗らずにお店を探していると、キャスター付きの椅子に座った久我原《くがはら》にPCのモニターをのぞき込まれた。

「香住《かすみ》さん、もう次に取材するお店選び？」

「いえ、これは」サボりを咎《とが》められるような間柄ではないので、正直に白状する。「来週、友達と三人でごはん行くことになって。そのお店選びを任されたんです」

「へえ。友達って、この前も会ってた？」

「よくわかりましたね」

久我原はマスク越しにもわかる微笑を浮かべ、

「香住さんが仕事中にそんなことしてるの、あんまり見かけないからさ。最近、人間関係に変化が起きたのかなと思って」

やはり、この人は鼻が利《き》く。響は舌を巻き、同時に勘《かん》づいた。

——もしかして、私に男性の影がないか探ってるのかも。

誤解を解くために、響は補足する。

「二人とも、幼なじみなんです。最近、近くに住んでることがわかって」

「幼なじみ、か」

そのとき、久我原の眼差《まなざ》しがほんの一瞬鋭《するど》くなったのを、響は見逃さなかった。

「よかったらおすすめのお店、教えようか」

「あ……そうしてもらえるとありがたいです」

自身のデスクでPCを操作し始める久我原を前に、響は身を硬《かた》くする。

いったい彼は、何に反応したのだろう——まさか、幼なじみというフレーズを、ブログの記事と結びつけられた？

ありえない話ではない。響をアザーサイドに誘ったことからも明らかなように、久我原は響の記事に関心を持っている。その続報がつかめる可能性がわずかでもある限り、食いつくのはいかにも彼らしい振る舞いだ。

響の警戒などどこ吹く風で、久我原はモニターに表示された飲食店について説明する。

「ここなんてどうかな。川端通《かわばたどおり》商店街から脇道に入ったところにある割烹《かっぽう》。小ぢんまりしてて静かだし、座敷もあるから友達とゆっくりしゃべるにはちょうどいい。自家製の明太子《めんたいこ》とごまさばが絶品でね。俺の行きつけで、一人で会社帰りに寄ることもある」

響はレビューサイトに目を通す。写真を見る限り、店内の雰囲気はよさそうだ。料理も派手さはないが気が利いていて、肩肘《かたひじ》張らない会食にはおあつらえ向きだ。

「いいですね。そこ、予約してみます。ありがとうございます」

響がそう言ったのは、本当にいいお店だと思ったのが半分、久我原との会話を終わらせたかったのがもう半分だ。

「力になれてよかった。さ、仕事するか」

久我原がレビューサイトを閉じ、響は自分のデスクに戻った。

その日の夜、響は割烹に電話し、次の週の火曜日に予約を入れた。伊織が来られるよう、ヴェンティ・クワトロの定休日に合わせた形だ。

目まぐるしく回り出した人間関係に、響は思いを馳《は》せる。

――わたし、あのころ伊織くんのこと好きだったんだ。

郷音はそう、響に吐露《とろ》した。現在の伊織との再会に何の感情も抱いてなければ、あんなことはわざわざ言わないだろう。

郷音とは小学生のころに離れ離れになったので、恋愛が絡むと彼女がどうなるのかを響は知らない。けれど、同性どうしの友情に恋愛関係が持ち込まれる面倒くささを、響はこれまでの人生で幾度も味わってきた。

――平和に仲よくできたら、いいんだけどな。

『みんな、お待たせー』

郷音の声がして、響はわれに返る。画面に現れた彼女を見て、ぎょっとした。

さとねるはセーラー服を着ていた。それも見るからに安物のコスプレ衣装である。

『昨日リクエストあったから、制服着てみたよ。どう、似合う？　ババアなのにこういう服着るの、めっちゃ恥ずかしいんだけどさあ』

コメント欄には〈やばい激カワ〉〈超似合ってる！〉といった称賛や、〈一周回って〉〈生足《なまあし》もっと見せてほしい〉などのセクハラまがいの要求が流れ、たくさんのポイントが一気に贈られていることがうかがえた。

コスプレとはいえ制服なので、性的とまでは言えない。それでも、響はハラハラしてしまう。

――ここまでやらないと、ランキングバトルで勝てないのかな。それが郷音の願望なら応援したいけど、でも……。

記事で郷音を後押ししたことが果たして正解だったのか自信が持てなくなり、響は目を逸《そ》らすように画面を消した。

2

――ひびき。

声変わり前の少年の、ガラス細工のように脆《もろ》く澄んだ声が、耳にこだまする。

実家の目の前にある公園のベンチに、響は郷音と並んで腰かけている。すでに人からどう見られるかを気にしていた郷音はこのころ、毎日のように髪型を変えていて、今日はツインテールだった。響はいつもの三つ編みだ。

――おーい、ひびきー。

公園の入り口のほうから、野球帽を被《かぶ》った少年が近づいてくる。名前を呼ばれた響より先に、郷音がベンチからぴょんと飛び降りて言った。

――伊織くん、来た！

――さっちゃん、おっすー。

響はふいに、郷音は伊織に見せるために毎日髪型を変えているのだな、と理解する。

――今日は何して遊ぶ？

――鬼ごっこやろうぜ。

――えー、やだあ。日焼けしちゃう。

――じゃあ、さっちゃんは何がいいんだよ。

――涼しいとこ行きたい。

――あ、それなら図書館行く？

――いいね！　わたし、『マリア様がみてる』の続き読みたい！

――せっかく集まったのに図書館？　まあ、いいけどさ。

三人は賑《にぎ》やかに言い合いながら公園を出ていく。汗をかいた響の肌に風が心地よく、空はどこまでも遠く澄み渡っていた。


ベッドの上で、響は目を覚ます。

子供のころの夢を見ていた。かつての自分が、現実に見たそのままの光景だった。

手を離せば消えてしまいそうに淡い夢の記憶を、懸命《けんめい》に手繰《たぐ》り寄せながら、響は思う。

――そうだ。あのころ伊織くんは必ず、郷音より先に私の名前を呼んでいた。

枕元のスマートフォンを手に取る。会食の約束をした火曜日になっていて、だからこんな夢を見たのだな、と得心した。

会食に先駆け、前々日の日曜日に美容院で髪を切ってもらった。ヘアカットは、響にとって毎回苦痛だ。カットしてもらっているあいだじゅう鏡を突きつけられ続けるのを、雑誌を読むなどして必死に無視しなくてはならない。また、髪を切ることでますますおかしな髪型になるんじゃないかという恐怖とも戦わざるを得ない。おのずと美容院へかよう頻度《ひんど》は落ちたが、幸いにして現在担当してくれている美容師さんは一流で、カットしてもらった直後は気に入ることが多かった。今回も不安を押しのけて美容院へ行き、いい按配《あんばい》に仕上げてもらったので、響は今日、何とか出社前も退社時も鏡に捕まらずに済んだ。

予約したお店は、会社から歩いて十分とかからない。久我原が帰りに利用していると話していたのもうなずける。

橋を渡り、博多リバレインの脇を抜けて川端通商店街へと進む。博多川に面したビアバーでは、響と同年代の女性たちがボトル片手に楽しそうに飲んでいた。六月に入り、夜になっても蒸し暑さが消えない。九州北部は平年より早く、先月末に梅雨《つゆ》入りしていた。

お店の上には大きな扁額《へんがく》があり、迷わなかった。格子戸《こうしど》を引いて中に入ると、奥の座敷にはすでに郷音の姿があった。

「響！　こっちこっち」

「ごめん、お待たせ」

「わたしもさっき着いたとこ」

郷音の隣の座布団《ざぶとん》に腰を下ろす。郷音は花の刺繍《ししゅう》が入った黒のワンピースを着ていた。中性的だったこれまでとは、印象ががらりと違う。浮き出た体のラインが美しかったけれど、響はそこに性愛のにおいを嗅《か》いで動揺した。

伊織は時間ちょうどにやってきた。

格子戸が開く音がしたとき、響は顔をそちらに向けた。立っている男性は間違いなく伊織なのに、響と目が合うとすぐに逸らした。照れなどからくる仕草《しぐさ》ではなく、明らかにこちらを認識できていない様子だ。

店の人に座敷まで案内してもらってようやく、伊織は笑顔を見せた。目が悪いのかもしれない。

「さっちゃん、今日は誘ってくれてありがとう。響ちゃんも、また会えてうれしいよ」

伊織は響たちの向かいに座る。ポロシャツに幅の広いパンツと気取《きど》らない印象だが、細身の体に似合っていた。前回シェフ帽子で隠れていたミディアムの茶髪は、ナチュラルに流している。その下から、リング状の小さなピアスがのぞいていた。

伊織と郷音はビール、響は柚子《ゆず》はちみつサワー、そして自家製だというお通しの明太子で会食は幕を開ける。郷音がまず訊いた。

「伊織くんって、出身はどこだっけ」

「佐世保《させぼ》だよ。高校を出るまでは、ずっと佐世保にいた」

「どうしてあの夏、うちの隣に来てたの」

「家庭の事情で、母方のばあちゃんちにあずけられてたんだ」

明太子の皮を箸《はし》でつつきながら、伊織は答える。響には彼が顔を上げたがっていないように見えたが、郷音は遠慮がない。

「家庭の事情って？」

「両親が離婚調停中だったんだよね。それで、振り回されるのもかわいそうだからって、ばあちゃんがしばらく面倒見てくれることになって。ちょうど夏休みだったし」

「そうなんだ……悪いこと訊いちゃったね」

「別にいいよ、もう十五年も前の話だし。それに僕も、一時的にでも両親から離れられてほっとしてた。まあ、寂しくなかったって言えば嘘になるけど」

あのころの伊織に、そのような屈託《くったく》は見られなかった。火事が起きるまでは子供らしい子供時代を過ごした響にとって、同い年の少年が裏でそんな心労を抱えていたというのは、いまさらながらにショックだった。

「その後、ご両親は？」

「離婚したよ。母親はメンタルも収入も不安定だったから、僕は親父《おやじ》に引き取られた。それで、早良区《さわらく》のばあちゃんちに行ったのはあれきりになった」

父親は佐世保で海運業に従事しており、元いた町を離れられなかった。

「だから翌年以降、伊織くんの姿を見かけることがなかったんだね」

これを言えるのは響しかいない。伊織はうなずいて、

「あの夏までは、ちょいちょい帰省《きせい》してたんだよね。滞在《たいざい》したのは長くても二、三日だったから、さっちゃんや響ちゃんと知り合う機会はなかったけど」

「わたしが伊織くんに声をかけたのは、伊織くんが隣の家に来て一週間くらい経ってからだったもんね。なんか、ずっといるなと思って」

「僕もさっちゃんのことは気になってたよ。けど、人見知りだったから」

「いつまであの家にいたの？」

「八月の終わりのほうだったかな。離婚の話し合いがまとまって、急に呼び戻された」

「じゃあ、わたしがあのあとすぐ引っ越したことは？」

「そうなの？　知らなかった」

こちらを見た郷音と、視線がぶつかる。

伊織は火災の件を知らない。隣の家にいたのなら、知らないはずがない。つまり火災が起きる直前に、佐世保に帰っていたのだ。

響はそれを不幸中の幸いと受け止めた。親の離婚で苦悩する男の子に、友人宅の火災という悲劇まで経験させたくはない。

「うちの店に二人で来てくれたくらいだから、いままでずっと近くに住んでて交流が続いていたものとばかり」

「全然。先月、響の仕事の関係で再会したんだよ」

「へえ……それで、今度は僕とも再会したってこと？」

「うん。偶然って怖いよね」

冗談めかして言う郷音をよそに、伊織は何かに気を取られたような素振《そぶ》りを見せる。

「伊織くん、どうかした？」響が声をかける。

「ああ、いや。何でもない」

伊織はビールを流し込むように飲んだ。

それから三人は料理をつつきつつ、離れ離れになった十五年前からの出来事を順番に話していった。伊織は父子家庭の影響で料理に興味を持ち、福岡《ふくおか》市内の調理師専門学校を卒業して料理人になったらしい。響と郷音は火災や火傷の話を意図的に避け、これまでのことを簡潔に説明するにとどめた。

話すべきことが多かったから、会話に困りはしなかった。けれども響はひそかに、この座敷に漂う重さを感じ取っていた。

――なんか、盛り上がってないな。

十五年ぶりに再会した友達との距離感を、三者とも測りかねていた。言い出しっぺの郷音が何とか場の空気を和《なご》ませようとするものの、響と伊織の反応が鈍いせいで空回りしている。一時間も経つころには、三人とも確実に飲み物を口に運ぶ頻度が上がっていた。

そこに救世主が現れようとは、響には思いもよらなかった。

格子戸が開く、ガラガラという音がする。次いで、聞きなじみのある声が飛び込んできた。

「大将、どうも。また来ました……あれ？」

響は反射的に振り向く。

「香住さん。いたんだ」

マスク姿の久我原巧《たくみ》が、こちらに手のひらを向けた。

「そうか、会食って今日だったんだね。知ってたら、来なかったのに」

「お気になさらないでください。久我原さんの行きつけなんですから」

会話をしながら、久我原はこちらの席に近づいてくる。郷音が訊ねた。

「響、あの人誰？」

「会社の先輩の久我原巧さん。このお店を教えてくれた人で、私を会社に誘ってくれたのも彼なの」

「こんばんは、久我原です。先輩といっても、年齢は香住さんと同じなんですが」

「じゃあ、全員同い年ですか。響の幼なじみの新飼《しんかい》郷音です」

「新飼さん。よろしく」

久我原が浮かべた微笑《びしょう》の品のよさに感心しつつも、響は焦《あせ》る。

郷音の顔にうっすら見える火傷と、幼なじみというフレーズとを組み合わせれば、ブログの記事と結びつけるのはわけもない。この二人は引き合わせたくなかったが、これは久我原の薦《すす》める店を素直に予約してしまった響のミスだ。

「そちらの彼は？」

「吉瀬伊織です。響さんとは、子供のころに仲よくさせてもらったことがあって」

「そうなんですね。お邪魔《じゃま》してしまってすみません。カウンターで静かに飲んでるので、お気になさらず」

一礼して立ち去ろうとした久我原を、郷音が呼び止めた。

「よかったら、久我原さんも一緒にどうですか」

久我原は身を反転させる。

「いや、そういうわけには……」

「ちょっと、郷音」

「いいじゃん。響が普段お世話になってる先輩なんでしょ？」

「そうだけど……」

助けを求めるように、響は伊織のほうを見る。だが、伊織もまんざらでもなさそうに、

「僕はかまわないよ」

響は察する。自分だけでなく、ほかの二人もこの会の行き詰まりを感じていたのだ。久我原が、そんな状況を打破してくれることを期待している。

「久我原さんさえよければ、私は歓迎です」

郷音と接近させることに不安はあったものの、響一人が反対するわけにもいかない。

「いいのかな？　じゃあ、せっかくだからお言葉に甘えるよ」

久我原は革靴を脱ぎ、伊織の隣であぐらをかいた。店の女将《おかみ》がすぐにビールを持ってきて、あらためて四人で乾杯《かんぱい》をした。

結果から言えば、この闖入者《ちんにゅうしゃ》を招き入れたことが功《こう》を奏《そう》した。

新型コロナウイルスが流行していた関係で、昨年の職場の忘年会くらいでしか久我原と同席したことのなかった響は、彼の洗練された社交術に舌を巻いた。アナウンサーのような心地のいい声で、部外者でありながら司会者のように立ち回り、適切な相槌《あいづち》や質問で相手の話を巧みに引き出す。落ち着いているが、笑うべきところはしっかり笑い、人の怒りや悲しみに共感すべきときには共感し、流れが滞《とどこお》りかけるのをいち早く感じ取って違う話題へ転換する。人との距離の詰め方も絶妙で、ときには相手をいじったりもするが、それできちんと笑いが起こるので、いじられたほうもかえってうれしくなってしまう。同時に、郷音の失礼な冗談も受け止めて笑いに変え

るなど、度量《どりょう》の広さを示してもいた。

「こんなに楽しい夜は久しぶりだよ。新飼さんが混ぜてくれたおかげだ」

そう言ってレモンサワーの入ったグラスを回す久我原に、頬をほんのり赤くした郷音が言う。

「もー、やめてよ、新飼さんなんて。わたしたち、同い年でしょう」

「じゃあ、郷音ちゃんでいいかな」

「そうそう。で、あなたは巧くん」

「僕も、伊織でいいよ」

「二人とも初対面なのに受け入れてくれて、本当にありがとう。――ちょっと、お手洗いに行ってくる」

久我原がいなくなると、場に弛緩《しかん》した空気が流れた。郷音が響の肩を叩《たた》く。

「素敵な人だね。わたし、すっかり気に入っちゃった」

「私もびっくりした。プライベートで飲んだの、初めてだったから」

「僕、夜は働いてばかりだったから、正直こういう飲み会にあんまり慣れてなくて。彼くらい上手《じょうず》に話せたらいいのになあ」

伊織からも初めのうちの硬さが完全に消え去っている。

「響、会社で巧くんと毎日会ってて、いいなーとか思わないの？」

「どうかなあ。意識するほど親密じゃなかったし」

すると郷音はにやりと笑って、

「任せてよ。一気に距離が近づく秘策があるから」

「別に、頼んでないけど。秘策って何？」

「それは巧くんが帰ってくるまで秘密」

「えー、気になる」

その後は十分ほど、郷音の秘策を当てるクイズ大会が続いたが、なかなか久我原が戻らない。遅いな、と響が心配し始めたところで、やっとトイレのドアが開いた。

「久我原さん、大丈夫《だいじょうぶ》ですか？」

響が気遣うと、席に座った久我原はややきまりが悪そうに、

「ごめん、トイレで仕事のメール読んでた。飲みすぎたり、体調崩《くず》したりってことはないから安心して」

「ならよかった。――ところでみんな、夏の予定は決まってる？」

郷音の切り出し方はいかにも乱暴だ。

「夏の予定って？」と響。

「ほら、ようやくコロナも五類に落ちて、旅行に行きやすい世の中になってきたじゃん。何か、計画してるのかなって」

「確かにもう六月だし、行くなら早めに予約しないといけない時期だね。伊織は？」

久我原に問われ、伊織はかぶりを振る。

「特にないよ。旅行は思いついたときにふらっと行くのが好きで、人とはもう何年も行ってない。それに、飲食だから休みも合わないしね」

「私もいまのところノープランだけど、郷音はどうなの？」

「よくぞ訊いてくれました。実は、みなさんにご提案がありまして」

そう言って、郷音はテーブルの上にあるものを広げた。

旅行会社のパンフレットである。美しいエメラルドの海に、長い橋が一本、まっすぐに伸びている。その光景には、見覚えがあった。

「これ、角島《つのしま》だね」

久我原の言葉に、郷音は首を縦に振った。

「山口《やまぐち》に住んでたころ、角島には家族で何度か行ったんだけど、海が本当にきれいでさ。あの美しさには、沖縄《おきなわ》の海でも敵《かな》わないって思っちゃう」

「わかるよ。僕も行ったことあるから」と伊織。

「地元の旅行会社に友達が勤めててね。ビーチに面しててバーベキューもできる貸別荘に、割安で泊まらせてくれるって言ってるんだ。一棟あたりの料金になるから、人数多いほうがお得になるんだけど、一緒にどうかなと思って」

興奮気味《ぎみ》にまくし立てる郷音を、響は少し冷静になって見つめる。

なぜここで、パンフレットが出てきたのか。言うまでもない。初めから――むろん、流れしだいではあったのだろうが――郷音は角島旅行を持ちかける腹積もりだったのだ。幼なじみの響はともかく、異性の伊織にまで。

それは久我原をこの会に招き入れるはずだ、と思った。恋人がいるかどうかなどにもよるとはいえ、女性二人に男性一人よりは、男女同数のほうがまだしも参加しようという気になりやすい。旅行会社の友達というのも、本当に実在するのかわかったものではない。

――郷音、それは勇み足というものだよ。

ひやひやしつつ、響は行く末を見守った。

「えっと、それは、俺にも声をかけてくれているのかな」

久我原のリアクションからはとまどいが伝わってくる。

「もちろん！　巧くんがいたほうが絶対盛り上がるしね」

「行きたいのはやまやまだけど、さっちゃんはともかく、ほかの二人は週末休みだよね。僕とは休みが合わないかも」

飲食店勤務の伊織の心配はもっともだ。うがった見方をすれば、それを口実に断りたいのかもしれない。

「そこなんだよね、問題は。第一、角島は人気だから、週末はもう予約が取れないかも。ただ、わたしいまランキングバトルに参加してるから、どうしても角島からあの景色を配信してポイント稼ぎたいんだよね。一人でも行くつもりだったけど、友達がいたほうがもっと楽しくなるかなって」

郷音はそう言って、参加に対する心理的ハードルを下げる。

友達として、自分はどう振る舞うべきだろう。響は慎重《しんちょう》に考える。

週末という選択肢がないのなら、自分と久我原は基本的に参加できない。そうなると、郷音と付き合うのでもない限り、伊織一人が参加することはないだろう。元よりこれは、無理筋の計画である。

だが――その気になれば、友達のために一肌脱ぐことも不可能ではない。

結局のところは、自分がどうしたいかなのだ。そして、その問いに響は迷わず答えが出せる。

——行きたい。友達との旅行に。

「私、平日空《あ》けられないか、調整してみるよ。確約はできないけど」

響は先陣を切って宣言した。久我原が目を丸くする。

「香住さん、本気？」

「角島の人気スポットの特集記事を出せないか、部長に掛け合ってみます」

「梅雨が明けてからの取材となると、ちょっと遅いんじゃない？」

「執筆を急げば間に合いますよ。九月まではハイシーズンですから。だめだったら、夏休みを充《あ》てます」

会社の夏休みは五日間で、日程は希望を出せるのだ。

「響、ありがとう！」

郷音が抱き着いてきた。衣服越しに郷音の高い体温を感じ、響はどきどきする。

どのみち響が乗り気にならなければ、伊織も久我原も動けない。郷音の目的が何であれ、自分は彼女の期待に沿ってあげたい。

「平日開催になるのなら、僕も行きたいな。またいつ旅行に行けない世の中になるとも知れないし、行けるときに行っておかないと後悔《こうかい》しそうだから」

案《あん》の定《じょう》、響につられて伊織も参加へと傾いてきた。残る一人に、三人の視線が集中する。

久我原はしばし固まっていたが、やがて《やれやれ》と言わんばかりに両手を上げた。

「わかったよ。香住さんと同じタイミングで休みが取れるように、前向きに検討しよう」

「やったー！」

郷音のハイタッチに応じながら響は、何やらとんでもない展開になってきたな、と興奮した。

「じゃ、ひとまずＬＩＮＥグループ作るね。響は巧くんを加えて」

郷音は手際よく三人のＬＩＮＥグループを作って響に送信する。響が伊織の連絡先を知るのはこれが初めてだ。久我原とはアカウントを交換済みなので、メンバーに追加する。

「これでよし、と。飲みの席でする旅行の話って、その場は盛り上がっても実現しないことが多いけど、わたしは必ずみんなを連れて行くからね」

郷音のその力《りき》みは、彼女のつけたグループ名にも表れていた。


〈角島絶対行く！（４）〉

3

帰宅して、部屋の明かりを点《つ》ける。よくないと知りつつ、響は着替えもせずベッドに倒れ込んだ。

楽しい夜だった。最初はどうなることかと思ったけど。久我原には、あとでお礼を言っておこう。

それにしても、一回集まっただけなのに、旅行の計画まで浮上するとは。でも、あの四人で行けたらきっと楽しいだろう。ある意味では一番関わりの浅い伊織でさえ、楽しみにしてるみたいだったから――。

吉瀬伊織のことを、響は思い浮かべる。

子供のころは、ちょっと気取ったところはあったけど、接しやすい男の子だった。両親の不仲によるストレスを抱えていたなんて、かけらも表に出さなかった。

でもいまは、彼の中に何か、冷たいものを感じる。

大人になるまでに、誰にだって陰の一つや二つは備わるものだ。響は親友と離別する原因となる火災を招き、身体醜形障害の診断も受けた。郷音は顔に火傷を負い、恵まれない学生時代を過ごしたという。久我原は……知らないけれど、彼にだって何もないとは思わない。

伊織のそれが何なのか、再会したばかりの響には知る由《よし》もない。詮索《せんさく》すべきでない、とも思う。なのに、その冷たさにどうにかして熱を送ってあげたい、と考えてしまうのはなぜだろう。

旅行か――。目を閉じたまま、響はため息をつく。

あの場では、郷音の味方としての振る舞いを優先させてしまった。それに響自身、旅行に行きたいと思ったのは事実だ。

しかし、誰かと行く旅行は響にとって鬼門《きもん》なのだった。

どうしたって、髪型の崩れる瞬間が出てくる。角島へ行けば潮風が吹くし、海水浴をすることもあるかもしれない。髪が乱れるたびにセットし直したり、みんなで泊まる貸別荘で、鏡を独占してセットに何時間もかけたりするわけにもいかない。

想像すればするほど憂鬱《ゆううつ》になる。旅行は行きたい。自分の知らない景色に出合えるのも、友達と楽しく過ごすのも好きだ。この前髪さえ、気持ち悪くなければ――。

慣れない酔いと緊張とで疲れていたらしい。いつの間にか、響は眠ってしまっていた。

枕元に放ってあったスマートフォンの振動で、目を覚ました。

壁の時計を見ると、すでに日付が変わっている。一時間ほど眠っていたようだ。

スマートフォンを探り当て、仰向けの顔の前に持ち上げる。伊織から、ＬＩＮＥのメッセージが届いていた。初め、グループＬＩＮＥへの投稿かと思ったがそうではなく、響個人に宛《あ》てたものだった。

〈今日はありがとう。久々に話せて楽しかった〉

律義《りちぎ》な人だと感心しつつ、響は返信する。

〈こちらこそ、楽しかったよ。角島、みんなで行けたらいいね〉

一瞬で既読がつく。まだ画面を見ているうちに、返信が届いた。

〈うん。それまでに、またごはんでも行こう〉

〈そうだね。旅行の打ち合わせもしなきゃだし、近いうち集まれるといいな〉

〈さっちゃん、僕のこと何か言ってた？〉

その質問は脈絡《みゃくらく》がなく、響はとまどった。

――さっちゃん、今日は誘ってくれてありがとう。

割烹で会ったとき、伊織は郷音にそう言っていた。

積極的に会食をセッティングし、旅行の提案までした郷音が、友情よりも温度の高い視線を伊織に送っていることくらい、彼もまったく勘づかないではないだろう。

郷音がかつて伊織に好意を寄せていたことを、響は聞き知っている。しかしもちろん、それを漏《も》らすわけにはいかない。

〈何かって？〉

〈気になってることがあって。大したことじゃないんだけど〉

と言われると、こちらも気になる。

〈郷音がどうかした？〉

〈さっちゃん、うちのお店に何度か来てくれたことがあったんだよね。髪型とか特徴的だから、憶《おぼ》えてて。まさか、さっちゃんだとは思わなかったけど〉

〈うん、前から好きなお店だったたって聞いたよ〉

〈それまでにも顔を合わせていたのに、どうしてあの日、僕だって気づいたんだろう〉

そんなことか。響は脱力した。

〈吉瀬って苗字《みようじ》はそんなに多くないから、思い当たったみたい〉

〈憶えてない？　僕が名乗るより先に、さっちゃんが名前を訊いてきたんだよ〉

——後ろの方、お名前は？

言われてみればそうだ。伊織が名乗る前から、郷音は彼に興味を示していた。

〈じゃあ、私と再会したことで、伊織くんの記憶が引き出されたんじゃないかな。来店したことがあったといっても、それまでは間近《まぢか》で伊織くんをじっと見る機会はなかっただろうから〉

〈マスクをしてたのに？　目だけでわかるものかな。僕、そんなに顔、変わってない？〉

〈私はそうは思わないけど……。気になるなら、本人に直接訊いてみたら？〉

〈それはちょっと。何ていうか、藪蛇《やぶへび》になってもいけないし〉

気持ちはわからないでもないが、この猜疑心《さいぎしん》は今後の親交を妨《さまた》げるおそれがある。ここは協力的姿勢を示しておいたほうがよさそうだ。

〈チャンスがあったら、私から郷音に訊いてみるね。どうしてあの日、伊織くんに気づいたのかって〉

〈助かるよ。何かわかったら教えて〉

〈逆に、伊織くんは郷音に気づかなかったの？　郷音はマスク外してただろうし。もしかして、と思ってちらちら見てたなら、郷音のほうでも気づいたかも〉

〈いや、僕がさっちゃんに気づくことはありえなかったよ〉

正直なだけなのだろうが、冷ややかなようにも感じた。気づかなかった、で済むことを、ありえないと強調しなくてもいいではないか。

〈女性はメイクで雰囲気変わるからね。でも、私は配信で郷音を見かけたとき、十五年ぶりだったし加工もされてたけど、一目でわかったよ〉

〈そうなんだ。あんまり変わってないのかな〉

〈伊織くんはそうは思わない？〉

〈ごめん、わからない〉

〈そっか、憶えてなくても無理ないよね。あのころは、写真とかも一緒に撮らなかったし。そう言えば、前回ヴェンティ・クワトロに行ったときも、今日お店に来たときも私がわからなかったみたいだけど、もしかして人の顔憶えるの苦手《にがて》？〉

卓球のラリーのように続いていたやりとりが、ここで止まった。

本題から逸《そ》れつつあったし時間も遅かったので、妙だとは感じなかった。響は身を起こし、メイクを落としてシャワーを浴びた。ルームウェアを着てリビングに戻ってみると、スマートフォンには伊織からの返信が届いていた。

〈二回も無視してしまってごめん。失礼だったよね。

伝えておきたいことがあるんだ。もしかしたら気を遣わせてしまうかもしれないけど、周囲を不快にさせないために、なるべく隠さないようにしていて〉

そんなものものしい文章に続く一行を見て、響はシャワーで体内にこもった熱が、スマートフォンを持つ指先からすっと抜けていく感覚を味わった。

〈僕は、先天性の相貌失認《そうぼうしつにん》なんだ〉

4

——おーい、ひびきー。

少年時代の伊織の声が、耳の奥でこだまする。

会食の翌日、響は出社してデスクワークをしていた。けれども伊織に告げられたことが頭から離れず、気づけばPCのモニターには、ネットで調べた情報が映し出されていた。

相貌失認。

目や鼻や口といったパーツは認識できるのに、顔全体として見たときに、個人の識別ができない状態のことをいう。視覚領域と顔認知に関連する偏桃体《へんとうたい》などに問題があると考えられ、表情がわからない、男女の見分けがつかないといった困難を生じるが、その程度にはかなりの個人差がある。頭部の負傷などにより後天的にも引き起こされうる一方、人口全体のおよそ二パーセントが先天性の相貌失認とも言われ、決してめずらしい症状ではない。

人は人を識別する際、顔だけではなく背恰好《せかっこう》や髪型、声や仕草など、さまざまな情報から総合的に判断している。したがって、相貌失認であっても個人を識別することは可能であり、相貌失認という自覚のないまま生活している人も相当数いると考えられる。

子供のころ、伊織は必ず郷音ではなく、響にまず声をかけていた。

髪型をころころ変える郷音を、識別できる自信がなかったのだ。だから、毎日三つ編みにしていた響のほうが声をかけやすかった。小学四年生の時点で、相貌失認を自覚できていたわけではなかったのかもしれないが。

取材でヴェンティ・クワトロを訪れた際、響はミディアムで毛先をカールさせ、前髪を左へ流すいつもの髪型をしていた。一方、郷音と二人で食事をした夜は、後ろで髪を結んでいた。そして昨日の会食の前に、彼女は髪を切っている。だから伊織は、会うたびに髪型の違う響を見分けられなかったのだ。誰をも見ていないようなあの眼差しも、顔を見てもよくわからないから、焦点を結んでいなかったことに由来しているのだろう。

相貌失認であると教えてくれてよかった、と響は思う。

でなければ、これから接する機会があるたびに、伊織の仕草を的外《はず》れな方向に解釈していたおそれがある。響は相手の何気《なにげ》ない言動を深読みしてしまいがちなので、理由を知れたのはありがたかった。

とはいえ、伊織がどの程度、相貌失認のことを気にしているのかはわからない。響は〈教えてくれてありがとう〉と、通り一遍の返信をすることしかできなかった。

「香住、何調べてんだ？　仕事に関することか？」

遠藤《えんどう》部長に声をかけられ、響はわれに返った。

「あ、いえ、以前取材したお店の方から聞いた話が気になってまして」

響はとっさに取り繕《つくろ》う。まんざら嘘ではない。

「ふうん。ま、締め切りさえ守ってくれれば何でもいいけど」

そう言う彼はマスクをしていない口からタバコのにおいを発散していて、喫煙所にいたことが丸わかりだ。サボりというならお互いさまである。

鼻歌を歌いながらデスクへ戻る部長は機嫌《きげん》がよさそうだ。そこを見計らって、響は椅子から立ち上がった。

「部長。ご相談がありまして」

「何だ」

「夏に向けて、レジャー関連の記事出しますよね。私に角島を取材させてもらえませんか？　友人の伝手《つて》があって、地元ならではの情報が手に入りそうなんです」

記事の内容は基本的に上からの指示によるが、ウェブメディアということもあり、ある程度は編集者の裁量に任される。特別な情報が手に入るルートや得意分野などがある場合、希望が通ることも少なくなかった。

「そりゃかまわんが、いつごろ取材に行くつもりなんだ」

「いい写真を撮りたいので、できたら梅雨明け以降に……」

「それじゃ遅いだろ。夏本番を迎えてからだと、周辺の施設はもう予約取れないんじゃないか」

この指摘は想定の範囲内だ。用意しておいた答えを返す。

「記事は最速でアップします。角島へは福岡市街地から車で二時間ちょっととまずまずのアクセスなので、予約なしに日帰りで行く人も多いと思います。それに、いま流行《はや》りのキャンプ場もあるので、夏向けの記事でも秋口までは需要があるかと」

「なるほどな。ま、せっかく香住が主体的になってくれたようだし、ほかの仕事に差《さ》し障《さわ》りない範囲でやってみろ」

あっさり許しが出たので、響はさらにもう一歩、踏み込んだ。

「ありがとうございます。七月の平日を二日間、調整して取材に充てたいと思います。それと、もう一つお願いが」

「何だよ、今度は」

「できたらその取材に、久我原さんにも同行していただきたいのですが。ご本人の了承《りょうしょう》はすでに得てます」

久我原はオフィスにいなかった。今日はリモートワークにする、と響にも連絡が入っていた。

これには部長も顔をしかめた。

「おまえら、どういう関係なんだよ」

「下心があったら、こんなに堂々とお願いしませんよ」

そりゃそうか、と部長。

「実は私、車の免許を持っていなくて。若いとき、そんな余裕がなかったもので」

　これは口実であり、事実でもあった。若いころからアイドル活動を始めると、忙しさのあまり免許の取得や学業といった、同世代の多くが経験することがおろそかになりがちだ。それがアイドルのセカンドキャリアにおける障壁《しょうへき》となっている現状を疑問視する声は、年々高まっているように見受けられる。

　もっとも、響はアイドル活動の期間が短く、免許を取得する時間はあった。主に精神面の不調で、運転する気になれなかっただけだ。が、部長が響の経歴をどう扱ってよいかわからず、むやみに触れようとしない人であることを、彼女は知っていた。

「つまり、ドライバーが欲しいってことか」

「はい。公共交通機関で行くことも検討したのですが、現地での移動を考えるとやはり車は必須《ひっす》だと思いまして」

「わかったよ。二人で行ってこい」

　遠藤が立ち去る。その背に向けて、響は小さくガッツポーズを作った。

　――こんなにうまくいくなんて。奥さんと関係修復できたのかしら。

　お酒の席での浮かれた妄想に過ぎなかった旅行の計画が、にわかに現実味を帯びてきた。自分のデスクに座り直すと、うれしいと思う反面、緊張も高まる。

　前髪のことで、ほかの三人に迷惑をかけるわけにはいかない。髪をセットするための道具はひととおり持っていくとして、気になっても平静を保つことができるだろうか。

　郷音は？　彼女は二人で会ったときにも、おかしくないと言いきってくれた。響がどんなに気になったとしても、大丈夫だと元気づけてくれるだろう。友達だからこそ、誰よりも郷音にひどい髪を見られたくない気持ちは強いが、同時に彼女を信じたいと思う自分もいる。

久我原は？　新型コロナウイルスの流行が落ち着くにつれ、彼とは職場で毎日顔を合わせるのが当たり前になってきた。いまさら響の髪型を見て、変だなどと言い出したりはしないだろう。

では、伊織は？

彼は、相貌失認だという。

相貌失認でも髪型は見分けられるし、目の前の女性が美人かどうかといったこともわかるらしい。その意味では、やはり見られたくないという気持ちに変わりはない。

けれども響は、前髪のせいで容姿全体が気持ち悪く見えるのを嫌っているのであって、カフェでアルバイトをしていた時代のように、髪を隠せるならそれほど気にならないことはわかっている。逆に髪だけを見られても、それが顔と結びつかないのであれば、抵抗感は薄い。

そこで、響は思い至る。

そうか。相手が相貌失認なら、自分はそこまで見た目を気にしなくていいのだ。

響はいままで、自分の見た目に重大なコンプレックスを抱えるあまり、人付き合いに臆病《おくびょう》になっていた。こんなにも気持ち悪い見た目でありながら、誰かと対等な関係を築ける気がしなかった。だから友達が少なかったし、恋愛経験もほとんどなかった。

けれど伊織は、人の顔を見分けられない。彼なら見た目とは関係なしに、響の中身を見てくれると信じられる。その事実は響に、どれだけの居心地のよさを与えてくれることか。

これから彼と、どのような関係になっていくのかはわからない。郷音が彼に好意を示していることにも気づいている。でも、自分にとって伊織は、その定義が友情であれ恋愛感情であれ、まさしく理想の相手と呼べやしないか――。

そこまで考えたとき、響はPCに目を向けたまま、はっと息を呑《の》んだ。

――いま、自分はいったい何を？

人の抱える問題を指して、理想の相手と言ったのか？

背筋が凍った。グロテスクな、あまりにグロテスクな発想だ。まともな人間の考えることとは、とうてい思えない。

いつの間に、私は見た目だけでなく、心まで醜《みにく》くなってしまったのだろう。

――あなたは、身体醜形障害の疑いがあります。

そう告げた医師の顔が、響の脳裏《のうり》に浮かぶ。心まで侵されることをこそ、病《やまい》と呼ぶのかもしれなかった。

5

「その後、いかがですか」

小田《おだ》医師の温かみのある声を聞くだけで、響は無性にほっとするような、泣きたくなるような気持ちにさせられた。

オフィスで部長と話した当日のうちに、響は大濠《おおほり》駅前メンタルクリニックに電話をかけ、翌日午前休を取って受診した。部長には新型コロナウイルス感染を疑う風邪様《かぜよう》の症状がないことを伝えると、それ以上突っ込んでは訊かれなかった。

朝から雨がしとしとと降っていた。気圧や湿度の変化が心情にも暗い変化をもたらしているように、いまの響には感じられた。

「先生……あの、私やっぱり、病気かもしれません」

絞り出すように、響は前回の受診から今日までのあいだに起きたことを話していった。いくつかの偶然から、古い友達や同僚と親交を温めたこと。旅行に行く計画が持ち上がって楽しみな一方で、前髪が気になってまわりに迷惑をかけないか不安であること。そのうちの一人が相貌失認と知って、《理想の相手》と思ってしまったこと――。

特に伊織に対する感情のくだりは気軽に話せる内容ではなく、悪心《おしん》すらもよおしたほどだった。けれどもここで見栄《みえ》を張ったり、大事なことを黙っていたりするのは、休みを取った時間とお金をどぶに捨てるも同然だ。響はくじけそうな心を必死で奮《ふる》い立たせ、洗いざらい正直に打ち明けた。

響の話を聞き終えると、医師は抑《おさ》えた口調で言った。

「香住さんの心が醜くなったわけではなく、それも身体醜形障害の症状の一つ、ということが言えると思います。苦しさのあまり、健常者がおよそ持ちえないような思考に行き着いてしまう人は多いのです」

続けて医師は実例を挙《あ》げてくれた。ある女性は車を運転中、ほかの車のドライバーが自分の顔を見たら醜さのあまり事故を起こしてしまうのではないか、と本気で心配していた。また別の男性は、何ら異常がないという理由で十五人もの外科医に顔の手術を断られ、それでも外科手術が必要と考えた結果、みずからの顔を潰《つぶ》すために計画的に事故を起こした。自分のニキビが、十五メートルも先にいる人からはっきり見えていると思い込んでいた女性もいたという。

重症患者の事例だとわかってはいたものの、それらのエピソードは衝撃的で、響は言葉を失った。その一方で、自分が伊織に対して抱いた感情は、その入り口に立っているようにも思えて恐ろしくなった。

「興味深いことには、患者さんの一部にはそうした過剰な心配について、論理的でないと自覚している人もいます。自分が間違っているとわかっている、思考がゆがめられていると気づいている。それでもなお、見た目に関する思い込みから逃れられないのです」

それから医師はデスクに置かれていた一枚の紙を取り、響に差し出した。

「香住さんのご予約が入っていたので、用意しておきました。こちらは精神疾患《しっかん》や発達障害などの診断の際に参照される世界的な診断基準DSM-5から、身体醜形障害の診断基準を抜粋したものです」

響は紙に目を通す。診断基準は、以下の四項目だった。

A：一つ以上の外見の欠点にとらわれているが、それは他者には観察できないか軽微《けいび》にしか見えない
B：外見上の悩みに反応して、反復行動（鏡の確認、過剰な身づくろいなど）をおこなったり、他人と比較したりする

C：外見に関するとらわれが、激しい苦痛、または社会的機能や職業機能など生活するうえでの障害を引き起こしている
D：体型に関する悩みと呼応する摂食《せっしょく》障害など、ほかの疾患では説明できない

「一つずつ見ていきましょうか。まずAですが、香住さんは主に前髪に関して悩み、そのせいで見た目すべてが悪くなっていると感じておられるのでしたよね」

「はい」やや怯《おび》えた気持ちで、響は首を縦に振る。

「しかしながら私の目からは、あなたの髪もお顔もまったくもっておかしく見えません。医師だからそう言うのではないか、と疑うのであれば、あなたのご友人の言葉や、前回指摘《してき》したアイドル活動の経歴を参考にしてもよいでしょう。これらはじゅうぶんに客観性を持っていると考えられますが、いかがでしょうか」

反論したい気持ちはあったが、意味があるようには思われなかった。この診断基準によれば、重要なのは本人ではなく、あくまで他者の意見なのだから。

「次に、香住さんは髪型のせいで鏡の前から長時間離れられなくなることがあるとおっしゃってましたね。これはBの基準を満たしていると言えます」

過剰な身づくろいに該当《がいとう》するということだろう。髪型が変じゃないかとすぐまわりに確認したくなるのもここに含まれる、と医師は言い添えた。

「Cですが、前回認めてくださったように、あなたは髪に関するとらわれによって、とても苦しんでいらっしゃいましたね。それに加えて、仕事の約束に遅刻するなど職業上の困難を生じても

います。よって、こちらの基準も満たします。最後にDですが、こちらは主に摂食障害と区別するための項目ですから、香住さんの場合は無視していいでしょう。よって、香住さんは身体醜形障害の可能性が高いです」

小田は前回よりも詳しく、厳密《げんみつ》に響の状態を確かめていった。それでも診断結果は変わらなかった。むしろ、いっそうの説得力をもって下された。

うなだれる響に、小田は続ける。

「身体醜形障害の難しい点は、自分の苦しみを誰にも話せないことです。患者さんはうぬぼれだとか自意識過剰だと思い込み、また話すことでかえってその部位に注目が集まることを恐れます。それらを乗り越えて打ち明けたところで、実際には見た目に異常がないため、相手に苦しみがまるでわかってもらえず、《大したことない悩み》《誰にでもあるコンプレックス》と見なされてしまう。そういった経験を繰り返すうちに、独りで抱え込むようになるのです」

取材に遅刻したときも、響は原因を体調不良と説明してきた。髪型が変という理由で遅刻するのがあまりに恥ずかしく、言えなかったのだ。

「実は、うつ病などほかの疾患の診断が下りている患者さんでさえ、見た目に関する悩みを話してくださらない方は多いのですよ。そうすると陰に身体醜形障害が隠れていることが見過ごされ、望ましい治療の成果が得られません。そんな中で、香住さんは素晴らしい判断をなさいました」

医師は、力強く語っている。

よく、勇気を出してここへ来て、すべてを話してくれました。

あと一歩、踏み出すだけで、あなたはきっと変われます。

ためらう気持ちが消えたわけじゃない。それでも響は、覚悟を決めた。

「先生。私、みんなと角島へ行きたいんです」

髪のセットに何時間もかけて、みんなに迷惑をかけたりせずに。

伊織に対して、何ら後ろめたい思いを抱くことなく。

自分を醜いと思う気持ちを楽しさが上回る、そんな旅行にしたい。

「治療を始めましょう。早ければ早いほど、旅行までに改善する期待が持てます」

小田が言う。反射的に逸らした視線を強い意志で戻し、響は告げた。

「お願いします。私に、力を貸してください」

小田はにっこり微笑《ほほえ》んだ。それだけで、自分は間違っていない、と思えた。

「認知行動療法などの心理療法も並行しておこなうとより効果的ですが、私としては、やはり投薬治療がファーストチョイスだと考えます」

医師による、身体醜形障害治療の説明が始まる。

「身体醜形障害には、選択的セロトニン再取り込み阻害薬――SSRIが有効とされています。一言で言うと、脳内のセロトニンを増やすお薬ですね。抗うつ作用のほか、強迫性《きょうはくせい》障害の治療にも用いられます」

「なるほど……自分が醜いという考えは、強迫観念の一種という見方もできるのですね」

「おっしゃるとおりです。効果の高いお薬ですが、飲み始めてすぐに効くというものではなく、効果が表れるまで四週間から六週間はかかるので、辛抱強く飲み続けてもらわなければなりません」

「そんなに……」響はうなだれる。旅行の日程はまだ決まっていないが、いまからだと間に合うかどうか微妙《びみょう》なラインだ。

「さらに、飲み始めの数週間は消化器症状などの副作用が出やすいとされています。これは多くの場合、時間の経過とともに軽減または消失しますのでご安心ください。また、人によってはＳＳＲＩにも合うものと合わないものがあり、効果が得られない際には別のＳＳＲＩを試していくことになりますが、中には車の運転など危険を伴《ともな》う作業が禁忌となるお薬もあります。なるべく避けるようにはいたしますが、念のためご了承ください」

「大丈夫です。私、免許を持っていませんので」

「結構です。男性は性機能障害が出る方もいらっしゃるのですが、こちらは問題ありませんね。最後に、ＳＳＲＩは飲み続けることで効果を発揮するお薬です。急にやめたり、服用をスキップしたりすると、離脱《りだつ》反応が出てしまうおそれがあるので、くれぐれも医師の指示なしに服用を中止しないでください。注意点は以上になりますが、処方をご希望されますか」

　精神科系の薬を服用したことがなかったので、怖くないと言えば嘘になる。それでも、響は言いきった。

「試してみたいです」

「わかりました。最初の二週間は低用量から、それで問題がなければ二週間後に増量します。じゅうぶんな効果が得られるのは、増量してからだとお考えください」

　処方箋《しょほうせん》を受け取り、二週間後の再診を予約して、響は病院をあとにした。

ビルの外に出ると、雨がやんで雲間からうっすら日が差していた。一階に入っている調剤薬局の窓ガラスに、自分の顔が反射する。前髪は相変わらず気持ち悪く、響は指先で何度も梳《す》いた。

——本当に、こんな気持ちが消えてなくなるのかな。

いまはまだ、とても信じられない。それでも響は左手に持つ傘を、行きよりも少し軽く感じた。

6

〈ルイス・キャロルも相貌失認だったと言われているよ〉

〈ルイス・キャロルって童話作家の？〉

〈そう。『不思議の国のアリス』や『鏡の国のアリス』を書いたことで知られているね。歴史上の偉人が自分と同じ悩みを抱えていたと知ると、何となく救われるよ。まあ、アリスの原作は読んでもよくわからなかったんだけどさ〉

〈そうなんだ。アニメ映画しか見たことないから、私も原作読んでみようかな〉

伊織とのやりとりは、あれからも続いていた。

四人で調整した結果、角島行きの日程は七月中旬の二日間に決まった。梅雨が明けているかどうか、微妙な時期である。それでも記事をアップする決まりになっている手前、これ以上は遅らせることができなかった。

旅行の計画を進めるのと並行して、響は一日に二、三通の頻度で伊織にもメッセージを送った。相貌失認について学んだことを伝えると、彼は喜んでくれた。

〈近くに理解者がいてくれると安心する。正直、響ちゃんに打ち明けるのは時期尚早かもしれないと悩んだんだ。持て余すんじゃないかって〉

〈ううん。話してくれてうれしいと思ってるよ〉

それは本心ではあったが、対比で響の心を重たくもした。医師から身体醜形障害と言われたことは伊織にはもちろん、家族も含めまだ誰にも打ち明けられていない。

処方されたSSRIの服用を始めて間もなく、響は軽い吐き気などの副作用に襲われた。仕事を休むほどではなかったが、それなりにつらかった。どうして人並みの暮らしをしたいだけなのにこんな薬を飲まなきゃいけないのだろう、と思うと涙が出る夜もあった。

幸い医師の説明どおり、二週間が過ぎるころにはそれらの副作用も落ち着いた。ただし、薬の効き目はまだ感じられない。相変わらず前髪は見るたびに気持ち悪かったし、鏡の前から離れられなくなるのも同じだった。

身体醜形障害であると認めた以上、病気についてもっと知らなければならない。響は身体醜形障害に関する情報を集め、読みあさった。

身体醜形障害は、小田医師から教わったDSM-5において、強迫性障害及び関連障害群に分類されている。

大変身近な病気で、アメリカでは人口のおよそ二パーセントが罹患《りかん》しているというデータがあるが、患者が人に打ち明けたがらないという性質を持つため、実態はさらに多い可能性がある。強迫性障害やうつ病など、他の疾患と併発する場合もある。また、身体醜形障害患者は自殺傾向のリスクが高く、自殺願望があることを認める患者は全体の八十パーセントにも達し、四人に一人は実際に自殺を試みたことがあるという。

身体醜形障害がもっとも多く見られる年齢層はティーンエイジャーから二十代前半で、響が十八歳で発症《はっしょう》したことともおおむね合致している。年齢を重ねるにつれ軽快していく患者が多いようだが、響は七年が経ったいまなおよくなる兆《きざ》しは見られていない。

身体醜形障害患者がとらわれる部位は顔をはじめとする全身にわたり、特に多いのは肌、髪、鼻、目など。男性の場合はペニスや薄毛、女性は乳房やお尻の大きさを気に病《や》む人もいる。有病率は女性のほうがわずかに高いという。

いかなる精神障害にも当てはまることだが、身体醜形障害の症状は人によってかなりの差がある。響のように日常生活が送れている人は軽症と言ってよく、中には他人に見られることを恐れるあまり家から出られなくなる人や、先述したように自殺してしまう人もいる。しかし、軽症だからといって困難がないわけではなく、仕事や恋人を失ったり、社交の場やデートに行けなくなったりといったことで苦しんでいる人はたくさんいる。ある専門書では、足が気持ち悪いのを気にして夏でも常に長ズボンを着用し、鏡を見たせいで仕事に遅刻し、自分を反射するすべてのものを身の回りから遠ざけ、衣料品店での試着も鏡から離れておこなうなど、大変な苦痛を伴いながら生活している女性を「軽症例」として紹介していた。

知れば知るほど憂鬱になってくる。それほどまでに、身体醜形障害に関する報告には深刻な例が多かった。検索しているうちに、数年前に命を絶ったアイドルが、身体醜形障害だったと見られている件にも行き当たった。

響はアイドル時代の仲間から、こんな話を聞いたことがあったのを思い出す。

「よそのグループにいた子とか、芸能の仕事で一緒になった子とか、だいたい一年にひとりは死んじゃうんだよね。亡くなってから整形依存だったとか、SNSに『ブスすぎてつらい』ってめっちゃ病んでる書き込みしてたとかいう噂が回ってきたりしてさ」

芸能活動をしている女の子が《ブスすぎる》ことなんてあるはずがないと、わずかな期間でも身を置いた響は知っている。だが、上を望めばキリがない。女優やアイドルは元より一般人でさえ、ネット上には絶世の美女があふれ返っている。言うまでもなく、加工された画像や動画も多いのだが、わかっていても比較して気に病んでしまう。響のように、現在は容姿と関係のない仕事をしていてさえ、悩むのだ。まして芸能という、容姿を売りの一つにして活動している子たちが、コンプレックスに圧《お》し潰されてしまう気持ちは痛いほど理解できた。

容姿を売りにしているという点では、全員がそうというわけではないが、郷音のような配信者もそのうちに入るだろう。

『スエゾーさん、いつもポイントありがとー。ほかのみんなもどんどんポイント投げてねー』

あれからも響はときおりさとねるの配信をチェックし、応援の気持ちを込めてポイントを贈っていた。けれどもこのごろは、郷音が視聴者にポイントを要求する頻度が以前より増していることに、複雑な思いを抱いてもいた。

七月いっぱいまで続くランキングバトルの予選に、さとねるは苦戦しているようだった。上位三十位以内に入らなければ決勝に進めないこのバトルでは、早くも進出が確実と見られる上位層と、順位の変動の大きい当落線上の層に分かれ、さとねるは後者に含まれていた。現在の順位は二十八位。しかし、これはいま配信中だからであって、たとえば一日郷音が配信を休んだだけで容易に覆《くつがえ》る順位である。

さとねるの配信を見始めたころ、響は郷音が楽しそうにしゃべっている姿を見るのが好きだった。そういうところが、視聴者にも人気なのだろうと分析していた。

ところが、郷音はそれを頑《がん》として認めなかった。

「配信なんて、結局は若さと顔だよ。わたしは若さで戦えるような年齢じゃないから、顔のかわいさで稼いでるだけ」

ある週末に二人でお茶したとき、郷音はそんなことを言っていた。

自分の顔をかわいいと言ってはばからない郷音が、清々《すがすが》しくて響は好きだ。でも、あんなに上手におしゃべりできているのに、そんな自分の長所を認めてあげられないのはかわいそうにも思えた。身体醜形障害を抱える響とはあべこべに、郷音はまるで自分の顔にしか価値がないと思い込んでいるみたいだった。

響の分析を裏づけるように、さとねるの表情に楽しさとは違う何かが混じるようになって以降、視聴者数は微減の傾向を示していた。もっとも、ランキングバトルとは開幕当初に多くの視聴者の注目を集め、その後しだいに飽きられていくものなのかもしれないから、郷音のせいかどうかはわからない。けれども郷音が焦っているのは事実のようで、コスプレをしたりキス顔をしたりと、主に男性視聴者を喜ばせるのに躍起《やっき》になっているように見受けられ、それが響には痛々しく感じられた。

――そうして、一ヶ月が過ぎ。

7

角島旅行の日がやってきた。


「お、見えてきたぞ」

ハンドルを握る久我原が言うと、車内はちょっとした盛り上がりに包まれた。

響と郷音、伊織、そして久我原の四人は、久我原の所有するハッチバックに乗って角島を目指している。透き通った海に架《か》かる角島大橋に、まさに差しかからんというところだ。

九州北部の梅雨明けは遅れているものの、晴れ女を自負する郷音のおかげか、当日の下関《しものせき》市の天候は快晴、最高気温の予想は三十一度と夏らしい一日になっていた。響たちは福岡市内を午前中に出発し、途中で買い出しなどを済ませた。現在、時刻は正午を少し回ったところである。

「やばーい、海めっちゃきれー！」

郷音が高い声を上げ、窓にかぶりつく。隣に座る響も反対側の窓から外をのぞいた。エメラルドグリーンの海が空の青と混じり合い、現実であることを忘れるほど美しい光景だ。

角島大橋は、山口県下関市の本州の部分と角島とをつなぐ架橋である。全長は一七八〇メートル、二〇〇〇年の開通当初は無料の離島架橋の中で日本最長だった。本州に架かる橋でありながら、その両側に広がる南国さながらの海の美しさで知られ、その景色は自動車のCMにたびたび採用されている。

「ちょっとー、伊織くん、ちゃんと写真撮ってよ！　正面は伊織くんしか撮れないんだから」

「ああ、ごめんごめん」

郷音に指示され、助手席の伊織はスマートフォンを構えた。そのコミカルな仕草を、響は斜め後ろからながめている。

今日の伊織は、彼の繊細《せんさい》なイメージが覆るほど朝から元気で、郷音が強引に提案したこの旅行を心から楽しみにしていた様子がうかがえた。このメンバーがそろうのは割烹での会食以来だが、前回に比べ格段に打ち解けた空気を感じる。

「四人でも写真撮ろー。伊織くん、こっちにカメラ向けて」

郷音に言われたとおりに、伊織は久我原に身を寄せながらスマートフォンのカメラをこちらに向けた。響が反射的にルームミラーに目をやると、運転する久我原と鏡越しに目が合った。この暑さの中、四人しかいない車内でも、一人だけ律義にマスクをしている。感染予防に人一倍気を遣《つか》っているらしい。

響が薬を飲み始めて五週間以上が経過していたが、効果はまだ実感できていない。今日も車中で、ルームミラーに映る自分の前髪を頻繁《ひんぱん》にチェックしてしまい、そのたびに久我原と目が合っていた。まめに後方確認をするのは安全運転の証《あかし》だが、その不自然な頻度からは、久我原の視線に別の意味を読み取れるようにも感じる——むろん、後部座席に座る響が彼の視界に入りやすいのは当然ではあったが。

四人それぞれの思惑を乗せて、車は角島大橋を駆け抜ける。角島に上陸したとき、誰からともなく拍手《はくしゅ》が沸き起こった。

角島は山口県の北西、響灘《ひびきなだ》に浮かぶ島である。

面積は約四平方キロメートル。東西に細長く、中央でくびれたひょうたんのような形をしており、北側の両端に牛の角のように飛び出た岬があることからその名がついた。二度の市町村合併を経て、現在は下関市に属している。以前は船で渡るしかなかったが、二〇〇〇年の角島大橋開通以後は車による通行が可能となり、手軽に行ける楽園として中国地方や北部九州地方の住民を中心に人気の観光地となっている。

「ランチのお店、このまま道なりでいいんだよね」

久我原の確認に、伊織が答えた。

「うん。前から行ってみたかったお店があって。海鮮料理やピザ、瓦《かわら》そばなんかも食べられるらしいんだ」

事前に伊織の提案したお店は、ホームページを見る限りとてもよさそうで、ほかの三人は一も二もなく賛同した。さすが飲食店勤務とあって、飲食店に関する情報は豊富に入ってくるらしい。

角島大橋を渡り終えてからものの五分で、目指すお店に到着する。これで島を東から西までほぼ走りきったことになるのだから、小さな島であることが体感できる。

「よし、到着」

「巧くん運転ありがとう！　お腹空《す》いたー」

久我原が駐車を済ませると、郷音はわれ先に車から飛び出した。

お店の外壁の白が、地中海の光景を彷彿《ほうふつ》させる。人工芝を敷いたテラスが張り出しており、そのすぐ目の前はもう海だ。車の外に出ると夏の日差しが暑いが、潮風が肌に心地よかった。響の着ている、白地に青い模様の入ったワンピースの裾《すそ》がはためいている。前髪が揺れるのは気になるけれど、開放的な場所に響の姿を映すものは何もない。

平日だからか店内は空いていた。せっかくなのでテラス席に座らせてもらう。響と郷音は海鮮丼、久我原は瓦そばとミニ海鮮丼のセットを注文する。伊織はイタリアンシェフらしく、蟹《かに》のクリームパスタにしていた。

「わたし、もう飲んじゃおっかな。巧くん、いい？」

「遠慮しないで。俺も貸別荘に着いたらすぐ追いつくから」

久我原の許しを得て郷音がビールを注文すると、伊織も追随《ついずい》した。響は薬のことを考え、昼から飲むと夜までもたないと言い訳をしてノンアルコールビールにする。久我原もノンアルコールビールを頼んで、乾杯をした。

「ふー！　昼間から外で飲むビール、最高！」

郷音が口のまわりに泡をつけて言う。伊織もうんうんと同意している。

響もグラスに口をつけた。冷えた黄金色《こがねいろ》の液体が体の持つ熱と溶け合い、ノンアルコールでもリラックス感をもたらしてくれる。ほろ苦《にが》さはむしろ爽《さわ》やかで、炭酸の刺激も楽しい。普段、ビールを飲まない響でも、心からおいしいと思えた。

やがて料理が運ばれてくる。海鮮丼はマグロやあじ、うに、いくらなどが載った贅沢《ぜいたく》な仕上がりで、文句なしに美味《びみ》だった。久我原の注文した瓦そば――下関市の名物で、本物の瓦の上で焼いた茶そばをもみじおろしやレモンとつゆで食べる――も本格的で、伊織によればパスタのクオリティも高いとのことだった。

「貸別荘のチェックインまでは時間あるから、先に灯台《とうだい》へ行こうか」

食べながら、久我原がこのあとの相談をする。

「灯台、近いの？」郷音は海鮮丼で頰を膨《ふく》らませている。

「すぐそこだよ。後ろ、振り向いてみな」

「うわ、ほんとだ。見えてるの、気づかなかった」

「貸別荘はどこだっけ？」

伊織がパスタを巻きながら訊ね、郷音が答える。

「角島大橋の近くで、島内じゃなくて本州側。島内には宿泊施設がほとんどないから、角島付近に宿泊するときはその辺の施設を利用する人が多いみたい」

「灯台のあとは海水浴場でも行きますか」

「行きたーい！」

響が三人の会話をにこやかに見守っていたら、隣の郷音に背中を叩かれた。

「響も行きたい場所とかやりたいことあったら、積極的に発言しないとだめだよ。一応これ、取材なんでしょ」

「そうだった。でも、二日間あれば主だったスポットはひととおりめぐれるから、まずはみんなの行きたいところでいいよ」

「もう、響は控えめだなー」

そんな女性二人のやりとりをながめていた久我原が、伊織の肩に手を置いて言う。

「こんな美人二人と旅行できて、俺たち幸せ者だな」

「ああ、うん、そうだね」

伊織は受け流したが、郷音は得意になっているように見えた。けれども響は、久我原の言葉に引っかかりを覚えた。

私まで美人と言ったのは、郷音のおまけだろう。それはいいとして。

一緒に旅行できて幸せ者なのは、仲がいいからでも楽しいからでもなく、美人だから？

そんな理由で幸せ者だと言ってもらうのは、果たして光栄なことなのだろうか。

わかっている。こんなのはただの揚げ足取りに過ぎない。私が自分の顔について考える時間が長いから、発したほうからすれば深い意味のない単語が、際立《きわだ》って聞こえてしまうのだ。わかってはいるけれど、気になるのを止めることはできない。

「どしたの、響？」

残りわずかのノンアルコールビールが入ったグラスを持ったまま、響は固まっていたらしい。郷音に顔の前で手を振られ、慌《あわ》てて作り笑いを浮かべた。

「何でもない。これ飲んだら、お店出よ」

せっかくの旅行に、こんな些細《ささい》なことでケチをつけるのはもったいない。響が振りきるように飲み干したそれは、ぬるくなったせいか苦みが増していた。

四人は車に戻り、海沿いを走る。海岸には白い花がたくさん咲いていた。

「あれ、何の花だろう」

伊織の疑問に、郷音が反応した。

「浜木綿《はまゆう》だよ。角島は浜木綿が自生《じせい》していることで知られていて、下関市の花にも指定されているんだ」

「へえ。さすが地元民、詳しいね」

ヒガンバナ科だという浜木綿の、細長い花びらは可憐《かれん》だが力強さを感じさせる。夏の花といえばひまわりとハイビスカスくらいしかイメージのなかった響には、この季節に咲く純白の花が健気《けなげ》に見えた。

すぐに有料の駐車場に到着し、車を降りる。そびえ立つ石造りの灯台を仰ぎ見ると、空がまぶしくて響は片目をつぶった。

下調べした情報によると、角島灯台は国内の日本海側で初の大型灯台だそうだ。日本における灯台技術の礎《いしずえ》を築いたイギリス人技師、リチャード・ヘンリー・ブラントンが日本で最後に設計した灯台とされ、高さは地上三十メートル。最初の点灯《てんとう》は一八七六年で、二〇二〇年には現役の灯台では初めて国の重要文化財に指定された。山口県徳山《とくやま》（現・周南市）産の石材を使用して建てられており、国内にたった二基しかない無塗装の灯台らしい。

四人で入場料を払って中に入る。螺旋《らせん》階段を上ると、柵に囲まれた踊り場に出た。そこから見る景色に、響は言葉を失う。

視界いっぱいに、鮮《あざ》やかな海が広がる。ところどころ白く立つ波頭《はとう》は、舞う水鳥が落とす羽毛《うもう》のようで、多幸感の中に一抹《いちまつ》の心もとなさを覚えもした。

きれい。まるで子供が表現するように、響はひらがなでそう思う。日々のさまざまな悩みや煩《わずら》わしさから解き放たれて、いまこの瞬間、この感情だけに全身を浸している感覚だった。

ふもとには夢崎波《ゆめさきなみ》の公園が望める。ブラントン技師にあやかってイングリッシュガーデン風に作られ、波を模した花壇と船を操舵《そうだ》するハンドルのような形をした歩道が新鮮だ。煽《あお》るような風に響が思わずワンピースを押さえると、郷音が言った。

「みんなで写真撮ろう！」

ガウチョパンツを膨らませて軽やかに動き回る郷音を、響はうらやましく思う——私はいつも動きにくいスカートで、彼女は心まで身軽なパンツだ。

四人で肩を寄せ合って、郷音が自撮りをするように手を伸ばす。撮影した画像をみんなで確認していたら、ふいに久我原が指摘した。

「伊織、顔色悪くないか」

つられて響が目をやると、実物の伊織も青ざめている。

「いやあ、実は、高いところ苦手で」

「そうだったの？　先に言ってよ」と郷音。

「だって、上《のぼ》りたくないとは言えないじゃん。角島って言ったら灯台だし。そんなに高くなさそうだったから、行けるかなと思ったんだけど……」

「先は長いんだから、無理せず下りたほうがいい。俺もついていくよ」

「一人で大丈夫だよ」

「遠慮するな。俺ももう、景色はじゅうぶん堪能《たんのう》した」

こういうところでも気遣いのできる久我原を、響は好ましく思う。男性二人と一緒に下りてもよかったのだが、郷音がそうする気配を示さなかったので、踊り場に残った。

郷音と二人、柵にもたれて海をながめる。突如《とつじょ》、郷音がぽつりと言った。

「響さ」

「何？」

「伊織くんのこと、どう思ってるの」

響の喉《のど》が、きゅっと絞《しぼ》られたみたいに詰まる。

いずれそんな話になる予感はしていたが、まだ心の準備ができていなかった。響は引きつった笑みを浮かべて答える。

「どうって、ただの友達だよ。どうしてそんなことを訊くの」

「別に。ただ今日の響、彼を意識しているように見えたから」

「勘違いだって。会うのもあの会食以来だし」

「でも、ＬＩＮＥはしてたよね。伊織くんから聞いてる」

返答に窮する。伊織が何を思って、郷音にそのことを伝えたのかが読めない。

「してたけど……たわいもないことだよ」

すると、郷音は鋭い眼差しを向けてきた。

「彼、響にＬＩＮＥで相貌失認を打ち明けたって言ってたけど、響にとってはそれもたわいもないことなんだ」

血の気が引いた。

「違う、そんなつもりじゃ」

郷音は海に視線を戻して言う。

「伊織くんね、こう言ってくれたんだ。さっちゃんは、どこにいても必ず見分けられるって」

「それは、もしかして……」

「そう。これがあるから」

郷音は右手で頬の火傷の痕に触れた。

伊織が本当にそう言ったのだとしたら、配慮が足りないようにも思える。けれど、郷音はポジティブに受け取ったらしかった。

「うれしかった。運命だなって思った。だって、伊織くんはほかの誰でもなく、わたしだけを見分けてくれるんだから」

似たようなものを、響も伊織に見出したのだ。でも、響はそれを後ろめたく感じているのに対し、郷音は歌でも歌い出しそうな調子だ。

響が何も言えずにいると、郷音が続ける。

「響、わたしに対してずっと、申し訳なく思ってるでしょ。その気持ちが、いつも顔に出てる」

「……うん。それは、そうだよ。火事の原因を作ったの、私なんだから」

「でもね、わたしは近いうち、響に感謝する日が来るかもしれないと感じてる。これまでは苦労もしてきたけど、それも全部、伊織くんに見つけてもらうためだったって思えるから」

だからね、と郷音は、響の肩に手を置いてささやいた。

「伊織くんとのこと、応援してよ」

そこに、私情を差しはさむ余地はなかった。

「もちろんだよ。郷音なら、きっとうまくいく」

郷音が灯台を下り始める。一人取り残された響の肌に、地上三十メートルの潮風は冷たかった。

8

海水浴場は多くの人であふれていた。水着を用意していなかった四人は、足先を浸《ひた》す程度に水遊びをし、車に戻って角島を出た。

貸別荘まではすぐだった。南国風の白く平たい建物は新しく、キッチンも浴室も広々としていて清潔だ。リビングに面して設《もう》けられたウッドデッキの向こうに角島大橋が見え、このあとサンセットも拝めるようだ。

「ここ、四人くらいなら全然住めそうだなあ」

鉢植えのアレカヤシや冷色のソファー、麻の敷物などリゾート感満載のリビングを見回して感嘆する伊織に、郷音が言う。

「しかも、いまはハイシーズンだけど、友達が割引してくれたから一人あたり三千円も安く泊まれます」

「とりあえず、俺も飲みたい。運転、疲れたし」

言うが早いか、久我原は冷蔵庫を開ける。飲み物は先ほど入れたばかりだが、車中でも持参したクーラーボックスで冷やしておいたのでぬるくはないだろう。

「みんなビールでいいかな。香住さんはどうする？」

久我原は伊織と郷音に缶ビールを渡しながら訊ねる。やはり薬のことが気にかかったが、

「私、桃のチューハイがいい。アルコール度数三パーセントのやつ」

ここでも飲酒を断れば、さすがに違和感を与えてしまう。薬剤師の説明では「お酒はできるだけ飲まないように」と指示されたのみで、添付文書でも併用注意止まりだったので、たまの一杯くらいなら大丈夫、と解釈した。何より、響もみんなと乾杯したかった。

「かんぱーい！」

プルタブを開ける小気味《こきみ》いい音が一斉に鳴る。四人は缶を高く持ち上げ、ぶつけ合った。

L字に二台設置されたソファーに腰を下ろし、しばらくは雑談をした。一時間ほどが過ぎたとき、誰からともなくバーベキューの準備をしようという話になった。

「伊織は絶対キッチンだよな。俺が火起こしをやろう」

と久我原が言う。

「じゃあ、私も――」

伊織と郷音を二人きりにしたほうがいいと思い、手を挙げかけた響だったが、久我原はそれをさえぎって続けた。

「郷音ちゃん、こっち手伝ってくれるかな」

どうして久我原が同僚で気安い響ではなく、郷音を指名したのかがわからなかった。けれど、郷音はためらうことなく答えた。

「いいよー」

「郷音、大丈夫なの」

つい訊ねたあとで、響はしまった、と思った。

炎は郷音にとって恐ろしいものであるはずだ。それでも、バーベキューは郷音みずから提案したのだし、彼女をグリルから遠くに座らせて、焼けた食材を運べば問題ないと思っていた。だが、火起こしとなると直で顔に熱を浴びることとなる。

もっとも、火事の件は四人のあいだではまだ話題に上ったことがない。久我原は察しているのだろうし、伊織には郷音が打ち明けた可能性もあったが、いずれにせよ響の発言は軽率《けいそつ》だった。

響の心配の真意を、郷音は即座に汲《く》み取ったに違いない。彼女は笑いながら、

「ちょっと響、わたしがインドア派だと思ってバカにしてるでしょ。火起こしくらいできるから」

そういう方向に持っていくのか。彼女の機転に救われた響は、ごめんごめん、と二重の意味で謝った。

「じゃあ、僕らは食材の準備をするね。火起こし、頼んだよ」

「任せとけ。郷音ちゃん、行こう」

そうして四人は二手に分かれ、久我原と郷音はウッドデッキへ出てガラス戸を閉めた。煙が室内に入らないようにするための配慮だろう。

響は伊織とキッチンへ移動する。伊織が包丁などのキッチンツールを確認しながら指示した。

「僕が下処理をやるから、響ちゃんは野菜を洗ったり、お肉のパックを開けたりするのをお願いできるかな」

「わかった。どんどんやってくね」

スーパーで買い込んだキャベツやにんじん、なす、玉ねぎといった野菜たちをシンクで洗って

伊織に渡すと、彼は惚《ほ》れ惚《ぼ》れする手際《てぎわ》のよさでそれらを切っていく。ヴェンティ・クワトロは奥にキッチンがあるので、彼が調理しているところを見るのは初めてだった。

「そう言えば、アリス読んだよ」

作業に集中して途切れた会話を埋《う》めるべく、響は口を開いた。

「ああ」伊織が一瞬、包丁を持つ手を止める。「本当に読んでくれたんだ。不思議の国のほう？」

「どっちも。合本があったから」

「どうだった？」

「うーん。私もよくわかんなかった」

だよな、と言って伊織は笑う。

原文でしか伝わらない言葉遊びが頻出《ひんしゅつ》するせいかもしれない。響が読む限り、二冊のアリスはいずれも登場人物たちの姿や台詞《せりふ》が、まるでトリップでもしているかのように支離滅裂《しりめつれつ》に感じられた。楽しめる箇所は少なく、伊織との関わりでなかったら早々《そうそう》に投げ出していただろう。

「でも、歴史に残る名作なんだよね」

響が言わずもがなの事実を強調すると、伊織は少し考えて、

「子供にはウケるのかもな。ほら、大人と違って理屈で物語を読まないから」

「響きがおもしろいのとか好きだもんね。私も憶えてる、ディズニー映画版に出てきた歌」

響が口ずさむと、伊織は肩を揺らして一緒に歌った。甘く優しくて、心地よい歌声だった。

いい雰囲気だな、と思った直後には、郷音への罪悪感が芽生える。窓の外では、久我原と郷音が笑い合っている。

「知ってる？　『鏡の国のアリス』には、削除されたエピソードがあるんだよ」

牛肉にバーベキューソースで下味をつけながら、伊織はそんな豆知識を披露《ひろう》した。

「削除されたエピソード？」

「そう。もともと、キャロルは『不思議の国のアリス』の挿絵《さしえ》を描いたイラストレーター、テニエルの続投を熱望してたんだけど、テニエルは事細かに注文をつけてくるキャロルにうんざりしてたみたいなんだ。それで、『かつらを被ったスズメバチ』が出てくるエピソードについて、『どうやって描いたらいいかわからないし、そもそもおもしろくない』という趣旨《しゅし》の書簡をキャロルに書いた」

「わ。けっこうきついね。そこまで言われたら、作者として傷つきそうだけど」

「どうだろうね。ともかく、キャロルはテニエルの要求を呑んでそのエピソードを削除した。原文は長らく現存しないとされていたけれど、刊行からおよそ百年後の一九七四年、サザビーズのオークションによって初めて人々の知るところになったそうだ」

「で、どうだったの、そのエピソード」

伊織は唇をちょっと曲げ、

「テニエルの意見は正しかったというのが、おおかたの見解らしいよ」

歴史に名を刻む大作家も、完璧《かんぺき》ではないのだ。

「伊織くん、詳しいんだね。前から好きだったの？」

この質問には、首を横に振った。

「自分が相貌失認だってわかったとき、同じ苦悩を抱えていた人たちの考えや対処を知りたくなって。調べていくうちにルイス・キャロルも相貌失認だったことを知って、興味が湧いた」

「そうだったんだ」

「キャロルが相貌失認について特別に何かを書き残したりしているわけではないんだけどね。でも、あのころは荒《すさ》んでたから、相貌失認でも真っ当に生きていけるという希望みたいなものが必要だったんだ」

丹念《たんねん》に肉を揉《も》み込む伊織の横顔には、一抹の寂寥《せきりょう》感が浮かんでいた。

いつもなら、無神経な言動を恐れて深くは踏み入らないところだ。けれども響は、もっと伊織の近くに行きたいと思った。

「聞いてもいいかな？　そのころのこと」

もちろん、と言って伊織は微笑んだ。

「実は、大人になるまで自分が相貌失認だって気づいてなかったんだ。人の顔を憶えられないとか、そういうのは自覚してたけど、単に記憶力が悪いだけだと思ってた。おかしいな、と感じる出来事も、いくつかはあったけどね」

響が目を通したネットの情報の中にも、相貌失認だという自覚のないまま生活している人が相当数いる、と書かれていた。

「専門学校を出てすぐに、福岡市内にあるカウンターメインのビストロで働き始めた。一から店長に教わって、接客も調理も自分なりにがんばったよ。けどすぐに、トラブルを起こしてしまうようになった」

「トラブルって、どんな？」

「リピーターがわからないんだ。常連客とか、上客とか、店長に紹介してもらって、一所懸命憶えようとするんだけど、てんでだめだった」

　相貌失認だと説明すれば、理解してもらえただろう。悲劇だったのは、伊織自身もまだそれに気づいていなかったことだ。

「全然気にしないって人もいたけど、むっとされることも多くてね。あるとき、歳の近い女性客が突然、目の前で泣き出してしまった。前回来店した際に、カウンターで一時間以上も話し込んだ相手だった。彼女のプライベートな打ち明け話も聞いた。心を開いてくれていたんだ。でも、二週間後の来店時、彼女は髪を短く切っていた。僕の前に座った彼女が『また来ちゃいました』って言ったとき、僕はいつもの調子で『以前にもいらっしゃいましたか？』と訊いた。その一言が、彼女を傷つけた」

　伊織に非があるとは思わないが、響は女性客の気持ちを理解できた。伊織に好感を抱いたから、自身の秘部をさらけ出したのだ。そんな相手に忘れられるほど悲しいことはない。

「その日、店長にやんわりとクビを言い渡された。大事なお客様の顔を憶えないなんてやる気がないんだろう、とね。必死にやってるつもりだったけど、そう言われるとやる気がないんだろうか、なんて自分を責めもした。最初の店での修業は二年にも満たなかった」

　落ち込みはしたものの、このときはまだ、伊織は前を向いていた。雇ってくれる飲食店を探しつつ、客の顔を憶える方法を学んだりもした――そして、相貌失認の存在を知った。

「不安になってね。もしかしたら自分はこれかもしれない、って。検査できる病院を受診してみたら、ビンゴだった。ＭＲＩでは異常が見られず、先天性と考えられるとのことだった」

玉ねぎを輪切りにする伊織の手つきが、心なしか乱暴になる。

「医者は言ったよ。めずらしいものではないし、これまで問題なく生活できていたのだから、あまり気にしなくてもいいって。でも、僕にはとてもそうは思えなかった。だって、客の見分けがつかないんだよ？　接客業としては致命的《ちめいてき》だ。それ以前に、まず人として欠けている、と烙印《らくいん》を押された気がした」

ほとんど接客しなくても、料理人は務まるはずだ。けれども当時の伊織には、そう割りきることができなかった。

「荒れたよ。家に閉じこもって、毎日酒飲んで現実から逃げてた。——そんなときだった、ヴェンティ・クワトロの熊谷《くまがい》さんから連絡をもらったのは」

熊谷は伊織が働いていたビストロの常連で、そこの店長を通じて伊織にコンタクトを取ってきたらしい。

「何でも熊谷さん、ビストロで働く僕の手さばきを見て、一目置いてくれてたみたいなんだ。それで店をやめたと聞いて、自分の店で雇《やと》いたいと申し出てくれた。恩義を感じた僕は、迷惑をかけないために、最初に相貌失認のことを話した」

すると、熊谷は言ったそうだ。

——ホールはアルバイトにやらせる。きみは厨房《ちゅうぼう》にいて、料理を作ってくれるだけでいい。それなら、客の顔がわからなくても問題ないだろう？

あの人は恩人なんだ、と伊織は語った。

「熊谷さんの言ったとおり、ヴェンティ・クワトロでは人並みに働くことができた。トラブルになりかけたことも皆無ではないけど、熊谷さんがかばってくれた。いまでは調理だけじゃなく、サーブも進んでやってるし、バーカウンターにも立つようにしてる。万が一、何か起きたとしても、ちゃんと説明すればわかってもらえる。これは自分の個性なのだから——そう、受け止められるようになったんだ」

　伊織の表情はすっきりしていた。まだ冷蔵庫の奥に残っていたズッキーニを洗いながら、響は言う。

「伊織くん、がんばったんだね」

「恵まれていただけだよ。相貌失認には治療法がないから、うまく付き合っていくしかないんだ。熊谷さんのおかげで立ち直れて、本当にありがたいと思ってる」

　それを聞いて唐突に、衝動的に、響は思った。

　——いまなら伊織に、身体醜形障害について話せるかもしれない。

　まだ誰にも打ち明けていないことだし、とても勇気の要《い》る告白だ。けれど、伊織だって人には言いにくいであろう過去を、響に教えてくれた。ならば自分も秘密を明かすことが、何よりの誠意ではないかという気がした。

　何でもないことのように、さらりと言いたい。響はひそかに息を深く吸った。

「伊織くん、私ね——」

　ところがそのとき、ウッドデッキに通じるガラス戸が開いて、郷音の大声が響の言葉をかき消した。

「火起こし、完璧。そっちは準備終わった？」

「ああ、もう終わるよ。食材運ぶから手伝って」

「オッケー。よーし、食べるぞー！」

久我原が肉を、郷音が野菜を盛りつけた大皿を運んでいく。思い出したように、伊織がこちらを向いた。

「響ちゃん、さっき何か言いかけた？」

響は笑ってかぶりを振った。

「ううん、何でもない。バーベキュー、楽しみだね」

先ほど形をなしかけた勇気は、すでに雲散霧消《うんさんむしょう》してしまっていた。

9

バーベキューは伊織の丁寧《ていねい》な下ごしらえと、焼くのを一手に引き受けてくれた久我原のおかげで満足度の高いものになった。西の海に沈む日が美しく、響にとっては忘れがたい光景となった。

片づけが済んだところで、煙のにおいを落とすため順番に入浴することとなった。男性陣は女性から入るべきと主張したが、響はそれを断って三人に先を譲った。浴室や脱衣所の鏡を見てしまい、あとがつかえるのを恐れたからだ。最初に入った郷音と二番目の伊織はからすの行水《ぎょうずい》と言ってよかったが、久我原は意外と時間がかかっていた。こんなときでも身だしなみを気にしているようだ。

響もゆっくり入浴を済ませて髪を乾かし、鏡から身を引きはがすようにして脱衣所を出る。伊織はTシャツにハーフパンツ、久我原もポロシャツにジャージという軽装で、暗くなったウッドデッキの椅子でくつろいでいるが、郷音の姿が見当たらない。

「香住さんもおいで。この時間、風が涼しくて気持ちいいよ」

久我原の言葉のとおり、椅子に座ると汗ばんだ肌を風が冷やして、響はとろけるような快感に包まれた。

「郷音は？」

「ちょっと浜辺を散歩してくるって。ついていこうかって言ったんだけど、一人になりたいみたいだったから。そろそろ帰ってくるんじゃないかな」

それなりに酒が回っているのであろう伊織は呑気《のんき》に言うが、ひとけのない夜の海に、女性が一人きりでいるのは心配だ。響は立ち上がった。

「私、探してくるね」

「僕も行くよ」

腰を上げかけた伊織を、響は制した。

「大丈夫。すぐ戻ってくるから」

二人で行動しているのを郷音に見られて、あらぬ誤解を受けたくはない。

海岸沿いの道に出てあたりを見回すと、浜辺でスマートフォンの明かりらしきものがちらちら動いているのが見えた。近づくにつれ、郷音の声が聞こえてくる。電話でもしているのだろうかと思いつつ、砂を踏んでそちらへ進んだ。

「……海見える？　あんま見えないかー。ほんとはもっと明るいうちにやりたかったんだけど、そんな余裕なくてさ……」

「郷音、何してるの？」

五メートルほどの距離で声をかけたら、郷音が大きく手を振った。

「おー、響。こっち来て」

言われたとおりにする。肩が触れるまで近づいたところで、郷音がいきなり顔の前にスマートフォンを構えた。

「これが、親友の響でーす」

画面を見て、響ははっとした。

アイプッシュのアプリが起動していた。郷音はいま、さとねるとして配信中で、その画面に響が映り込んだのだ。

――わたしいまランキングバトルに参加してるから、どうしても角島からあの景色を配信してポイント稼ぎたいんだよね。

すっかり忘れていた。角島行きを提案した際、郷音はそう予告していたのだ。

体じゅうがぶわっと熱くなる。前髪を両手で押さえ、響は拒絶した。

「やめて。映さないで」

「えー、何でよ。ほら、みんなも響にコメントくれてるよ」

画面の下部のコメント欄には、〈これがあのひびきちゃんか〉〈二人ともかわいい！〉〈ひびきちゃーん、こっち見てー〉〈この二人が親友なんて天使すぎない？〉といったコメントが滝のように流れている。内容は総じて好意的だったが、響にとってそれは問題ではなかった。

「お願い郷音、恥ずかしいから」

「もーわかったってば。響はねー、かわいいのにすっごくシャイなんだよね。連れ戻しに来ちゃったから、そろそろ配信終わるね。みんな、ありがとー」

郷音が配信を切ってくれて、響は体の力が一気に抜けた。郷音は何でもないような顔をして、

「ごめんねー。声が入ったから、いっそ映しちゃったほうがいいかと思って。ほら、女友達と旅行してるって視聴者には説明してあったから、その証明にもなるし」

「こっちこそ、邪魔してごめん」

「ううん。でも、みんな響が出てきて喜んでたなー。ねえ響、ランキングバトルの予選が終わる前にまた出てよ。今度は映りのいい場所で、服や化粧もちゃんとした姿を映すからさ」

ランキングバトル中に配信者以外の人がゲストとして出演することを、運営側は禁じていないらしい。響は御免被《ごめんこうむ》ると思いながらも、「考えておく」とお茶を濁した。配信中に郷音が堂々と、響のことを親友と呼んでくれた、その甘やかさが忘れられなかった。

ウッドデッキに戻ったところで、もう本日何回目かわからない乾杯をする。響は割りものとして買ったジャスミン茶を、そのほかの三人もめいめい好きなものを飲んでいた。

男女それぞれ向かい合って囲む木製の丸テーブルの上には、暖色のランプが灯《とも》っている。炎ではなくＬＥＤのようだ。その横に置かれた見慣れないものについて、響は訊ねた。

「それ、何？」

「カードゲーム。この別荘の備品みたいで、テレビ台に入ってたよ」

久我原が答える。

三つのカードゲームはいずれも響の知らないものだった。手に取って裏面に書かれたルールを読んでいると、郷音が響の手元を指差して言った。

「それ、やったことある。『ｉｔｏ』だよね」

「イト？」響は首をかしげる。

「何年か前から流行ってるよ。まず全員が、１から１００までの数字が描かれたカードを引くの。次にお題を決めたら、プレーヤーはそのお題に沿って、自分の数字にちょうど合うくらいのものを考えて答える。最終的に、数字の順に並べられたら成功っていう、協力型ゲーム。おもしろいよ、誰とやっても盛り上がる」

説明だけではよくわからなかったので、テストプレーしてみることになった。全員が数字のカードを引いたのち、お題が書かれたカードの中から、郷音がやりやすそうなものを選んでくれる。

「じゃあ、お題は『無人島に持っていきたいもの』。１００が一番持っていきたいもので、１が全然要らないもの。思いついた人から答えていいよ」

「俺から行こうかな」まず久我原が挙手《きょしゅ》する。「マスク」

「要らねー」伊織が笑う。

「人いないのにコロナかからないでしょ」響も噴《ふ》き出す。

「巧くんは小さい数字だね。ほかの人は？」

郷音がうながすと、伊織が続いた。

「ドラえもん……ってのは、ありなのかな」

「架空のものでもオーケーなの？」と響。

「まあ、よしとしましょう。伊織くんは相当高い数字だね。響はどうする？」

名指しされ、響は今一度、自身のカードを見た。数字は25だ。

久我原と伊織のおかげで、何となくつかめてきた。このゲーム、極端に高い数字か低い数字を引けば、答えるのは簡単なのだ。中途半端な数字が一番困る。

「鏡、はどうかな」

「うーん、要らないなあ」久我原が切って捨てる。

「わたしはちょっと欲しいかも」

郷音が女子らしい意見を述べるが、伊織に反論された。

「普通に考えて、誰もいないのに鏡なんか見たってしょうがないよ。ひょっとすると日光を反射して火起こしに使えるかもしれないし、割れば刃物としても使えそうだし、マスクよりは使い道があると思うけど」

「じゃ、響は伊織くんと巧くんのあいだね。最後、わたしは寝袋にしようかな」

どうやら数字がきれいにばらけたようだ。並び替えは、低いほうから順に久我原、響、郷音、伊織ということで、誰からも異論が出なかった。

「じゃあ、一人ずつカードを出していって」

郷音に言われ、久我原がカードを差し出す。書かれた数字は3だった。

響は25。郷音は83。そして伊織は99。テストプレーは見事、成功という結果に終わった。

「いまのは簡単すぎたけど、何人かが近い数字を引くと難易度《なんいど》が一気に上がって、失敗するケースが出てくるから」

郷音がカードを集めてシャッフルする。

「これ、おもしろいね。もっとやりたい」響は前のめりだ。

「いいけど、ただゲームするだけだと物足りないなあ。罰ゲームありにでもしないと」

伊織は高校生のようなことを言うが、

「でも、これ協力型ゲームだよね。誰が罰ゲームを受けるの」

響がもっともな疑問を呈《てい》すると、久我原が人差し指を立てて提案した。

「じゃあ、こうしよう。成功したら、罰ゲームはなし。失敗したときは、誰のせいで失敗したのかを、四人で一斉に指差して多数決で決める」

「もっとも数字に合わない答えを言って場を混乱させた人、ってことだね」と郷音。

「罰ゲームの内容は、そうだな……一つだけ、どんな質問にもNGなしで答えるっていうのはどう?」

久我原がそんな剣呑《けんのん》な罰ゲームを考案したのは意外だったが、郷音と伊織が口々に賛同したので響もしたがわざるを得なかった。

「質問は誰が考える?」

郷音が確認すると、今度は伊織が率先《そっせん》して発言する。

「思いついた人、でいいんじゃない? それぞれ訊いてみたいことはあるだろうし。被ったら、じゃんけんでもして」

響は嫌な予感がした。質問に答えさせられた人がその意趣返《いしゅがえ》しに、次はさらに過激な質問を、というのを繰り返していくうちに、罰ゲームが過熱してしまうのを危ぶんだからだ。けれども響が反対する暇《いとま》は与えられず、話は進んでいく。

「いいね。じゃあ、さっそくやってみようか。お題、何にする？」

「カードのお題をやってもいいんだけど、もっと個人的なお題にしたほうが盛り上がるんだよね。たとえば、『好きな人』なんてのはどう？」

郷音は早くも何かを仕掛け始めている。

「人って、誰でもいいの？」伊織が質問する。

「うん。有名人でも、身内でも。故人でもいいけど、架空《かくう》の人物はなしにしようか」

「一般的に好かれてそうってことじゃなくて、あくまで回答者が好きな度合いでいいんだよな」

今度は久我原が確認する。

「もちろん。誰にも共感されなくていいけど、わかりづらい回答をしたら罰ゲームを受けるリスクは高くなるね」

「100は一番好きな人でいいとして、1はどうでもいい人？　それとも、50がどうでもいい人で、1は嫌いな人？」響も気になった点を訊ねた。

「嫌いな人だとそれはそれで別のお題になっちゃうから、1はどうでもいい人にしようか」

「オーケー。それじゃ、手順が前後しちゃったけど、カード引くよ」

言うが早いか、伊織がカードの山に手を伸ばす。ほかの三人も続いた。

響は手札の数字を確認する――12。

助かった、と思った。興味のない人を挙げるだけなら難しくないから、少なくとも罰ゲームの対象にはなりづらい。

またしても、先陣を切ったのは久我原だった。

「俺はね――」

彼が挙げたのは、清純派のイメージで人気の女優だった。ドラマで共演したミュージシャンと結婚してからも、人気は衰えていない。

「微妙なとこだなあ」

そう言った伊織を、郷音と響が口々に否定した。

「絶対高いよ。90は超えてると思う」

「だよね。これで低かったら間違いなく罰ゲームだ」

「いまでもそんなに人気あるんだね。僕、ドラマとかあんまり見ないから」

LINEで好きな映画の話になったとき、伊織が〈俳優の見分けがつきづらいからストーリーが理解できないことがある〉とぼやいていたのを、響は思い出した。

「次、私が答えるね」

響は何年か前にブレイクしたものの、その後すぐにメディアで見かけなくなったお笑い芸人の名前を口にした。

「絶対興味ない」久我原が言いきる。

「数字、低そうだね」郷音も賛同した。

「えっと、僕は……」伊織は言い淀《よど》んだあとで、正面を指差した。「巧にしようかな」

「おい伊織、これで数字低かったら泣くぞ」

久我原が大げさに嘆いてみせるので、響は笑ってしまう。一方、郷音は際どいことを言った。

「逆にめちゃくちゃ高い数字でもびっくりだけどね」

「ま、伊織は俺と香住さんのあいだかな。最後、郷音ちゃんは？」

伊織の回答によってその場にいる人の名前を挙げやすい流れになったことを、響は懸念《けねん》していた。ところが、郷音の回答は種類の異なるものだった。

「わたしは、お姉ちゃんにしよっかな」

「お姉ちゃんって、さっちゃんの？」伊織が訊き返す。

「そう。実の姉」

郷音に姉がいたことは、響も記憶していた。彼女もまた、当日は留守にしていたとはいえ、響が起こした火災が原因で転校せざるを得なかったわけだ。だが、この十五年間のことは何も聞かされておらず、姉妹仲の良し悪しは想像もつかない。

「身内だから、けっこう高めかな？」

伊織が探りを入れる。響は言った。

「そこまで高くはなさそう」

「響ちゃん、何で？」

「何でって……」高い数字なら伊織の名前を挙げただろうから、とは言えない。「私にも姉がいるけど、そんなに高い数字はつけないと思うから」

姉とは学年でいえば一つしか変わらず、関係性はよくなったり悪くなったりを繰り返してきた。一度は芸能界入りした響と違って、姉は堅実を絵に描いたような人生を歩んでおり、普段は連絡もめったに取り合わない。姉のことをどのくらい好きか数字で表せと言われても困るが、70より上はつけないだろうというのが正直なところだった。

「俺も兄貴がいる身として、香住さんと同意見だなあ」と久我原。

「僕、一人っ子だからよくわからないな」

伊織は責任を人に押しつけようとする。裁定を下したのは久我原だった。

「俺は、伊織の俺への気持ちを信じたい。下から順に、香住さん、郷音ちゃん、伊織、俺だ」

「それでも女優よりは自分を下にしたんだね。謙虚《けんきょ》でよろしい」

郷音の揶揄《やゆ》に、久我原は「そりゃそうだ」と笑った。

響が12のカードをめくる。ここまではよかった。だが、郷音のカードで波乱が起こった。

「えっ、86？」

響は素《す》っ頓狂《とんきょう》な声を上げてしまう。

郷音のカードには86の数字が記されていた。伊織が頭を抱え、自身の手札をめくる。久我原への好意を表した数字は、77だった。

「失敗か。いや、俺は77でも相当うれしいんだが」

久我原のカードは女性陣の予想したとおり、94だった。

ほかの三人が郷音を責めるムードになってきたので、郷音は反論する。

「いやいや、家族なんだから好きに決まってるでしょー。三人が納得してるみたいだったから口をはさまなかったけど、わたしは伊織くんより自分のほうが上だと思ってたよ」

自分の数字に関する意見を過度に主張すると、数字が推測できてゲームがつまらなくなる。ルールというよりマナーとして、郷音は発言を差し控えたのだ。

「そんじゃまあ、誰が罰ゲームか決めようか。せーの」

伊織の仕切りで、四人は失敗の原因を作ったと考える人物を指差した。

郷音──伊織。伊織──郷音。久我原──郷音。響──郷音。

「郷音ちゃんに決定だな。ま、投票するまでもなかったか」

久我原の言葉を、郷音はさばさばとした表情で受け止めた。

「しょうがないな。甘んじて答えよう」

「いきなりだけど、俺、質問してもいいかな」

──このときの久我原の質問が、その後の四人の運命を大きく変えたことを、響はのちに思い知る。

「郷音ちゃんってさ」

ランプに照らされた久我原の横顔は、まるで冷笑を浮かべているように見えた。

「いままであえて触れなかったけど、香住さんのブログの記事に出てきた、友達だよね。香住さんが、火傷をさせてしまったっていう」

響は呼吸が止まる思いがした。

「久我原さん、そんなこと訊くのは──」

「響」

たまらず口をはさんだ響を、郷音が制する。

「気にしないで。何でも答えるって決めたんだから」

響は下唇を噛む。

うかつだった。久我原が郷音の頬を見て察していることは、響も織り込み済みだった。だが、まさか本人に直接問いただすとは思ってもみなかった。

思い返せば、明らかに不自然だったことがある。バーベキューの準備で二手に分かれるとき、久我原は同僚の響ではなく、郷音を火起こしに誘った。

彼は、郷音が火を怖がらないかどうかを確かめようとしていたのではないか。でなければ、十五年前の火災について、二人きりの状態で言及する機会をうかがっていたのだ。

もっとも響の心配をよそに、当の本人はあっけらかんとしている。

「ま、この火傷の痕を見ればわかるよね。巧くんの言うとおり、響のブログに出てきた友達ってのは、わたし」

「ちょっと待って。ブログって、何のこと？」

置いてきぼりを食らっている伊織に、郷音がことのしだいを説明する。伊織はうなった。

「火傷が火事のせいだってのは、少し前にさっちゃんから聞いたけど……響ちゃんも関わってたなんて」

——伊織くんね、こう言ってくれたんだ。さっちゃんは、どこにいても必ず見分けられるって。

その話の前後で、郷音は悲劇的な過去を打ち明けたのだろう。けれど、そこに響は登場しなかった。

その理由を、郷音は次のように説明する。

「どうしたって、響を悪者にしてしまいかねないから。そこまで言う必要はないかなって」

「郷音……ごめんね、かばってもらったりして」

「また謝る」郷音は顔をしかめ、「本当のこと言うと、伊織くんもおばあさんから、火事のこと聞いてるんじゃないかと思ってたんだ。でも、みんなでごはん行ったとき、知らないんだなってわかった」

「僕は何も聞かされてない。両親の離婚でまいってる僕に、追い打ちをかけるべきじゃないと思ったのかもしれない」

「まあ、焼けたのはうちのリビングだけで、延焼はしなかったしね」

何だろう、郷音の顔の上を一瞬、見覚えのある感情がよぎった。あれは、疲労——いや、徒労《とろう》か？

久我原がしかめっ面《つら》をして言う。

「悪いね。でも、これは気づいてたことを確認しただけだから。旅行にまで一緒に来ていながら、知らないふりをするのも、腫《は》れ物を触るみたいでやりにくかったんだよ」

彼の言い分も理解できないではないが、デリカシーを欠いていることは否《いな》めない。響が不満そうにしていると、郷音になだめられた。

「みんなでやるって決めた罰ゲームなんだから、恨《うら》み節《ぶし》言いっこなしだよ。巧くんが罰ゲーム受ける番になったら、エグい質問してやろ」

「お手柔《てやわ》らかに頼むよ」

余裕で返す久我原は、探られても痛む腹などないと言わんばかりだった。

次のゲーム、響は中途半端な数字を引き当ててしまい、順番を狂わせて失敗に終わった。ほかの三人から指を差され、罰ゲームが響に決まる。

「ちょうどよかった。わたし、響に訊きたいことあったんだ」

郷音に言われ、響はどきりとする。それでも、友達だから優しくしてくれるはず、という甘えがあった。

郷音が丸テーブルの上のグラスを指しながら、質問を口にした。

「響さ。何で今日、お酒飲まないの？」

頭が真っ白になった。

お酒を飲んでいた人が飲まなくなったのには、おおよそ体の問題が関わっており、センシティブな要素をはらみうる。にもかかわらず、郷音はそこに触れてきた。

久我原の質問が、この忌々《いまいま》しい流れを作ったのだ。久我原の提案を聞いた時点では、ファーストキスの思い出とか、フェティシズムに関することとか、その手の恥ずかしい質問が来ることを危惧《きぐ》していた。それはそれで嫌だったが、まさか人の内側の脆い部分に土足《どそく》で踏み込むような質問が飛び交うことになるとは、響には思いもよらなかったのだ。

「チューハイ飲んだよ。ほら、ここに着いたときに」

響は苦しまぎれの反論をする。だが、郷音にあしらわれた。

「正直に答える約束だよ。響、いままでは普通にお酒飲んでたじゃん。でも今日は、昼から飲むと夜までもたないとか、一本飲んだら酔っぱらったとか、何だかんだ理由つけて飲酒を避けてる。何か、わけがあるんじゃないの」

丸テーブルには、いまも響が口にしていたジャスミン茶のグラスが置かれている。

男性二人は、それほど違和感を覚えなかったのかもしれない。初めは郷音の質問に白《しら》けた様子だったが、すっと答えない響を見て、しだいに面持《おもも》ちを固くした。

響は必死で頭を悩ませる。

お酒を飲んでいないのは、ＳＳＲＩを飲んでいるからだ。アルコールは禁忌ではなく併用注意ではあるものの、旅行中に体調を崩すようなことがあってはいけないから。

しかし、それを説明するには、身体醜形障害の診断を受けたことから話さなくてはならない。

そんなの、とてもじゃないけど耐えられない――いや。

逆か？

こんなときだからこそ、打ち明けたほうがいいのか？

いまなら同情を買おうとしているとか、自意識過剰だとか思われることなく、罰ゲームのせいにして病気を告白してしまえる。今後もみんなと仲よくしたいのなら、病気について知っておいてもらうのは悪いことではないはずだ。

話すべきか、話さざるべきか。

響は深呼吸をしてから、口を開いた。

「実は、最近、ある薬を飲み始めたからなの」

「薬って、何の」と郷音。

「セロトニンを増やすお薬。――私ね、身体醜形障害なんだって」

言ってしまった。

もう、あとには戻れない。

心臓がバクバク鳴っている。三人の視線が自分に集中するのがつらく、響は顔を上げることができなかった。

「身体醜形障害って……醜形恐怖症のこと？」

伊織が気遣うような声色《こわいろ》で言う。

「そう。アイドル時代に、ネットに悪口書かれてるのを見ちゃってね。それ以来、ずっと自分の見た目が嫌いで仕方なくて。鏡の前に立つとそこから動けなくなって、大事な約束に遅刻しちゃったりするの。それで、最近になって初めて病院に行ったら、身体醜形障害の診断を受けた。薬を飲めば治るんだって」

「だから、うちの店を取材したときも遅れてきたのか……」

伊織がうめく。久我原も驚いた様子だ。

「香住さん、仕事ぶりはまじめで評判いいのに、取材に遅刻するのが不思議だったんだ。そういう事情があったとは」

「ごめん、響……わたし、旅行前なのにゆうべデートでもしてて飲みすぎたとか、そんなことだと思ってて」

郷音は叱られた犬のようにしょげ返っている。

「ううん。みんなには——」そこで、響は伊織のほうを一瞥《いちべつ》した。「知っておいてもらったほうがいいことだから。きっかけをもらえてよかったと思ってる」

　夕方、キッチンで響が身体醜形障害について打ち明けようとしていたことを、伊織は察してくれただろうか。

「響、何か困ったことがあったら言ってね」

「ありがとう、郷音」

　みんなが優しく受け止めてくれて、響は心が軽くなった。いまも、大きな布で全身を覆い隠してしまいたいくらいに恥ずかしいけれど。

「じゃ、次いこうか」

　黒板に書いた文字を消すように、久我原がゲームを進行する。

　次のゲームは並べ替えに成功し、罰ゲームを回避した。けれどもここまで来ると、四人のあいだにはどことなく、罰ゲームこそが本番のような空気が漂っていた。その影響もあったのか、次のゲームは失敗に終わり、郷音が二度目の罰ゲームを受ける展開となった。

「またわたしかー。感覚ずれてんのかなあ」

　郷音が泣き言を言う。質問役を買って出たのは、伊織だった。

「僕も、さっちゃんに訊きたいことがあってね」

「おー、何でしょう」

「さっちゃん、響ちゃんと来る前から、うちの店を何回か利用してくれてたよね」

「うん。それは、前にも話したと思うけど」

「なのにどうして、あの日に限って僕に気づいたんだろう」

　ＬＩＮＥでも、伊織に相談されたことだ。響は郷音に訊いてみると請け合ったものの、今日までその機会を逸し続けていた。

「それは……あの日はテーブルまで挨拶《あいさつ》に来てくれたおかげで、初めてじっくり顔を見られたから」

郷音の釈明を、伊織は手のひらを広げて押しとどめた。

「正直に答える約束。そう言ったのは、さっちゃんだよ」

それから伊織は、響に説明したのと同じ疑問点を繰り返した。マスクをしており、また十五年も経っていたため、伊織だと認識するのは難しかったであろうこと。にもかかわらず、先に名前を訊ねたこと。

「冷静になって振り返ると、僕ら三人の再会はあまりにも偶然が過ぎる。とはいえ響ちゃんに関しては、うちの店を取材したのも配信アプリでさっちゃんを見つけたのも会社に指示されてやったことだから、そこに彼女の意思がはたらいたとは考えにくい。そうだよね、巧」

「あ、ああ。間違いないよ」久我原はとまどいつつも、同僚として保証する。

「となると、さっちゃんと僕を結びつける線だけが、いかにも作り物めいて見えるんだ。少なくともあの日、あのタイミングで僕に気づいたとは思えない。それに前回の会食も、この角島旅行も、強引とも言える形で切り出したのはさっちゃんだ」

「でも、ヴェンティ・クワトロを郷音と二人で訪れたのは、私の提案だったよ」

響は郷音に助け舟を出すが、伊織は退《ひ》かない。

「さっちゃんから先に、好きなお店だと連絡があったんだよね。そこから一緒に行くよう仕向けるのは、響ちゃんの提案がなくても難しくない」

　そして伊織は、罰ゲームの質問を郷音にぶつけた。

「ねえ、さっちゃん。きみの目的は何なのか、教えてくれないかな。僕はただ、みんなと心置きなく仲よくしたいだけなんだ。この状況——十五年前と同じ三人が集まっているという状況が、何らおかしなものではないことを確かめたうえで、ね」

　いまさらながらに響は、伊織が久我原の提案した罰ゲームに乗った理由を知った。

　彼は、これを郷音に訊きたかったのだ。

　久我原が郷音にデリケートな質問をしたのは、完全にこの流れをアシストしたと言える。だが、あのひとくだりがなくても伊織は、郷音にこの質問をぶつけるつもりでいたのだろう。

　最初に罰ゲームを受けたときとは打って変わって、郷音は恥ずかしそうにつぶやいた。

「……十五年前に一緒に遊んだ女の子だって、伊織くんに気づいてほしかった。それが、ヴェンティ・クワトロに行き始めた理由」

　伊織が眉根《まゆね》を寄せる。「僕に？」

「そう。伊織くんはマスクをしてたけど、わたしは食事中で素顔をさらしてたからね。気づいてくれるかもって、期待してた。結局、そうはならなかったけど」

　それを聞いて、伊織はどこかが痛んだような顔をしている。

　響は悲しい気持ちになる。伊織は、気づきようがなかったのだ——なぜなら彼は、相貌失認なのだから。

　郷音が自嘲《じちょう》めいた笑みを浮かべ、続ける。

「わたし、伊織くんの名前をネットで検索して、あのお店で働いてることを知ったんだよね。お店のインタビュー記事に、名前と顔を出して答えてるものがあったから。何で検索したかって？　あるときふいに思い出して、懐かしくなっただけ。子供のころにも伊織くんのこと気になってたわたしは、現在の伊織くんの職場を知って、せっかく近くにいるならまた仲よくなれるんじゃないかと思って、お店に行った。さすがに気づいてもらえなかったし、マスクして、コック帽子も被ってるのにこっちが気づいたって言うのも変だから、言い出せなかったけど」

「ネットで記事を見かけたことを、素直に伝えてもよかったんじゃないか」

久我原の指摘は当事者意識が希薄《きはく》だ。

「そうなんだけどさ。初回でその勇気が出なかったら、タイミング逃しちゃったよ。だって、十五年も前のほんの一時期遊んでただけの友達をずっと憶えてて、そのうえ名前を調べたなんて、ストーカーみたいで不気味《ぶきみ》じゃない。そう思ったら、伊織くんに声はかけられなかった。テーブルまで来ることもほとんどなかったし」

郷音の言葉に響は共感した。自分が郷音の立場でも、やはり声はかけられなかったに違いない。

「そんなときに響と再会して、響がヴェンティ・クワトロの記事を書いたのを見つけて。これはまたとないチャンスだ、と思った。響がその場にいてくれさえすれば、突然伊織くんに気づいた違和感も薄れるだろうって」

現に、響は伊織に言われるまで、その違和感を見過ごしていた。

「正直に答える約束だから、誓って言うけどさ。ただ運命的な再会を、演出したかっただけなんだよ。伊織くんが気づいてくれたら、もっと自然に見えたはずなんだ。そのあとみんなで仲よくしようとしたのも、やっぱりこの再会は運命だったねって、そんな風に思ってほしかったから」

伊織は拍子抜けした様子で、

「さっちゃんがそう言うなら、信じるよ。だけど、いまのさっちゃんに僕が気づくっていうのは、相貌失認のことを抜きにしても、無理があったんじゃないかな。過去には予約名を『新飼』で承《うけたまわ》ったこともあったけど、福岡には多い苗字だし――」

「火傷があるから」

波音が、一瞬の静寂《せいじゃく》を埋める。

「わたしだって、顔だけで気づいてもらえるなんて思ってなかったよ。でも、この火傷があるから。これを見れば、昔一緒に遊んでた女の子の家が火事になったこと、思い出してくれるかなって。この火傷があってよかった、だって伊織くんが気づいてくれたんだからって、わたしはそう思い込みたかった――」

郷音の願いの悲痛さに、響は目を伏せた。

――伊織くんね、こう言ってくれたんだ。さっちゃんは、どこにいても必ず見分けられるって。

彼女はいつも、火傷を肯定してくれる何かにすがっていた。たとえそれが、みずからこしらえたものであっても。配信者という、容姿がいいことがプラスにはたらく職種をあえて選んだのもそうだ。乗り越えたようなふりをしながら、郷音はいまも火傷の痕にこだわり続けている。

この罰ゲームを通じて、伊織が郷音からどのような回答を引き出すことを期待したのかはわからない。見るからに、彼は動揺していた。

「さっきも話したとおり、僕はさっちゃんちが火事になったこと、知らなかったんだ」

「わたしこそ、伊織くんが知らないなんて思いもよらなかった。だって、火事の前日まで一緒に遊んでたんだよ。そのときも伊織くん、『またね』って言ってバイバイした。次の日に佐世保に帰るなんて聞いてなかった」

「前日まで？　じゃあ、僕が佐世保に帰ったのは、火事が起きた当日だったのか。父親がいきなり迎えに来たのは、最後にさっちゃんたちと遊んだ翌日で、僕にとっても青天《せいてん》の霹靂《へきれき》だった」

「どうして一言、お別れを言いに来てくれなかったの？　隣じゃない」

「行ったさ」

その声は、響には悲鳴のように聞こえた。

「昼過ぎだった。タクシーで博多駅まで向かう直前、一人でさっちゃんの家に行ったんだ。門の前に立ってインターホンを鳴らそうとしたとき、ちょうど玄関からお父さんが出てきた。それで、『さっちゃんいますか』って訊いたら、『いま出かけてるよ、どこにいるかもわからない』って言われた。特急電車の時間が迫ってたから、心残りだったけどあきらめるしかなくて――」

「お父さん？」

あれ、と響が思うのと、郷音が訊き返すのが同時だった。

「お父さんって、誰の？」

「誰のって……さっちゃんのに決まってるだろ。ほかに誰がいるんだよ」

伊織は何を訊かれたのかわからないという顔をしている。

荒い呼吸が二回、郷音の唇を通り過ぎた。

「あの日の昼過ぎ、うちにお父さんはいなかった。そうだよね、響」

「うん。私たち以外、誰も。伊織くんの記憶違いじゃない？」

「そんなはずないって！　お父さんが出てこなかったなら、インターホンを鳴らさずに帰るわけがないじゃないか」

伊織は心外そうに言い返す。

響と郷音が二階でうたた寝していたタイミングなら、階下で鳴るインターホンが聞こえなかった可能性はある。だが、そもそも鳴らさなかったという伊織の主張とは食い違う。

「でも、平日だったんだよ。お父さん、会社に行ってたよ」

郷音が言わずもがなのことを言うと、伊織は目を泳がせた。

「ほかに家に出入りしていた大人の男性はいないの。親戚とか」

「平日にふらっとうちに来る親戚なんていないよ」

奇妙な沈黙が場を支配する。久我原が、ぽつりとつぶやいた。

「じゃあ――そいつ、誰なんだ？」

そのとき恐ろしい想像が響の脳裏をかすめ、彼女は全身を震《ふる》わせた。

「どうしたの、響ちゃん」伊織が響の肩に手を置く。

「何でもない……こんなの、バカげた妄想《もうそう》だって自分でもわかってる。でも――」

響は郷音の目を見返した。

「ねえ、郷音。本当に、ただの火事だったのかな」

「どういうこと？」

「私たち、二階に上がったよね。リビングの掃き出し窓を開けたまま、キャンドルの火も消さずに」

「そうだったけど……」

「すごく不用心だったよね。悪い人が見たら、こう考えてもおかしくないんじゃないかな――金目のものを盗んで、キャンドルの火をカーテンに移せば、偶発的な火災に見せかけながら窃盗の証拠を隠滅できる、って」

海辺の夜を覆《おお》いつくす闇の重量に、響は圧し潰されそうになっていた。

「香住さん、いくら何でもそれは……」

「そうだよ。牽強《けんきょう》付《ふ》会《かい》っていうか。僕、煙なんて見た記憶ないし」

久我原と伊織は常識的な判断を示すが、郷音がそれを覆した。

「憶えてる。焼け跡から、見つからなかったものがあったこと」

響は身を乗り出す。「何？」

「鏡だよ」

鏡――郷音が祖母の形見としてもらい、毎日のぞき込んでいた、古めかしい金属製の鏡。あの鏡を取りに行こうとして、彼女は頬に火傷を負った。

「どこにもなかったんだ。燃えてなくなるようなものじゃなかったのに。あのときは結局、別の場所でなくしたんだろうってことにされてしまった。わたしの火傷の問題もあって、それどころじゃなかったし」

「鏡なんて盗むだろうか。放火のリスクと釣り合うほど高価なものとは思えないんだが」

久我原は疑わしそうにしている。

「うーん……アンティーク品だから、鏡にしては高級に見えたとは思うけど。そのために放火までするかって言われると……」

そのとき、まさしく鏡が光を反射するようなきらめきが、響の記憶を照らした。

「郷音。あの日、二階に行く前に私たち、リビングでファッションショーの真似事《まねごと》して遊んだよね」

「えっと、やったかも。それが？」

「憶えてない？　郷音、お母さんのハンドバッグを持ち出して、小道具として使ってた。その中にあの鏡を入れて、途中で取り出して見るふりしたりしてさ」

郷音が愕然《がくぜん》とする。

「そうだった……響、よく思い出したね」

郷音は得意げにモデルウォークをしたのち、腕にかけたハンドバッグから鏡を取り出してチャーミングなポーズを決めていた。そのおかしさに、響はお腹《なか》が痛くなるほど笑ったのだ。

「あのハンドバッグ、ブランドものだったんじゃない？　だとしたら、中身ごと盗まれた可能性はあるよ」

ハンドバッグだけなら、燃え跡から見つからなくても不思議ではない。だが、中に燃えるはずのない鏡が入っていたとなると話は変わってくる。

郷音は頭が痛むかのように顔をしかめる。

「確か……ルイ・ヴィトンだった。服じゃないけど一張羅《いっちょうら》っていうか、お母さんが持ってる中で唯一《ゆいいつ》の高級バッグで、わたしそれ知ってたからあの日、ファッションショーに使ったんだ。安物のバッグじゃさまにならないと思ったから」

「高級バッグそのものが目的なら、いちいち中身まで確かめたりはしない。そんな暇があったら逃げると思う。だから、郷音が中に入れていた鏡も一緒に盗まれて、あの家から消えたんじゃないかな」

郷音は突然、チューハイの残りを一気に飲み干した。そして、音を立てて缶をテーブルの上に叩きつけると、宣言した。

「わたし、犯人を突き止めたい。この顔をこんな風にした、犯人を」

「冗談だろう。十五年も前の事件の手がかりなんて、残ってるわけがない。第一、窃盗《せっとう》や放火が実際に起きたかどうかすらわからない」

「巧の言うとおりだよ。僕が会った男の人だって、お父さんじゃないにしても、宅配業者とかそんなのだった可能性もある。家に誰もいないって意味で、子供の質問に答えてくれただけだったのかも」

久我原は呆《あき》れているし、自身の発言が思わぬ展開を招いてしまった伊織も及び腰になっている。

男性陣の意見に賛同する気持ちがある一方で、しかし響はそれよりも強く、郷音の納得がいくまでとことん付き合いたいと思ってもいた——それに。

もしあれが、放火だったのだとしたら。

火災を起こした張本人だという、響の罪の意識はいくらか軽くなる。たとえ新飼宅にキャンドルを持ち込んで放火を誘発《ゆうはつ》したことに対する、一定の責任は免《まぬか》れないとしても。

「私も、十五年前の火事の真相を知りたい」

響が味方についたことで、郷音は勢いづいた。

「お願い、みんな手伝って。限りなく不可能に近いのはわかってる。でも、ひょっとしたら突き止められるかもしれない。可能性がゼロじゃないなら、わたしはそれに賭《か》けたい」

「だから、手がかりがなさすぎるって……」

「手がかりなら、ある」

郷音は久我原をさえぎって、伊織のほうを向いた。

「こっちには、目撃者がいるんだから」

伊織が言葉を交わしたという、郷音の《父親》。真犯人がいるとしたら、その男以外に考えられない。

「ねえ伊織くん。わたしの父親を名乗ったのは、どんなやつだったの」

郷音が椅子を軋《きし》ませて問う。伊織は自信なさそうに答えた。

「どんなって……大人の男性だよ。声や服装の感じを記憶している限りだと、二十代から四十代ってとこだと思う」

「ハンドバッグは持ってた？」

「見た覚えはないけど、体の後ろに隠してたかもしれない。持ってたとしたら、見られたくなかっただろうし」

「じゃあ、顔は？　どんな顔してたの」

ランプの光がゆらゆらと揺れ、伊織の緊迫《きんぱく》した表情を照らし出す。

伊織は陸に打ち上げられた魚のようにあえぎ、言った。

「……わからない。本当にごめん、でも、何も思い出せないんだ。僕は、相貌失認だから――」

西暦二〇六三年八月　神奈川県鎌倉市

「削除されたエピソードというのは、この『鏡の国のアリス』にまつわる会話から導き出したのですよね」

『鏡の国』の第二章までを振り返り終えた私は、いの一番に指摘《してき》する。鈍い私にも、それくらいはわかる。

おっしゃるとおりです、と勅使河原《てしがわら》は受けた。

「響《ひびき》と伊織《いおり》が貸別荘のキッチンでバーベキューの準備をしながら、キャロルについて話す場面ですね。『鏡の国のアリス』に削除されたエピソードがあるという話題は、伊織がキャロルに詳しいことを示すにとどまり、削除されたエピソードに関する記述はこれきり作中に登場しません」

「つまり……これが、叔母《おば》の仕込んだ伏線だったのでは、と」

「はい。『鏡の国』という作品のためのものではなく、ね」

普通の読者として読む限り、違和感を覚えるほどの場面ではない。それでも、ミステリ編集者の目には異物のように映ったらしい。

「ほかに何かお気づきになったことは?」

勅使河原の問いに、私は自信がないままで答える。

「気になったのは、響が姉について触れるシーンですね。その姉というのが、私の母ですから。私の知る姉妹の関係性とはちょっと違うな、と」

母は六歳のころから妹と仲が悪かったと語っていたが、響いわく姉との関係性は「よくなったり悪くなったりを繰り返してきた」そうである。まあ、大元《おおもと》の原因が叔母にあったのだとすれば、彼女のほうでは母をそこまで嫌っていなかったとも考えられる。後年、関係が悪化したために、母が仲の悪さを大げさに吹聴《ふいちょう》していた可能性もあるだろう。

「目のつけどころはいいですね」

勅使河原は褒《ほ》めてくれたが、子供扱いされているみたいでかえってむっとした。

「それ以外にも、この章にはいくつか引っかかる記述があります。第一章より露骨《ろこつ》だったかもしれません」

「例によって、説明は後回しですね」

「そうさせていただけると助かります」

勅使河原はにこにこしている。

「再会した伊織が相貌失認《そうぼうしつにん》を告白したのをきっかけに、響は彼と少しずつ心をかよわせ始めます。そして、十五年前の火災に放火説が浮上したことで、事態は急展開を見せます。四人の運命はいったいどうなってしまうのか――むろん、桜庭《さくらば》さんはご存じでしょうが」

私は第三章のゲラをめくる。大志《たいし》が「うーん」とうなったのでひやりとしたが、彼は目元を二、三度こすったあとで、眠りの底に帰っていった。

第三章　瓦解

1

「お加減はいかがですか」

二週間ぶりに顔を合わせた小田《おだ》医師は問う。

現実味に乏しい感覚を味わいつつ、響《ひびき》は答えた。

「それが……もしかすると、薬が効いてきたかもしれないんです」

「ほう。と言うと」

「明らかに、前髪について考える時間が減ってきています。お伝えしていた旅行も、髪のことがまったく気にならないわけではなかったけど、結果的には何事もなく終えられました」

小田は眼鏡《めがね》の奥の目を細めた。「それはよかった」

響が予約しておいた大濠《おおほり》駅前メンタルクリニックを受診したのは、角島《つのしま》旅行の翌週のことだった。

この上なく波乱に満ちた旅行になった。十五年前の火災に、窃盗犯《せっとうはん》による放火という、新たな疑惑《ぎわく》が生じた。犯人を突き止めたいと訴える郷音《さとね》とその後押しをする響、犯人らしき人物を目撃しながらその顔を記憶していないことでみずからを責める伊織《いおり》、いまさら蒸し返しても不毛《ふもう》だと主張する久我原《くがはら》とで議論は紛糾《ふんきゅう》し、収拾《しゅうしゅう》がつかなくなってしまった。

ひと眠りすればみんな頭が冷えるだろうと響は読んでいたが、翌日になっても郷音は、決してあきらめはしない、火災について調査したいので手を貸してほしい旨《むね》を繰り返した。響だけでなく、いまだ放火説を疑問視している様子の伊織も、引け目を感じていることから協力を約束せざるを得なかった。

そうなると、立場が難しいのは久我原である。第三者の視点に立ったとき、郷音がいかにも空《むな》しい主張をしているようにしか聞こえないことは想像に難くない。貴重な時間や労力を費やしてまで失意へと突っ走る仲間たちを目撃するくらいなら、いっそ関わりたくないと感じるのはもっともだ。

だが、それでも久我原は最終的に、折れて輪に加わってくれた。

「ここまで来たら一蓮托生《いちれんたくしょう》だよな。俺も、みんなとは今後も仲よくしたいし」

帰路、どこまでも続く道の先を見据えながら久我原が言うのを、響は助手席で聞いていた。

何かと鼻が利《き》く久我原の能力が、火災の調査において助けになることは間違いない。グルメやエンタメの記事ばかり書いている響を含め、三人のリサーチ能力は高くない。久我原なしでは早晩、途方《とほう》に暮れるしかなくなるだろう。

それに、極端な話――と、響は思う。

郷音以外の三人は、犯人が突き止められると本気で考えているわけじゃない。

口実は何でもいいから、また集まりたいのだ。奇跡のような形で再会した三人に、久我原も加わり、旅行するほど親しくなったこのグループを、自分は愛している。一緒に過ごす時間を、心から楽しんでいる。ならばこれからも、集まる理由があればそれでいい。

久我原も似たような心境だったのだろう。喜んだ郷音が「ありがとう！」と言いながら運転席に腕を回したとき、彼は満更《まんざら》でもなさそうにしていた。

次の日曜日、四人は調査の名目で再集合することになっている。

手始めに「現場百遍《ひゃっぺん》」だという郷音の希望で、火災が起きた新飼《しんかい》宅があった場所へ行ってみることに決まった。言わずもがな、響の実家の近所でもある。

七月も終わりに近づき、郷音はランキングバトルの追い込みで時間が惜《お》しいはずだ。響は週明けには角島の記事をアップしなければならないし、伊織もランチ営業の出勤をパスして調査に加わるらしい。それぞれが身を削《けず》って取り組む調査で、果たして何かが得られるのか、響には予想もつかない。

角島旅行は楽しいばかりの思い出とは呼べなくなってしまったが、そちらに気を取られるうちに響は、初めて前髪を気にする頻度《ひんど》が落ちてきたことを自覚した。旅行が終わってもその状態は継続している。響の体内で、確実に何かしらの変化が起きつつあった。

「香住《かすみ》さんがＳＳＲＩの服用を始めてから、六週間が経ちましたね。以前もご説明したとおり、だいたい四週間から六週間で効果を実感される患者さんが多いです。私としても、治療の成果が出てほっとしています」

「ありがとうございます。まだ、全然気にならなくなったわけじゃなくて、相変わらず自分のことは醜《みにく》いと思ってますけど……その考えに脳を支配されなくて済むようになってきたというか」

「それでよいのですよ。治療が功《こう》を奏《そう》したからといって、コンプレックスがゼロになるわけではありません。百あったものを七十に、あるいは五十に、三十にと減らして、少しでも生活しやすくなることが重要なのです」

コンプレックスだと思っていたものが、実は病気のせいだったことを受け入れるのに、いまなお響は抵抗があった。けれども薬の効果を実感するにつれ、身体醜形障害《しんたいしゆうけい》の診断が正しかったことが証明されていく。それは、うれしいことのようでいて、悲しいことでもあった。

「私、思うんです。十八歳のときから七年間、こんなに苦しんできたのは、何と無駄《むだ》な時間だったんだろうって。見た目をよくする努力をして、コンプレックスが解消できるのであれば、それはそれで素晴らしいことだと思います。でも、私のこれは身体醜形障害によるもので、実際には改善しようのない妄想《もうそう》だった。言わば私は、いもしない敵と戦っていたんです。薬で楽になったからといって、失った時間や平穏《へいおん》やチャンスは取り返せないんだと思うとつらいです」

「お察しします」小田は冷静な反応を返す。

「こんなことになるのなら、アイドル活動なんてやらなければよかった。友達との約束に振り回されて、適性もない道に踏み入ってしまったばかりに、これほどの代償《だいしょう》を払わされるなんて。十七歳のとき、オーディションを受けるという判断をしてしまったことは、悔《く》やんでも悔やみきれません」

医師に話しても詮《せん》ないこととわかっていながら、響は切ない心情を吐露《とろ》せずにいられなかった。

響の話を咀嚼《そしゃく》するような間《ま》をおいて、小田はいつも以上にゆっくりとした口調で告げた。

「香住さん。今日は、身体醜形障害の根本の原因について、少し話をしましょう」

「根本の原因、ですか」

「はい。そもそも身体醜形障害というのは、まだまだ不明な部分の多い疾患《しっかん》です。したがって、これが原因、と特定するのは容易ではないのですが……香住さんは、アイドル時代にネットの書き込みを見たことが原因だと考えておられますね？」

「そうです。それまでも髪型が気に入らないことはあったけど、深刻に悩んだり、生活に支障《ししょう》が出たりするレベルではありませんでした」

「なるほど。ネットの書き込みが、香住さんの身体醜形障害の発症《はっしょう》における引き金となったのは事実のようですね」

　何をいまさら、と響は思う。

「アイドル業界は容姿が優《すぐ》れていることが正義とされ、常に他者と比較され、人気という名の順位をつけられます。現実に、身体醜形障害が疑われるアイドルもいますし、私もいま振り返ればそうだったと感じる子はまわりに少なくありませんでした。現代ではＳＮＳが普及し、アイドルでなくとも美男美女がネット上にあふれ返ってますよね。容姿の批判にさらされることが宿命のアイドル活動をしている子たちが、精神を病《や》むのは無理もありません」

「つまり身体醜形障害の原因は心理学的かつ社会文化的なものである、と」

「私はそう思います」

　ふむ、と漏《も》らした医師の落ち着きに、響はもどかしさを感じた。

「香住さんがいまおっしゃったようなことが、身体醜形障害の危険因子《いんし》であることは事実でしょう。すなわち、ネットの書き込みであるとか、美しいことが当たり前であるかのような錯覚《さっかく》をもたらすSNSの存在といったものが、です。しかしながら、身体醜形障害は現代に特有の疾患ではなく、一八〇〇年代末期にはイタリアの精神科医エンリコ・モルセリがその病名を考案しています」

「それはそうでしょう。美醜《びしゅう》の価値観は昔から存在したわけですし」

「そうですね。ところで、動物も身体醜形障害になることをご存じですか？」

「何ですって？」

響は耳を疑った。小田が小さく笑う。

「それを身体醜形障害と決めつけるのはいささか問題があるかもしれません。ですが、動物や鳥の中には過剰に毛づくろいをする個体がいまして、その強迫的《きょうはくてき》な繰り返し行動は人間の身体醜形障害と非常に似通《にかよ》っているのです」

「はあ……」

「それらの動物にもSSRIが有効らしく思われる一方、それ以外の抗うつ薬などでは効果がないとされています。つまり、一部の動物は身体醜形障害の人間と同じ状態に陥《おちい》っていると考えられるのです」

動物たちも、ほかの個体と外見を比較するのだろうか。たとえばシカのオスは角が大きくて立派であるほどメスに好かれるらしい。またクジャクも、オスが広げる羽の目玉の数が多いほど求愛行動が成功しやすい、という説があるそうだ。動物たちが人間と違って外見にとらわれず生きている、とするのは間違いということになる。

しかし、そういう例はあるものの、動物たちは、メディアやＳＮＳといった社会文化的な要因からは歴史上どの時代の人類とも比べものにならないほど自由であろう。すなわち社会文化的な側面は、身体醜形障害の危険因子ではあるが、それだけが原因で発症するわけではないことがわかる。

「精神科や心療《しんりょう》内科で治療するいかなる疾患も、心理学的要因、社会文化的要因、環境的要因、あるいは神経生理学的要因など、さまざまな原因が複雑に絡み合って発症することは事実です。しかしながら、身体醜形障害は多くの場合、ＳＳＲＩ以外の抗うつ薬の投与や心理療法単体では効果を発揮しません。これは、身体醜形障害が心の病気というよりも脳の病気と言えることを示《し》唆《さ》しています」

「脳の病気……」

「脳が正常ではないのですから、本人にはいかんともしがたいのですよ。骨が折れたときや新型コロナに感染したとき、気の持ちようで治せると考える人はいませんよね。それと同じことです。香住さんは先ほど、アイドルの道を選んだせいで身体醜形障害になってしまった、とご自身を責められましたね。でも、私はそうは考えません。ほかにも自意識過剰だからとか、見栄《みえ》っ張りだからとか、みずからを恥じる患者さんはいらっしゃいますが、それだけで身体醜形障害を発症することはありません。どのような道を選ばれたとしても、なるときはなる。それが、病気というものです」

響が悪いのではない。医師はそう言ってくれていた。

はいそうですね、と簡単に受け入れる気にはならない。それでも、響はいくらか気持ちが楽になった。

「とはいえ……身体醜形障害になりやすい人、というのはいるのですよね」

響は質問する。短い沈黙のあいだに、小田が慎重に言葉を選ぶのがわかった。

「患者さんにある程度の共通点が見られる、ということは言えるかもしれません。性格傾向でいえば、完璧《かんぺき》主義な方。ちょっとでも見た目がおかしい自分が許せない、ということなのでしょう。体験でいうと、いじめとは相関関係がある可能性があります」

「いじめを受けた過去を持つ人は、身体醜形障害になるリスクが高い？」

「そういうデータがあるようです。また、身体醜形障害は遺伝しうると考えられており、実際に親子そろって身体醜形障害になった患者さんはいらっしゃいます。身体醜形障害になる前に社会不安を訴える患者さんも多く、若くして社会不安が始まった方はその後、身体醜形障害を併発していないか気を配る必要があるでしょう」

ただし、と医師は次の点を強調した。

「これらの条件に当てはまる人が全員、身体醜形障害になるわけではありません。そもそも鶏が先か卵が先かみたいな話で、いま挙《あ》げたような要因が身体醜形障害を招いているのか、それとも生来《せいらい》神経生理学的な要因が備わっていたから特定の性格傾向を持ちやすくなるのか、確実なことは言えないのです。いまもなお、研究は進められています」

小田の話を聞くまで響は、適性のないアイドルになってしまったことを深く後悔《こうかい》していたけれど、それは短絡的《たんらくてき》なものの見方であったと理解した。

社会を変えるのは難しい。でも薬を飲むだけなら、少なからぬ人にとってたやすい。それで救われる心が、命がある。

「先生、私、いまお聞きしたようなことを、もっとたくさんの人に広めたいです。ウェブメディアの編集者という自分の職業と、身体醜形障害になった経験を生かして」

響が思いきって言うと、小田は微笑《ほほえ》んだ。

「大変素晴らしい心がけです。応援していますよ。ご自分の心身の健康が保たれる範囲で、がんばってくださいね」

「はい。ありがとうございます」

診察室を出た瞬間から、どのような企画にしようか、オフィス長の遠藤《えんどう》にはどうアピールしようかなどと、響の編集者としての脳がフル回転を始めていた。郷音たちが受け止めてくれたおかげで、身体醜形障害の公表に対する抵抗感が薄れていることに、響自身もまだ気づいていなかった。

2

「……そっかー。こんな風になっちゃったのかあ」

ベージュの壁に茶色い屋根の、洒落《しゃれ》た洋風建築を仰ぎ見て、郷音は感慨深そうにつぶやいた。

日曜日、伊織が夕方から出勤するのに合わせて、響たちは午前中から行動を開始した。十五年前の火災の調査である。

今日も久我原がマイカーを出してくれている。道案内のため、助手席には郷音が座った。夏らしい日和《ひより》となっており、車の中にいても腕が焼けるほど日差しが強い。

最初に訪れたのは福岡《ふくおか》市早良《さわら》区《く》の住宅街、郷音が住んでいた家があった場所——すなわち、火災現場である。

建物ごと売りに出されたはずの新飼宅はすでになく、跡地には新しい家が建っていた。それでもその前に立つ郷音を見たとき、響は万感《ばんかん》胸に迫った。

「家の写真、持ってきてくれたんだっけ」

伊織の確認に、郷音は「あるよ」と答え、リュックサックからL判の写真を取り出した。

グレーの瓦屋根《かわらやね》の、二階建ての家。新築なのに和風だったことは、当時、子供だった響の目には奇異《きい》に映っていた。

家は、家族の容れ物だ。その塀が、屋根が、外壁が、家族の平穏を守ってくれている。

新飼家の平穏を、一日にして破壊してしまったのは、響のもたらしたキャンドルだった。いまはなき家の写真を見たとき、取り返しのつかないことをしてしまったという後悔が、爆発的に膨《ふく》れ上がった。

足がひとりでに震《ふる》え出す。それでも響は顎《あご》にぐっと力を込め、動揺していないふりをした。

——私の罪悪感に、みんなを付き合わせるわけにはいかない。いまさらまた謝罪したって、あるいは泣き喚《わめ》いたって、あの家は元には戻らない。ならば、いまの私にできるのは、郷音の調査に付き合うことだけだ。

隣を見ると、郷音は普段と変わりない。胸の内では、どのような嵐が吹き荒れているかわからなかったが。

「この写真を見てもわかるとおり」

建物の外観を写した写真を見ながら、郷音は手を動かす。

「伊織くんのおばあちゃんちとは反対側、向かって右隣にある家とのあいだに、洗濯物を干したりするための小さな庭があった。その手前が、車をとめるカーポート。ちなみにうちの父はマイカー通勤だったから、当日の火災が起きた時間帯、ここに車はなかった」

「僕の記憶とも合致しているな」と伊織。

「そして、この庭に面した窓の中が、リビング。つまり、犯人がたまたまここを通りかかって、わたしの家に侵入したとすると――」

郷音は、立っている通りの右側、東の方角に指先を向けた。

「犯人は、あっちから来たと考えられる。でなければ、わざわざ振り向かない限り窓の中は見えない」

なるほど、と響は感心した。手がかりは、どこにでも転がっているものである。

「名探偵みたいだな」伊織も手を叩《たた》いて褒《ほ》めたたえている。

「わたしに別れの挨拶《あいさつ》を言いに来たとき、伊織くんは左隣のおばあちゃんちから来て、うちの玄関で追い返された。つまり、窓のほうへは行ってないから、その時点で炎や煙が上がっていたとしても見えなかった可能性がある」

「犯人は僕と言葉を交わしたのち、ばあちゃんちのほうへ去ったと記憶している。これは、犯人が窓の中が見えるあちら側から来ていたとする考えとも一致している」

「犯人の行き先は、西の方角にあったのね」

響が伊織の思考をなぞる。郷音もその説を補強した。

「この道を西にまっすぐ行ったら、小さな商店街にぶつかる。右に折れて商店街を抜けると、そこが地下鉄の最寄り駅。犯人は、電車で移動したんじゃないかな」

「だけど、このあたりは特に何もない住宅街だよな」

路上駐車した車にもたれて立つ、マスク姿の久我原が言った。

「犯人が——そんなやつが本当にいるとして——たまたま通りかかったんだとしたら、この付近の住民ってことにならないか。よそ者がわざわざ訪れるような土地には見えないんだが」

響は一理あると感じたが、郷音は異を唱えた。

「自宅の近所でこんな大胆な犯行《はんこう》に及ぶのは、かなりリスキーだよ。人に見られたら、一発で誰かわかっちゃうんだから。犯人はよそ者で、何かしらの用事でこの街を訪れ、犯行後は電車に乗って逃げた。わたしはそう思う」

「窓の開いたリビングにはひとけがなく、キャンドルの火が点《つ》いてて、そばには高級バッグがある。そんなシチュエーション、犯人にしてみればまさに千載一遇《せんざいいちぐう》で、犯行は衝動的《しょうどうてき》だったと考えられる。近所だからというのは、思いとどまる理由にはならないんじゃないか」

と久我原が言う。

「でも、犯人が近くの住民だとしたら、伊織くんがどこの家の子かくらいは知ってたはずだよ。わたしの父親のふりをしたって、伊織くんは隣に住んでいたんだからすぐにバレると考えるのが普通でしょう」

「伊織は夏休みに滞在してただけなんだろう？　どこの子かわからなくても不思議じゃないさ。

いずれにせよ、犯人にとって伊織との遭遇《そうぐう》は不測の事態で、その場をしのぐので精一杯だった。あとのことまで考える余裕なんてなく、郷音ちゃんの家族と勘違《かんちが》いされているのを利用するしかなかったんだと思うよ」

「どちらの説も、現時点では決め手を欠くね。駅の方向へ逃げたからといって、電車に乗ったとも限らないし」

伊織が議論を打ちきるように言うと、久我原がまぜっ返すようなことを言う。

「たかが数十万円のバッグのために放火したなんて考えること自体、無理があると思うがな。不審な男がいたのは確かだとしても、せいぜい盗みまでだろう」

「やめてよ。巧《たくみ》くんがそんなこと言ったら、また響が苦しむでしょう」

郷音に一喝《いっかつ》され、久我原は口をつぐんだ。

重たい空気を打破しようと、響は頭に浮かんだ疑問を口にする。

「ちょっと気になったんだけどさ。犯人は、窓から侵入したんだよね。でも伊織くんは、玄関から出てくる犯人と鉢合わせてる。どうして入ってきたときと同じところから逃げなかったのかな」

微妙《びみょう》な沈黙が、四人のあいだを通り過ぎた。郷音が頭をカクンと動かす。

「響、そりゃそうだよ。犯人は、カーテンに火をつけたんだから。でないと出火の原因を誤認させられないでしょう」

「あ、そうか」響は前髪を押さえた。

「入るときは通れた窓が、出るときには炎でふさがれて通れなくなっていた。だから犯人は、玄関から出るしかなかった。窓からこっそり出る場合と違って、通りから丸見えなのも覚悟のうえで、ね」

どうやら自分は論理的思考というやつが苦手《にがて》らしい。響は穴があったら入りたかった。

「ところで」と、郷音が左隣の家に目を向ける。「伊織くんのおばあちゃん、いまもあの家に住んでるの？」

「たぶんね。家も表札も昔のままだし」

伊織は興味なさそうにしている。

「挨拶しなくていい？　あのとき以来、会ってないんでしょう」

「別にいいよ。あの夏は世話になったけど、父親に引き取られた時点で縁《えん》は切れてるし。それに、今日はさっちゃんの調査のために来たんだから、時間がもったいないよ。その気になれば、ここにはまたいつでも来られる」

響はうなずく。彼女も今日は、近いといえど実家の両親に顔を見せるつもりはなかった。まして伊織は、十五年ぶりの再会を調査の片手間に済ませたくはないだろう。

「わかった。伊織くんがいいなら」

郷音が引き下がる。久我原が車のボンネットを指先で軽く叩きながら言った。

「で、次はどうする？」

「犯人の動きをトレースしたいね。巧くん、悪いけどここにいてくれる？　徒歩で行ってみたいから」

「オーケー」

外にいるのが暑かったからだろう、久我原は車に乗り込んでエンジンをかけた。

両脇に年季《ねんき》の入った戸建てが並ぶ、何の変哲《へんてつ》もない道を三人で歩む。二百メートルほどで、郷音が商店街と呼んだ通りに出た。

しかし、そこがもはや商店街と呼べる様相ではないことを、いまも訪れる機会のある響だけが知っていた。歯抜けのように並んだクリーニング店や理容室や酒店のあいだを埋《う》めるのは、かつて店舗だった建物たちである。錆《さ》びたシャッターやテナント募集の貼り紙、塗装《とそう》のはがれた街灯、外《はず》されずに朽ちている看板などが痛々しい。

「うーわ、ずいぶんさびれたねえ」

郷音が腰に手を当てて嘆息する。

「近くの大型ショッピングモールに、客を吸い取られちゃったんだよね。この辺でお店をやってる方はみんなご高齢だったし」

「地方じゃどこにでもある光景、なんだろうな」

伊織も憂《うれ》うように言った。

三人は右折し、駅に向かって歩く。郷音が一つずつ建物を指差していく。

「ここには昔、スナックが入ってたよね。ここはブティック。それからここは……」

「郷音、よく憶《おぼ》えてるね」

「三年以上は住んでたからねえ。この店は……何だったっけ」

シャッターが閉まっている小さな建物の前で、郷音は立ち止まる。子供だった彼女が忘れるのも無理はないと思いつつ、響は教えた。

「ここは、質屋だよ」

「質屋？　あー、そう言えばそうだったかも。縁がなかったから印象に残ってなかったな」

するると、伊織が思わぬことを言い出した。

「そこ、うちの祖父母がやってた店だよ」

「えっ、そうだったの？」郷音は目を丸くする。

「伝えてなかったっけ。祖父母は自宅とは別にこの建物を所有していて、ここで質屋を営《いとな》んでたんだ。いつの間に潰《つぶ》れたのかは知らないけどね。母方の祖父母だから姓が違ってて、『児島堂《こじまどう》』って名前でやってた」

「そういや、ずいぶん幼いころに聞いた気がする。お隣さんは商店街でお店やってるって。でもたぶん、質屋っていう業態《ぎょうたい》を理解できなかったんだね」

「郷音と伊織くんがいなくなって、すぐに畳《たた》んだんじゃないかな。私が高校生になったころには、もう営業してなかった気がする」

「その後、十年くらいこうして放置されてるわけか。もったいない話だけど、処分にもいろいろと金や手間がかかるんだろうなあ」

「住宅にするには土地も狭いし、買い手がつかなかったのかもね」

キャップを持ち上げて額の汗を拭《ふ》きながら、郷音が憶測《おくそく》を口にした。

「質屋……か」

響はぽつりとつぶやく。ありそうもないひらめきを、追い出すための一言だった。

ところが、郷音はそれを耳聡《ざと》く拾い上げた。

「響、どうかした？」

「ううん、何でもない」

「調査に関係あることなら、とりあえず言ってみてよ」

そこまで水を向けられると断れない。笑わないでね、と前置きして、響は述べた。

「犯人が、犯行の直後に盗品をこの質屋で手放してないかな、って思ったの」

郷音と伊織が目を見合わせる。いたたまれなくなり、響は付け足した。

「すぐに、そんなことはないと思い直したよ。私が犯人だったら、まずはなるべく早く現場から遠ざかるもの」

「わたしも同感――」

「いや。ありうるんじゃないか」

意外にも、伊織は肯定派《こうていは》に回った。

「盗まれたのはヴィトンの、女性用のハンドバッグだろ。しかも、小学生がファッションショーの小道具に用いるくらいだから、おそらくは小さめの。そんなものを男性が持ち歩いてたら、そこそこ人目につくよ。さっさと手放してしまいたいと考えるのは自然な心理だ」

「だけど、犯行現場からこんな近くのお店で？　あっという間に足がつきそうだよね」

「どうかな。ものによるけど、ヴィトンのハンドバッグなんて大してめずらしくはないからね。この前の話しぶりだと、さっちゃんのお母さんがそこまで稀少なものを持ってたとも思えないし」

「まあ……詳しく聞いたわけじゃないけど、ヴィトンの中では安いほうの、よくあるバッグだったんだろうとは思う」

「なら、質屋でもそれほど目立ちはしない。たとえば犯人が盗みに手を染めるほど金に困っていて、一秒でも早く現金を手に入れたいと思っていたところに、おあつらえ向きに質屋が現れたら、すぐにでも売り払うさ」

伊織の言葉には一定の説得力があった。少なくとも、その可能性を潰しておいて損はない。

郷音は切り出すのを迷っている様子で、それでも告げた。

「伊織くんのおじいさんおばあさんって、いまもご健在《けんざい》なのかな」

「亡くなったら、さすがに連絡が来ていると思う。それに、どう見ても空《あ》き家ではなかったし」

「でも十五年前の客のことなんて、憶えてないよね……」

伊織は顎に手を当てて、

「ばあちゃんが仕事するのを見せてもらったことがある。お客さんとの取引は、すべて台帳に記入していたはずだ」

「本当に？」郷音が伊織の腕をつかむ。

「問題は、十五年前のその台帳がいまでも保存されているか、だけど……ま、訊いてみないとわからないな。店の建物が手つかずの状態で放置されているわけだし、ないと決めつけるのは早計じゃないか」

藁《わら》にもすがるような、小さな小さな期待だ。それでも、郷音は言った。

「会いに行こう。伊織くんのおじいさんおばあさんに」

伊織はもう、拒《こば》まなかった。

「僕が、話を通すよ」

3

「十五年前の台帳？　そんなもの、残ってるわけないだろう」

車のそばへ戻り、運転席の窓を開けてもらって事情を説明した響たちに、久我原は水を差すようなことを言う。

とはいえ久我原の意見に一理あることは誰しも認めているので、郷音は開き直って反論せざるを得なかったようだ。

「もともと収穫《しゅうかく》なんてなくて当然の調査なんだからさ。どんな小さな望みだって捨てるべきじゃないよ」

「だからって、こんなことで時間を無駄にしてていいのか？　はっきり言って、付き合いきれない」

「ああもう、めんどくさいな！」

言うが早いか、郷音は伊織の祖父母宅の門の前まで駆けていき、勝手にインターホンの呼び出しボタンを押してしまった。

あぜんとする久我原を置いて、響と伊織もそちらに向かう。カメラ付きインターホンのスピーカーからは、年配の女性の声が聞こえてきた。

「はいはい、どちらさま？」

返事をするまでのわずかな間に、伊織の逡巡《しゅんじゅん》が表れていた。

「吉瀬《きちせ》伊織です」

「……伊織ちゃん？　本当に、伊織ちゃんなの？」

「はい。ご無沙汰《ぶさた》してます。突然の訪問で驚かせてしまってすみません。ちょっと、話がありまして」

「いま出て行くわね」

ぷつりと音がしてインターホンが切られる。気がつくと、響の背後には久我原が立っていた。実力行使に出られて、あきらめがついたようだ。

ほどなく玄関が開いて、小柄で品のいいおばあさんが出てきた。

「まあ……立派になって」

おそるおそるといった動作で、おばあさんは門を開けてくれる。伊織を拒絶してはいないが、再会を喜んでいる風でもなかった。

一方の伊織は、感情の揺らぎを隠しきれていない。

「ばあちゃんも元気そうで。お声が全然変わってなくて、懐かしいです。昔はお世話になったのに、あれから何の便りも出さず、失礼をしてしまって……こっちからは、いつでも会いに来られたのに」

「娘ともども恨《うら》まれてるんだろうと思ってたから、うれしいわ。さあ、上がって。外は暑いでしょう。そちらのみなさんは？　あら、響ちゃんじゃない。もしかして、隣にいるのは郷音ちゃん？」

実家を出て日が浅い響のことは知っていて当然として、十五年前まで隣人だった郷音のことも一目でわかったらしい。七十代後半と思われるが、記憶がしっかりしていることを響は頼もしく感じた。

「はい、新飼郷音です。お久しぶりです」郷音がお辞儀する。

「三人の友人の久我原です。図々《ずうずう》しいお願いで恐縮《きょうしゅく》なんですけれども、われわれも伊織くんと一緒に上がらせてもらってよろしいですか」

低姿勢でお願いした久我原に対し、伊織のおばあさんは微笑をたたえて言った。

「初めまして。児島よしのです。どうぞ、みなさんお上がりになって」

四人が通されたのは畳敷きの仏間《ぶつま》で、客間としても使用されているらしかった。年配の方と話すにあたり、四人はマスクをつけ、座布団《ざぶとん》に腰を下ろす。伊織は正面の仏壇《ぶつだん》に目をやってから、訊ねた。

「母さんは、元気ですか」

「再婚して、新しい旦那《だんな》とずっと二人きりで暮らしているわ。伊織ちゃんを引き取らないと聞いたときは猛反対したけど、いまの生活が性《しょう》に合ってるみたい」

「そうですか」

その一言に凝縮《ぎょうしゅく》された伊織の思いは、響にはわからない。けれど、と思う。

母親が子を手放して幸せになったことを、手放された側に伝えるのは残酷《ざんこく》ではないか。それでも気休めを言われるよりは真実を知りたいと、伊織なら言うかもしれないが。

「今日は、じいちゃんは？」

「去年から施設に。肝臓《かんぞう》を悪くして、私一人では世話しきれなくなってね」

「大変でしたね」

「伊織ちゃんに心配してもらうほど、状況はひどくないわ。それじゃあ、お茶を出すから待っててね」

「おかまいなく。それより、ばあちゃんに訊きたいことがあるんです」

「なあに」

間延《まの》びした言い方で、よしのはうながした。

「児島堂のことなんですけど。お店、閉めちゃったんですね」

「ああ。もう、十年も前よ」

懐かしむような口ぶりだった。

「そのころから、おじいちゃんの体が悪くなり出してねえ。私一人ではとてもやっていけないから、閉めたの。本当は土地ごと売ったほうがいいんだろうけど、思い入れがあるお店だからねえ。おじいちゃんが、元気になったら再開するって言い張るもんだから、ずるずると、いまでも当時のまま」

「ということは、店内のものも触ってないんですか」

「質草《しちぐさ》は大半をお金に換えたけど、それ以外は閉めたときと変わってないわ」

四人は目を見交わす。それならば、期待は持てる。

「お客さんとの取引を記録していた台帳がありましたよね。あれって、いまも残ってますか」

勢い込んで問う伊織とは対照的に、よしのはのんびりと答える。

「あるはずよ。処分した覚えがないから」

「何年分くらい？　お店を閉めるまでの一時期ですか」

「一回来たお客さんはその後も繰り返し来ることがめずらしくなかったから、基本的にずっと残してたわ。三十年分くらいはあるんじゃないかしら」

「台帳に記入していた項目は？」

「日付、お客さんの個人情報、質草の品目と特徴と数量と金額ね」

「個人情報がでたらめである可能性はないんですか」

「必ず身分証を提示してもらってたわ。古物営業法でそう決まっているのよ」

つまり、偽物の身分証を用意でもしない限り、台帳に記入された氏名が偽名《ぎめい》であるおそれはないわけだ。そして問題の窃盗については、事実であるならば衝動的犯行だろうから、犯人が偽の身分証などを携行《けいこう》していたとは考えられない。

一方で響は、犯人が馬鹿正直に身分を明かすだろうかという不安も感じた。身分証を見せろと迫られれば、いくら切羽詰《せっぱつ》まっていたとしても取引を中止するのではないか。

考え出したらキリがない。いずれにしても、台帳を調べるのが先決だ。

「ばあちゃん。その台帳を、見せてもらうことはできませんか」

「台帳を……何のために？」

よしのは困惑《こんわく》している。

「無理を言っているのは承知のうえです。でも、とても重要なことなんです」

「お願いします」

郷音が深く頭を下げる。

ただならぬ気配《けはい》を感じ取ったからだろう、よしのは詳しい事情を詮索《せんさく》しなかった。

「わかったわ。本当はだめなんだけど、古くなった情報だし……それに、ほかならぬ伊織ちゃんの頼みですものね。そのくらいは聞いてあげなきゃ、バチがあたるわ」

「ばあちゃんが負い目を感じるようなことは、何も」

伊織がかぶりを振る。よしのは腰を上げた。

「お店の鍵を取ってくるから、ちょっと待っててちょうだいね」


旧児島堂の、建付けの悪いガラス戸が蝶番《ちょうつがい》の悲鳴とともに開いたとき、響は真夏でもマスクをしていてよかった、と思った。

十年間、ほぼ手つかずというのは嘘ではないようだ。壁の棚に並んだ質流れの売れ残りに、あるいはタイル張りの床や照明の上にも、埃《ほこり》が厚く積もっている。広さはせいぜい十畳といったところか。奥のガラスケースはカウンターの役目を果たしており、左右に建物が密接しているせいで日の光は正面からしか入らない。マスク越しにも、カビのにおいが漂っているのがわかった。

「すごいな、こりゃ」

久我原の不平に、失礼だとは思いつつも響は共感した。

「ごめんなさいね、手が行き届いてなくて。持ち家だから、税金を払っている以外は、ついほったらかしにしてしまってね。いまは使わないうちの荷物なんかも運び込んで、物置としても使ってるわ」

よしのは恐縮している。よく見ると、棚にはとても質草にはなりえないような古い家電や食器類なども交じっている。

「台帳はこっち」

よしのがガラスケースで区切られた奥のスペースへと移動する。スチール製の戸棚があり、ガラスの引き戸の内側にファイルがぎっしり収まっているのが見える。

ガラスケースの上に、よしのが台帳を並べていく。そのたびに埃が舞った。

児島夫妻は几帳面《きちょうめん》だったようで、台帳はいつからいつまでの記録なのかが表紙に明記されていた。調べたい日付が特定できている響たちにはありがたい。

十年ほど前、すなわち店を閉めた当時のものから徐々に、台帳が時を遡《さかのぼ》っていく。やがて、問題の十五年前の八月を含む台帳が差し出された。

われ先にと飛びついたのは郷音だ。乱暴にページをめくり、火災の起きた日付を探している。

「あった」

郷音の一言に、響は耳を疑った。

「みんな見て、ここ」

郷音の赤いネイルが指した先を、三人は額を寄せ合ってのぞき込む。

台帳には左から順に、日付、質草の品目、特徴、数量、価格、顧客の住所、氏名、職業、年齢の項目があった。その右側には、払出しについて記載する欄もある。

郷音が指した日付は、間違いなくあの忌々《いまいま》しい火災の当日だった。品目の欄に記入された文字を、伊織が読み上げる。

「バッグと――鏡」

品目は二つ。二行にわたって記載《きさい》されている。

一つはヴィトンのハンドバッグ。特徴の欄に色と品番が記されていて、価格は三万円とある。

そして、もう一つの品目には〈鏡〉とあった。特徴は〈真ちゅう製、直径約二十センチ、年代物〉、価格は千円。たまたまバッグの中から出てきたので、ついでに引き取ってもらったのだろう。

「マジかよ……」

久我原が、彼にしてはめずらしく粗雑《そざつ》な言葉遣いでうめく。

初めに思いついた響でさえ、切り捨てようとした仮説だった。可能性を潰しておくことで、調査を一歩でも前進させられれば、それでよかった。

だが、犯人は盗品を質に入れた。盗んだ直後に、よりによって近所の質屋で。

それほどまでに、金銭的に追い詰められていたのか。あるいは、実際に十五年にもわたってそうであったように、バレやしないと高をくくっていたのか。でなければ、身分証の提示が必要な取引には応じられなかったはずだ。

「児島さん、このバッグと鏡を持ってきた人のこと、憶えてませんか」

郷音の質問に、よしのは首をかしげる。

「十五年も前のことですからねえ」

「何も？　男性が女性もののブランドバッグと鏡を質に入れるって、ちょっと違和感あると思うんですけど」

「そうでもないわ。恋人にあげたものが家に残されていたとか、プレゼント用に買ったけど受け取ってもらえなかったとか、そんな理由でブランド品を持ってくる男性はめずらしくないのよ。鏡はおまけで買い取ってあげたんでしょうね」

郷音はがっかりしているようだが、よしのの記憶力を責めるのは酷《こく》というものだろう。

それよりも、だ。

台帳に記入された別の項目に、響の視線は釘づけになっていた。

「この、客の名前って……」

混乱を隠しきれない声色《こわいろ》で、伊織が指摘する。

氏名の欄には、こう記入されていた。

〈久我原幸秀《ゆきひで》〉

響は急激に喉《のど》の渇《かわ》きを覚えて唾《つば》を呑《の》む。

こんなのは、ただの偶然に決まっている。

だって、そうではないか。響と郷音と伊織の三人が幼なじみで、彼はたまたまそこに居合わせ、調査に巻き込まれただけなのだ。なのに、どうしてここで、同じ苗字《みようじ》の人物が現れるのか。

三人の視線が、久我原へと注がれる。彼は青ざめ、つぶやいた。

「幸秀は——俺の、兄貴だ」

4

翌月曜日、響がオフィスに出社すると、隣のデスクにはすでに久我原の姿があった。

「おはよう、ございます」

おそるおそる挨拶してから、響は席に着く。

「うん、おはよう」

久我原はキーボードを叩きながら、響のほうを見もせずに言う。マスクの上の目は、気の毒なほど充血していた。

——前日のこと。

台帳に記載された名前が実兄のものであることを久我原が認めた次の瞬間、郷音が久我原の胸倉をつかんで、喚き始めた。

「あんたの兄のせいで、わたしは——」

「さっちゃん、やめるんだ。一回落ち着いて」

伊織が郷音を羽交《はが》い締《じ》めにして、久我原から引きはがす。怯《おび》えるよしのをあとに残して、四人はいったん建物の外に出た。

「どういうことですか。お兄さんが、バッグと鏡を売ったって」

いまだ興奮状態で久我原をにらみつけている郷音の代わりに、響が問う。いつもはクールな久我原も、このときばかりはしどろもどろになっていた。

「そんなの俺が知りたいよ。幸秀は確かに俺の兄貴だけど、盗みをはたらいたなんて話は聞いたことがない」

「お兄さん、十五年前の時点で質屋を利用できる年齢だったんですか」

「歳が離れてるから。ちょうど一回り上なんだ」

つまり、十五年前は二十二歳だった計算になる。

「そのお兄さんは、いま……」

「さあね。どこにいるかもわからない」

「嘘言わないでよ」郷音が噛みつく。

「嘘じゃないって。もう二年以上、消息不明なんだ」

これが嘘ならば、苦しまぎれにもほどがある。ということは、久我原は事実を語っているのだろう。

問いただしたいことは山ほどあった。けれど、伊織はこの場を収めることを優先したようだ。

「さっちゃん、今日のところは帰ろう。きみが感情的になるのは無理もない。けど、このままでは話なんてできない」

「伊織くん！　そんなこと言って、こいつまでいなくなったらどうするの」

「巧は逃げも隠れもしないさ。弟ってだけの、別人なんだから」

久我原はつかまれた胸元の衣服の乱れを直している。

「さっちゃんは僕が連れて帰る。響ちゃん、あとはよろしく」

そう言って、伊織は郷音と腕を組み、引きずるようにして駅のほうへ向かった。

助かった、と響は思う。郷音の対応を任されていたら、きっと自分の手には負えなかった。

二人の姿が見えなくなったところで、深く息を吐き出す。それから一度、旧児島堂に戻り、よしのに謝罪した。

「お騒がせしてしまってすみません」

「私は大丈夫《だいじょうぶ》だけど……あなたたち、いったい何があったの」

どこまで説明すべきか迷う。十五年前に隣家で起きた火災について、よしのは記憶している可能性が高い。だが、それと台帳を結びつけると、彼女は盗品を買い取り、犯人を逃してしまった自責の念に駆《か》られるかもしれない。

「ただの人捜しでして。あの、もしよろしければ先ほどの台帳、一枚だけ写真撮らせていただいてもよろしいでしょうか」

なるべく早く切り上げたかったのか、よしのは響の要求を拒まなかった。響は十五年前の火災の日に、久我原幸秀がヴィトンのバッグと鏡を児島堂で売った証拠を、スマートフォンのカメラに収めた。

肩を丸めて店の鍵を閉め、よしのは自宅のほうへと引き上げていく。響は隣にいる久我原を気遣った。

「久我原さん、大丈夫ですか」

「問題ない。最低な気分であることを除けば、ね」

久我原は力ない笑みを浮かべている。

「それは、大丈夫とは言いません。私たちも帰りましょう」

「心配しないでいい。訊きたいことがあるんだろう」

「それはそうですけど、いまは冷静に受け答えができるとも思えません。話なら、いつでも聞けますから」

久我原はちょっとうつむいて、

「じゃ、お言葉に甘えるとしようか。正直、助かるよ」

そうして二人は車へと戻り、響は久我原に家まで送ってもらった。途中、久我原が「初めての二人きりのドライブが、こんな形になるとはね」と笑えない冗談を言った以外は、二人ともほぼ無言だった。

アザーサイドでは現在もリモート勤務が認められているので、翌日は久我原が出社するかどうか響には読めなかった。だが、彼は来た。その目を充血させるほど、憔悴《しようすい》しているにもかかわらず。

「目薬、貸しましょうか」

響が声をかけると、久我原はキーボードを叩く手を止《と》め、こちらを見た。

「もしかして、目、赤い？」

「気づいてなかったんですか。すごいですよ」

「まいったな。実はいま、うちのマンションの前で道路工事をやってて、騒音がひどくてね。八月いっぱいかかるそうで、寝不足なんだ」

それが彼流の強がりであることは言うまでもなかった。彼をケアしたい気持ちと、話を引き出さなければという思いが、響の中で複雑に絡み合う。

「あの、久我原さん——」

「巧でいいよ」

被《かぶ》せるように、久我原は言う。思いがけない返しに、響はとまどった。

「え？」

「呼び方。同い年なんだし、みんなも下の名前で呼んでくれてるしさ。敬語ももう、やめにしないか」

なぜこのタイミングでそれを言うのか、と考え、すぐに思い当たる。

彼はこう言いたいのではないか——自分はほかの誰でもない久我原巧だ、たとえ実の兄弟であっても、幸秀とは違う人間なのだ、と。

「でも一応、先輩ですし……」

「中途採用扱いなんだから、そういうのあんまり関係ないと思うよ。俺も、これからは響ちゃんって呼びたいし」

前日に起きた騒動からくるさまざまな痛みを和《やわ》らげるための、これは彼なりの処方なのかもしれない。ならば抵抗はあるけれど、受け入れてあげよう、と思えた。

「わかった。巧くんって呼ぶね」

「ありがとう、理解してくれて。響ちゃん」

久我原が——巧が、今日初めて笑顔を見せた。

オフィスには遠藤やほかの社員もいた。仕事さえしていれば、雑談は特に問題ない職場である。とはいえ内容が内容だけに、響は声を潜《ひそ》めて切り出した。

「それで……訊いてもいい？　お兄さんのこと」

質問に答えるという手順をスキップして、巧は語る。

「うちの親、俺がまだ小さいころに離婚してさ。俺と兄貴は母親に育てられた。いわゆる女《おんな》手《で》一つってやつだな」

知らなかった。伊織も父親に育てられたと話していたし、めずらしいことではないのだろうが。

「大牟田《おおむた》に母親名義の戸建てがあったから生活苦ってほどではなかったけど、一人で働いて子供の面倒も見てってのは、やっぱり大変だっただろうな。母は一人っ子で、親もすでに亡くなってて、頼れる親類もいなかったみたいだし。だから俺、自宅から通える国公立の大学しか選択肢になくて、六年前に佐賀大学の経済学部に進学したんだけどさ。母親はそれを見届けたみたいに病気で倒れて、あっという間に亡くなっちまったよ」

「そうだったんだ……」

言葉もない。巧には歳の離れた兄がいるから、母親もそれなりの年齢にはなっていたのだろうが、響の同世代の友人で親を亡くした人はまだ数えるほどしかいない。まして大学生のころなら、相当にこたえただろう。

「そのころ、お兄さんは三十歳を過ぎていたのよね。巧くんの一回り上だから」

「ああ。でも、引きこもりだった」

「引きこもり？」

巧のキーボードを叩く音が大きくなる。その、自分よりもずいぶん皺の多い手に、彼の苦労が刻まれているように、響には見えた。

「兄貴も高校を出たあとは俺と同じ佐賀大学にかよってたけど、人間関係がうまくいってなかったらしいんだ。それで、三年生の終わりに中退した。そのころはまだ、外に出かけたりもしてたけど、だんだん実家から出なくなって、途中からは完全に引きこもり。母親には、その心労もあった」

「お母さまが亡くなったあとは？」

「よけいひどくなった。食事の面倒とかは、できる範囲で俺が見ていたよ。けど、そんな生活はもううんざりだった。自分が兄貴を甘やかすからいけないのかもしれない、と思いもした。だから、就職して家を出ようと決意したんだ」

「それで、アザーサイドを受けたのね」

「そう。無事に内定もらって、卒業単位をそろえて、独り暮らしをする家も決まって迎えた二年前の春だった。荷物の搬出も終わって、実家で過ごした最後の夜、俺は兄貴にこう言ったんだ」

——兄さん。俺は、この家を出ていくよ。これからは、自分のことは自分で何とかしてほしい。

「兄貴はしばらく黙ったあとで一言、『わかった』とだけ言った。翌朝、目覚めてみると、兄貴の部屋はもぬけの殻《から》だった。ああ、兄貴は自力《じりき》で生きていこうと腹をくくって、俺より先にこの家を出ていったんだな。俺はそう悟った」

生きていこう、の六文字に力《りき》みがあったのを、響は聞き逃さなかった。

「お兄さんを捜したりはしなかったの」

その質問に、巧は意外にも「しなかった」と答えた。

「兄貴の部屋を調べるくらいはしたが、居場所につながるようなものは何一つ残されていなかった。携帯電話はとっくに解約してたから、連絡先もわからなかったし」

「そう……」

「ま、引きこもりだったとはいえ、兄貴もいい大人なんだ。家からいなくなったくらいで、慌《あわ》てふためいたりしないさ。どのみち兄貴を心配するような身内は、もう俺しか残っちゃいない。俺がそれでいいと思っているあいだは、行方《ゆくえ》不明者届なんかを出すつもりもない」

聞きながらも、響は直感する。

巧は、本当のことを知るのが怖いのだ――生きていこう、の六文字を発したときに脳裏《のうり》をかすめたであろう、最悪の可能性が現実となってしまうかもしれないから。

「でも、健康保険料なんかは納めているんでしょう?」

「たぶんね。督促状《とくそくじょう》が来たことはないから。だからまあ、どこかで生きてはいるんだろうと思う」

それを聞いただけで、響はほっとした。いかに憎むべき相手であっても、死んでてほしいとは思っていない。

「とにかく俺は予定どおり実家を出て、福岡市内で独り暮らしを始めた。実家は荷物を整理して、いまは人に貸している。自分一人じゃ持て余すし、職場に近いマンションの家賃を払ってでもそうしたほうが、金銭的にもプラスになるからね」

「売却までは考えなかったのね」

「万が一、兄貴が帰ってきたとき、家そのものがなくなってたら途方に暮れるだろうからな。いまの住人としゃべってもらえば、俺の連絡先くらいは知れる」

響が乗せてもらった車も、母親が乗っていたものをそのまま使っているのだという。

「そういうわけで、残念だが兄貴と接触したいと言われても、俺は何の力にもなれない。兄貴がどこにいるのかなんて、むしろ俺が知りたいくらいだ」

ＰＣのモニターを凝視《ぎょうし》する巧の横顔を、響は見つめる。

奇跡とも呼ぶべき運の強さによってつかんだ、決定的な手がかり。なのにその糸は、手繰《たぐ》り寄せる前から切れていた。どうすれば、久我原幸秀の犯行だったと証明できるのか――。

そこまで考えて、響は軽い頭痛を覚えた。

何かがおかしい。

十五年前の夏、火災に巻き込まれた二人の少女がいた。二人は大人になり、同じ夏に一緒に遊んでいた少年と再会し、火災の調査を開始する。その過程で浮上した容疑者は、三人とともに調査をしていた男性の実の兄だった――。

一度は私も、偶然だと思い込もうとした。でも。

いいいいいい、こんなのが、ただの偶然であるはずがないいいいいではないか。

伊織は自身と郷音の再会が作り物めいていると主張し、郷音はそこに作為《さくい》があったことを認めた。

けれど、と響は思う。

きっと、まだある――どこかに、何らかの作為が。

「響ちゃん、大丈夫？」

巧に声をかけられて、響は反射的に大丈夫ですと答え、大丈夫、と言い直した。いまはひとまず、なるべく多くの情報を巧から引き出したい。

「十五年前というと、お兄さんは二十二歳よね。もう、大学は中退してたってこと?」

「いいや。一浪だから、まだ学生だった」

その次の春に退学したということだ。国立の大学に進むためなら浪人生にもなれるくらいの経済力は、久我原家にもあったようだ。

「当時、お兄さんがお金に困っていたというようなことは?」

「聞いてないな。大学をやめたくらいだから、何かしらのトラブルがあったとしても不思議ではないが」

「当時の学友とか、話を聞けそうな人に心当たりは……」

「ないね。友達がいないから、大学に居場所がなかったんだろうし」

幸秀が大学をやめたころ、巧はまだ小学生だったのだ。兄の交友関係など、把握《はあく》していなくて当然である。

これで最後にするつもりで、響は訊いた。

「せめて、お兄さんの写真ないかな」

すると、巧はスマートフォンを操作し、画面をこちらに向けてきた。

「まだ元気だったころの兄貴の写真。十五年以上前だから、画質は悪いけど。引きこもり始めてからは、写真なんて撮《と》らなかったからな」

写真には二人の男性が写っている。一人は大学生、もう一人は小学校中学年くらいか。二人は〈大観峰《だいかんぼう》〉と記された立派な石碑の両脇に立ち、遠くに山並みが、下方には町や田畑が見える。

「阿蘇《あそ》だよ。それが、最後の家族旅行になった」

巧は感傷《かんしょう》に浸《ひた》るでもなく淡々と説明する。二人しか写っていないということは、撮影者は母親なのだろう。

目をこらした響は、感心して言った。

「兄弟で同じ顔してるね」

目のつくりや鼻の形は瓜二つで、どちらも負けず劣らず男前だ。強《し》いて言えば、幸秀はエラが発達しており、巧のほうがほっそりしている。幸秀の目元には、笑い皺《じわ》が深く刻まれていた。

「よく言われてたな、歳は離れてるけどそっくりだって。兄貴のほうが、だいぶ老《ふ》け顔だったけど」

巧は冗談めかして笑う。

「お母さん似？」

「そうだね。幸いにも」

「ありがとう。つらい話だっただろうけれど、きちんと答えてくれて」

スマートフォンを返しながらも、響は礼儀を欠かさない。

「どういたしまして。悪いね、お役に立てなくて」

「そんなことないよ」

響のフォローを待たずして、巧は仕事に戻る。響も自身のデスクに向き直ろうとしたとき、離れた席から遠藤の大声が飛んできた。

「香住。ちょっといいか」

こんな風に呼ばれるのは説教を食らうときか、新たな仕事を言いつけられるときか、どちらにしてもあまりうれしいことではない。響は肩をすくめつつ、遠藤のデスクへ向かった。

「何で呼ばれたか、わかるか」

むすっとした遠藤に、響は萎縮《いしゅく》しつつ答える。

「あの、私、また何かやらかしましたか」

「心当たりでもあるのか?」

「いえ、最近は遅刻もしてないですし」

「それが当たり前なんだよ」

返す言葉もない。

彼は手に持っている紙の束をデスクに一度、打ちつけてから告げた。

「企画書、読んだぞ」

それは、響が前の週に書き上げて遠藤に提出した、身体醜形障害に関する特集記事の企画書だった。響の実体験をもとに、同じ症状で苦しむ人たちの救いになればという願いを込め、短期間で一気呵成《いっきかせい》に作り上げたのだ。

「おまえ、やっぱり病気だったんだな」

あっさりとした口調に、かえっていたわりが込められているように感じた。

「黙っていてすみません。私自身、つい先日まで自覚していなかったもので」

「なかなか見どころのある企画書だったよ。確かにいま、こういった記事を必要としている人は大勢いるだろう」

喜びかけた響に遠藤は、だが、と冷や水を浴びせた。

「うちでは書かせてやれん。知ってのとおり、地方オフィスは地域性の高い情報の発信が中心業務だ。この手の記事は、本社の人間でないと書く権限《けんげん》がない」

「そう、ですよね……」

響は意気消沈《いきしょうちん》する。

わかってはいた。それでも、アピールすることで何かが変わるのを期待した。だが、叶《かな》わなかった。

遠藤が、目をすがめて問う。

「残念か。落ち込んでるか」

「それはもう。病気を告白する覚悟をしてでも取り組みたい、と感じたことでしたから」

そこで話は、思いもよらぬ方向に転がった。

「実は、香住に栄転の話が来ている」

「……は？」

ぽかんとする響をからかうように、遠藤はにやりとして続ける。

「東京本社の人員に不足が出たというので、それぞれの地方オフィスから即戦力の編集者を招集することになったらしい。うちからは、香住を推薦《すいせん》した」

「どうして私なんですか」

「福岡オフィスは少数精鋭《せいえい》だ。仕事に慣れた人間に抜けられちゃ困る。その点、香住は社歴が浅いから、抜けられても何とかなる」

そんな理由か。響が脱力したのを見て、遠藤はまたもにやりとした。

「それも一つではある。が、これまで香住の書いてきた記事が、やたら評判よかったのも確かだ。本社の人間もそれらをチェックしたうえで、おまえが欲しいと言ってきた」

響の胸の中が、ぽっと温かくなる。

自分が書き手として有能だ、なんて考えたことはない。ただ、目の前の仕事にはいつも全力で取り組んできた。遅刻癖があったのでなおさら、記事はいいものにしようという意気込みがはたらいた面もあった。

結果として、ヴェンティ・クワトロの熊谷《くまがい》は記事を読んだことによって響を許してくれた。それ以外にも、取材対象からうれしい言葉をかけてもらったことはある。けれど、それらはあくまで社交辞令であって、真《ま》に受けると痛い目を見る、とみずからを戒《いまし》めていた。

でも、会社が認めてくれた。それは響にとって、個別の感想とは異なる客観性を持っている。営利企業である以上、社員におべんちゃらを使うのは逆効果だ。本当にいいと思ったからこそ、本社に呼んでくれているのだ。

お世辞や嘘の付け入る隙《すき》のない、より客観的な事実——響の容姿に対する正当な評価を説《と》かんとした、小田医師の言葉がシンクロする。

感激する響をよそに、遠藤は続ける。

「実は、招集の話自体は一ヶ月前からあった。だが、そのときの香住を推薦するには、率直《そっちょく》に言って遅刻癖がネックになっていた」

「申し訳ありません……」響はこうべを垂《た》れるしかない。

「ところが、このところのおまえは、遅刻だけじゃなく、見るからに以前のような挙動不審《きょどうふしん》さがなくなった。これなら安心して推薦できると思ったから、本社にそう伝えた。あちらさんは二つ返事だったよ」

「光栄なことです」

「本社へ行けば、この企画書が通る可能性も出てくる。いますぐでなくても、必ずチャンスはめぐってくるだろう。どうだ、香住。行ってくれるか」

響の脳内を、さまざまな思いが駆けめぐる。

入社してまだ一年ちょっとの若手に、東京本社への異動の話が来ることのありがたみはじゅうぶん理解しているつもりだ。ただし、響はブログの記事が話題になった際にも、東京にある会社から誘いがあったのを断って、アザーサイドの福岡オフィスに入社した。知らない街で、一人で暮らしていく自信がなかったからだ。

しかし現在、もっとも大きな懸念《けねん》だった身体醜形障害に関しては、薬で症状を抑《おさ》えられつつある。遠藤の言うように、本社へ行けば携《たずさ》わることのできる仕事の幅も広がるだろう。行ってみたい、という気持ちはある。

一方で——。

十五年前の火災の当事者である響は、やはり真相を知りたいという気持ちを抑えられない。しかも、途方もなく思われた調査は、ここまできわめて順調に進んでおり、もはや犯人を特定したと言って差し支えないところまで来ている。こんなところで調査から離脱したくはないが、近日中に決着がつけられるとも思えない。

それに響は、真相の一端《いったん》を知って動揺しているであろう郷音のことが気がかりだった。せっかく再会し、関係を修復《しゅうふく》し、この十五年間ともに苦しめられてきた火災について調査を始めたところなのに、響が東京へ行ってしまっていいのか。

郷音のことはほうっておけない。犯人の弟であるかもしれない巧のことも。それにそう、伊織とだって、また会いたいと思っている自分がいる——たとえそれが、郷音との仲を応援するためだとしても。

響の迷いを、遠藤は察してくれた。

「ま、いますぐ決めろとは言わないさ。さすがに急すぎるからな。下半期《しもはんき》、十月一日からの異動という形にもできるから、ゆっくり考えてみてくれ」

「わかりました。ありがとうございます」

響が頭を下げると、遠藤はタバコを手に立ち上がり、オフィスを出ていった。

——東京。私が、東京へ行く。

自分のデスクへと戻るあいだも、響はどんな表情をしていいのかわからない。デスクまわりに顔を反射するものを置かないよう意識していた自分に、このときほど感謝したことはなかった。

5

七月末日は月曜日だった。

退勤した響がスマートフォンを見ると、郷音からＬＩＮＥのメッセージが届いていた。

〈ランキングバトルのお疲れ会したいから、今夜うちに来てくれない？〉

アイプッシュのランキングバトルの予選は、今日が最終日だ。郷音の現在の順位は、予選通過圏外の三十七位。ここからの逆転はかなり厳《きび》しいと思われた。

角島旅行後も、郷音は毎日配信をして、ランキングバトルに全力で取り組んでいた。初めはセーラー服程度だったコスプレも、ナース服を着たり、水着になったりと、しだいに過激なものになり、響は見るのもつらくなっていた。応援する気持ちはあったのに、ここ一週間ほどはさとねるの配信をほとんど視聴できていない。

郷音はそれだけ、今回のランキングバトルに懸《か》けていたのだろう。その本人が、予選終了を目前に、お疲れ会をしたいと言う。

〈いいの？　予選って、今日までだよね〉

響の返信に、郷音は次のように釈明《しゃくめい》した。

〈もうあきらめた。自分なりに精一杯がんばったし、アザーサイドにも助けてもらったけど、さすがにこの順位からはまくれないや。今日は平日だしね〉

〈そっか。二ヶ月間、本当にお疲れさまでした〉

〈負けは認めるけど、最終日の夜を一人きりで過ごすのはやっぱしんどいからさあ。響、お願いだからうち来てよ。伊織くんも、響が来るなら来てくれるって〉

ここで巧の名前が挙がらないのは仕方あるまい。火災現場を訪れたあの日以降、それまで連日やりとりが続いていた四人のグループLINEは、打って変わって鳴りを潜めていた。響は郷音の意向が第一だと考えていたし、郷音は予選の追い込みでそれどころではなかっただろう。巧との関係修復を急ぐべきではない、というのが響の判断だった。

響が来るなら、という伊織の言葉にも深い意味はなさそうだったが、郷音が響より先に伊織を誘い、伊織が二人きりになるのを避けたのは事実のようだ。そこから得られそうな解釈から、響はいったん目を背《そむ》けたい気がした。

〈わかった。何時に行けばいいかな〉

〈今日も一応配信はやるから、二十一時くらいだとありがたいかも〉

〈オーケー。住所、教えてくれる？〉

〈福岡市中央区白金《しろがね》――〉

指定の時間に到着することを伝えると、郷音からの返信は途切れた。

天神界隈《てんじんかいわい》で夕食を摂《と》って時間を調整し、コンビニで飲み物とお菓子を仕入れる。お疲れ様のプレゼントを贈ろうと思いつき、スキンケア用品のブランドに入ってバスソルトやソープの詰め合わせを買った。美しくありたいと願う彼女には、こういったものが一番喜ばれる気がした。

薬院《やくいん》駅までは電車で移動し、二十一時ぴったりに、郷音が住むというマンションに到着した。古い建物のようで、エントランスにオートロックはなく、人気の女性配信者が独り暮らしをする物件としてセキュリティが心配になる。三階にある彼女の部屋の前まで行ってインターホンを鳴らすと、中から返事が聞こえた。

「ハーイ」

想像していたよりは、明るい声色だった。

ドアが開かれる。ついさっきまで配信をしていたからだろう、郷音は薄めのメイクをしていたけれど、コスプレ衣装などではなく普段どおりの服装だった。

「ごめんね。わざわざ家まで来てもらっちゃって」

「ううん。伊織くんは？」

「まだ。とりあえず上がって。うち来るの、初めてだよね」

「招待してもらえてうれしいよ。お邪魔《じゃま》します」

洗面所で手を洗う。鏡は曇り、洗面ボウルの両脇にはメイク道具が乱雑に置かれている。これから伊織が来るのに掃除《そうじ》されていないところに、響は郷音の余裕のなさを見て取った。せめてと思い、向きをそろえて並べ直す。本当は鏡も拭いてあげたかったが、まだ直視するほどの自信はなかった。

リビングルームも、整頓されているとは言いがたかった。配信の背景で見覚えのある右手の壁と奥のベッドは普通だが、中央の白いテーブルには配信に使うライトやスマートフォンのスタンドのほか、封の開いたスナック菓子、空になったカフェオレのペットボトル、何かしらの薬のシートなどが散乱し、とてもお疲れ会を開けるような状態ではない。左側のローチェストの上にも、洗ったのか脱ぎ捨てたのかわからない服や下着が山積みになっていたし、正面のベランダには長い吸い殻がいっぱい刺さった灰皿と、ウィンストンの空き箱も見えていた。郷音はタバコを吸うのか、と響は驚愕《きょうがく》する——顔に熱さを感じるとあの日の光景がフラッシュバックする、と話していたのに。

「悪いねー、散らかってて。どうぞ、そこ座って」

「あ、うん。ありがと」

響は正方形のテーブルの、部屋の入り口に一番近い側に座る。郷音は配信の定位置となっている壁際に座った。

テーブルの上のものを寄せてスペースを開け、飲み物を出して乾杯《かんぱい》をする。郷音はスパークリングワインをシャンパングラスに、響はオレンジジュースをグラスに注《そそ》いだ。最初にプレゼントを渡すと、郷音が大いに喜んでくれたので、響は安心した。

「それにしても、毎日配信するのは本当に大変だったでしょう」

「うん、疲れたー。見てくれてる人に少しでも楽しんでもらえるようにって、手を替え品を替えいろんなことをやってみたけど、なかなかうまくはいかないものだねえ。勝つためにならどんな手も打つ覚悟はあったんだけど」

郷音は頰を緩《ゆる》めているが、その表情には哀切《あいせつ》が滲《にじ》んでいる。

「よくがんばったと思うよ、郷音は」

「ありがと。とにかく、今日はゆっくり話そ」

そこで、郷音はかたわらに置いてあったスマートフォンを見た。

「伊織、遅くなるって」

「そうなんだ」

相槌《あいづち》を打ちながら、郷音が伊織を呼び捨てにしたことに響は気づいていた。いつの間に、そんな仲になったのだろうか。あらためて目をやると、郷音のスマートフォンのカバーが見慣れたものから変わっている。伊織も確か、似たようなカバーをつけていた。

響の知らないところで、郷音は伊織との距離を縮めているのかもしれない。調査の日、二人で帰ったことを思えば、ありそうなことだ。

喜ばしい、と響は思う。なのに、なぜだろう——この胸が、ちくりと痛むのは。

仲間外れにされているような気がして、寂しかったのか。たぶん、いや、絶対そうに違いない。だって、伊織を必要としている郷音のことを、自分は応援すると決めたのだから。であるならば状況は、望ましい方向に変化しつつあるのだ。

しかしそうやって自分を説き伏せてみても、響の胸の痛みが消えることはなく、彼女はそれを押し隠したままで郷音との会話に応じなければならなかった。

郷音はなぜか、響のアイドル時代の話を聞きたがった。ランキングバトルに負けたことで有名になり損《そこ》ねたいまの郷音に、アイドル活動について根掘《ねほ》り葉掘《はほ》り訊ねられるのは、当てこすりのようにも感じられて響は居心地が悪かったが、彼女の好きにさせてあげたい一心で質問に答えていった。

「オーディションに受かったときはどんな心境だった？」

「真っ先に頭に浮かんだのは、これで郷音との約束を守れる、ってことかな。うれしかったけど、不安も大きかったよ」

「思い出に残ってる出来事はある？」

「地元の野外フェスで踊ったこと。天気がよくて、すごく気持ちよかった。私は休養から復帰しないままやめちゃったから、引退ライブとかもなかったんだよね」

「アイドルやってて、嫌な目に遭《あ》ったことは？」

「うーん……活動期間が短いから、そんなに多くはなかったけど。未成年なのに仕事で知り合った男性からしつこく飲みに誘われたりとか、そういうのはあったかな。同じ業界ではなくて、二十代で起業しました、みたいな感じの人だったと思う」

「ぶっちゃけ、何で引退したの？」

その話は、前にもしたはずだけど。響は内心で首をかしげる。

「ネットに見た目の悪口を書き込まれたのを見てから、メンタルのバランス崩《くず》しちゃって。最初はそのうち復帰するつもりだったけど、回復する兆《きざ》しも見えなかったし、休養してるうちにだんだん見た目だけじゃなく性格も含めて、自分はアイドルに向いてないなって思うようになってね。それで脱退だけじゃなく、事務所もやめた」

「でもさ、響自身がどう思うかは別にして、まわりは響のこと、かわいいと思ってたわけじゃない。わたしから見ても、響はすごくかわいかったし。引き止められたりはしなかったの」

「うーん……本心かは知らないけど、事務所の人や仲いいメンバーには、もったいないとは言われたかな。そういう、お世話になった人たちの期待を裏切ってしまうことのほうが、アイドルをやめることそのものよりもよっぽどつらかった」

「ファンだっていただろうしね」

「うん。私ね、いまでもアイドルって本当に素晴らしい職業だと思ってる。若い子たちが一所懸命歌って踊って、年齢や性別や社会的ステータスを問わず、たくさんの人たちに元気を与えてる。それって、すごく尊いことだなって」

「わかるよ。だから、わたしたちもアイドルを目指したんだもんね」

「でもね、同時にアイドルってものすごく残酷な職業だとも感じていて」

「残酷？」

「だってアイドルに限らず、人にはそれぞれ違った魅力や才能があるはずで、この歳になるとそういうことを理解できるけど、アイドルは早い子だと小・中学生からメンバーになるじゃない？　それで、もちろん見た目だけが人気を左右するわけじゃないけど、見た目は重要で、しかもわかりやすい要素だから、幼い子たちは人気が出ないと、顔がかわいくないからアイドルとして価値がないんだ、って思い込んじゃう」

「それは、実体験も踏まえてるんだね」

「そう。そんな中で、一部の人気メンバーはさておき――いや、人気があっても同じなのかな。とにかく、四六時中他者と比較されて、優劣をつけられてさ、まだ自我も確立しきれていないくらいの年齢の子たちが自己肯定感を持つのなんて、すごく難しいと思うんだよね。実際、私の知ってる範囲でも、精神的に病んでる子は多かったし」

「ふうん……」

「郷音はどう？　ランキングバトルに参戦してみて、全員じゃないんだろうけど、上位にいるのはたいていかわいい子たちでさ。そういうの、つらくなかった？」

「まあねえ。でも、自分で決めたことだし」

郷音の口調はさっぱりしていた。

「響はさっき、人にはそれぞれ違った魅力や才能があるはず、って言ったけどさ。それは裏を返せば、見た目が武器だっていう人がいてもいいってことじゃない？　そういう人が輝ける場所だって、世の中には必要だよ」

「それは否定しないけど……」

「わたしだってこうやって配信をして、視聴者のみんなに楽しんでもらえるようがんばっててさ。でも、どんなにわたしが見た目以外の部分で努力をしたとしても結局、みんなが配信を見てくれる一番の理由は、見た目だと思うんだよね。わたしがきれいでいることで、みんなが喜んでくれる。わたしの一番の価値は、この見た目にある。それは何もおかしなことじゃないし、わたしはむしろ誇らしいと感じる」

自分の見た目に価値がある、と堂々と言ってしまえる郷音の態度は嫌いじゃない。けれど、理屈というより本能的に、響は納得したくなかった。

「だけど、それで若い子たちが落ち込んだり、必要もないのに高いお金を払って整形手術したり、病気になってしまったりするのは、やっぱり健全とは思えないよ」

「あのね、響。どんな生き方をしてたって、人は日々、他人と自分とを比較して劣等感に苦しむし、ときにはメンタルをやられたりもするものなんだよ。それはアイドルに限った話じゃない。見た目が関係している業界だけが残酷だっていうのは、ちょっと違うんじゃないかな」

郷音の言うことは理解できる。短期間とはいえ身を置いたアイドル業界の女の子たちに対して、肩入れしすぎていることも響は自覚している。

けれども、やはり何かが違うと思うのだ。郷音の考えに、反発を覚えてしまうのだ。それは自分が、身体醜形障害で苦しんだからだろうか。あんな思いを自分以外の誰にも味わわせたくはないと、切に願っているからなのか。

いずれにしてもこれ以上、この話を続けたくはなかった。ただでさえランキングバトルの落選や巧の件でショックを受けているはずの郷音と、今日だけは言い争いなどすべきではない。

スマートフォンを見ると、時刻は二十二時になろうとしていた。

「伊織くん、遅いね――」

「その話はいまやめて」

響の何気《なにげ》ない一言は、郷音にぴしゃりと断ち切られてしまった。

なぜ、これから来る人の話をしてはいけないのか。やめてと言われると、その理由さえ問いただせなくなる。

いたたまれなくなり、響はスマートフォンを手にしたままで立ち上がった。

「お手洗い借りてもいい？」

「いいよー。出て右のドア」

トイレに入る。幸いここは清潔で、柑橘系《かんきつけい》の芳香剤《ほうこうざい》の香りが漂っていた。

便座に腰を下ろすと、響は気が抜けて、ふう、と息をついた。

郷音のことは、仲のいい友達だと思っている。親友だと言ってもらえて、甘美《かんび》に感じたのも嘘じゃない。

けれど、いまだに気を遣ってしまうのも確かだ。幼なじみとはいえ、十五年の時を隔てて再会してから、まだ二ヶ月しか経っていない。それに、何といっても彼女には負い目がある。性格面での相性《あいしょう》もあるだろう。

――もう。伊織くん、早く来てよ。

響は伊織にＬＩＮＥを送った。郷音と二人きりでいるのが気づまりだから、とは書かない。郷音が落ち込んでいるから急いで、という趣旨《しゅし》にした。

既読はすぐについた。十秒と待たず、返信が来る。

〈何の話？〉

その四文字を見て、響は固まった。

〈何って、郷音の家で、ランキングバトルのお疲れ会をしてるんだよ。郷音から誘われたでしょ？　さっき、遅れるって連絡してきたじゃない〉

〈誘われてないよ。そもそもこの時間に行けるわけないじゃないか、今日は定休日でもないんだし。知り合いから店に入れるかって電話がかかってくることがあるから、スマホは仕事中も携帯してるけど、さっちゃんからＬＩＮＥなんて来てない〉

どういうこと？　停止しかけた思考を、響は必死で動かす。

ヴェンティ・クワトロの営業時間のことが、完全に頭から抜けていた。伊織がしらばっくれているとは思えない。であれば、郷音が嘘をついたのだ。でも、何で？

逆ならば——すなわち、響が来ると嘘をついて伊織を呼んだのなら、まだしも理解できる。伊織と郷音の関係性にどのような進展があったか知らないが、まだ自宅で二人きりで会うほどの間柄でなければ、響がいないと伊織は来づらいだろうから。

けれども今日、郷音は伊織をだしにして、響を誘い出したことになる。伊織の名前を出さずとも断る理由のない響の足を、より確実にこの部屋へと向かわせるために。

嫌な予感が、響の脳裏をよぎった。

インタビューじみた会話の内容。変わっていたスマートフォンのカバー。伊織の名を呼び捨てにしたこと。そのわりに、伊織の話はやめてほしいと強い口調で言ったこと。ランキングバトルの予選がまだ終了していない最終日の夜に、お疲れ会をする意義。そして――。

――勝つためになら、どんな手も打つ覚悟はあったんだけど。

――わたしだってこうやって配信をして、視聴者のみんなに楽しんでもらえるようがんばってさ。

震える指で、響はアイプッシュのアプリを立ち上げる。

さとねるは、配信中になっていた。

その配信タイトルの欄には、こう記されている。

〈元アイドルの親友を直撃！　アイドル業界の闇を暴露《ばくろ》してもらいます！〉

視聴ボタンをタップする。カメラは少し離れた位置から、郷音とその右隣、いまは無人のスペースを映していた――まぎれもなく、響が現在いる郷音の自宅だった。

響はトイレを飛び出した。郷音のほうを見向きもせず、左手のローチェストのほうへと駆け寄る。

「ちょっと、どうしたの響」

その声を無視して、ローチェストの上に積まれた郷音の洋服の山を崩していく。

探しものは、すぐに見つかった。

洋服の山に隠すようにして、見慣れた郷音のスマートフォンが立てられていた。配信中の画面が表示されており、そこに自動で加工された響の顔が映り込んでいる。

郷音はまだ、予選通過をあきらめていなかった。最終日の夜、もっとも人が集まりそうな時間帯に、響を配信に出演させることで一発逆転を狙ったのだ。

そのためには、何としても響を家に来させたかった。だから伊織も来ると偽《いつわ》った。そうすれば、響は断りたくても断れないだろうと踏んで。

伊織を呼び捨てにした理由も明白だ。自宅に呼ぶような間柄の男性がいることが知れたら、視聴者の一部はそっぽを向いてしまうのだろう。けれども幸いにして、伊織という名前は女性でも違和感がなかった。だから呼び捨てにすることで、女友達が遅れて来るかのように装ったのだ。

スマートフォンのカバーに関しても、本体そのものが入れ替わっていたと考えれば説明がつく。配信には、最新機種のスペックが不可欠だったのだろう。だから郷音は処分せずにとっておいた前の機種を手元に置いて、さも伊織から連絡が来たかのように振る舞ったのだ。

響は角島で、郷音の配信に出演することを拒絶した。正面から頼んでも断られることが、郷音にはわかっていたのだろう。だからこんな、騙《だま》し討《う》ちともいうべき手段に出た。

郷音を励ましたい一心で、ここまでやってきたのに。

彼女はその善意を逆手《さかて》に取って、響をはめたのだ。

配信を停止するために、響は画面をタップする。が、視聴はしても配信はやったことがないせいで、停止ボタンがどこにあるのかがわからない。焦《あせ》りも手伝い、でたらめにあちこちをタップしまくる。

「響、やめて」

郷音が響に飛びかかり、スマートフォンを奪って右手で顔の横に構えた。自分のほうに向けているのは響が映らないようにという配慮なのかもしれないが、気の弱い響でもさすがに怒りを抑えきれない。

「どうしてこんなことするの。配信には、出たくないって言ったよね」

「いいじゃん別に、そんなマジになんないでよ。響だって、応援するって言ってくれたじゃん」

「それは言ったけど、こんな形で協力するつもりはなかった」

「視聴者からもまた響に出てほしいってコメント、いっぱい来てたんだよ。あんた、人気あるんだからさ。わかってよ」

「郷音のファンの気持ちなんて私には関係ない。友達を騙して利用するなんて最低」

「しょうがないでしょ！」郷音が金切《かなき》り声を上げた。「そうでもしないと、もう逆転できそうになかったんだから。最低なのはどっちよ、わたしからアイドルの夢奪っておいて、こんなことにも協力してくれないなんて――」

響の心の中で、何かが砕《くだ》ける音がした。

それだけは。

それだけは、絶対に言ってほしくなかった。

本当はわかっていた。響の後ろめたさの上に、成立している友情だということは。十五年間の空白を経て、なおも二人を繋《つな》ぎ留《と》めているのは、かつての絆《きずな》ではなく悲劇的な過去だった。

だけど、それでも響はうれしかった。

郷音が普通に接してくれて。親友と称してくれて。

ずっと苛《さいな》まれてきた罪の意識が、それだけで少しずつ和らいだ。許されることなど決してないと思っていた人生に、神様が、いや、郷音が救済をもたらしてくれた――そう、信じていたのに。

結局のところ、郷音はいまでも響を恨んでいた。

だから、考えたのだ。利用したってかまわない、と。たとえあの火災が放火であろうとも、響はキャンドルを郷音の家に持ち込んで犯罪を誘発した、罪人なのだから。

もう、元には戻れない。

絶望する響の姿を見て、郷音の顔に後悔のようなものがよぎった。彼女は、ふん、と言いながらそっぽを向いて、スマートフォンの画面に目を落とす。

そして、つぶやいた。

「え……何これ」

直後、郷音はスマートフォンを床に投げ捨てた。

「きゃあああああっ！」

郷音は両手で顔を覆《おお》い、その場にうずくまっている。

わけがわからず、響は足元に滑《すべ》ってきたスマートフォンを拾う。画面の下部には、見たことがないくらい早いペースで、大量のコメントが流れていた。


〈いまの何?〉

〈なんかさとねるのほっぺたグロかったな〉

〈えマジ?　加工で隠してたの?〉

〈俺ああいうのめっちゃ無理。コミュ抜けるわ〉

〈かわいそうだねー。美人なのに〉

〈一瞬すぎてよく見えなかったけど、火傷《やけど》っぽかった〉

〈うわー騙された。課金したの返してほしい〉

〈加工とか別に気にしないけど、さすがにいまのは萎《な》える〉

――。

血の気が引いた。

さっき、配信を止めようとして、響は画面の至るところをタップした。まさか、あのときに
次のコメントが、流れてくる。

〈これ、フィルター切れてるね〉

配信中の画面には、何の加工も施《ほどこ》されていない、響の顔が映し出されていた。

西暦二〇六三年八月　神奈川県鎌倉市

大志《たいし》がぐずり始めた。

『鏡の国』のゲラは、第三章の終わりまで来ていた。目を通し始めて一時間は経っていたから、よく寝てくれたほうだ。本人に訊いてみたものの、トイレに行きたいとか、お腹《なか》が空《す》いたとかいうわけではないらしい。

「退屈しているのかもしれませんね。大志くん、おじさんと遊ぼうか」

勅使河原《てしがわら》がおもむろに腰を上げる。

「いいんですか」

「最後まで読むには、まだ時間がかかるでしょう。大丈夫《だいじょうぶ》、男の子の扱いには慣れてるつもりです。うちにも育ち盛りの息子が二人いますから」

ありがたいことではあるのだが、そうなると勅使河原のコメントは聞けなくなる。すでに初対面のおじさんと外で遊ぶ気満々の大志をどうにか待たせて、私は言った。

「第三章は、衝撃的《しょうげきてき》な展開の連続でした。そんなストーリーに気を取られたせいかもしれませんが、私はこれまでの章以上に違和感を、すなわち削除されたエピソードにつながりそうな手がかりを見出せませんでした。このまま読み進めても平気でしょうか」

すると、勅使河原はあっけらかんとして、

「ああ、私もそう思いますよ。中盤以降、室見《むろみ》先生は物語としての面白味《おもしろみ》を優先させており、それまでのような露骨《ろこつ》なにおわせを書かなくなったように見えます」

それならそうと、先に言ってほしかった。もったいぶる勅使河原の鼻を明かしてやりたい一心で、執念深《しゅうねんぶか》く文章を読み込んでしまったではないか。

「大志くん、何して遊ぼうか」

勅使河原が腰を低くして訊ねると、大志は部屋の隅を指差して言った。

「ボール」

最近、大志はボールを蹴《け》るのにハマっている。中に機械が入っていて、壁や相手がなくてもボール本体が自動で跳《は》ね返ってくるという、最新式の値の張るものだ。運動音痴《おんち》の私は、日ごと体力をつける大志の相手をするだけで精一杯なので、この手のおもちゃには大助かりである。大志は今日もそんなお気に入りのボールを持参していて、それがいまは和室の隅に転がっていた。

「オーケー、それじゃあお庭に行こうか」

勅使河原がボールを拾い、大志の手を取る。ようやく汗が引いたところだったのに、十分後には元の木阿彌《もくあみ》だろう。気の毒だが、私が『鏡の国』を読み返しているのは彼の指示だから、そのくらいはしてもらってもバチはあたらないはずだ。

「あ、それと」

勅使河原が敷居《しきい》に足の指先をかけ、立ち止まる。

「私、登場人物たちがその後どうなったのかが気になって、ひととおり調べてみたんですよ。四十年も前の話ですし、当時彼らはあくまで一般人ですから、得られた情報は多くありませんでしたが」

「はあ」

「ただ、そんな中でも一つ、これは間違いないだろうという重大な事実が確認できまして。桜庭《さくらば》さんにも、ここらでお伝えしておいたほうがよろしいかと」

「何ですか、それは」

待ちきれない大志に手を引っ張られながら、勅使河原は告げる。

その一言によって私は、さらなる混乱へと叩き落されてしまったのだった。

「新飼郷音という人物は、この世に存在しませんでした」

第四章　暗中

1

夜の大濠《おおほり》公園をジョギングする女性を、響《ひびき》はベンチに腰かけて見送っている。

八月に入り、日が沈んでもまだ、暑さはそこら中にたむろしている。凪《な》いだ水面をながめながら、響が額の汗をハンカチで拭《ふ》いていると、後ろから声をかけられた。

「響ちゃん。お待たせ」

腰の動きで振り返る。

伊織《いおり》が立っていた。

タンクトップの上にカーキの半袖シャツを羽織《はお》り、下はダメージジーンズ。ビルケンシュトックのサンダルが涼しげだ。

「わざわざ来てもらっちゃってごめんね」

「大丈夫《だいじょうぶ》。火曜は休みだし」

「私のこと、すぐ見つけられた？」

「髪型でわかったよ。後ろ姿でも、ね」

伊織が響の隣に腰を下ろす。シャツの内側にのぞく胸元の意外なたくましさに、響は夜に二人きりで会う状況の特殊《とくしゅ》さを、いまさらながらに認識した。つい前髪を触ってしまう。

何から話すべきか迷っていると、伊織のほうから口火《くちび》を切ってくれた。

「昨日は大変だったね」

「うん……私、まだ動揺してて。誰かに話を聞いてほしかった」

「響ちゃんは何も悪くない。悪いのは、さっちゃんだよ」

伊織が言いきってくれるのはありがたい。けれど、響にはそうは思えなかった。

郷音《さとね》に騙《だま》されて配信に出演したのは、昨晩のことだった。知らなかったとはいえアイドル時代の話をし、配信中に郷音とケンカし、あげくフィルターを切ってさとねるの素顔を世界じゅうにさらしてしまったことで、響と郷音はいわゆる炎上状態となっていた。

響にとって、ネット上のコメントほど怖いものはない。かつて、身体醜形障害《しんたいしゆうけいしょうがい》の引き金となったから。それでも彼女は今日、朝目覚めたときやトイレにいるとき、仕事の休憩《きゅうけい》時間など、気づけばネットの反応を調べてしまっていた。

さまざまなコメントが、そこにはあふれ返っていた。

一番多いのは、響への同情とさとねるに対する批判である。次いで、郷音の火傷《やけど》への驚きや中傷《ちゅうしょう》。騒動はランキングバトル予選通過のために仕組まれたものとする声もあったが、事実無根なのは言うまでもない。

もともとの性格が幸いし、配信中にしたアイドル時代の話もマイルドな内容に終始したため、総じて響への批判は少なかった。だが、中には無関係の攻撃を浴びせてくる人もいた。

〈この程度で元アイドル名乗ってんのやばくね〉

〈いかにも無名のローカルアイドルって感じ〉

〈こいつイベントで生《なま》で見たことあるわ。実物は全然かわいくなかった〉

何でもいいから叩《たた》きたいだけ。そんな精神性の人が世の中には大勢いることくらい、響も理解している。それでもそれらのコメントは、彼女の心を蝕《むしば》んだ。

自覚したのは数時間前、仕事を終えて帰宅したときだ。手を洗う際に鏡をのぞいた響は、前髪が異常に気になった。自然に顔の左側へ流れているはずの前髪が、妙にべたついて見えたのだ。

再発したのだ、とすぐにわかった。

SSRIの服用は継続している。減量やスキップもしていない。にもかかわらず、鏡の中の自分は明らかにこのところの見え方と異なっている。

またしても、ネットの声が引き金を引いたのだ。その前に、郷音とのトラブルによるストレスが、弾を装塡《そうてん》したとも言えるだろう。

このままではまずいと考えた響は、郷音のことで相談に乗ってくれそうな人物として、真っ先に頭に浮かんだ伊織に連絡を取った。返信は早く、いまから会えるとのことだった。明るいところで会いたくなくて、彼女は近所の大濠公園を指定した。

「伊織くんなら、そう言ってくれると思ってた」

響のつぶやきに、伊織は力を込めて返す。

「誰だって同じことを言うさ。失格処分になったのは、さっちゃんの自業自得《じごうじとく》だ」

ゆうべの配信は郷音にとっても不本意な形で話題になりはしたものの、主催者であるアイプッシュは騒動を受けて、本人の許諾《きょだく》なしに他人を配信に出演させる行為は禁止である旨《むね》の声明《せいめい》を発表し、さとねるを失格扱いとした。もっとも、最終順位は三十四位だったので、どちらにしても決勝へは進めなかったのだが。

そこまでは、確かに郷音の自業自得と言える。だが――。

「私、取り返しのつかないことしちゃった」

うなだれる響の耳に届く、伊織の声は柔《やわ》らかい。

「フィルターを切ってしまったこと？」

「郷音は自分の意思で火傷の痕《あと》を隠して、配信者として生計《せいけい》を立てていた。それは何の問題もない行為だと思う、人は誰しもコンプレックスを抱えて日常を過ごしているから」

「そうだね。同感だよ」

「でも……郷音のその隠しごとを、私が暴《あば》いてしまった。郷音はもう、いままでどおりには生きられない」

コメントでも流れていたとおり、郷音の火傷の痕は少なからぬ視聴者に歓迎されなかった。「火傷なんて気にしない」と表明する視聴者や、「加工なしでもかわいい」といった好意的な意見も散見された。響の目から見ても、郷音はひいきなしに美人なので当然である。

しかし一方で、これまで火傷を隠して配信しお金を稼いでいたことについて、「詐欺《さぎ》だ」と騒ぎ立てる視聴者もいた。それはただの感情的なもの言いに過ぎなかったが、今回の響に対する悪質な行動と相まって、さとねるを支持していた視聴者ほど激しく批判する傾向にあるようだった。

「わざとじゃなかったんだろ」

伊織の確認に、響は力なくうなずく。

「自分では配信、やったことなかったから。止め方がわからなくて、それで」

「じゃあ、やっぱり響ちゃんは悪くないよ」

「それでも、やってしまったことに変わりはない。どうやって償《つぐな》えばいいかわからない」

お酒が入っているのか、若い男性の四人組が、大声で笑いながら二人の背後を通り過ぎる。その騒々しささえ、いまは救いのように感じられた。

「あれから、さっちゃんとは?」

「郷音の家を追い出されてからは、何も」

昨日、郷音のスマートフォンに映る自分の顔を見て何が起きたのかを悟った響は、直後にやっと配信停止ボタンを見つけ、タップした。おそるおそる、郷音に声をかけようとすると、

——出ていって。

顔を覆《おお》ったままの郷音に、そう言われた。

——早くここから出ていって!

響は逆らう気力すらなく、郷音の自宅をあとにした。帰り道のことはほとんど記憶にない。せ

めて謝罪のＬＩＮＥを送るべきか悩んだが、焼け石に水どころか傷口を広げる行為に思えてならず、送れないまま、いまに至っている。

「もう、終わりなのかな。私たち」

言葉にしたら、涙が出てきた。一度堰《せき》を切ったら止まらなくなった。隣にいる伊織の目もはばからず、響は嗚咽《おえつ》した。

伊織は何も言わずに、ただそばにいてくれた。その押しつけがましくない優しさが、いまの響にはありがたかった。上着をかけてもらったような安心感に包まれ、響は少しずつ、落ち着きを取り戻していった。

「ごめん、もう大丈夫」

響がハンカチを目元に当てて言うと、伊織は立ち上がり、左手を差し出した。

「少し、歩こうか」

男性から女性にではなく、大人から子供に差し伸べられた手だと感じた。

響がそっと握《にぎ》ると、伊織が引っ張り、立ち上がらせてくれる。彼の指先は温かかった。

大濠公園は、大きな池の外周に沿って遊歩道が設けられている。そこを二人でゆっくり歩きながら、響は言った。

「伊織くんに、お願いがあって」

「何？」

「郷音に優しくしてあげて」

ほんの少し、伊織は歩調を乱した。

「どういう意味かな」

「わかってるでしょう、郷音の気持ち」

伊織は答えない。

「いまの郷音には、伊織くんが必要なの。私、前に郷音に言われたことあるんだ」

――伊織くんね、こう言ってくれたんだ。さっちゃんは、どこにいても必ず見分けられるって。

――うれしかった。運命だなって思った。だって、伊織くんはほかの誰でもなく、わたしだけを見分けてくれるんだから。

「さっちゃんが、そんなことを……」

「いま、郷音は火傷のことですごく苦しんでると思う。そんな彼女を支《ささ》えてあげられるのは、伊織くんしかいない」

「いくら僕が相貌失認《そうぼうしつにん》だからって――」

「わかってる、こんな風に言うのはとてもよくないことだって。でも、いまだけはどうか許してほしい。郷音がひどくまいってるはずの、いまだけは」

伊織の指先の揺れ動きから、感情が漏《も》れ伝わってくる。

それは、怒りよりも悲しみに似ていた。

「響ちゃんは優しいんだね。自分がひどい目に遭《あ》わされたのに、さっちゃんのことを心配してあげられるなんて」

「そんなことは……ただ、いまの私では、郷音の力にはなれそうもないから」

「だからその役割を僕に押しつけてる？　今回のことで、僕がさっちゃんに対してどういう感情を抱いたのかも無視して」

棘《とげ》のある言い方だったが、言い返すことはできなかった。

「……ごめん」

スターバックスの前を通り過ぎ、木陰の道に差しかかる。もうすぐ、福岡《ふくおか》市美術館の建物が見えてくるはずだ。

あきらめたように、伊織が言った。

「わかった。さっちゃんには、僕から連絡してみる。何があっても優しくするかって言われると、保証はできないけど」

「それでいい。ありがとう、伊織くん」

伊織の手が離れる。急に心もとなくなったけど、やむを得ないと響は思った。

話題を変えたかったのだろう。伊織は何気《なにげ》ない調子で問う。

「巧《たくみ》とは、あれから何か話したの」

響は巧から聞いた兄の話を、かいつまんで伝えた。

「そんなことになってたのか……あいつ、苦労してたんだな」

「わかんなかったよね。いつも冷静沈着って感じだったし。でも、今回のことはさすがにこたえたんじゃないかな。巧くんはもう、調査に協力するつもりはないみたいだった」

「身内の犯罪歴なんて、知りたくもないだろうからな」

「巧くんにとってみれば私たち、藪《やぶ》をつついて蛇《へび》を出そうとしてるようにしか見えないよね」

するとと伊織が突然、響の顔をまじまじと見つめてくる。

「何？」

「いままで聞き流してたけど。いつの間に、巧くんって呼ぶようになったの」

「ああ」そのことか、と響は思う。「みんなと同じように下の名前で呼んでくれって言われた。たぶん、同じ苗字《みようじ》でも自分は兄とは違うって訴えたかったんじゃないかな」

「それだけ？」

「うん。どうして？」

「なんだ。何かあったのかと」

目を泳がせてしまう。何かあったとしたら、どうだというのだろう。

「何もないよ。むしろあれ以来、ちょっと距離ができた気がする」

「まあ、そうだよな。で、どうする？　巧が協力してくれないなら、僕らで調査を進めるしかないけど」

響は驚いてしまった。

「本気？　いまの郷音は調査どころじゃないよ」

「そりゃ、さっちゃんはそうだろう。けど、僕らは動ける。さっちゃんや抜けた巧のぶんまで、僕らがカバーすべきじゃないか」

「郷音が始めた調査なんだよ。私たちの勝手な判断で動くことはできない」

「本気で言ってるの？」

あの何も見ていないようだった伊織の眼差《まなざ》しが、鋭《するど》くなった。

「さっちゃんだけのための調査じゃないだろ。これは、響ちゃんのための調査でもあるんだ」

十五年ものあいだ、自分のせいだと思い続けてきた火災が、実は放火だったと証明するための――郷音の火傷の原因を作ってしまったという重荷を、わずかでも軽くするための。

「責任をなすりつけちゃいけない。さっちゃんが決めるんじゃない。響ちゃん自身が、どうしたいかなんだ」

「私自身が……」

「きみやさっちゃんが苦しんできたことも知らずに、のうのうと生きてる放火犯がいるかもしれない。もう、正体を突き止《と》めたも同然なんだ。それでも、こんなところで調査をやめてもいいって言うのかい。僕はやめたくない。唯一《ゆいいつ》の目撃者として」

伊織の言葉が、ぐわんぐわんと反響している。耳をふさぎたくなって、響は泣き言を吐《は》いた。

「ちょっと待ってよ。そんな大事なこと、いまの私には決められない」

伊織がはっとする。「ごめん。言いすぎた」

「伊織くんは正しいよ。私は自分の意思すらない、弱い人間だと思ってる。でも、たとえ私のためであっても、郷音がいなければ真実なんて何の意味も持たないんだよ」

考えるより先に吐き出したあとで、響はか細い声で付け加えた。

「……郷音とも、巧くんとも気まずくなったのに、伊織くんとまで仲悪くなりたくないよ」

ひとけもまばらな遊歩道を、しばらく二人で黙々と歩いた。知らぬ間に速度が上がっていたのか、蒸し暑さが響の白いTシャツを濡らした。

ようやく口を開いた伊織は、無表情に近いのに、なぜかいまにも泣き出しそうに見えた。

「少し、僕の話をしてもいいかな」

「どうぞ」

できるだけ穏《おだ》やかに、響はうながす。

「調理師の専門学校にかよっていたころのことだ。初めて、恋人ができたんだ。同じ学校の女の子だった」

微笑《ほほえ》ましいような、何となく聞きたくないような気がしたけれど、響は黙っていた。

「いまにして思えば、ままごとみたいな恋愛だった。でも僕は、彼女のことが好きだった。お茶《ちゃ》目《め》で、前向きで、何事にも一所懸命で、僕にないものを持ってる人だった。当時はまだ、自分が相貌失認だってわかっていなかったけど、彼女の見た目に惹《ひ》かれたわけじゃないことはよくわかっていた」

実際よりもはるかに遠い昔の話をするように、伊織は語る。

「彼女ははじめ、前髪の分け目とか、ネイルの色だとかそういう、自分の小さな変化にすぐ気がつく僕をよく褒《ほ》めた。そりゃそうさ、僕は無意識にでも、顔以外の部分で彼女を見分けていたんだからね。でも、そんな僕のささやかだけど明らかに違和感のある言動は、彼女の中で少しずつ、疑問として積み重なっていったようだった」

まだ途中なのに、どうしてか、響は息苦しい。

「あるとき彼女が僕に、いわゆるドッキリを仕掛けた。同じ学校の、髪型や背恰好《せかっこう》のよく似た友達を、全身彼女の私物で固めて、僕とのデートの待ち合わせ場所に向かわせたんだ。彼女自身は、その模様を離れて隠し撮《ど》りしていた。ちょうど、動画を投稿するSNSが流行《はや》り始めたころだった。カップルのドッキリ動画がバズっているのを見て、自分もやってみたくなった、と彼女はのちに説明した」

その説明はずるいんじゃないか、と響は思う——底意がなければ、そんなピンポイントなドッキリを実行するものか。

「待ち合わせ場所は天神《てんじん》の大画面前だった。人ごみの中、うつむいて立つ彼女の友達に、僕は何の疑問も持たずに近づいて、お待たせ、と声をかけた。友達はドッキリだと思っているから笑顔だったけど、無言だった。何も言うなというのは、彼女の指示だったそうだ。普通なら、そこで僕がびっくりして終わるはずのドッキリだった。でも、人ごみの中で彼女を見つけられたと思って安心しきっていた僕は、確認もせずによそ見をしながら言ってしまった」

——お昼、何食べる？

「友達はただただ驚いて、そこで初めて『私、あんたの彼女じゃないよ』と言った。僕が愕然《がくぜん》としていると、彼女が背後から駆け寄ってきて、僕を思いきりぶった」

——自分の彼女もわかんないの？　頭おかしいんじゃない？

「彼女も悲しかったと思う。目に涙を浮かべていたから。だけど、それ以上に怒っていた。彼女はその日のうちに撮影した動画を投稿し、僕は同じ学校の学生たちから、人でなしのような扱いを受けた。もちろん、彼女にはふられた」

誰も、相貌失認について知らなかったのだ。まだ、はたちかそこらの学生だったのだから無理もない。伊織本人でさえ、自覚していなかったのだ。

「どうして一瞬でも、別人のことを彼女と思い込んでしまったのか、僕は自分で自分が信じられなかった。謝って済むことじゃなかったし、本当に頭がおかしいんだと思った。それ以来、僕はちゃんと恋愛をしたことがない。そんな資格は自分にない、そう思いながら生きてきた。相貌失認が判明したときは、すとんと腑《ふ》に落ちたけどね」

伊織が微笑んだことが、かえってもの悲しかった。

「角島《つのしま》で、さっちゃんに犯人の顔を憶《おぼ》えていないかと問われたとき」

唐突《とうとつ》に、話は現代に引き戻される。

「またか、と思った。またしても、相貌失認が僕の前に立ちはだかるのか、って」

初めてできた恋人との別れ、最初の職場の解雇——そして、十五年前の火災。

「もう、屈《くっ》したくないんだ。自分が持って生まれたものに。しょうがないって、百万回は自分に言い聞かせてきた。でも、やっぱりどうしても納得がいかないんだ」

伊織は声を震《ふる》わせる。感情を制御《せいぎょ》できない彼を、響は初めて目の当《ま》たりにした。

「これはあくまでも僕の事情だ。響ちゃんやさっちゃんとは、何の関係もないことだ。でも、希望を言わせてもらえるのなら、僕は調査を続けたい。たとえさっちゃんがそこにいないとしても、僕には僕なりの、意味があるから」

魚が餌《えさ》を求めて上がってきたのか、水面に波紋が薄く広がる。

伊織がそんな思いを抱えて調査に臨んでいたことを、響はこれっぽっちも察していなかった。目撃証言ができない罪滅ぼしで付き合ってくれているに過ぎないのだ、と。

みんな、それぞれの戦いの只中《ただなか》にいる。郷音も、巧も、そして響も。逃げるのが戦略のうちであるのならいい。でも、戦わずに、郷音に許してもらおうともせずにただ逃げたなら、きっと自分は後悔《こうかい》する。

「わかった。二人でも、調査を続けよう」

響が決意を表明すると、隣で伊織が脱力するのがわかった。

「ありがとう。僕らの手で、十五年前の火災の真相を明らかにするんだ」

「とにもかくにも、巧くんのお兄さん――久我原幸秀《くがはらひでゆき》氏の消息を突き止める必要があるね」

「探偵事務所に頼むのが手っ取り早いかな。金はかかるけど」

「待って。それは、できれば最終手段にしたい」

伊織が怪訝《けげん》そうに訊く。「どうして」

「巧くんはお兄さんのことを探られるのをよしとしていない。なのに、私たちが探偵を雇《やと》ったと知ったらどう思う？」

ううん、と伊織はうなった。

「控えめに言っても、かなり嫌だろうな」

「まして私は、友達である前に同僚なの。関係性を悪くしたくない。巧くんも、私たちがここで調査を打ちきるとは思っていないはず。自力《じりき》での調査が、彼の許容《きょよう》できるぎりぎりのラインじゃないかな」

「だけど、素人《しろうと》の僕らには限界があるよ」

「それでもいまはまだ、私たちにもやれることがある。プロの力を借りるのは、打つ手がなくなってからでいいと思う」

響の説得は、伊織の考えを変えたようだった。

「確かにね。幸秀氏の出身校や中退した大学の同級生を探し当てるのは、さほど難しくないだろう。あるいは、近隣住民から話を聞くという手もある。まずはそのあたりから始めてみようか」

双方の都合に鑑《かんが》み、調査は来週末に設定した。それまでにお互いネットなどを駆使《くし》して、できる限り情報収集をしておくことにする。前回の調査と同様、伊織はランチ営業の休みを取ってくれるとのことだった。

「じゃあ、また来週末にね」

池の周りを一周したところで、伊織は手を振って去っていく。一瞬、近くのバーで一杯だけ飲んでいかないかという誘いが口からこぼれかけたが、どうしてそんなことを考えたのか、響は自分でもよくわからなかった。

2

大濠駅前メンタルクリニックの小田《おだ》医師は、今日も目元に穏やかな笑みをたたえている。

「本日はどうされましたか」

その表情が崩《くず》れるのが不安で、響の声は小さくなった。

「それが……症状が、ぶり返してきちゃったみたいで」

前回の受診から、まだ二週間しか経っていない。予約はもう少し先だったのを、前倒しにしてもらったのだった。

「そうですか。何か、きっかけになるようなことがありましたか」

小田に落胆《らくたん》した素振《そぶ》りはない。

「友人と、ちょっとしたトラブルになりまして」

　響は無断で配信に出演させられたこと、意図《いと》せず郷音の素顔を世間にさらしてしまったこと、ネットの書き込みを見たことなどを、包み隠さず医師に伝えた。

「大変でしたね。香住《かすみ》さんのほうに、何か不利益はありませんでしたか」

「ネットの悪意ある書き込みを除けば、実害と言えるほどのことは何も。実は、所属していた事務所からも連絡が来たんですが――」

　知らなかったとはいえ配信中にアイドル時代の暴露《ばくろ》話をしてしまったことで、響は前の事務所に呼び出された。が、響には非がなかったこと、すでに退所済みの一般人であること、また問題になるような発言をほとんどしなかったことが幸いし、事務所のマネージャーに口頭で今後気をつけるよう注意されただけで済んだ。

「それは何よりです。しかし、心理的にはダメージを受けて再発してしまったんですね」

　響は前髪を触ってしまう。

「ネットの意見なんて、気にしてもしょうがないと頭ではわかってはいるんですが。ブスだって言われるたび、そうだよね、と思って落ち込んでしまう自分がいて」

　さとねるの配信はただちにアーカイブが削除されたものの、すでに動画は拡散されており、よくないと思いながらも響はそれらを見てしまった。そこに映る自分は油断しているとあって、加工されていても醜《みにく》く、わけても前髪の乱れ具合は悲惨だった。そんな姿を多くの人に見られたと考えるだけで彼女は、どうしようもなくつらい気持ちになった。

「お薬を減らしたりはしていなかったのですよね」

小田は事務的に確認する。

「してません。せっかくよくなってきたところだったので、いまやめちゃうのは怖くて」

「香住さんがお薬を飲み始めて、今日で八週間ですね」

「そうです。六月の上旬でしたので」

「ご友人とのトラブルが起きるまで、症状は落ち着かれてましたか」

「はい。当日も、難なく友人宅へ向かえましたし」

医師が回転椅子を揺らす。軋《きし》む音が、診察室に響いた。

「まず、精神疾患《しっかん》というのは、風邪《かぜ》みたいにピークが過ぎればあとは治る一方というような病気ではありません。軽快しつつあった症状が再発するのは、よくあることです」

それはそうだろう。薬の力を借りて心身のバランスを正常に近づけることはできても、バランスそのものは絶えず揺れ動いている。

「香住さんの場合は明確なきっかけがありましたが、特にきっかけがなくても再発するケースもあります。むしろ、これまでの投薬治療がうまくいっていたのは香住さんががんばってきた結果でもあるので、ここらで休憩する必要があったのでしょう」

何だか子供騙しのような理屈だ。なのに、腑に落ちる部分もあった。

「私は長いあいだ、自分を醜いと思いながら生きてきたんです。薬の効果は劇的でしたけど、そんなに短期間で駆逐《くちく》してしまえるような感情だとは思えません。今回のトラブルがなくても、いつかは再発していたような気もします」

「そうかもしれませんね。ですが、それを放置せず受診してくださったことは、とても大きいと思います。香住さんは、真剣に治療に向き合っておられる」

響はこくりとする。決して消えはしないと思い込んでいた負の感情から解き放たれる自由さを、自分はもう知ってしまった。後戻りするつもりなんてない。

「もっと強い薬に替えたほうがいいんでしょうか」

「ＳＳＲＩの効きが悪ければ増量するか、薬を替えるのが一般的ですが、香住さんの場合はこれまでよく効いておられたようですし、再発して日が浅いので、もう少し様子を見ましょう。不安感が強いときには抗不安薬を併用することもできますが、お出ししておきましょうか」

それは助かる。お願いします、と響は言った。

小田がＰＣを操作し、処方薬を追加する。それが終わると、彼は椅子の背もたれに身をあずけた。いままできっちりしていた彼にはめずらしい、疲労の滲《にじ》む仕草《しぐさ》だった。

「ここからは、医師としてではなく一人の大人としてしゃべるので、聞き流していただいて結構です」

「何でしょうか」

「そもそも人間ってのは、そんなにきれいな生き物じゃないと思うのですよ」

文脈が読めず、響はきょとんとする。「はあ」

「私はこれまでに、香住さんと同じ身体醜形障害の患者さんや、診察したわけではないものの、そうだろうと思われる人を多数見てきました。みなさん、自分が美しくないという一点において、大変苦しんでおられます」

身体醜形障害はあらゆる精神障害の中でもっとも患者を苦しめるものの一つ――小田はかつ

て、そんな意見を紹介していた。

「ではなぜ、彼らは自分が美しくないことを許せないのでしょうか。人というのは、基本的に美しい生き物ではないのに」

「なぜ、そう言いきれるのです」

「アイドルや俳優が活躍できるのは、美しいことが特殊だからです。もちろん歌やダンスや演技も特殊技能のうちですが、美しさが足りないせいで土俵《どひょう》にも上がれない人のほうが圧倒的に多い。だからこそ美しい人がもてはやされるのに、自分も美しくなければいけないと思うのは間違いですよ」

間違いだったら、何だというのか。美しくなりたいという願いを抱くことに罪はない。

「先生、人が美しくなりたいと思うのは、この社会がルッキズムに満ちあふれていて、美しいほうが得をすると散々思い知らされてきたからではないでしょうか。悪いのは、社会であって身体醜形障害患者じゃない」

響が反論すると、小田は指先で眼鏡《めがね》のずれを直した。

「あなたが――これは、香住さんが、という意味ではないですよ――あなたのままでいまより美しくなりたいと願うことを、私は止《と》めません。でも、確かなことが一つあります」

「何ですか」

「人の美しさは、いつかは損《そこ》なわれるものです」

それがどうした、と響は思った。そんなの、どうせ排泄物《はいせつぶつ》になるからおいしいものを食べたって意味がない、と言うのと同じくらいの極論ではないか。

「歳を重ねても美しい人はいます」

「それは、その年齢なりの、ということでしょう。若いときの美しさとは違います」

「内面から滲み出る美しさというのもあるでしょう。だったら、老いても衰えることはないと思います」

「そうですね。でも、外見のことで悩んでいる人に、内面から滲み出る美しさもあるよと声をかけても、届きはしないでしょう」

また、論破《ろんぱ》だ。せっかく築かれかけていた医師への信頼が、再びぐらつく。響は思わず高い声を発した。

「歳を取ってからのことなんて関係ない。大事なのは、いまなんです。年齢を重ねれば、若いときよりは見た目で評価される機会は少なくなるでしょう。そうではなく、若者はいま、美しくなりたいんです」

するると、小田はゆっくりと首を縦に振った。単なる相槌《あいづち》ではなく、響が正しいことをちゃんと認めるようにして。

「そうですね。シンデレラが、今夜だけはとドレスやカボチャの馬車を欲したように。失われることがわかっていて、それでもいまだけは欲しいと願うことは、美に限らず人の本能であり、生きることそのものです」

「先生は何をおっしゃりたいんですか」

「香住さん。私はね、人は生きているだけで、その人がそこにいるだけで素晴らしいと思っています。きれいごとのように聞こえるでしょうが、本気です。なぜなら、自分に何かが欠けていることで悩み、苦しみ、命を絶ちさえした人を、数えきれないくらい見てきましたから」

何も言い返せない。医師の言葉には、重みがあった。

「何かを持っているから価値があるわけじゃない。何も持ってないから価値がない、なんてこともない。あなたがあなたであることに絶対的な、かけがえのない価値があるのだと、私はこれまでにも患者さんに繰り返し、真摯《しんし》に説《と》いてきたつもりです。もちろん、ときには自分が手に入れたもの、積み重ねてきたものに誇りを持つのもいいでしょう。ですが、これだけは頭に入れておいていただきたい」

小田は、背もたれから半身を起こした。

「いつかは失われるもの、いつかは失われるとわかっているものに、決して自分の一番の価値を置いてはいけないのです」

あの日、耳にした郷音の発言が、響の脳内に甦《よみがえ》る。

――わたしがきれいでいることで、みんなが喜んでくれる。わたしの一番の価値は、この見た目にある。それは何もおかしなことじゃないし、わたしはむしろ誇らしいと感じる。

響はその言葉を否定したかった。小田の訴えと、自分の思いは通じている。

「……ゆっくり考えてみたいです。先生がいま、おっしゃったことについて」

「何かの示唆《しさ》になれば幸いです。どうぞ、お大事になさってください」

響はクリニックを出て、調剤薬局で薬を受け取る。初めて処方された抗不安薬のシートに見覚えがあるような気がしたが、どこで見かけたのか思い出せなかった。

3

その週の土曜日、西鉄《にしてつ》福岡（天神）駅から乗り込んだ赤い特急電車の車内で、響と伊織はクロスシートに横並びに座り、話し合っていた。

「二年前まで、幸秀氏が大牟田《おおむた》に住んでいたのは間違いない。足取りをたどるとしたら、そこから始めるしかないだろうね」

「児島堂《こじまどう》の台帳の写真、撮っておいてよかった。見返したら、当時の幸秀氏の自宅——巧くんの実家の住所が、ちゃんと記録されてた」

「でかしたよ、響ちゃん。そこを調べる手間を省《はぶ》けたのはでかい」

二人は一路、大牟田市を目指している。西鉄天神大牟田線は西鉄福岡（天神）駅と大牟田駅とを南北に結ぶ鉄道で、端から端までは特急でおよそ一時間の道のりとなる。響は車の免許を持っておらず、伊織はペーパードライバーとのことだったので、今回は公共交通機関を利用することにした。

「ただ、いきなり実家に突撃しても、得られるものは少ないかもね。現在の借り手は久我原兄弟のことをよく知らないだろうし、ご近所さんにも警戒されてしまったら話を聞けないもの」

「僕もそう思って、まずは幸秀氏の情報をネットで検索してみたけど、何一つヒットしなかった。SNSのアカウントもなし。特にFacebookは本名で登録するのが一般的だし、幸秀氏の世代では広く普及《ふきゅう》してたはずだから期待してたんだけど」

「Facebookが日本で流行り始めたのって、二〇一〇年ごろの話でしょう。幸秀氏は、十五年前の火災の翌年には大学を中退して引きこもりになったそうだから……」

「Facebookにアカウントを作ろうだなんて、まず思わなかっただろうな」

そのころすでに人との交流を断っていたのなら、ほかのアカウントから幸秀の話題が投稿されることも考えにくい。

「せっかく響ちゃんが幸秀氏の出身大学を巧から聞き出してくれたのに、その友人や同級生にもたどり着けないなんてもどかしいよ。せめて、学部がわかれば何とかなりそうだけど」

——兄貴も高校を出たあとは俺と同じ佐賀大学にかよってたけど、人間関係がうまくいってなかったらしいんだ。

この数日間の情報収集で、伊織はほとんど何の収穫《しゅうかく》も得られなかったらしい。響は笑って言った。

「大丈夫だよ。そうなることを見越して、ちゃんと手は打った」

「と言うと、当てがあるのかい」

「うん。私は幸秀氏じゃなくて、巧くんの周辺から攻めることにしたの」

伊織と大濠公園で話をした翌日、響はさっそく、オフィスで巧から出身高校を教えてもらうのに成功していた。

——そう言えば巧くんって、高校どこだっけ。

雑談の流れで、ごく自然に質問したつもりだ。それでも巧がほんの一瞬、答えに詰まる気配《けはい》を響は感じたが、さすがに拒《こば》まれることはなかった。

——大牟田中央高校。響ちゃん、シティガールだから知らないだろう。

巧の言うとおり学区が違うので知らなかったが、大牟田中央高校は大牟田市内にある県立高校でもっとも偏差値《へんさち》が高い進学校だった。響は勉強があまり得意ではなかったので、賢《かしこ》いのだな、といまさらのように思った。

「Facebookで検索したら、巧くんのアカウントはなかったけど、その同級生と思われるアカウントが複数見つかった。出身高校と卒業年をプロフィールに登録できるからね。——実はもう、アポを取ってある」

伊織は目を丸くする。

「すごい。抜かりないね」

「これでも一応、ウェブメディアの編集者ですから。取材は得意分野」

えっへんと胸を反《そ》らす響を見て、伊織は噴《ふ》き出す。

「アポって、今日？」

「そう。私、Facebookのアカウント作って、巧くんの同級生らしきアカウントに片っ端から連絡してみたの。そしたら一人、捕まった」

「どういう口実で？」

「巧くんと同じウェブメディアに勤めていて、現在、彼と生き別れになっているお兄さんとを再会させるドッキリ記事を制作中なのでお話聞かせてもらえませんか、って。軽いノリのほうが、協力してくれそうな感じがしたから」

巧の友達なので、狙い目は男性になる。響が何人かに様子うかがいのメッセージを送ったところ、一人、明らかに反応のいい人がいた。その様子から、感動の再会の捏造《ねつぞう》を思いついたのだ。ドッキリということにしておけば、巧本人に伝わるのも防ぎやすい。

もっとも相手方の男性は、響の元アイドルという肩書に食いついたことを隠そうとしなかった。アイドル時代は芸名を用いていたものの、話題になったブログは実名で書いていたので、調べればすぐにわかるのだ。響は意図せず自身の経歴や女性性を調査に利用する形になってしまったことに嫌気《いやけ》が差したが、背に腹は替えられなかった。

「うまい嘘だね。頼りになる」

そんな響の葛藤《かっとう》を知る由《よし》もない伊織は、素直に感心している。

「それで、先方とはどこで待ち合わせをしているの」

「あちらの指定で、十一時にファミレスで会うことになってる。駅から少し離れるけど、歩ける範囲みたい」

「了解。幸秀氏に直接結びつかなくてもいいから、とにかくできるだけ情報を引き出そう」

「親切な人だったらいいんだけど。もし危ない目に遭いそうになったら、守ってね」

「当然さ。そのために今日、僕はここにいるようなものだ」

伊織が微笑むと、響は頰が熱くなるのを感じた。車内アナウンスが、間もなく大牟田駅に到着することを知らせた。

ターミナルにしては素朴《そぼく》な大牟田駅を出て、目指したのはジョイフル大牟田白金《しろがね》店だった。

ジョイフルは九州地方を中心に展開するファミリーレストランチェーンである。リーズナブルで、響も幼少期から日常的に利用してきた。

窓際のボックス席を確保し、先にドリンクバーを注文して先方を待つ。十一時ちょうどに、一人で入ってきた男性客を見て、響は立ち上がった。相手のアカウントの画像で確認したとおりの顔だ。

男性客はこちらに気づき、近寄ってくる。前髪をジェルできれいに分け、面立《おもだ》ちはやや童顔、ネイビーの半袖シャツに白パンツという爽《さわ》やかな服装で身を固めている。右手でもてあそんでいる車のキーはトヨタか。

「沖野《おきの》さんですね。初めまして。ご連絡差し上げた香住です」

「その友人の吉瀬《きちせ》です」

「どうも。沖野です」

「本日はお忙しいところご足労《そくろう》いただきまして、ありがとうございます」

「いえいえ。週末は暇してるんで」

向かいの席に座りながら、沖野は響と伊織を交互に見てくる。関係性を勘繰《かんぐ》っているのだろうが、わざわざ話す筋合いもない。

調査において役に立つのを見越し、響は名刺を用意していた。沖野に渡すと、彼は肩書に目をやる。

「本当に、アザーサイドの方なんですね」

「はい。決して怪しい者では」

沖野はテーブルの上のボタンを押して店員を呼び、ドリンクバーを注文した。自分でアイスコーヒーを取ってきたところで、進んで本題を切り出す。

「で、久我原の兄貴が行方《ゆくえ》不明になってるって本当なんですか」

「巧さん本人がそうおっしゃっているので、間違いはないかと。そうそうある話ではないので、編集部の上の者が興味を持ってしまいまして、久我原には内緒《ないしょ》で何としても捜し出せ、と」

「昔、そういうバラエティ番組あったな。番組が捜しました、みたいなやつ」

沖野は浮かれた気配を見せる。

「で、俺は何を話せばいいんですか。久我原の兄貴の行方なんて知らないっすよ。久我原とすら、高校卒業してからは会ってないし」

「巧さん、どうやらお兄さん――幸秀氏と一悶着《ひともんちゃく》あったみたいで、ほとんど何も話したがらないのです。ですから正直、われわれは幸秀氏に関する情報を一切持っていないに等しくて。巧さんの同級生の方なら、幸秀氏の情報を少しでもお持ちなのでは、と」

ふうん、とつぶやいたあとで沖野はコーヒーを一口飲み、意表を衝《つ》いた一言を放った。

「なんか、深刻そうっすね。感動の再会ってムードじゃないような」

軽薄な雰囲気《ふんいき》にごまかされそうになるが、この男は鋭い、と響は直感する。そう言えば、地方銀行で営業をしているとメッセージにも書いていた。人を見て、空気を察する能力に長《た》けているのだ。

「職業病ってやつですよ。彼女、シリアスな取材も多いから」

伊織が助け舟を出してくれた。沖野はにやりとする。

「だから、付き添いが必要なんですね。アカデミックな取材ならいいが、同級生について話を聞くのにもこの調子じゃ、相手は怖がって心を開かない」

「お恥ずかしい限りです」響はこうべを垂《た》れる。

「ま、わからんでもないですよ。俺はしがないサラリーマンですけど、家でも後輩を説教《せっきょう》するみたいにして妻を叱るから、やめてほしいってよく言われます」

「ご結婚されてるんですね」

「意外でした？　早めにしないと出世に響くと言われて仕方なく、ね。男は全員強制で入らされる独身寮も、さっさと出たかったし」

古い体質の会社なんですよ、と沖野は笑う。そのわりにはどこか誇らしげだ。

響が沖野の結婚について確認したのは年齢もさることながら、結婚指輪をしていなかったからだ。しかしよく見ると、左手の薬指にはうっすら日焼けの痕があった。今日のために、わざわざ外してきたらしい。

「沖野さんは高校時代、巧さんとどの程度親しかったんですか」

脱線した話を元に戻すと、沖野はちょっとつまらなそうにした。

「仲は悪くなかったですよ。俺はテニス部で、あいつは帰宅部だったから、よくつるんでたってほどじゃないけど」

「でも、卒業後は会ってない？」

「そんなもんでしょう、学生時代なんて。ところ変われば交友関係も変わる」

異論はない。現に響も、高校までの友人でいまでも関係が続いている相手は数えるほどしかいない。

「巧さんの——すなわち、おそらくは幸秀氏の——出身中学や小学校についてご記憶ですか」

「中学は宮竹中《みやたけ》。行ったことないけどあいつんち、大牟田市内でもけっこう外《はず》れのほうにあったはずですよ。小学校まではわかりません」

沖野の証言は、児島堂の台帳に記載された住所から割り出される市立中学校の校区と一致している。正確性には期待できそうだ。

「巧さんは大学生のころまで実家にいたとうかがっておりますが、その時期にも沖野さんはお会いにならなかったんですね？」

この質問に、沖野は顔をしかめ、

「あいつ、佐賀大だったからなあ。佐賀駅の南にある本庄《ほんじょう》キャンパスまで、片道一時間半かけて通学してたはずですよ。福岡市内の大学のそばで独り暮らししてた俺とは、生活圏が違いすぎたんでね」

片道一時間半は大変だろうが、何とかかよえる範囲ではある。久我原家の経済状況から考えて、実家からかよう以外の選択肢がなかったのだろう。

「巧さんから、幸秀氏の話を何かお聞きになってませんか」

「さあ、特には。あいつ、当時から家族のことは話したがらなかったな」

「巧さんが高校生だった当時、幸秀氏が引きこもりになっていたことも？」

「そうなんですか？　いや、全然知らなかったです」

多感な男子高校生にとって、兄が引きこもりだという事実は恥ずべきことに該当《がいとう》しうる。ごまかしが利《き》かないほど近所ならともかく、離れたエリアに住むクラスメイトには秘匿《ひとく》してもおかしくはない。

　幸秀に関して、沖野から引き出せる情報はなさそうだ。普通なら空振りで終わるところだが、彼を利用するほかの方法を響はすでに考えついていた。

「私たち、これから巧さんのご実家のあたりに行ってみようと思うんです」

「あいつんちに？　でも、ほかの人が住んでるって聞きましたけど」

「はい。ですから、ご近所の方々にお話をうかがいたいなと。ただ、われわれだけで乗り込んでもいたずらに警戒されるだけで、まともに取り合ってもらえないのではないかと不安でして」

「はあ。そうかもしれませんね」

「そこで、沖野さんに折り入ってお願いがあるのです。巧さんの小学校や中学校の同級生が、高校にもいたはずですよね」

「そりゃあね。うろ覚えだけど、何人かは心当たりがあります」

「どうか、取り次いでいただけませんか。地元の方がいたほうが、話を聞いてもらえる確率はぐっと上がると思うんです」

　転んでもただでは起きない響の姿勢に、隣で伊織が感心している。

「連絡がつきそうな方、どなたかいそうでしょうか」

　沖野はスマートフォンを操作する。ＬＩＮＥやＳＮＳのアプリを開いているようだ。

「んー……ま、いないこともないですね。こいつなんか、いまも実家に住んでて週末は休みだって聞いてるから、もしかすると今日もその辺にいるんじゃないかな」

　気負《きお》わない動作で、沖野はスマートフォンを耳に当てた。ほどなく、通話が始まる。

「あ、もしもし？　おっす久しぶりー。いまどこいる？　いや何かさ、久我原のことで話聞きたいっていう人が来てて。久我原の同僚？　らしいんだけど。で、おまえ確か同じ中学だったよな。よかったら、ちょっと付き合ってやってくんない？」

思いのほか協力的な態度に、響は沖野によくない印象を抱いていたことが申し訳なくなる。

「いや、怪しくないって。名刺ももらったし。ほら、久我原がアザーサイドに勤めてるって前に聞いたじゃん。なんか、久我原にドッキリ企画みたいなのやってるんだって。そうそうそう。あ、オーケー？　じゃ、連絡先教えるわ。おう、また飲もうぜ。じゃねー」

通話を終えた沖野が、こちらを向いて言う。

「だそうです」

「ありがとうございます」

響と伊織はそろって頭を下げた。

「本当はついていくべきなのかもしれないけど、俺はこの辺でお暇《いとま》しますよ。今日はこのあと、妻をイオンモールに連れていく約束してるんでね」

最後に夫らしい顔を見せ、沖野は席を立ち、去っていく。響はつぶやいた。

「何だかんだ、親切な人だったな」

「そうかな。端々に、下心が見え隠れしていたような気がしたけど」伊織は苦笑している。

「でも、お友達まで紹介してくれたし――」

そのとき響のスマートフォンが震えた。Facebookのアカウント宛《あ》てに、沖野からメッセージが届いていた。

〈響ちゃん、やっぱめちゃめちゃかわいいっすね！　これを機に仲よくしてもらえるとうれしいです！　今度飲み行きましょー〉

響は頭を抱えた。

4

「──あれが、久我原の住んでた家です」

毛利《もうり》と名乗る男性が、そう言って前方を指差す。赤い瓦屋根《かわらやね》の、古びた感じのする戸建ての前で、響たちは足を止めた。

響は沖野につないでもらった巧の同級生、毛利と連絡を取り、巧の家の近くで合流することとなった。歩くには遠かったのでジョイフルの前でタクシーを拾い、メーターが七回上がるまで東に走らせたとき、指定された場所にぽつんと立つ毛利の姿を見つけた。

沖野とは対照的に、毛利は眼鏡をかけ、黒髪を短髪にしていて、朴訥《ぼくとつ》とした印象を受けた。頬がやや肌荒れし、響たちと同い年ながら前髪はすでに薄い。気にならないのかな、と思ってしまう自分に、響は嫌気が差した。よけいなお世話だ。

その、毛利とともにまず訪れたのが、久我原兄弟の育った家である。

くすんだ白の塀《へい》に囲まれており、門には〈稲永《いななが》〉という表札がかかっている。土地は四十坪といったところか──響は飲食店の取材をよくするので、そのあたりの見当はつけられる。二階建ての家屋の横に車が一台とめられるだけの庭があり、防犯のためか、一面に砂利《じゃり》が敷かれていた。

「母親名義だったって聞いたけど……お母さまが親から相続したってことかな」

響の言葉に、毛利が反応する。

「母方の祖父母が早くに亡くなって、一人娘だった巧のおばさんに、遺産としてこの家が残されたんですよ。それで、大牟田市内のアパートで暮らしていた巧たち一家が移り住んだ。まだ、巧がゼロ歳のころらしいです。父親はそれから三年足らずで出て行ったみたいですが」

巧がゼロ歳なら、兄の幸秀は十二歳だ。中学校に上がるタイミングを待ったのかもしれない。多感な時期に、近くに住む祖父母の死と引っ越し、両親の離婚を相次いで経験した幸秀の心労は、察するに余りある。

毛利の説明は筋が通っていたが、伊織は別の観点から驚いたようだった。

「お詳しいですね。巧とは親しかったんですか」

「まあ、小中高と一緒ですからね。この家にも何度も遊びに来てますよ。自分は高卒で熊本に就職したんで、大学に行ったあいつとは会う機会もほとんどなくなったけど」

大牟田から熊本までは在来線で最速五十分、九州新幹線なら十七分、車でも一時間強で行ける。実家住まいならじゅうぶん通勤圏内だ。

「お隣さん、昔と同じですか。もしくはこの付近で、久我原家と交流が深い一家をご存じだったりは」

響は毛利に訊ねてみる。

「あの向かって右隣の家には、同級生じゃないけど歳の近い姉妹が住んでたんで、そこそこ交流あったみたいですよ。自分もたまに一緒に遊んでたんで、憶えてもらえてるんじゃないかな」

毛利の言葉を裏づけるように、その和風建築は年季《ねんき》が入っていた。一方、左隣はコンクリート住宅で、見るからに築浅だ。

いきなり突撃して話が聞けるかはわからない。が、打てる手は可能なうちに打っておきたい。響は〈堀内《ほりうち》〉と記された表札のかかった、右隣の家のインターホンを鳴らした。

『はーい』

中年女性の声だ。話に出た姉妹の母親だろうか。

「突然すみません。お隣に住んでいた久我原巧さんの同僚の香住と申します。久我原さんのことで、お話をお聞きしたいのですが」

『久我原さんの？　いまは住んでおられませんけど……』

声から困惑が伝わってくる。当然の反応だ。

そこで、毛利がすいと歩み出た。

「おばさん、毛利です。ご無沙汰《ぶさた》してます」

インターホンにはカメラがついている。女性の声のトーンが上がった。

『あら、毛利くん？　ちょっと待ってて』

顔なじみの効果は絶大だ。毛利を連れてきてよかった、と響は思った。

ほどなく玄関の引き戸が開かれた。現れた女性は五十代くらい、小柄でふくよかだ。

「毛利くん。久しぶりねえ」

「どうも。自分もさっき知り合ったばっかかなんですけど、この人たちが巧の兄ちゃん捜してるらしくて」

「あら……幸秀くんを？」堀内の顔が曇る。

響は堀内に名刺を渡す。アザーサイドはそれなりに名の知れたメディアなので、怪しまれることはなかった。

「巧さんからは、六年ほど前にお母さまがお亡くなりになり、巧さんが二年前にこの家を出る際に、幸秀氏が行方知れずになったと聞いています。この家は現在、人に貸しているそうですね」

「私も詳しいことは知らないのよ。お母さんのお葬式には参列しましたけど、その後はいつの間にか巧くんが出て行って、あの幸秀くんもいなくなってたから驚いたわ。巧くんは本当に大変だったと思うわよ。何せ、幸秀くんはお母さんのお葬式にも出られませんでしたからねえ」

堀内が額を拭《ぬぐ》う。暑い中、立ち話で申し訳ないが、さすがに家に入れてくれとは言えない。

「お聞きしたいのは、幸秀さんのことでして。お母さまが亡くなるだいぶ前に、大学を中退して引きこもりになっていたんだとか」

「もとは活発な子だったんだけどねえ。大学で何かがうまくいかなかったみたいで、だんだん行かなくなって、平日の昼間でも家にいるのを見かけることが増えたのよ。結局そのままやめちゃって、自分の部屋からも出てこなくなったみたいよ」

ややや意外に感じられ、響は問いただした。

「幸秀さんは、活発な子供だったんですね」

「そうよお。どちらかと言えば弟の巧くんのほうがナイーブに見えたのに、わからないものよねえ。お母さんも、人が変わった幸秀くんとの接し方に悩んでたみたいでねえ。話を聞いてあげたときの、顔色の悪さをはっきり憶えてるわ。いま思えば、彼女はあのころからすでにご病気だったのかもしれないけれど」

「幸秀さんの身に、引きこもりにならざるを得ないほどのトラブルが起きたんでしょうか……」

伊織がつぶやくと、堀内はそちらを見た。

「お母さんにも巧くんにも、どうして大学に行かなくなったのか打ち明けてなかったみたいなの。よっぽど人に言えない事情があったのね」

窃盗《せっとう》や放火の罪を人に白状《はくじょう》できないのはもっともだ。が、そもそも犯罪に手を染めるほど追い詰められていたのだとしたら、トラブルはそれ以前に発生していたとも考えられる。

「堀内さん。われわれは、幸秀さんがお金に困っていた疑いがあるとにらんでいます。そういった話についてご存じないですか」

響の質問に、堀内は顎に手を当てて考え込む。

「どうかしら……そりゃあ女手《おんなで》一つだったから、裕福ではなさそうでしたよ。でも、幸秀くんが引きこもり始めたころは、まだお母さんも元気で働いてましたし……お父さんの不倫が原因で離婚したそうだから、慰謝料《いしゃりょう》と養育費はきっちりもらっていると言っていましたよ」

新しい情報だ。これは、久我原兄弟の母親と親しい人しか語れない。

「離婚の原因は、父親の不倫だったんですね」

「ええ。巧くんもまだ小さかったのに、ひどい話よねえ。お隣に住み始めたときから、奥さんとは違ってどうも信用ならない人だと思ってたわ」

その印象は後づけされた情報を含みうるので、話半分に聞いておく。

「久我原姓は、幸秀さんのお母さまの？」

「そうよ。こっちに引っ越してきた当初は、鳥島《とりしま》さんというお名前だった」

「幸秀さんの父親――鳥島氏がその後、どうなったのかはお聞き及びですか」

堀内の回答は、点と点とをつなぐ線のように、響には思えた。

「不倫相手と再婚して、立派な家を建てたって聞いたわ。場所は、確か福岡市の早良区《さわらく》のほうで――」

5

久我原兄弟の父親は、福岡市早良区に家を建てた。

早とちりはよくない。政令指定都市の一区といえども、早良区は広い。だけど。だけど。だけど――。

隣人ですら把握《はあく》していた、「鳥島氏が早良区に立派な家を建てた」という情報を、息子の幸秀はもちろん知っていただろう。夫婦の離婚が成立しても、親と子の縁はそう簡単に切れるものではない。

十五年前、久我原幸秀は偶然通りかかったとしか考えられない状況で、郷音の家に盗みに入ったと思われている。これまでは、地縁がないはずの幸秀が、あの住宅街を訪れた理由がわからなかった。けれど――もし鳥島 某《なにがし》が、あの近くに家を建てたのだとしたら。

明快な理由が一つ、浮上する。

幸秀は、実父に金の無心をしに来たのではないか。

何らかの事情により金策に奔走《ほんそう》していた彼は、立派な家を建てたと聞いて実父を訪ね、援助を頼んだ。だが、おそらくは断られたのだろう。失意を抱いた帰り道、彼は新飼《しんかい》宅のそばを通りかかり、開いた窓と無人のリビング、そこに放置されたヴィトンのハンドバッグ、そして火がついたままのキャンドルを発見する。万策尽きた彼の目には、僥倖《ぎょうこう》とすら映ったかもしれない。彼は新飼宅に侵入してハンドバッグを盗み、証拠隠滅《いんめつ》のためカーテンに火を放った──。

放火に関しては、そこまでやるか、という気がしないでもないものの、全体としては多分に説得力のあるストーリーだ。伊織とも話し合った末、響はそう結論づけた。

堀内の証言は大きな収穫かもしれない。響は一刻も早く地元に移動し、鳥島姓の家を探したかった。しかしその日は、伊織が夕方からの出勤を予定しており、また鳥島某の住所を突き止めたところで簡単に会ってくれるとも思われなかったため、調査はいったん終了となった。

「今日、半休をもらっちゃったから、来週末は休めない。申し訳ないけど、調査は二週間後でどうかな」

伊織の提案に、響は同意するしかなかった。

「わかった。それまでに、何とか鳥島氏の住所を調べておく」

「それと、幸秀氏の金銭トラブルについては、いまだ想像の域を出ない。当時の彼を取り巻く状況を、もっと詳しく知る必要があるね」

「引き続きFacebookを活用して、今度は幸秀氏の佐賀大学の同期を探してみる。入学年度はわかってるから、手あたりしだいコンタクトを取れば、誰かしらは協力してくれると思う」

「そうだね。よろしく頼むよ」

といった言葉を帰りの特急の中で交わして、響はその日、伊織と別れた。

調査には進展が見られたものの、響は依然として郷音に連絡を取ることができずにいた。郷音からも、何の音沙汰《おとさた》もなかった。

伊織は郷音に何度か連絡をしてくれたようだ。だが、LINEで送ったメッセージは既読になるだけで、返信はあれ以来、一度も届いていないという。

既読がつくのだから、生きていることだけは確かだ。心配ではあったけれど、響は郷音をそっとしておいてあげたかったし、伊織もそれがいいと思う、と言った。

しかし、だ。

響は実感することになる——やはり、虫の知らせというのはあるのかもしれない、と。


その日、響は勤務時間のすべてをオフィスでのデスクワークに費やした。

巧はいつもどおり出勤していたが、響とは業務上必要なやりとりをいくつか交わしたのみだった。郷音とのトラブルについてはすでに知らせてあったので、調査も中止したものと思い込んでいるのかもしれない。口止めの約束を守ってくれているのか、沖野らから巧に連絡がいった気配はなかった。

オフィス長の遠藤《えんどう》からは、東京行きについて返事を催促《さいそく》された。このところ調査や郷音の件で頭がいっぱいで、とても決断できる状態になかった響は、先延ばしをお願いせざるを得なかった。遠藤の響に向ける眉間《みけん》の皺《しわ》は、しだいに深くなりつつあった。

十九時過ぎに退勤して、夕食は近くのパスタチェーンにする。店を出て、地下鉄天神駅に向かって歩きながら、響はスマートフォンでアイプッシュを開いた。

あれから何度かアイプッシュをチェックしたものの、七月の末日以降、さとねるは一度も配信をおこなっていない様子だった。このときも響はそれを確かめるつもりで、機械的にアプリを起動したのだった。

見覚えのあるサムネイルが画面に表示され、彼女は思わず足を止めた。

さとねるが、配信している。

履歴《りれき》ではない。現在、配信中だ。配信者が自由に編集できる配信のサブタイトルの欄には、〈最後の配信です〉とあった。

慌《あわ》ててタップし、さとねるの配信を開く。大きく映し出された郷音の顔に笑みが浮かんでいたことに、まずは安堵《あんど》した。

『……でさあ、わたしはねえ、もう本当に、ぜーんぶ嫌になっちゃったわけ』

いつもより甘ったるい口調だと思っていたら、どうやら郷音はお酒を飲みながら配信しているらしかった。彼女の自宅のテーブルには、アルコール度数九％のチューハイのロング缶が置いてあるのが映っている。

『もちろんね、百パーセントわたしが悪かったよ。そりゃあもう、この一週間、心の底から反省しましたとも。ランキングバトルの予選を通過するためとはいえ、大好きな友達を騙して、主催者が決めたルールも破って、何であんなバカなことしちゃったのかなあ、っていまでも思ってる』

おつまみでも食べているのか、郷音は何かを手のひらに載せて口に放り、チューハイで流し込んでいる。

『だけどさあ、いくら反省したって、失ったものは戻ってこない。ランキングバトルは失格になって、友達からも嫌われて、顔バレしてファンからも見放されてさあ。わたしにはもう、本当に何も残ってないんだよねえ』

響の足は、おのずと郷音の住む薬院《やくいん》のほうへ向いていた。

大好きな友達、というフレーズが、響の耳の奥で反響《はんきょう》していた。郷音に連絡できなかったのは、故意《こい》ではなかったとはいえ郷音の顔の火傷の痕を配信してしまったことに、申し訳が立たないと感じていたからだ。だけどいま、郷音は配信を通じて、響のことを大好きな友達と表現してくれている。

本心とは限らない。誰かに視聴されているのなら、少しでも自分がよく見えるよう、嘘をつくことくらいあるだろう。

だが、郷音は把握しているはずだ。《ひびき》がいま、自分の配信を視聴していることを——以前もアカウント名が表示されたことがきっかけで、二人は縁《えん》を取り戻したのだから。

むろん、酔っ払っている彼女の目に入らなかった可能性もある。が、もし仮に、響にも聞こえるように、大好きだと言ってくれたのなら。

郷音はたぶん、響と和解したがっている。

どんな形であれ、彼女は意思を表示してくれた。ならば、今度は響の番だ。郷音の自宅を直接訪ねて、同じ気持ちであることを彼女に伝えよう。

通行の妨げにならぬよう周囲に気を配りつつ、響は配信を流したままで、大通りから脇道に入って歩みを進める。

『いろいろ考えたけど、わたしはどっちみち、配信者としてはこれ以上やっていけそうにない。だから、この配信で全部終わりにしよっかなって』

コメント欄には〈さとねるやめないで〉といった引き止め、〈いままで楽しかった〉〈おつかれさん〉といったねぎらい、〈最後まで人のせい？〉といった批判などが入り交じっている。郷音はそれらに一切反応することなく、また何かを口に放り込み、つぶやいた。

『……何だこれ、全然効かないな』

その瞬間、響の脳内に、ある場面がフラッシュバックした。

郷音の自宅に、初めて足を踏み入れたときのことだ。テーブルの上に、いろんなものが散乱しているのを見た。配信用のライト、スナック菓子の袋、カフェオレのペットボトル――そして、薬のシート。

あのときは、何の薬だろうと思った。けれどもいま、自分はその答えを知っている。

抗不安薬だ。

前回メンタルクリニックを受診した際、響は医師から新たに抗不安薬を処方された。薬局でそれを受け取ったとき、どこかで見覚えがあると感じた。

いまなら思い出せる。自分はそれを、郷音の自宅で見かけたのだ。

画面の中で、郷音が手のひらを口に当てる。それから、チューハイを一口。

『なんかさあ、ずっとつらいままなんだけど。どんだけ飲めば効くのかな――』

響は駆け出した。

郷音は抗不安薬をオーバードーズしている。それも、一緒に飲んではいけないとされるアルコールで流し込むことによって。郷音の命が、危ない。

彼女の自宅まで、何分かかるかわからない。けれど、駅に向かって電車に乗ったり、大通りに戻っていつ通りかかるとも知れないタクシーを待ったりするよりは、走ったほうが早そうだった。

必死で息を弾《はず》ませながら、響は一一九番に通報する。

『一一九番、消防署です。火事ですか、救急ですか』

「救急です、友達が自宅でオーバードーズをしています。住所は――」

伝えて電話を切るころには、郷音の住むマンションが見えてきた。オートロックのないエントランスを通過し、エレベーターを待つ間ももどかしく、三階まで一気に階段を駆け上がる。

郷音の部屋のドアノブに手をかける。だが、鍵がかかっていた。

「郷音、開けて！　郷音！」

響はドアを何度も叩く。このままでは、救急隊員が来ても時間をロスしてしまう。その間に、取り返しのつかないことになるかもしれない。

祈るような気持ちで、響は郷音を呼び続ける。やがて、ドアからガチャリと音が聞こえた。

響は再びドアノブをつかみ、力いっぱい引っ張る。

「郷音！」

沓脱《くつぬぎ》に、突っ伏した郷音の姿があった。

「郷音、しっかりして！」

かがんで耳元で呼びかけるも、反応はない。郷音はドアの鍵を開けるので力尽き、昏睡《こんすい》状態にあるようだった。

響は郷音の両脇に腕を差し入れ、彼女の上半身を持ち上げる。そして、トイレへと引きずっていった。

自分より体が小さいとはいえ、全身の力が抜けた郷音を運ぶのは、非力《ひりき》な響には大変な重労働だった。それでも一つの純粋な思いが、響を突き動かしていた。

――郷音、死なないで。

便器の上に郷音の頭を突き出し、喉《のど》の奥に指を差し入れる。ややあって、郷音は便器の中に胃の内容物を吐いた。

「ひびき……」

薄く意識が戻ったらしい郷音が、か細い声でつぶやく。顔は響のほうを向いているが、目の焦点《しょうてん》は合っていない。

響は郷音をベッドまで引きずって寄りかからせ、その辺にあったコップに注《そそ》いだ水道水を郷音に飲ませた。限界まで飲むよう伝えると、郷音は三杯の水を飲み干した。

「郷音、わかる？　救急車呼んだから、もう大丈夫だから」

「響……ごめん」

床に横たわった郷音が言う。彼女の手を、響は握った。

「わたし、響に迷惑かけてばっかだ……」

「ううん。私のほうこそ、ごめんね」

譫言《うわごと》のように、郷音はなおもしゃべる。

「響を騙して、この火傷を世間にさらして……ひどいこと、いっぱい言われた。閲覧注意とか、課金返せとか、顔が醜いから性格まで醜くなるんだとか……」

郷音の目尻から、涙がこぼれる。

「わたし、かわいくなりたかった。こんな火傷の痕があっても、自分のこと、かわいいんだって信じていたかった……本当は、加工された偽物の自分だってわかってたのに」

そんなことない。郷音はかわいいよ。そう思っていても、声にならない。いまかけるべき言葉はそれじゃないと、響の心が引き止めている。

「うれしかったんだ、配信でたくさんの人にチヤホヤされて……火傷があっても、堂々と生きていいんだって思えるようになった。でも、それもおしまい。本当の顔、みんなに見られちゃったから……わたしは一生、顔にグロい火傷のある女として生きていくしかなくなった。自分のことをかわいいって思える瞬間だけが拠《よ》り所だったのに、わたし何もなくなっちゃったよ。だから、薬でつらい気持ちを抑《おさ》えるしかなくて……飲みすぎたら危ないってわかってたけど、別にもう死んでもいいかなって……」

郷音の体を、響は上から抱きしめた。

「つらかったね。苦しかったね。いっぱい苦しい思いさせてごめんね」

「どうして響が謝るの。全部、わたしが悪いんだ。響のせいじゃないよ……」

「郷音が悪いなら、私も悪いよ。悪口を言ってくる人も、郷音の顔しか見ようとしない人たちも、みんなみんな、悪いんだよ。だからもう、これ以上自分を責めないで。郷音の悪さを、私にも分けて」

郷音の胸で嗚咽しながら、響は思う。

――この世界は、鏡の国だ。

誰もが鏡を突きつけられながら生きている。容姿のことで勝手に優劣をつけられ、褒められたり、けなされたりして、絶えず自分の見た目について思い知らされながら、仕方なく日々を過ごしている。

すべての人は、選択の余地なくこんな世界に放り込まれた被害者だ。郷音もそう。自分だってそう。見た目のことで心を病《や》み、果てに命を絶つ人たちも、見た目がよくないせいで迫害《はくがい》され、反対に見た目が優《すぐ》れているせいでさまざまな不幸に遭う人たちも、全員が被害者なのだ。

そして同時に、すべての人はこの世界に加担《かたん》した加害者でもある。かつてアイドルをしていた自分も。容姿を売りにして配信で人気を獲得した郷音も。人の顔を認識できない伊織とて、髪や火傷が認識できる以上は例外ではない。誰もがこの不公平で不健全で原始的な社会において、大なり小なり加害者になる宿命なのだ――たとえ、こんな世界はおかしいと確信していたとしても。

それでも生きていくために、どうやって身を守ればいい？　誰がそれを、教えてくれるというのだろう。

小田医師は言った。いつかは失われるもの、いつかは失われるとわかっているものに、決して自分の一番の価値を置いてはいけない、と。その言葉は自分の思いと通じていると、響は感じた。けれども響はいま、どうしても、それを郷音に告げられなかった。

こんなにも、こんな風になってしまうまで切実に、彼女が欲してきたものなのだ。それを、どうして他人が否定できよう。自宅が火事になり、大切な顔に火傷を負ったあの日から、郷音はずっと自分の顔のことを考えながら生きてきたのだ。

正しさなんて何の救いにもならない。ただ、響に言える確かなことが、一つだけあった。

「私、郷音のことが好き」

「響……」郷音の声が、耳元で聞こえる。

「顔がかわいいからじゃない。火傷させてしまった負い目でもない。私は、郷音が郷音であることに、それ自体にかけがえのない価値があるって知ってる。理由なんて後づけでしかない。最初から、子供のころから、気がつけばそこに好きがあったんだよ。世界にたった一人しかいない郷音のことが、私は大好き」

「ほんと?」

響は顔を上げ、ちょっと笑った。

「じゃなきゃ、ここにいないよ」

郷音が唇を震わせる。

「わたし……死にたくない」

「大丈夫。郷音は助かる。私が助けたの」

「響、ありがとう、響……」

号泣《ごうきゅう》する郷音を、響はもう一度、力強く抱きしめる。

だんだん近づいていた救急車のサイレンが、止まった。

西暦二〇六三年八月　神奈川県鎌倉市

——新飼郷音《しんかいさとね》という人物は、この世に存在しませんでした。

勅使河原《てしがわら》から告げられた事実が、頭を離れない。

庭からは大志《たいし》のはしゃぐ声と、ボールの弾《はず》む音が断続的に聞こえてくる。息子はともかく、四《よ》十路《そじ》の勅使河原が熱中症になりはしないか。私はそれを心配していた。

『鏡の国』のゲラは第四章の終わりまで到達した。調査のパートはいかにもミステリ作家だった叔母《おば》らしい手際《てぎわ》のよさで、本当にノンフィクションなのかと疑いたくなるほどだ。けれどもその先に待ち受けていた、郷音がオーバードーズをするというエピソードは、私には非常に生々《なまなま》しく感じられた。

なのに、勅使河原によれば、新飼郷音は実在しないのだという。

ならばあのエピソードを含め、郷音に関することはすべて叔母の創作だというのか。だが、叔母は前書きで「内容についてはほぼノンフィクション」だと断りを入れている。

むろん、それが一種の演出である可能性は否定できない。客観的に見て、叔母は小説家としては一流だった、と思う。作品の価値を高めるためならば、いかなる手段をも講じただろう。

とはいえ、だ。室見《むろみ》響子《きょうこ》はミステリ作家だった。誰よりも、フェアネスの精神を重んじていたはずなのだ。たとえ前書きという、作品の外側と言える部分であっても、あからさまに誤認を招く記述をするとは信じがたい。

私は『鏡の国』を読み終えているので、郷音が実在したかどうかについてこの先、何の説明もなされないことを知っている。あるいはその部分こそが勅使河原の主張する、削除されたエピソードに該当《がいとう》するのだろうか。

響と郷音の和解を経て、『鏡の国』はいよいよクライマックスに向けて加速していく。ここからは、中断することなく一気に読みきりたい。私はゲラの隅に指をかけた。

第五章 決断

1

「――さっちゃん！」

病室の扉《とびら》が開いて、マスク姿の伊織《いおり》が血相《けっそう》を変えて飛び込んできた。

ベッドの上の郷音《さとね》が、力なく微笑《ほほえ》む。

「伊織くん。こんな時間に来てくれたんだ。ありがとう」

「大丈夫《だいじょうぶ》なの？　救急車で運ばれたって聞いたけど」

そばの丸椅子に座っていた響《ひびき》が、郷音に代わって説明する。

「命に別状《べつじょう》はないって。大事を取って今夜は病院に泊まるけど、明日には帰れるって言われてる」

「響の応急処置のおかげだよ。お医者さんも褒《ほ》めてた」

強張《こわば》っていた伊織の両肩が、すとんと落ちた。

「よかった……本当によかった」

夜の病院は、不思議な静けさに満ちている。三人を包むこの個室が、響には間違いだらけの世界から護《まも》ってくれるシェルターのように感じられた。

数時間前、郷音の自宅に救急車が到着し、響は近くの総合病院まで付き添った。郷音の容態は安定しており、点滴を始めて一時間も経つころには、意識もはっきりしてきたようだった。一晩の入院は、万が一容態が急変した場合に備えて——だけではなく、同じことを繰り返させないようにするため、という意味合いも含まれている。

響は郷音の了承《りょうしょう》を得て、伊織にＬＩＮＥで連絡した。いまの郷音には、できるだけ多くの人に慕《した》われていることを実感させる必要があると感じたからだ。勤務中だった伊織からはただちに病院へ向かうと返信があり、それから三十分ほどで姿を現した。

響が勧めた丸椅子に腰を下ろし、伊織は言う。

「お見舞い、何も持ってきてないや。押っ取り刀だったから」

「いいよ、そんなの。来てくれただけでうれしい」

掛け布団《ぶとん》からはみ出た郷音の手を、伊織は躊躇《ちゆうちょ》なく握《にぎ》った。

「さっちゃんがいなくなったら、僕は悲しい」

「……うん」

「ほんの数ヶ月前までは、昔ちょっと遊んだことがあるだけの知り合いだった。でもいまは違う。一緒に飲んだり、旅行に行ったりして、大切な友達になった。もともと僕は相貌失認《そうぼうしつにん》のせいで何かと誤解されがちで、友達が少ないんだ。そんな僕と仲よくしてくれて、本当に感謝してる。だから、絶対にいなくならないでほしい」

郷音が細く長く、息を吐《は》き出す。

「バカなことしちゃったな。わたしもう、響にも伊織くんにも嫌われて、この世に居場所なんてないと思ってた」

「何を言ってるんだよ。僕からLINE、何度も送ったろ」

「既読無視してごめんね。でもなんか、あのときは誰も信じられなくなってて。自分で蒔《ま》いた種だったから、合わせる顔がないとも感じてたし」

郷音の気持ちが、響にも少しは理解できる気がした。身体醜形障害《しんたいしゅうけい》の症状がひどかったとき、親身になってくれる人や、本心で見た目を褒めてくれる人のことさえ、信用できなくなっていた。あとから振り返ればありがたいことだったのに、人の優しさが何の効用ももたらさず、かえって自分をかたくなにさせた経験は響にもある。

伊織は郷音の手を、あらためて両手で包み込んだ。

「もう、こんなことはしないって約束してくれるね」

「うん。響も伊織くんも、本当にありがとう。わたしを見捨てないでいてくれて」

響は黙って首を横に振る。

いまのところ、この件について響が連絡したのは伊織ただ一人だった。山口にいるという郷音の両親にも連絡したほうがいいのではないか、と響は念を押したが、郷音はそれを拒絶した。この時間に他県から来てもらうのは大変だし、いたずらに心配させることにもなるから、落ち着いたら自分の口から話したい。そんな郷音の意思を、響は尊重した。

「ところで、二人はこのごろ、どうしてたの？」

訊ねる郷音の目に、怯《おび》えのようなものがよぎったのを、響は見逃さなかった。

伊織が淡々と答える。

「響ちゃんと二人で、調査を進めていたよ。いつ、さっちゃんが戻ってきてもいいように」

郷音は驚いている。「そうだったの」

「さっちゃんだけじゃなく、響ちゃんと僕も当事者だからね。真相を知りたい気持ちに変わりはない」

「そう……だよね。何か、進展はあった？」

響たちはここまでの経過を伝える。巧の同級生とアポイントを取ったこと。巧の実家へ赴《おもむ》いたこと。隣人から、幸秀《ゆきひで》に関する話が聞けたこと。早良区《さわらく》のほうに、久我原《くがはら》兄弟の実父が家を建てたこと。幸秀は金を無心するため実父に会いに行き、その帰り道、新飼《しんかい》宅に盗みに入った疑いがあること――。

報告を聞いているうちに、郷音の瞳には輝きが取り戻されていった。

「すごい。すごいよ、二人とも」

「まだ、想像の域を出ないことばかりだけどね。うまくいきすぎて、ちょっと怖いくらい。初めは雲をつかむような話だったけど、いまはすべての真相を明らかにできる気がし始めてる」

響が励《はげ》ますように言うと、郷音は顎《あご》のあたりまで布団を上げる。

「足引っ張ってばっかでごめん。元はと言えば、わたしが望んで始めた調査だったのに」

「気にしないで」と伊織。

「わたしも調査に再合流する。きっと、やり遂《と》げられるよ。神様が味方してくれてる感じがする。絶対に、わたしたちの手で真犯人を見つけ出してやろう」

郷音が希望を見出したことを喜ぶ一方で、響は巧の不幸な境遇《きょうぐう》を思うと、複雑な気持ちにもなった。父親に去られ、母親が亡くなり、兄はどうやら罪を犯して引きこもりになったのち、現在は行方《ゆくえ》不明――。

しかし、だからと言って幸秀の犯した罪がなくなるわけではないし、見逃すことはできない。それに、巧は巧だ。自分や、伊織や、できるなら郷音が、彼に寄り添ってあげられれば、と思う。

「ねえ……響」

郷音に名を呼ばれ、響はわれに返った。「何？」

「今日は一緒にいてくれて、響には感謝してもしきれない。疲れたでしょう。もう、帰っていいよ。わたしなら、大丈夫だから」

時計を見ると、時刻は零時を回ったところだ。平気だよ、と言いかけて、響は郷音の本心を悟った。

彼女は、伊織と二人きりになりたがっている。

応援すると決めたはずなのに、胸の奥がちりちりと焦《こ》げるような感覚があるのを抑《おさ》え込み、響は微笑んだ。

「わかった。じゃあ、先に帰るね。伊織くん、あとはよろしく」

「任せて。響ちゃん、お疲れさま」

その一言で、伊織もまた何かを察しているらしいことを、響は感じ取った。

「郷音、また連絡するね」

「うん。響、本当にありがとう」

病室を出て、扉をそっと閉める。

病院の前を通りかかったタクシーに乗り込んだら、くたくたに疲れていたことをいまさらのように自覚して、それ以上は何も考えられなくなった。自宅に着くなり、自分でも説明のつけられない涙をぼろぼろこぼして、それから響は翌朝まで泥《どろ》のように眠った。

2

冷たいグリーンティーの入ったグラスが、火照《ほて》った手のひらに心地よい。

「本当に郷音ちゃんなのねえ。懐かしいわあ。大きくなって」

響の母が言うと、隣で郷音はぺこりと頭を下げた。

「ご無沙汰《ぶさた》してます。おばさん」

会社のお盆休みを利用して、響は実家に帰ってきた。ダイニングテーブルには響と母、そして郷音がついている。父は出かけており、離れて暮らす姉は帰省《きせい》していない。

親に顔を見せておきたい気持ちとは別に、調査に関する聞き込みの目的もあった。数日前、郷音にその旨《むね》を連絡すると、彼女は〈わたしもおばさんに挨拶《あいさつ》したい〉と言い出した。

〈え、大丈夫なの？〉

それは体調面での心配を意味していたが、郷音はスケジュールの話だと勘違《かんちが》いしたようだった。

〈いつでも合わせられるよ。わたし、無職で時間持て余してるからね。最近は一日じゅうパソコンに向かってるから、ちょっとは体も動かしたいし〉

アイプッシュは配信者さとねるの度重なる違反行為を重く見て、アカバン――アカウント凍結の措置《そち》を施《ほどこ》した。ライブ配信一本で生計《せいけい》を立てていた郷音は収入源を失った形だ。幸い貯蓄には余裕があり、当分は暮らしていけそうとのことである。

オーバードーズから一週間しか経っていない郷音を連れ歩くのは正直、不安だった。が、家にこもるよりは気がまぎれるかも、と考えて同行を承諾《しょうだく》した。いまのところ、郷音は元気そうにしている。

念のため伊織も誘《さそ》ってみたが、お盆期間は仕事の休みが取れないとのことだった。二人が病室で何を話したのか、あるいは話さなかったのか、響は知らない。知らなくていいことだと思っている。

子供のころはよくお互いの家を行き来していたから、母は郷音のことをはっきり憶《おぼ》えていた。郷音と再会した折も、彼女からかかってきた電話に応対してくれたのは母だった。

いまも薄化粧の郷音の頬に生々《なまなま》しく残る火傷《やけど》の痕《あと》を見て、母が何も感じなかったわけはない。にもかかわらず一言も触れなかったのは、年齢を重ねた大人の対応と言えた。

「わざわざ家まで来てくれてありがとうね」

「いえ。わたしも、おばさんには会いたかったし」

「いまは何をなさっているの？」

「ちょうど、前の仕事をやめたばかりでして」

「そう。昔はよく、うちで響と遊んでたわよね。ダンスを踊ったりなんかして」

母は屈託《くったく》なく語るが、響たちのあいだには微妙《びみょう》な空気が流れた。

「お母さん、話っていうのはね」

響が早々《そうそう》に本題を切り出す。

「このあたり、といってもどのくらい近いのかもわからないんだけど……鳥島《とりしま》さんておうち、知ってる？」

「鳥島さん？」

訊き返す母に、響は首を縦に振る。

実家に帰りがてら調べたかったのは、この一点だった。久我原幸秀が実父の鳥島某《なにがし》に金の無心をして断られ、帰り道で郷音の家へ盗みに入り、児島堂《こじまどう》で盗品を売って電車で逃亡したのだとしたら、鳥島邸は地下鉄の最寄り駅と郷音の家があった場所を結ぶ線の延長上ないしその周辺に建っている可能性がある。響の実家も郷音の家から二百メートルほどしか離れていないので、本当に鳥島邸があるのなら、長年ここに住む母が把握《はあく》しているだろうと踏んだのだ。

もっとも、母の返事は芳《かんば》しくなかった。

「鳥島さん……わからないわねえ。そのおうちがどうかしたの？」

「いや、ちょっと取材で、ね」

母は響の仕事内容を半分くらいしか理解していないので、お茶を濁せば深くは突っ込まれない。

「もう少し、どういうお宅かわからない？」

「建ったのは、十五年から二十年くらい前だと思う。立派な家だって聞いてる」

すでに引っ越している可能性もあったが、持ち家ならある程度の期待は持てる。果たしてこの詳細が、母の記憶に引っかかったようだった。

「ああ、思い出した。うちからは歩いて十分くらいかかるけど、小学校の横の川沿いに建ったあの新しいおうちが、確か鳥島さんっていったんじゃなかったかしら。ほら、流れに逆らって行ったところの、こっち側にある」

ビンゴだ。そちらの川方面は火災現場から見て、地下鉄の駅があるのとは反対側になる。徒歩で駅まで向かおうとしたら、途中で郷音の家の前を通りかかってもおかしくない。

十五年以上前の竣工《しゅんこう》でも、地元民にとっては新しい家と呼びうるのである。

「ありがとう、おばさん！」

郷音が勢いよく立ち上がると、母は首をかしげた。

「響の取材なのに、どうして郷音ちゃんがお礼を言うの」

「あ……いや。このとおり暇人なもんで、ちょいと手伝ってまして」

郷音のとっさの言い訳に、母は疑う様子を見せなかった。

「どうしよう、郷音。いまから行ってみる？」

響の相談に、郷音は迷わず答える。

「話が聞けるかはともかく、おばさんの情報が正しいかどうかだけでも確かめないとね」

「あら、もっとゆっくりしていけばいいのに」

母は残念そうにしている。

「あとでまた、戻ってくるから」

そう言って立ち上がろうとした響に、母は思わぬ言葉をかけてきた。

「響、何だか変わったわね」

「……そう？」

「郷音ちゃんと再会して、すっかり元気になったみたい。この前帰ってきたときは、疲れた顔をしてたのに」

にこやかにしている母を見ていると、響は胸が痛んだ。

それは――薬の作用なのだ。

「あのね、お母さん」

意を決して口を開いた響を、郷音が引き止めた。

「響」

響は郷音の両目をじっと見て、ためらいがないことを自分の中で確認し、言った。

「大丈夫。いずれ、話さなきゃいけないことだから」

郷音が椅子に腰を下ろす。母に向かって、響は告げた。

「私ね、六月からメンタルクリニックにかよってるの。ついた診断は、身体醜形障害。醜形恐怖症のことね。それで、薬を飲み始めてから、やっと見た目のことを気にしなくて済むようになったんだ。だから、変わったように見えるんだとしたら、もちろん郷音のおかげでもあるけど、一番は薬の影響」

すると。

母は、見るからに顔をゆがめた。

「あなた、精神科の薬なんて飲んでるの？」

そうか――ようやく、響は思い出す。

十代のころから、アイドル活動をやめざるを得ないほど身体醜形障害の症状に悩まされてきたのに、どうして自分は一度もメンタルクリニックにかかったことがなかったのか、疑問だった。たとえ身体醜形障害の診断がつかなくても、抗うつ薬としてのＳＳＲＩや抗不安薬の処方は受けられたかもしれないのに。

いまならわかる。一番身近にいた母が、こういう人だったからだ。

最近、響が読んだ、ある精神科医の執筆した本によれば、日本ではアメリカに比べて、精神科や心療《しんりょう》内科といったメンタルヘルスに関わる医療機関を訪れる人が非常に少ないそうだ。

古来、我慢や忍耐を美徳としてきた日本人にとって、うつ病などの精神疾患《しっかん》は「心が弱い人がなるもの」という誤った認識がいまだ根強い。また、精神疾患に対する職場など周囲の偏見《へんけん》や向精神薬への抵抗から、つらい状態にあっても医療機関を受診できない人は多い。風邪《かぜ》などの疾患と異なり、我慢しても回復する見込みはほとんどないにもかかわらず、である。

近年になってその状況はいくらか改善しつつあるとは思われるが、依然として精神科は日本人に特別視されている感が否《いな》めず、専門家の数も足りていないのが現状だ。日本人の若年層（十五～三十四歳）における死因の第一位は自殺である。これは、Ｇ７諸国の中では日本だけだ。若年層死亡率はアメリカやフランスやカナダの約二倍、ドイツやイギリスの約三倍、そしてイタリアの約四倍にも上《のぼ》るという。

流行《はや》り病にかかれば内科を訪れ、ケガをすれば外科を、虫歯になれば歯科を受診するのと同じように、メンタルクリニックも身近であるべきだ。自分が受診し始めて、響は心からそう思うようになった。それは薬の劇的な効能《こうのう》を、身をもって体験したからだ。だが、かつては響も抵抗があり、一度は身体醜形障害という診断を拒絶しさえした。

響に対する母の接し方は、少なくとも最適解ではなかったと思う。でも、それを責めたいわけじゃない。響は深く息を吸い、話し始める。

「アイドルをやめた十代のころ、私がすごく不安定になってたこと、お母さん憶えてるでしょう。いつも人目を気にして、鏡を見てばかりで、髪型がおかしくないかって何度も何度もお母さんに訊いてさ。あのころ私、本当に苦しかった」

「もちろん憶えてるわ。あなたが自分のこと、ブスだブスだって言うから……そんなことないよって、辛抱強く言い続けるしかなくて」

母の声は、いつだって温かい。

「お母さんが私を本気で心配してくれて、いつでも私に優しくしてくれたこと、とても感謝してる。お母さんの支《ささ》えがなかったら、カフェでバイトしたり、いまの仕事に就《つ》いたりすることはできなかったと思う」

「母親として、当然の務《つと》めよ」

「でもね、お母さん。その優しさが、私を癒《いや》してくれたわけではないの」

母の顔が、強張った。

「自分でも、ものすごく後悔《こうかい》してる。何でもっと早く病院へ行って、薬を飲まなかったんだろうって。そしたらあんなにみじめな思いを抱え続けることも、毎日、鏡の前で何時間も無駄《むだ》にすることもなかったのに」

「でも……思春期のコンプレックスなんて、あって当たり前でしょう」

鏡の割れる音を、響は聞いた気がした。

いまもなお、母は娘が精神疾患だということを受け入れられていない。薬で症状が抑えられているという、このうえない根拠を本人の口から聞かされているのに。初めてメンタルクリニックを訪れたときの響とまったく同じことを、彼女は口にしている。

「歳を重ねれば、誰しも若いときより見た目が気にならなくなるものよ。薬のおかげなんかじゃないわ。あなたはもともとかわいかったんだから、それをようやく素直に認められるようになっただけでしょう」

「そうじゃなくて――」

「それより、妊娠に影響は出ないの？　お母さん、あなたの体が心配。保険にも入れなくなるんじゃない？　大丈夫よ、薬なんて飲まなくても。あなたがかわいいことに変わりはないんだから――」

「おばさん」

突如《とつじょ》、郷音が割って入った。

その声質は硬《かた》くて鋭《するど》く、響は彼女が割れた鏡の破片《はへん》を拾い上げたように思えてならなかった。

「わたしも響のこと、かわいいと思ってるよ。響が自分のことブスだって言うから、自虐《じぎゃく》風自慢かよってムカついたこともある。でもね」

郷音は拾い集めた破片を、母に手渡すようにして言った。

「響が本当にかけてほしかったのは、《かわいい》なんて言葉じゃなかったと思うよ」

ああ、と響は思う。

郷音には、届いたのだ。

生死の縁《ふち》をさまよう彼女に、響が懸命《けんめい》に投げかけた言葉が。

何よりも、響にはそれがうれしかった。

呆然《ぼうぜん》とする母の指先が、手元のグラスに当たる。こぼれたグリーンティーが、テーブルの上に広がった。

「……ごめんなさい」

母が洗面所のほうへ消える。その声に、かすかな湿《しめ》りを滲《にじ》ませて。

「わたし、よけいなこと言った」

郷音が唇を尖《とが》らせる。どこか、ふてくされているようにも見える。

響はかぶりを振った。

3

二人は響の実家を出て、烏島邸があるという方角へ向かった。

実家を出て南に進むと、五分ほどで金屑川《かなくずかわ》にぶつかる。住宅街の中を流れ、博多湾に注《そそ》ぐ寸前で室見川《むろみがわ》と合流する二級河川だ。響たちのかよっていた小学校はこの金屑川によって作られた中州《なかす》にあり、烏島邸はそこからさらに川沿いを上流へとたどった西岸にあるという話だった。

「外観とか、聞きそびれちゃったね」

響が何の気なしに言うと、郷音はうなだれる。

「ごめん、わたしのせいで」

「ううん、そんなこと言いたかったわけじゃなくて」

母は洗面所に姿を消したきり、出てこなかった。こちらから声をかけに行く勇気は、響にはなかった。どのみちあとで実家に戻る。フォローするのはそのときでいい。

「しらみ潰《つぶ》しに探せば見つかるよ」

「そうだね。でも、何となくどんな家か想像つく気がする」

響は虚《きょ》を衝《つ》かれる。「どうして？」

「毛利《もうり》って人の話によれば、巧くんが三歳くらいのころに、両親が離婚したんだよね。それから再婚して立派な家を建てたっていうお隣さんの証言が正しいのなら、鳥島邸が建ったのは響の言うとおり、十五年から二十年ほど前のはず」

「うちのお母さんは、新しいおうち、なんて言ってたけどね」

「そこなんだよ、気になるのは」郷音は響を指差した。「古くからの住民が多い土地柄なら、十五年前でも新しいと表現することはあるでしょう。でも、このあたりは取り立ててそういう地域でもない」

「そうだね」

「ということは、だよ。新しいってのは建てられた時期だけじゃなくて、家屋《かおく》の印象も含まれてるんじゃないかって」

なるほど。その観点は、響にはなかった。

「つまり、和式ではないね」

「たぶん。ほかにも明るい色をしてるとか、ルーフバルコニーがあるとか、とにかく十五年くらい前の個人住宅ではそこまで一般的じゃなかったデザインが取り入れられているんだと思う。そのうえ立派な家となると、これはけっこう限られてくるかもよ」

もともと想定される範囲は広くないから、手がかり一つで一気に探し当てられそうだ。郷音の鋭さに、響はあらためて舌を巻いた。

真夏の日差しが照りつける中、二人は川沿いの道を歩む。昨年までは、夏の野外でもマスクをするのが当たり前だった。その光景も今年は大きく変化し、響たちはマスクを持ち歩いてこそいるものの、つけてはいない。コロナ禍に破壊しつくされ、二度と戻らないとさえ思えたかつての日常も、少しずつ取り戻されているようだ。玄界灘《げんかいなだ》から吹く風を、肺いっぱいに吸い込めるのは気持ちがよかった。

目的の家は、労せずして見つかった。

淡いエメラルドグリーンの外壁は、現代では一周回って古びて見える。直方体《ちょくほうたい》をいくつかくっつけたような形状で、川に面した側には郷音の読みどおりルーフバルコニーがあった。敷地面積は広く、百坪ほどだろうか。

川沿いの道から脇に入ったところに、白い木製の門がある。表札には、〈鳥島〉の文字が刻まれていた。

「あった。ここだ」

郷音の声が弾《はず》む。あるとわかっていても、いざ見つかるとうれしいものだ。

本来ならばインターホンを押すか、それとも今日は場所を調べるにとどめておくべきかで悩むところだった。だが、いい意味でも悪い意味でも、その必要はなくなった。

庭でゴムホースを持ってアウディを洗車する男性に、姿を見られたからだ。

これだけ晴れた、しかも暑い日に洗車するのがあまりよくないことだというくらいの知識は、免許を持っていない響にもある。だが、世間はお盆休みだ。普段は多忙な一家の大黒柱が、休日を利用して洗車するのはありふれた光景と言えよう。

男性は一見して六十代半ば。だが、Tシャツから伸びる腕はたくましく、精力的な印象を受ける。頭には日よけのためか、白いタオルを巻いていた。

——お母さん似？

——そうだね。幸いにも。

響は巧とのやりとりを思い返す。男性はさっぱりした顔で、巧には似ていなかった。とはいえ、これまでに得た情報が確かなら、彼こそが久我原兄弟の実父に違いない。

「うちに何か」

男性が、そこから動くことなく声をかけてきた。離れていてもよく通る、野太《のぶと》い声だった。

響が言葉を探しあぐねていると、男性は続けざまに言う。

「香住《かすみ》さんとこのお嬢さんでしょう。昔、テレビで見たから知ってるよ」

「あ、どうも……香住響です。えっと、鳥島さん、ですよね」

何とも間が抜けている。男性は何を訊かれたのかわからない様子で、

「ええ、鳥島ですけど」

「ちょっと、お話よろしいでしょうか」

男性——鳥島は、蛇口をひねって水を止《と》め、こちらに近づいてきた。門をはさんで対話するに際し、響と郷音はマスクをつける。

「話って、私に？」

「はい」響は声を潜《ひそ》め、「久我原巧さんという方をご存じですか」

とたん、鳥島は目を泳がせ、家のほうを一度、振り返った。

「巧は亡くなった前妻とのあいだにできた息子ですが」

亡くなった前妻、という言い方は誤りではないが、あたかも死別したかのような表現だ。実際には、鳥島の不倫が原因で離婚に至ったのだ。

「私は巧さんの同僚で、彼にはお世話になっております。こちらは私の友人で、巧さんとも親交があります」

「初めまして、新飼郷音です。子供のころまで、わたしもこの近くに住んでました」

「しんかいさとね……はて、どこかで聞いたような名前だな。ただの同姓同名かもしれないが」

鳥島が記憶を手繰《たぐ》る手間を、郷音が省《はぶ》いた。

「十五年前、家が火事になったので。そのころすでにこちらにお住まいだったなら、ご存じではないかと」

そうだそうだ、と鳥島は目の前に被害者がいるのに、はしゃいだ声を上げた。

「じゃあ、あのおうちのお嬢さん。いや、私どもも当時はまだ、ここに住んで日が浅かったものでねえ。おたくとのあいだに付き合いはなかったが、姉妹がいると聞いて、お気の毒にと思った」

「いつからこちらに?」

鳥島の言葉を無視して、郷音は問う。

「十六年前かな。うん、そうだ。二人目がまだ一歳だったから」

つまり、鳥島には現在十七歳になる子供がおり、その子が生まれたのを機にマイホームを購入した、ということなのだろう。そして、二人目と断るからにはほかにも子供がいる——そのカウントに、久我原兄弟は含まれていないのだ。

十五年前の火災の日、ここにはすでに鳥島が住んでいた。幸秀が金の無心に訪れたのではないかという仮説に、いまのところ矛盾《むじゅん》はない。

「それで、巧のお友達がどうしてうちに?」

家族に聞かれたくないからだろうが、声を潜めていても威圧感《いあつかん》がある。響は冷静さを装《よそお》う。

「おうかがいしたいことは一点です。十五年前、巧さんのお兄さんの幸秀さんが、こちらにお金の無心をしに来たことがありませんでしたか」

鳥島にとまどいの表情が浮かぶ。

「そんな昔のことを聞いてどうするつもりなんだ」

「幸秀さんは現在、行方不明になっています。私たちは、彼が十五年ほど前に何らかの金銭トラブルに巻き込まれたことが発端《ほったん》となって、消息を絶ったのではないか、とにらんでいます。もし、彼が実父であるあなたを頼ったのであれば、事情をご存じなのでは、と思いまして」

だが、鳥島の反応は鈍い。

「私は何も知らんよ。話ってのはそれだけか？　なら、失礼する」

踵《きびす》を返して立ち去ろうとする鳥島の背に、郷音が言い放った。

「あんたのせいだよ」

立ち止まり、振り返る鳥島。「どういう意味だ」

郷音はマスクを外した。

「あんたが息子を追い返したせいで、わたしの顔はこうなった。金に困ったあんたの息子が、うちのものを盗んで証拠隠滅《いんめつ》のために放火したんだ」

「何てことを言うんだ。そんな、わけのわからない言いがかりをつけるために訪ねてきたのか」

鳥島は唇をゆがめる。

「出火原因は放火じゃなかった。昔のことだが、そのくらいは私も憶えている」

「それが間違いだったたって言ってんの。こっちには、あんたの息子がうちのものを盗んだっていう、動かぬ証拠もある。家族にバラされたくなければ――」

「脅《おど》しか？　ならば、警察を呼ぶぞ」

響は郷音の肩を引いた。

「無礼をお詫《わ》び申し上げます。私たちに、鳥島さんの私生活を脅《おびや》かす意図《いと》は毛頭《もうとう》ありません。ただ、火災の被害に遭《あ》った当事者として、真相を知りたいだけなんです」

探るような目つきを、鳥島は向けてくる。

「私には、関係ない」

「ご質問にお答えいただければ、すぐにでも帰ります。でなければ、ここに居座ることになります」

「家族の目に触れてもいいのか、って？　やっぱり脅しじゃないか」

「ご家族に見られるとまずい事情でもおありなのですか」

　鳥島は、ふうー、と長く息を吐き出した。

「あのな、この家に住んでいる子供たちは、まだ血のつながった兄弟がいることを知らないんだ。いずれ話すときが来るだろうが、そのタイミングは慎重《しんちょう》に判断したいんだよ」

　この家で守られている子供たちには何の罪もない。だが、その一方で守られなかった兄弟もいるのだ。

「では、お答えいただけますね」

　響の粘《ねば》り勝ちだった。鳥島は、あきらめたように言った。

「来たよ。確かに一度、そういうことがあった」

「いつ？」

「はっきり憶えてなんかいないよ。きみたちが十五年前の火災の当日だったと主張するのならそうかもしれないし、違うかもしれない。あの日、幸秀は汗だくだったから、夏だったことだけは憶えている」

「平日の日中でしたよね。鳥島さんご自身が応対なさったんですか」

「私は不動産関係の仕事をしていて、水曜日が休みなんだよ。幸秀もそれを知ったうえで、直接家まで押しかけたんだろう」

なるほど、と響は思う。こんな家を建てられるほど羽振《はぶ》りがよかったのも、不動産業で儲《もう》けたからか。

「幸秀さんとは、どのようなお話を？」

「家にいたら突然、インターホンが鳴ってね。帽子やサングラスで顔を隠した、いかにも怪しい風貌《ふうぼう》の男がカメラに映っていたから、警戒《けいかい》する意味で私が玄関まで出て行った。近くで見たら、幸秀だったから驚いたよ。あいつは私に『どうしても、まとまった額の金が必要なんだ。三百万、貸してほしい』と言って頭を下げた」

やはり、幸秀は金銭トラブルに巻き込まれていたのだ。変装は、危険な輩《やから》に見つからないようにするためか。

「借金の使途《しと》については？」

「むろん訊ねたさ。でも、それは言えないの一点張りだった。もう何年も会っていなかったとはいえ実の息子だから、ちょっとした額なら貸してやってもよかったが、事情もわからずにいきなり三百万も貸せるわけがない。私はきっぱり断った。以来、あいつとは何のやりとりもない」

言葉の端々《はしばし》に幸秀への軽蔑が表れているのが、響は不快でならなかった。自分の息子ではないか。

「その後、幸秀さんが引きこもりになったことは？」

「聞いてはいた。自分の母親の葬儀にすら、顔を出さなかったようだしな。自分が金を貸さなかったせいなのだろうか、と心が痛んだときもあった。だが、有り体《てい》に言えば関わりたくなかった。私には、いまの家庭があるから」

無責任な言い草《ぐさ》である。

ともかく、訊きたいことは訊けた。ここらが潮時だろう、と響が読んでいたら、郷音が口を開いた。

「さっき、幸秀さんの話を持ち出したら、逃げようとしましたよね。なぜですか」

ケンカ腰の口調に鳥島はむっとした様子で、

「あいつが金を借りに来たことは、いまでも家族に知られたくない。だから話を打ち切ろうとした。それだけだ」

「本当に？　火事のことで、思い当たる節《ふし》があったんじゃないの」

「バカを言うな」

またしても、威圧だ。仕事でも家庭でも、そういう態度で立ち回ってきたのだろう。

「あんたの家が燃えて、誰かのせいにしたい気持ちはわからんでもない。だが、あれは放火ではなかったと消防が発表しているんだ。私は息子を疑ったことなど一度たりともない」

「だから、証拠があるって言ってるんです。もし幸秀さんが見つかって、父親に借金断られたせいで放火したって白状《はくじょう》したら、どう責任取ってくれるんですか」

沈黙は十秒にも及んだ――その後に彼が示した感情を、何と呼ぶべきか。

「弁護士にでも相談してみるといい。私に法的な責任があるとは思えないが、条件しだいでは示談《じだん》に応じよう」

負けだ、と響は直感した。

鳥島は郷音と闘うどころか、リングに上がってもいない。彼が示したのは、憐《あわ》れみだ。そうすることで、郷音の上に立ったのだ。

鳥島の背後で玄関が開いて、高校生くらいの女の子が姿を現した。

「お父さん、まだ――？」

「おー、ごめんごめん。もう終わったから」

「車洗ったら買い物連れてってくれるって言ったじゃん」

一瞬で切り替わった鳥島の表情は、父性に満ちていた。

「その人たち、誰？」

「ご近所さんだよ。では、私はこれで」

呆然としている郷音の隣で、響は深々と腰を折った。

「ご協力ありがとうございました」

鳥島が娘の肩を押して家の中に入り、玄関が閉められる。直後、郷音がミュールの爪先で門扉を蹴り、「絶対いつか全部ぶちまけてやる」と捨て台詞を吐いた。

4

ヴェンティ・クワトロにはカウンター席もあり、遅い時間帯になるにつれてバー営業に近づいていく。二十二時半を回った現在、店内には数組の客がいるのみで、彼らのカトラリーの動きはほとんど止まっており、店員としてカウンターに立つ伊織には響と話をする余裕があった。

「悪いね、わざわざ来てもらって」

「ううん。こちらこそ、仕事中に押しかけちゃった」

「気にしないでよ。僕が誘ったんだから」

帰省の一週間後、響は伊織に呼ばれてこの時間にヴェンティ・クワトロを訪れた。予約が少ない日で、遅い時間なら働きながらでも会話できると思うから、とのことだった。それだけ、調査の進捗《しんちょく》を早く確認したかったのだろう。

初め、響は郷音も連れて行こうとした。ところが伊織は、響に一人で来てほしいと主張した。郷音がいてはできない話があることを、響は察した。

「最近どう、心身の調子は」

響が注文したノンアルコールカクテルを差し出しながら、伊織は訊ねる。イチゴを使った鮮《あざ》やかな赤のドリンクだった。上には夏らしくミントの葉が浮かべてある。

「郷音とのトラブルがあってから、しばらくは身体醜形障害の症状がぶり返してたんだけど、このところはまた落ち着いてきてる」

こういう話をする際に、伊織の視線が気になっていないのがその証拠だ。小田《おだ》医師の判断どおりSSRIを増量せずとも、一時的な悪化で済んだらしい。抗不安薬に頼った日もあったが、郷音の生命を脅かした薬だと思うと、用量を守れば問題ないとわかっていても飲む気になれなかった。

「そう。ならよかった」

従業員であるためにマスクをしたまま、伊織は目を細める。

「さっちゃん、どうだった？　一緒に地元へ行ったんだよね」

「元気そうだった。郷音、私のお母さんを叱ってくれたんだよ」

響はその一幕を伊織に話して聞かせる。郷音の変化を喜んでくれると期待してのことだったが、伊織は慎重だった。

「さっちゃんは正しいと思う。でも、お母さんには酷《こく》だった気がする」

「身体醜形障害患者への正しい対処なんて、知らなくて当然だもんね」

「それもあるけど」ホールのスタッフが持ってきた注文の紙を見て、伊織は背後のワインセラーからキャンティ・クラシコのボトルを取り出す。「ちょっと、勢い余ってるっていうか」

「どういう意味?」

すでに抜栓されたボトルから、伊織は慣れた手つきでグラスにワインを注いだ。

「さっちゃんが、これまで囚《とら》われていた《かわいい》の呪縛《じゅばく》から命懸《いのちが》けでようやく解放されて、その反動でルッキズム憎しになるのはよくわかるんだよ。彼女には、そういう時期があっていいと思う。けど、その価値観を刷り込まれてきた人たちを、頭ごなしに否定するのは違うんじゃないかって」

僕は人の顔が認識できないけど、と伊織は自嘲《じちょう》めかして言う。

「さっちゃんや響ちゃんはもともとアイドルが好きで、だから自分たちもなりたいと思ったんだろう。そのせいでのちにつらい思いをしてしまったかもしれないけど、少なくともアイドルは希望を与えてくれたんだよね」

響が本気でアイドルを目指していたかは微妙なところだが、希望を与えてくれたという点に異論はない。

「そんな娘を見てたから、お母さんも応援したんだ。それは、かわいいって言うよ。僕でもたぶん、身近にいたら言ったと思う。どこもおかしくなんかないよ、響ちゃんはかわいいよ、って。相貌失認でも、かわいいかどうかくらいはわかるから」

たとえ話とわかっていながら、面と向かってかわいいと言われ、響は頬が熱くなる。以前なら、かえって卑屈《ひくつ》になっていたのに。

「ルッキズムという用語が生まれたのは比較的近年の話だと思うけど、容姿に関する差別そのものははるか昔から存在していて、ＳＮＳの普及する二〇一〇年代ごろまでは、ろくに問題視すらされていなかった。そういう価値観に長く支配されてきた人たちに対して、いきなりルッキズムは悪だと断罪したところで、一朝一夕《いっちょういっせき》で変わるものではないよ」

「でも、伝えていくことは大事でしょう。でないと変わるものも変わらない」

「だから、じっくり取り組んでいくしかないんじゃないかな。お母さんは響ちゃんにかわいいと言うとき、それが娘を肯定《こうてい》する言葉であることを疑いもしなかった。ただ元気になってほしい一心だったのに、いまさら間違ってたなんて言われたら、それは泣くしかないよ」

カクテルに浮かぶミントの葉を、響は見つめる。

これは実際、多くの身体醜形障害患者の家族や友人が直面する問題だ。彼らと患者本人とでは、そもそも見えているものが違う。だから周囲はあくまでも事実として、あなたはどこもおかしくない、美しい、と患者に伝える。だが、それは患者には届かない。

そこにルッキズムの介入《かいにゅう》する余地はない。母が容姿差別主義者《ルッキスト》であろうとそうでなかろうと、娘には同じ言葉をかけたはずだ。彼女は精神疾患に関する知識がなかっただけで、伊織の指摘《してき》は論点がずれている。だが――。

母の胸中を思うと、響は心が痛むのだ。

客観的に見れば、母にも落ち度がなかったとは言えない。娘の状態についてもっと詳しく知ろうとしたなら、休めばよくなる、と楽観視することもなかったかもしれない。でもそれは、自分の状態をうまく説明できなかった響自身の落ち度でもある。端《はな》からアイドル活動に反対で、真剣に向き合ってもくれなかった父や、折り合いがよくなかった姉よりも、母が責任を強く感じるのは筋違いだ、とも思う。

身体醜形障害とルッキズムのあいだに強力な因果関係があるのだとしても――動物だって発症《はっしょう》するというのなら、動物界にもルッキズムがあるだけのことだろう――太古《たいこ》の昔から本能的に備わってきた価値観を、そう簡単に駆逐《くちく》してしまえるとは思えない。

だが、少なくとも精神医療に関する啓発《けいはつ》には参加できる。知識を広め、理解者が増えるよう努力することはできる。そうすれば、響と母が体験したような悲劇を少しは減らせるのではないか。

やはり、記事を書かなければ――《東京行き》の四文字が、ミントの葉とともに揺れている。

黙り込んだ響を見て、機嫌《きげん》を損《そこ》ねたと解釈したらしい。伊織が謝る。

「ごめん、偉そうなこと言って。その場に居合わせたわけでもないのに」

響がそこで笑みを浮かべたのは、作り笑いではなかった。

「ううん。伊織くん、そこまでちゃんと考えててすごいな。私、あの日は一人で実家に戻ってからも結局、母をうまくフォローできなかったんだ。伊織くんがいてくれたらよかったのに、って思ってる」

伊織の眼差《まなざ》しの緩《ゆる》みには、安堵《あんど》と照れが入り混じっていた。

「人の顔がわからないからこそ、いろいろ考えることもあるんだ。無頓着《むとんちゃく》ではいたくないっていうか、無意識に誰かを傷つけるのが怖いっていうか」

その真摯《しんし》な人柄を、素敵だと思う。そして、響はふと自覚する。

自分は彼の相貌失認でも、ましてや容姿でもなく――彼という人間そのものに、惹《ひ》かれ始めている。

「調査について報告するね」

自分の思いを振り払うように、響は強引に話題を転換した。

話せることはそれほど多くない。鳥島とやりとりした場面に至ると、伊織は眉をひそめた。

「不愉快だなあ。でも、それが普通の反応なのかもしれない」

「同感。いきなり息子が窃盗《せっとう》と放火をやった、しかも自分が借金を断ったせいで、なんて聞かされて、はいそうですか、とはいかないよ。感情的になるのはわかるけど、あの日の郷音はちょっと先走りすぎてた」

久我原幸秀が鳥島邸を訪れた日を正確に特定するのは困難だ。因果関係は証明できそうにない。だが、推論は格段に説得力を増した。

伊織は腕組みをして言う。

「やっぱり、幸秀氏が巻き込まれていたと思われる金銭トラブルの内容を突き止めたいな。大学時代の友人、見つかりそう?」

「Facebookを通じて何人かに連絡してみたけど、いまのところ有用な情報は得られてない。そんな人は知らないと言われるか、無視されるかの二択」

なにせ学部もまだ判明していないのだ。中退するかなり前から大学に行けてなかったのであれば、ほかの学生の印象に残っていないない可能性もある。そのうえ幸秀と響は何のつながりもないから、巧の知り合いにコンタクトを取る場合と比べ、怪しまれるリスクも大きい。

「引き続き、探してみる。伊織くんも、何かわかったら知らせてね」

「もちろん」

バーカウンターの正面には、横に長い窓がある。一見すると夜景が見られてよさそうに思えるが、いま響に見えているのは大手の消費者金融や、インパクトのあるテレビCMで知られる美容外科、怪しげなバーなどの看板がピカピカしていて、雑多な感じのする雑居ビルだ。ヴェンティ・クワトロの瀟洒《しょうしゃ》な雰囲気に合わず、残念である。

切り出すのは、伊織のほうからであってほしかった。残り少なくなったノンアルコールカクテルをしきりに口元へ運びつつ、響は沈黙の時間を耐えた。

「響ちゃんに一応、報告しておきたいことがあって」

伊織が話し出したとき、緊張が響を襲った。

「郷音のこと?」

「そう。何か聞いてる?」

「ううん、何も。ただ、郷音を連れてきちゃだめって言ったから、何かあったのかなって」

ため息を一つはさんで、伊織は告げた。

「さっちゃんに、告白された。響ちゃんが帰ったあとの病室で」

そんなことだろう、という予感はしていた。

なのに響は、いざ伊織の口から聞かされると、動揺を禁じえなかった。

「さっちゃん言ってた。わたしには、伊織くんが必要なんだって。火傷のことを肯定的に受け止められる、僕という存在が」

「それで……伊織くんは、何て？」

「断った。いまは大事な決断をしないほうがいい、と諭《さと》して」

響の肩から、力が抜ける。

「でもさっちゃんはたぶん、ふられたとまでは思ってないだろう。自分が落ち着いたら正式な返事がもらえるに違いない、とね。僕もそれを否定しなかった。オーバードーズしたばかりの人に、正面切ってきみとは付き合えない、なんて言えない」

それはそうだ、と響は思う。伊織の対応は正しい。

「つまり、郷音の告白を受け入れるつもりはないんだね」

「ああ。少なくとも、いまのところはね」

一抹《いちまつ》の安堵を覚えたことが、響は後ろめたかった。

——応援するって、郷音に約束したのに。いま、自分は伊織くんの本心を聞いて、よかったと思ってしまっている。

苦悶《くもん》を目元に浮かべつつ、伊織は続ける。

「ただ、できれば調査が決着するまで、この件は棚上げしておきたい。響ちゃんも、なるべく彼女を刺激しないでほしいんだ」

「どうして？　逃げ回るのは、郷音に対して不誠実じゃないかな」

「忘れたのかい。調査は僕自身のためでもあるんだよ」

――もう、屈《くっ》したくないんだ。自分が持って生まれたものに。

「せっかく戦線復帰してくれたさっちゃんに、僕にふられたからってまた抜けられるのは大きな痛手だ。大丈夫だとは思うけど万が一、それが原因で彼女がこの前のような不安定な状態に戻ったら、今度こそ僕らも調査どころではなくなるかもしれない」

伊織は最悪のケースを想定している。響はそれに賛同しないが、だからといって彼の慎重さが不要だとも思わない。

「わかった。郷音が突っ走りすぎないよう、注意を払っておくよ。伊織くんから聞いたことも言わない」

「助かるよ。ありがとう」

「でも、約束して。向き合うべきときが来たら、ちゃんと郷音に向き合うと」

一瞬ののち、伊織は力強くうなずいた。「約束する」

響はお会計をお願いして、伝票が来るのを待つ。正面のビルのぎらつく光が、郷音にも伊織にもいい顔をしたがる自分の卑怯《ひきょう》さを照らしているように感じられてならなかった。

5

「かーすーみー」

地の底を這《は》うような声が聞こえて、響はびくりと肩を震《ふる》わせる。

遠藤《えんどう》は自身のデスクから、恨《うら》めしげな目を響に向けている。とはいえ、あれは本気で怒っているのではなく、むしろ機嫌がいいときの仕草《しぐさ》だ。

呼ばれたら、行かざるを得ない。響は席を立ち、遠藤のデスクの前で気をつけをした。

「何でしょう、部長」

「おまえさー、いつになったら東京行くかどうかの返事をしてくれるんだよ」

あ、と一音を漏《も》らして響は頬をかく。

「すみません……まだ、迷ってまして」

「さすがにもう決めてもらわないと困るよ。下半期《しもはんき》からの異動でも、残り一ヶ月ちょいだぞ」

響にとって激動だった今年の夏も、そろそろ『蛍の光』が聞こえてくる頃合いだ。もし行くなら、引き継ぎなど異動に伴《ともな》う業務のことを考えると、時間はいくらあっても足りない。

「いったい何を迷ってるんだ？　給料も上がるし、やりたい企画をやれる可能性も出てくるし、言うことなしだろう。有り体に言って、二年目の香住には破格の待遇だぞ」

「それはそうなんですが……心残りがありまして」

十五年前の火災の調査は、ここまできわめて順調に推移している。こうなったら、幸秀の所在を突き止めて罪を認めさせたい。そう考えはするものの、失踪人《しっそうにん》を捜し出すのは一筋縄ではいかないだろうし、必ずしも福岡《ふくおか》にいなければできないこととも思われない。

ただ郷音のことは心配だ。立ち直ったかに見えるが、伊織も懸念《けねん》していたとおり、何かのきっかけでまた不安定にならないとも限らない。親友としてなるべく近くにいてあげたい、その気持ちに偽《いつわ》りはない。

だけど――と、響は思う。

郷音の告白を受け入れないことを確認した際に、伊織はこのように答えていた。

――少なくとも、いまのところはね。

つまり、今後は付き合う可能性もゼロではないのだ。

伊織が自分に好意を寄せていると考えるほど、響は思い上がっていない。けれど、彼が巧も含めた四人の関係性を壊したくないと感じているのは理解できる。

響が東京へ行ってしまえば、その関係は嫌でも変化せざるを得なくなる。もともと郷音と伊織には、幼いころの思い出に加えて、火傷と相貌失認という結びつきがある。自分さえいなくなれば、おのずと伊織は郷音の望むように心変わりするのではないか。

何より――ミントの葉が、響の頭の中で揺れる。

自分には、東京へ行ってやりたいことがある。

黙り込んだ響をなだめるように、遠藤は言う。

「ま、生まれ育った地元を出て東京で働くのを恐れる気持ちはわからんでもないがな。だから俺も待った。でも、これ以上は待ってやれん。圧をかけた俺が言うのも何だが、どうしても気が進まないのなら断ってもいいぞ。そうしたからといって立場が悪くなるようなことは、絶対にないから」

「本当ですか？」

「信用してないな」遠藤は苦笑している。「部下を守るために、オフィス長なんてたいそうな肩書を頂戴《ちょうだい》してるんだろうが」

入社しておよそ一年五ヶ月、響はいままで一番、遠藤のことを頼もしく感じた。

「そのお言葉、とてもうれしいです。必ず近日中に結論を出します」

「頼むぞ」

頭を下げて、響は自分のデスクへ帰ろうとする。そのとき遠藤の発した一言が、まるでそこだけエコーがかかっているかのように、際立《きわだ》って聞こえた。

「あんまり先輩の顔に泥塗《ぬ》るなよ」


終業の時間を迎えると、響はアザーサイドのオフィスが入っているビルの入り口で、巧を捕まえた。

「巧くん！」

背後から肩に手を置く。振り返った巧の顔は、マスク越しにもわかるほど驚きに満ちていた。

「心臓に悪いな。どうしたの、響ちゃん」

「部長から聞いた。東京本社への異動に私を推薦《すいせん》したの、巧くんなんだって？」

それは遠藤から直接、教えてもらったことだった。

――あんまり先輩の顔に泥塗るなよ。

「あの、部長。いまの、どういう意味ですか」

響に訊き返された遠藤は、きょとんとしていた。

「おまえ、本当に編集者か？　顔に泥を塗るっていうのは……」

「いや、語義じゃなくて」

とぼけた回答にツッコミを入れる間ももどかしい。

「どうして私が東京行きの決断を渋ると、先輩の顔に泥を塗ることになるんですか」

「あれ、聞いてないのか？　てっきり、本人から伝わってるもんだと」

「何も聞いてないです」

遠藤はオフィスの一隅の、誰もいないデスクに目をやってから告げた。

「気を悪くするかと思って、俺からは言わないでおいたけどな。実は、本社が人員をよこせと言ってきたとき、俺が最初に推薦しようとしたのは久我原だったんだ」

「久我原さんを？」

さすがに部長の前で《巧くん》とは呼べない。

「香住とは一年しか変わらんが、あいつには能力がある。なにせコロナ禍でおこなわれた入社試験のリモート面接のときから、ほかの就活生に比べて頭一つ抜けてたからな。本社でも即戦力になる、と踏んだ」

いま、巧は席を外《はず》している。壁のホワイトボードには〈久我原　12時～取材〉と記されていた。

「じゃあ、久我原さんは……」

遠藤は、ゆるりとうなずいた。

「蹴った」

「どうしてですか。私が言うのも何ですが、とてもありがたいお話なのに」

本当に香住が言うのも何だよ、と言って遠藤は笑う。

「一番は兄貴の問題らしい。あいつの兄貴が消息不明になってるって知ってたか」

むろん知っている。自分たちはいま、その兄を捜している。

「大牟田《おおむた》の実家は人に貸してるが、それでも兄貴が戻ってくるとしたらあの家しかないから、何かあったときにいつでも駆けつけられるようにしておきたいんだそうだ」

「その説明を聞いて、部長は引き下がったんですね」

「実を言うと、俺の中にも迷いがあった。うちのオフィスは少数精鋭《せいえい》で、久我原を放出するのは痛手だからな。それで、どうしたもんかと悩んでいたら、久我原のほうから『香住さんはどうですか』と薦《すす》めてきた」

いわく、自分は香住さんの文章を高く買っている、だから勝手ながらアザーサイドに来ないかと声をかけた、最近は遅刻癖も直ってきたし本社でも活躍できると思う、と。

「久我原の説得を聞いているうちに、俺もそうするのがいい気がしてきてな。香住だってうちの大事な戦力には違いないが、折しも例の企画書に目を通したところだったから、それが本社行きのモチベーションになると考えた」

「それって、いつごろの話ですか」

遠藤は顎のあたりをさすって、

「香住に話をする二、三日前だったから……七月下旬か？」

実際に部長から栄転の話を聞かされたのは、火災現場付近を四人で調査し、久我原幸秀の関与が明らかとなった日の翌日だったから、それ以降ということはありえない。だが少なくとも、調査を決意した角島《つのしま》旅行以後ではあったわけだ。

響の中で、疑惑《ぎわく》が膨《ふく》らんだ——それをいま、彼女は巧にぶつけようとしている。

「部長から聞いたの？　内緒《ないしょ》にしてくれって念を押したのに」

笑い話にして済まそうとする巧の首根っこをつかむようにして、響は問いただした。

「どうして私を推薦したの」

「どうしてって……適任だと思ったから。それ以外にある？」

「私たち、仲よくなって、四人で旅行に行って、これから楽しいことがたくさんありそうだって、わくわくしてた矢先だったよね。なのにどうして私だったの。推薦するなら、ほかにも人はいるじゃない」

響は暗に、巧を追及していた。

――実兄の罪を暴《あば》かれるのが怖くて、調査の邪魔《じゃま》をしようとしたんじゃないの？

もしかすると巧は、久我原幸秀が十五年前の火災に関与していることを、本人から聞かされていたのではないか。そう仮定すると、響がかねて嗅《か》ぎ取っていた作為《さくい》に一つ、説明がつく。

巧は響のブログを読んで、兄から聞いた火災について書かれていると気づいたのだ。だから、響に近づいた。響が窃盗や放火に勘《かん》づいていないことを確かめるために――二人の出会いは、仕組まれたものだった。

ところが、巧は思わぬ形で切り返してくる。

「響ちゃん、伊織のこと好きだろう」

彼の目つきに現れた余裕に、響のほうがうろたえる。

「そんな話、いまは関係ない――」

「ところが、大ありなんだな。響ちゃんを推薦したのは、それが原因なんだから」

響は耳を疑った。

「どういうこと？」

「俺、響ちゃんのことが好きだった。響ちゃんも、察してくれていたんじゃないか」

唐突《とうとつ》な告白に、響は固まることしかできない。

「でもそこに突然、伊織が現れた。正直、勝てるわけないと思った。劇的な再会に、十五年前の因縁《いんねん》。それでなくても俺と違ってあいつは男前だし、人柄もいい。そして伊織も、郷音ちゃんより響ちゃんのほうを向いているようだ」

「そんなことはないと思うけど……」

「いいや、一目瞭然《いちもくりょうぜん》だ。男らしくないことを承知で言うが、それが俺にとってみればおもしろくなかった。とんびに油揚げをさらわれるとはこのことだ」

男らしくない、なんて表現は時代後れだ――職業病のような指摘が、響の思考を妨害する。

「だから、私を東京へ行かせようとしたの？」

「そのとおりだよ。軽蔑されちゃったかな」

これまでクールな男を演じ続けてきた巧の、仮面が外れる。

そこにあるのは、寂しさだ――家族を失い、恋にも破れ、それでも冷静に振る舞う男が、とうとう隠しきれなかった哀愁《あいしゅう》だ。

「手の届かないところに行くのは仕方ない。でも、自分の見ている前で、誰かのものになるのは耐えられない。わかるかな、この気持ちが」

「わからなくはない、けど」

「もちろん、きみが優秀だと思うから推薦したこともまた事実だ。それに、何と言ってもきみには断る権利がある。そこまでは、俺の力は及ばない」

あらためて、響は思考に集中する。

これまで大いに世話になってきた彼との関係は、すでに破綻《はたん》しかけていると言っていい。遠藤だって口ではああ言ったが、これだけ待たせたあげく栄転を断れば、落胆《らくたん》させるに決まっている。このまま福岡オフィスに残っても、居心地は悪くなる一方だろう。

伊織や郷音とはどうなる？　巧の見立てが正しいとは限らないけれど、伊織がもし本当に自分に好意を持ってくれているのだとしたら、遅かれ早かれ郷音との関係はこじれる。幾多のトラブルを乗り越え、郷音との絆《きずな》が強まったと信じているから、険悪にはならずに済むかもしれない。でもそれは希望的観測であり、どのみち自分はまたしても郷音に負い目を感じてしまうのを避けられないだろう。

――私は。

それらに耐えてまで、福岡にとどまりたいのだろうか。

新しく見つかった目標だって、当面は犠牲《ぎせい》になるというのに。

「決めた」

響は口を開いた。巧にというより、自分に言い聞かせるように。

「私、東京に行く」

二人の頭上を、飛行機がけたたましい音とともに飛び去っていった。

第六章　反転

1

「本日はお忙しいところ、ありがとうございます」

響《ひびき》が頭を下げると、隣の郷音《さとね》とその向かいの伊織《いおり》もそれにならった。響の正面では小太りの男性が、こちらに聞こえるギリギリの声量で「あ、どうも」とつぶやき、恐縮《きょうしゅく》している。

九月初週の日曜日、時刻は十五時。響たちは、福岡《ふくおか》市地下鉄呉服町《ごふくまち》駅の近くにあるコーヒー店の二階にいた。木材を基調とした明るい内装で、店内にはかぐわしいコーヒーの香りが漂っている。週末だからか、店内は満席だ。

事態が進展したのは三日前の夜だった。響のFacebookのアカウントに突如《とつじょ》、メッセージの返信が届いた。

〈久我原幸秀《くがはらひでゆき》とは大学の同期でした。福岡市内に住んでおりますので、私でよければ取材に応じます〉

蒔《ま》き続けた種がいっこうに芽吹かないので、Facebook経由での捜索を断念しようかと考え始めた矢先に、ようやくもたらされた光明《こうみょう》だった。響は先方のスケジュールを最優先し、美容院の予約をキャンセルして——自身の状態を確かめるべく、三ヶ月ぶりに入れた予約だった——今日に臨んだ。郷音と伊織にも声をかけたところ、さすがに重要な一日になると見たのか、二人とも同席する旨《むね》の連絡が返ってきた。

まだ、二人には東京行きを決めたことを言い出せずにいる。オフィス長の遠藤《えんどう》は響の決断を大いに歓迎し、両親も応援してくれた。福岡で過ごす時間は残り一ヶ月を切り、家を決めるための東京滞在の手配をしたり、業務の引き継ぎをしたりと、にわかに慌《あわ》ただしくなってきた。

待ち合わせ場所のコーヒー店に現れた男性の名は、細貝《ほそがい》といった。その苗字《みょうじ》でこの体型とは、と響はまず思い、すぐさまそんな自分を恥じる。この手の失礼な冗談も、時代の変化とともに駆《く》逐《ちく》されていくのだろう。

丸刈りにした髪が少し伸びすぎたような頭で、顔立ちからは人のよさが滲《にじ》み出ている。福岡市内で、中学校の教員をしているという。半袖シャツにスラックスという恰好《かっこう》は、公私の区別をつけていないように見受けられた。

「今日はお休みですか」

四人全員が注文したアイスコーヒーが届くのを待つあいだ、導入として発した響の問いに、細貝はええ、と答える。

「見てのとおり、私は運動部ではなく文化部の顧問《こもん》なので。週末は部活も休みです」

とはいえ二学期が始まったばかりで忙しいはずだ。なるべく手短に済ませなければ、と響は思う。

「久我原幸秀さんとは、佐賀大学の同期でいらっしゃるのですよね」

「学部、学科まで同じでした。久我原は一浪してたので、歳は私の一個上ですけど」

「ということは、教育学部？」

「いまはなき文化教育学部です。平成二十八年度に、募集が停止されました。私と久我原は小・中学校の教員免許を取るコースでした」

幸秀は、教員を目指していたのだ。

「細貝さんは、幸秀さんとどのくらい親しかったのですか」

「久我原は三年生の途中から大学に姿を見せなくなったので、それ以降は関わりないですけど……でも、それまでは仲いいほうだったかな。研究室も一緒だったし」

「研究室、ですか」

「三年から所属するんですよ。私とあいつは考古学の研究室に所属してました。定期的に発掘などの実地調査に出かけたりもして、なかなか楽しかったですよ」

そのときの経験を生かし、細貝は現在、社会科の教員を務めているのだという。

「幸秀さんはどういう学生でしたか」

「入学当初は、わりと目立つほうだったんじゃないかな。明るくて、ノリがよくて。みんなのイジられ役っていうか」

引っかかる単語が飛び出したので、響は反射的に訊き返した。

「イジられ役？」

「クラスに一人はいるじゃないですか。元気のいい男子や女子にからかわれながらも、反応がおもしろいから何だかんだ人気があるようなやつ。そういうポジションでした」

教員になりたい人たちが、そして現に中学教員を務めている細貝が、幸秀に対してそんな印象を抱いていたのか。その後の幸秀がどうなったかを知るだけに、響は暗い気持ちになる。

感情が表に出てしまったのだろう。細貝は言い訳めかして補足する。

「いじめとか、そういうのではなかったですよ。これは誓《ちか》ってもいい。加害者側がいじめだと自覚していない例がままあることを、私は教員生活の中で嫌というほど思い知らされてきましたが、久我原はイジられ役を率先《そっせん》して引き受けているようなところがあったし、周囲がそれを見てイジりをエスカレートさせることもなかった」

「つまり、幸秀さんが不快感を覚える出来事はなかった、と?」

「皆無とは言いませんよ、人間ですから。でも、基本的にはなかったと思います。唯一《ゆいいつ》、あだ名で呼ばれるのだけは嫌がってましたが……」

「あだ名?」

「あいつ、男前だけど、ちょっと老《ふ》け顔だったんですよ。目元の皺《しわ》が深かったり。それで、入学当初からみんなに《オッサン》と」

――兄貴のほうが、だいぶ老け顔だったけど。

確か、巧《たくみ》もそんなことを言っていた。

「いたな、そういう子」

運ばれてきたアイスコーヒーにガムシロップを入れてストローでかき混ぜながら、郷音は独り言のように言う。

巧から見せてもらった幸秀の写真を、響は思い出す。巧とそっくりで、ただ言われてみれば実際よりも歳を取っているように感じられた。大きな目のまわりの笑い皺や、エラの張った輪郭《りんかく》などがそう見せたのかもしれない。

「コンプレックスだったみたいなんですよね。それで、初めのうちは嫌がってたけど、本人の希望とは裏腹にあだ名として浸透《しんとう》してしまったから、途中からはあきらめてました」

「そのせいで、大学に来られなくなった可能性は？」

「ありませんよ。オッサン呼びが定着してから不登校になるまで、二年以上も経過してますし」

そうは言うが、心の内側までは計り知れない。積もり積もって、ということもある。

「まあ、私はそのあだ名を快く思っていなかったので、普通に苗字で呼んでましたけど。それもあって、久我原は私に気を許してくれていたのかもしれません」

いずれにしても、いじめがエスカレートしてカツアゲなどの被害に遭《あ》った結果、幸秀が金に困るようになるといった、わかりやすいいきさつがあったわけではないらしい。細貝の証言を信じるのであれば、という仮定のもとではあるが。

もっとストレートに訊ねたほうがよさそうだ。響は仕切り直す。

「ところで、幸秀さんが何らかの金銭トラブルに巻き込まれていた、という話を聞いたことはありませんか」

細貝は首をかしげ、

「金銭トラブル？　知らないな……いや、待てよ」

響より先に、伊織が反応した。「何か心当たりが？」

「そう言えば、一度だけ、あいつが消費者金融から出てくるのを見かけたことがあります」

重要な証言だ。響は口をつけようとして手に持ったお冷《ひや》のグラスを置いた。

「詳しく聞かせてもらっていいですか」

「あれは……そうだ、三年生のときだ。当時、私にはお付き合いを始めて間もない女性がいまして。それがいまの妻なんですけど」

はにかんでみせる細貝に、響は愛想《あいそ》笑いを返すことしかできない。

「大名《だいみょう》のほうでデートしてたんですよ。すると、消費者金融の入っているビルから出てきた久我原とばったり出くわしまして」

驚いた細貝は、思わず声をかけたのだという。

――久我原、こんなとこで何やってるんだ？　金借りに来たのか？

「久我原は『ちょっと金欠《きんけつ》で』とか何とか言いながら、逃げるように去っていきました。そのさまが切羽詰《せっぱつ》まってるというか、常に似ず帽子やサングラスまでしてたし、とにかく異様だったからよく憶《おぼ》えています。まあでも、あいつんちが母子家庭で生活が苦しいのは私も知っていたので。バイトをいくつか掛け持ちしてて、忙しいからってサークルにも入ってませんでしたし。なので、深くは気に留めませんでした」

「そのころはまだ、大学にはかよえていたんですね？」

「ええ。だから、前期の終わりごろだったんじゃないかな。後期に入ってから久我原をキャンパスで見かけなくなって、心配してたときに、消費者金融の件を思い出して『金がないなら学食の飯くらいおごってやるから大学来いよ』ってメールを送ったの、憶えてるので。あいつからは

『そのうち行く』って感じの返信が来たんですが、何度誘《さそ》っても同じ反応だったので、じきに連絡しなくなりました」

優しい友人を持ったものだ。にもかかわらず幸秀は自身のトラブルを、細貝にも打ち明けなかった。

響は消費者金融について詳しく知らない。ただ鳥島の話により、幸秀は少なくとも三百万円、必要としていたことがわかっている。大学生で、アルバイトの収入があるに過ぎなかった当時の幸秀では、たとえ審査を通ったとしても大した額は借りられなかっただろう。だから、実父を頼ったのだ。

「ちょっとよろしいですか」

そこで、伊織が発言した。

「いま、大名の消費者金融とおっしゃいましたね。具体的に、何というお店かご記憶ですか」

大名は伊織の勤務先でもある。細貝はこめかみのあたりを揉《も》みながら、

「何だっけな……有名だったはずですよ。借金したことのない私が、一目でそれとわかったんですから。ええと……ああそうだ、『スマイル』だ」

スマイルなら、響も知っている。『苦しいときこそ、スマイル』のキャッチコピーで頻繁《ひんぱん》にテレビCMを流している、消費者金融の大手だ。

「ありがとうございます」

礼を述べる伊織に、郷音が訊ねた。

「伊織くん、場所わかるの？」

「ああ。うちの店の裏だよ」

それで、響も思い出した。ヴェンティ・クワトロのバーカウンターに座っていたとき、正面の窓の向こうに消費者金融の看板が光っているのが見えた。確かにあれはスマイルだった。細貝と同じように、響も一目で消費者金融と認識できたのだ。

「でも、十五年前から同じ場所にあったとは限らないよね」

郷音が慎重《しんちょう》を期すので、伊織はスマートフォンでマップを開き、細貝に見せた。

「この場所で合ってますか」

細貝は画面をじっと見つめ、答える。

「間違いありません。大名のあたりはいまでもたまに行きますけど、あのビルは当時から何一つ変わっちゃいない」

「ねえ、伊織くん」

スマートフォンをジーンズのポケットにしまう伊織に、響は声をかける。

「何？」

「どこの消費者金融かを突き止めてどうするの？　もしかして、聞き込みに行こうなんて考えてないよね」

伊織は口に含んだアイスコーヒーを、危うく噴《ふ》き出しそうになっていた。

「まさか。闇金みたいなところなら、借金したあげく身の危険を感じて引きこもりになったという線もあるかもしれない、と考えただけさ。同じ家に住んでいた巧が察知していないわけだから、それもなさそうだとは思ったけど念のため、ね」

ほっとした。響は編集者でありながら実質ライター業も兼ねている手前、どんな場所であれ必要とあらば取材に行くが、それでも消費者金融へ突撃するのは抵抗がある。

「幸秀さんの大学時代のご友人を、ほかにもご紹介いただけないでしょうか」

響は図々《ずうずう》しいのを承知でお願いしてみたが、細貝は嫌がらなかった。

「かまいませんよ。私も、彼の行方《ゆくえ》は気になりますし。ただ……私以上に、彼と親しくしていたやつがいたかは疑問ですが」

「もし彼が困っていたのなら、真っ先に相談するのは細貝さんであったはずだ、と？」

「そう思いたいですね。久我原のバイト先やその他の人間関係までは知りませんが、少なくとも学内では。そんな私にすら言えないほどの、深刻なトラブルだったのかもしれません」

「ちなみに久我原さんはどちらでバイトを？」

「大学の近くにある居酒屋の厨房《ちゆうぼう》と……ラブホテルの清掃もやってたっけな。いまはいずれも潰《つぶ》れてしまいました」

居酒屋はさておきラブホテルに関しては、やはりお金を必要としていた印象を受ける。しかし、現存しないならそこから人間関係をたどるのは難しそうだ。

「幸秀さんに恋人は？」

「私の知る限りではいませんでした。私が言うのも何ですが、あまりモテるタイプではありませんでしたね。顔のつくりは男前なんだけど、何というか、ちょっと卑屈《ひくつ》なところがあったので」

周囲がイジるから、そうなってしまったのではないか。響は思ったけれど、口には出さない。

本人の許可が要《い》るとのことで、細貝は後日あらためて学友の連絡先を教えると約束してくれた。四つのアイスコーヒーのグラスは、すべて空になっている。

「貴重なお話、ありがとうございました」

三人で頭を下げると、細貝は心細い感じのする声で言った。

「久我原、見つかりそうですか」

当たり前のことを、響はいまさらながら察する。

彼は、かつての友人を心配しているのだ。

「最善を尽くします」

「嘘なんでしょう。感動の再会のドッキリ企画、というのは」

それは不意打ちで、響はうまく対処できなかった。

「どうしてそう思われるのですか」

「わかりますよ。どう見たってそんな空気じゃない。何か、あまりよくない隠しごとをしているときの目だ」

生徒が隠しごとをしていてもすぐに見抜けるんです、と言って細貝は笑った。

「あなた方が私に事情を話せないと判断しているのなら、私も詮索《せんさく》はしません。それに、私にはあなた方の目的なんてどうだっていい。久我原がどこかで元気に暮らしてることがわかったら、それで満足なんです」

最後に付け加えるとき、細貝は目を伏せた。

「どうしてあのとき、もっと強く手を差し伸べてやれなかったんだろうって。私はそれを、いまでも後悔《こうかい》しているので」

「あなたはあなたで――」

口を開いたのは、伊織だった。

「自分のことで必死だったんだと思いますよ。若いときというのは、そういうものですから」

自覚もないままに相貌失認《そうぼうしつにん》を抱え、恋人や職を失った伊織。

火傷《やけど》のことで、いまなお苦しんでいる郷音。

そして、身体醜形障害《しんたいしゅうけいしょうがい》に悩まされてきた響。

外側からは見えなくても、誰もが問題を抱えている。細貝もたぶんそうだった。差し伸べた手を友人に引っ張られたら、一緒に転がり落ちてしまいかねないくらい。大学生なんて、そのくらいの年頃なんて、たいてい未成熟で脆《もろ》い存在なのだから。

「そう、ですね……そうかもしれません」

細貝が、両手で顔を覆《おお》う。彼がなぜこんな調査に応じてくれたのか、その理由を響はようやく思い知る。

伊織が、生意気言ってすみません、と謝った。

2

週明け、オフィスに出勤した響は、巧に声をかけられた。

「響ちゃん、ちょっといいかな」

その言い方で、よくない話をされることは察せられた。巧の顔が、めずらしく強張《こわば》っている。

二人で喫煙ブースまで移動した。コロナ禍以降、感染予防の観点から、入室は二人までとされている。密談をするにはもってこいだった。

透明のガラス戸を後ろ手で閉めるや否《いな》や、巧は切り出した。

「響ちゃん、兄貴のこと嗅《か》ぎ回ってるだろう」

響は身を固くする。とっさに口を衝《つ》いて出たのは、浮気を見破られた人のような苦しまぎれの台詞《せりふ》だった。

「どうしてそう思うの？」

巧はため息をつく。

「高校の同級生から、『お兄さん、行方不明なの？』とLINEが来た。何の脈絡《みゃくらく》もなかったから、何でそんなこと訊くのかと返したら、そういう噂が回ってきた、と」

響の頭に、ある人物の顔が浮かぶ。

――これを機に仲よくしてもらえるとうれしいです！　今度飲み行きましょー。

どう見ても、口の堅そうなタイプではなかった。沖野《おきの》が情報を漏《も》らしたに違いない。

「困るんだよ。身内に関して騒がれたくないことくらい、言われなくたってわかるだろう。俺も、みんなが調査をあきらめちゃいないのは察してたけどさ。訊きたいことがあるのなら、俺に直接訊いてくれればいいじゃないか」

憤懣《ふんまん》やるかたない様子で、巧は咎《とが》める。

観念するしかなさそうだ。響はお腹《なか》の前で手を重ねて言う。

「ごめんなさい。巧くんに悪いとは思ってたけど、ほかにいい方法を考えつかなくて。お兄さんのことはどうしても、巧くんには訊きづらかったし」

巧はマスクを外《はず》すと、スーツの胸ポケットからハイライトとライターを取り出し、慣れた手つきで火をつけた。

「巧くん、タバコ吸うんだっけ」

「長いことやめてたんだけどな。最近いろいろあった影響で、また吸うようになった」

暗に、責められているように聞こえた。非喫煙者の響には知る由《よし》もないが、ストレスを感じると吸いたくなるものらしい。郷音の家のベランダにも吸い殻《がら》が溜まっていたことを、響は思い出す。

「そっとしておいてくれないかな」

煙を上に吐《は》き出して、巧がぽつりと言った。

「仮に、兄貴が郷音ちゃんの家に盗みに入り、そのうえ火をつけたのだとしたら、本当に申し訳ないと思う。どれだけ謝ったって、許してもらえることじゃない」

「巧くんに罪はないよ」

「ああ、そうだ。俺は兄貴とは違う人間だ。いかに申し訳なく感じていようとも、俺では罪を償《つぐな》うことはできない――いっそ償えたらいいのに、そうすれば終わりにできるかもしれないのに、とすら思うよ。でも、俺にその資格はないんだ」

ハイライトの濃厚なにおいが、響の鼻腔《びこう》を刺激する。

「親父《おやじ》に捨てられて、母親が死んで、兄貴も消えちまった。いまの俺は天涯《てんがい》孤独なんだ。そのうえ犯罪者の弟なんてレッテルまで貼られたら、どうやって生きていけばいいかわからない」

「私は、お兄さんのやったことで巧くんを責めたりしない」

「響ちゃんは、ね。でも、世間は違う。郷音ちゃんの反応、見ただろう?」

――あんたの兄のせいで、わたしは。

郷音の悲痛な叫びが、響の耳の奥でこだまする。

巧の訴えはあまりに切実だった。さまざまなものを奪われ続け、それでも真っ当に、穏《おだ》やかに暮らしてきた。それさえも、自分たちは奪おうとしている。

響が何も言えずにいると、巧は短くなったタバコを吸い殻入れに押しつけて火を消した。

次の瞬間、恐ろしいことが起こった。

巧が、土下座《どげざ》をしたのだ。

「頼むよ。このとおりだ」

「ちょっと、やめてよ巧くん。そんなことしないで」

響は巧の肩をつかんで立ち上がらせようとする。だが、巧は頑《がん》として動かない。

「後生《ごしょう》だから、兄貴の過去を蒸《む》し返さないでくれ。罪滅ぼしなら、俺にできることは何でもするから。わかってもらえるまで、俺は何時間でも顔を上げない」

「わかった、わかったから」

勢いで響が言ってしまうと、巧は響の顔を見上げる。「本当か?」

巧の両目は、真っ赤に染まっていた。

取り返しのつかないことを口にしている自覚はあった。それでも響は、自分の発言を止められなかった。

「私はただ、真実が知りたかっただけ。あの火事は自分のせいじゃなかったって、そう思いたかっただけなの。そしていま、私個人としては、出火原因はお兄さんの放火だったと確信してる。だったらもう、私の目的は果たされたようなものだから、無理にお兄さんを捜し出す必要はない」

巧が響の手を両手で包み、額に押し当てた。

「ありがとう……本当にありがとう。この恩は一生忘れないから」

どうして、こんなことになってしまったのだろう。響は天を仰いだ。

この一幕について、響はただちにＬＩＮＥで伊織と郷音に共有した。

響の対応を、二人はその場を収めるための方便《ほうべん》だと解釈したらしい。土下座の話を聞くとさすがの郷音もトーンダウンしたようで、

〈巧くんには気の毒だけど……わたしはやっぱり、引き下がるわけにはいかないな〉

今後の調査はいっそう注意深く進めることで、三人の意見は合致した。

沖野には、Facebook経由《けいゆ》でクレームを入れた。

〈巧さんのお兄さんのこと、言いふらしましたよね？〉

〈言いふらしたも何も、二年半も消息不明だなんて遅かれ早かれ伝わる話でしょう。ドッキリ企画云々《うんぬん》の件は誰にも言ってないですよ〉

無責任な、と響は腹を立てたが、続くメッセージで手のひらを返さざるを得なかった。

〈こちらからも、響ちゃんに連絡しようと思ってたところでした。実は、お耳に入れておいたほうがよさそうな情報を、毛利《もうり》がキャッチしまして〉

なんと、毛利はあれからも幸秀の行方を気にして、地元の人たちと会った際などに情報収集を続けてくれていたというのだ。

〈そんなこと、毛利さんからは一言もお聞きしてませんでした〉

〈あいつ、シャイなんですよ。それで、直接お伝えしたいそうなんで、よかったら大牟田《おおむた》に飲みに来ませんか？　できれば、前回のあの男性は抜きで〉

要は、情報をエサに響を釣り出そうというのである。

郷音と伊織に相談したところ、当然ながら伊織はいい顔をしなかった。

〈僕に来るなと言うあたり、目的が別にあるのが露骨《ろこつ》だし、危険だ。耳に入れておいたほうがいい情報というのも、どこまで信じていいか怪しいものだな〉

一方で、郷音はこんな風に申し出た。

〈一パーセントでも有益な情報である可能性がある限り、切り捨てるべきじゃないと思う。響一人では心配だから、わたしも一緒に行くよ〉

女性なら同伴《どうはん》しても許される、と郷音は踏んだのだ。

響がその旨の提案をしたところ、沖野は快諾《かいだく》した。

〈むしろありがたいです。どっちかが余らなくて済むんで（笑）〉

響は怖気《おぞけ》を震《ふる》ったが、背に腹は替えられない。

次の土曜日、沖野が指定したのは大牟田市内にある、歴史あるお好み焼きの人気店だった。

店構えからして昭和の香りを感じさせ、お店には失礼だが響は、一人でなくてよかった、とあらためて思った。もっと静かな店にしてほしかったが、そのような配慮はしてくれないらしい。靴を脱いで畳の席に上がるのも、少し抵抗がある。

男性二人は先に待っており、沖野は一目見るなり郷音を歓迎してくれた。

「どうもどうもー！　そちらが響ちゃんのお友達？　いやあ、かわいいっすねえ。やっぱ類《るい》は友を呼ぶんだなあ」

いまの郷音は見た目のことを言われるのを嫌がっているはずだが、貴重な証言のためとあらばその感情を隠しとおせるくらいの器用さを、彼女は持ち合わせていた。

「初めましてー。新飼《しんかい》郷音です。今日はよろしくお願いしまーす」

毛利は会釈《えしゃく》をしたようなしていないような仕草《しぐさ》を示したあとは、そわそわと目を泳がせていた。調査のときよりも落ち着きがない。自分たちのために情報収集をしてくれていたというのは本当なのだろうか、と響は不安になる。

もっとも、庶民的な店内のあちこちに設《もう》けられた鉄板を丸ごと埋《う》め尽くすほどの巨大なお好み焼きは、想像以上に美味《びみ》だった。沖野がこの店を選んだのは、彼なりの歓待《かんたい》の表れではあったようだ。

「それで、耳に入れておいたほうがよさそうな情報とは何でしょうか」

沖野が切り分けてくれたお好み焼きをつつきながら、響は問う。お酒は飲めないことにして、瓶《びん》のオレンジジュースを注文していた。郷音はおかまいなくビールをジョッキで飲んでいる。鉄板の周りには、お好み焼きをひっくり返す際に飛び散ったキャベツの切れ端が落ちていた。

「そんな思い詰めたような顔しなくたっていいじゃん。俺ら同い年だし、警戒《けいかい》しなくて大丈夫《だいじょうぶ》だって」

沖野は話をはぐらかす。今日もジェルで固めた前髪に、頭上の蛍光灯の光が反射している。

「先に聞いちゃってからのほうが、楽しく飲めそうじゃないですかあ」

郷音の切り返しはさすがだ。右側に座った響から見ても、火傷の痕《あと》は化粧でほとんどわからない。

「お、楽しく飲む意思はあるんだね。いい心がけだ。それじゃ毛利、さっそく話しちゃってよ」

沖野に背中を叩《たた》かれ、毛利はいっそう肩を丸める。いきなり電話をかけて話を通してくれたくらいだから、彼らはもともと交流があるのだろうが、それにしてもこの二人が仲よくしている模様は思い描くのが難しかった。

「……連絡先は知ってましたから、僕から直接、香住《かすみ》さんにご連絡すればよかったんですけど。教えるほどの情報かどうか、自信が持てなくて。かえってご迷惑かとも思い、まず沖野に伝えたら、こんな流れになってしまいました。すみません、わざわざ大牟田までご足労《そくろう》いただいて」

「いえ、そんな。あれからも気にかけてくださっていたそうで、ありがとうございます」

響が感謝を述べると、毛利はこちらを一瞥《いちべつ》し、またうつむいてしまう。

「香住さんとお会いしてから、久我原の兄貴のことがずっと気になってて。家が近いから、歳は離れてるけど遊んでもらったこともあったし。それで、久我原の兄貴と関わりのあった人に会うと、何か知らないか聞いてみたりしてました。そしたら一人、二年前の三月ごろに、久我原の兄貴らしき人物を見かけたって人が現れて」

響は思わず背筋を伸ばした。二年前の三月なら、まさに幸秀が消息を絶った時期ではないか。

「その人は、久我原の家の向かいに住んでるおばさんです。いまはもう、おばあさんですけど。昔からそこに住んでるんで、久我原の兄貴のことはよく知ってます。ただ……」

「ただ？」

「歳も歳なんで、どこまで信用していいかわからなくて。目も悪いし、ちょっと認知症も始まってるみたいだし」

雲行きが怪しくなってきた。

「本当に、幸秀さんだったんでしょうか」

「僕もそう思ったんですよ。久我原の兄貴って、十年以上引きこもってたんですよね。それで、見ただけでわかるものなのかなって」

引きこもりのまま十年も経過すれば、どうしたって容姿は変わるだろう。

「でも、その目撃した場面が何ていうか、けっこう異様だったみたいなんです。それで、何であれ香住さんに伝えたほうがいいかもしれない、と。ほかに、久我原の兄貴を見かけたって人もいなかったし」

「異様、ですか。詳しく聞かせてもらっても？」

響が言い、郷音もジョッキをテーブルに置いて身を乗り出す。

向かいの住人の目撃証言を、毛利は訥々《とつとつ》と語った。

「久我原の家の前に引っ越しトラックが停まっているのを見かけてから、何日かが過ぎた日のことだったそうです。深夜二時ごろ、いきなり外からクラクションの音が聞こえて、おばさんはびっくりして飛び起きました。いわく、本人は眠りが深いほうで、ちょっとやそっとでは起きないけど、それでも目が覚めてしまうほどうるさかったとか」

つまり長く、あるいは何度も鳴らされたのだろう。

「クラクションは家の前の通りから聞こえていたので、おばさんは様子を見に行きました。香住さんも一緒に行ったからわかるでしょうけど、久我原の家の前の道って、離合《りごう》できないほど狭くはないんですよ。引っ越しトラックの路駐《ろちゅう》ですら通行の邪魔《じゃま》になっていないのを、おばさんも数日前に見たばかりでした。だから、何かあったのかと思った、って」

離合というのは九州や中国・四国地方の方言で、車どうしがすれ違うことを意味する。といっても二車線あるような道ではなく、すれ違うのにどちらかの車が避《よ》けたり、慎重に進んだりしなければならないほど狭い道で使われる場合が多い。

「通りにはクラクションを鳴らしたとおぼしき黒い車が一台停車してて、通りをふさぐように久我原の家の車が、バックで庭に入ろうとしていたそうです。運転手はマスクをしていたものの、街灯の明かりに照らされて見えた体格や輪郭が久我原ではなく兄貴に見えたので、おばさんは驚いたんだとか。なにせ、もう何年も目にしていなかったので。久我原の車が庭に引っ込んで、黒い車が走り去ったところで、おばさんは寝室に引き返したと言ってました」

おばさんが久我原の兄貴を見たのはそれきりだそうです、と毛利は締めくくった。

「郷音、いまの話についてどう思う?」

響はまず郷音に意見をうかがう。

「うーん……黒い車は、ただの通りすがりだろうけど。でも、寝ている人が目を覚ますほど激しくクラクションが鳴らされたのなら、久我原家の車はよっぽど邪魔になっていたんだね」

「もしくは、急に出てきて危なかったとかだな」

沖野も議論に加わってくる。

「出てきて？　ということは、帰ってきたところじゃなくて、出ていくところだった？」

それは響の想像とは異なっていたが、沖野はうなずいた。

「ありうるでしょう。久我原の兄貴が過去に免許を取得していたとしても、運転はかなり久しぶりだったはずだから、家を出るのにまごついた可能性は低くない。そのまどろっこしさに、黒い車のドライバーがブチギレた。自分でも、もたもたしてたら鳴らすと思いますよ」

沖野が前回、車のキーをちらつかせていたのを響は思い出す。

「でも、そのおばさんが見ているあいだ、車はどこへも出ていかなかったんですよね」

響の確認に、毛利は小気味《こきみ》よく答えた。

「見ているあいだどころか、そのあと一時間ほど寝つけなかったあいだも、車が出ていくことはなかったと断言してましたよ」

「何でそんなことが言いきれるんだよ」と沖野。

「音がしなかったかららしい。久我原の家の庭って、土の上に砂利《じゃり》が敷いてあるんだよ。あれ、けっこううるさくて、車が動くとすぐわかるんだ」

いまや稲永《いなが》宅となった巧の実家の庭を、響は思い浮かべる。では、あの庭の砂利は、現在の住人が敷いたのではなく、元からあったものなのか。

「じゃあ、やっぱり出ていくところじゃなくて、帰ってきたところだったんだ」

郷音が言い、沖野は眉根《まゆね》を寄せる。

「深夜二時に？　長らく引きこもりだった人間が、どこへ行ってたって言うんすか」

「それこそ、運転の練習とか。夜間は車も少ないだろうし」

「でも結局、あの車はいまも巧くんが乗ってるよね。幸秀氏に使える車がほかにあったとは考えにくいけど、何のための練習？」

響が反論すると、郷音は意地になって、

「レンタカーを利用して、行方をくらましたのかもしれないじゃん。別の支店に乗り捨てだってできるし。引っ越し業者に依頼するよりはずっと安上がりで済む」

「十年以上引きこもってたなら、免許の更新にも行けてなかったんじゃないですか。家の車はともかく、レンタカーは免許がなきゃ借りられないっすよ」

沖野の指摘《してき》はもっともだったが、郷音はそれでも自説を曲げなかった。

「いずれ必要になると考えて、巧くんが車を持ち去る前に練習しておいただけかも。とにかく、わたしは帰ってきたところだったと思うよ」

となると気になるのはその行き先だが、ここで議論して正解を導き出せることではないだろう。

と、沖野が混ぜっ返すようなことを言った。

「ていうか、本当にそれ、久我原の兄貴だったのかな。実は弟のほうだったりして」

「バックで庭に入ったってんなら、運転席は向かいの家のほうを向いていたわけだから、見間違えないだろう」

毛利はおばさんの肩を持つが、沖野は疑う姿勢を崩《くず》さない。

「でも、夜中の二時だぜ？　街灯の光があったとしても、暗くてよく見えなかったわけだろ。あの兄弟、歳は違えど顔立ちはそっくりだって話じゃん。ましてマスクしてたなら見分けなんてつかないって。だいたい、考えてもみろよ。車があるってことは、久我原弟は引っ越し荷物の搬出入だけ先に済ませて、まだ実家にいたってことだろ。引きこもりで無免許の兄貴がいきなり車を運転しだしたら、普通止めるだろ」

響は忘れかけていたことを思い出した。この男は、案外鋭《するど》いのだ。

「単純に、寝てたのかも……」

毛利の声は弱々しい。沖野はいくらか鼻白《はなじろ》んだ様子で、

「それもないとは言いきれないさ。時間が時間だけにな。でも、向かいの家からでも砂利の音が聞こえてたのなら、家にいたらますますはっきり聞こえたはずだ。じゃなきゃ、防犯の役には立たないしな。俺はやっぱり、ドライバーは久我原弟だったと思う。あいつが夜中に帰り着く理由なら、デートでも何でもいくらだって思いつく」

ともかく、これ以上、向かいのおばさんの証言の信憑性《しんぴょうせい》を云々していても埒《らち》が明かない。確かなのは、二年前の三月某日《ぼうじつ》の深夜に、幸秀かもしれない人物が車を動かしていたという一点だけだ。

「ご協力いただき、本当にありがとうございました」

響が微笑《ほほえ》みかけると、毛利は目を逸《そ》らす。沖野が代わりに口を開いた。

「お礼を言いたいのはこっちですよ。美人の元アイドルと飲んだなんて、当分、話のネタに困ら

ない」

　大声で笑う沖野を前に、響は自分のことよりも郷音の反応が心配になり、隣を見た。けれども視線に気づいた郷音は、大げさに下唇を突き出してみせただけだった。

　こちらの無言のやりとりなど歯牙《しが》にもかけず、沖野は続ける。

「いいよなあ、久我原は。こんなきれいどころと職場が一緒だなんて」

「久我原さんは、私をアザーサイドに誘ってくれた恩人ですから。幸運だったのは私のほうです」

「そりゃあ、仕事一本にもなるわ。あいつ、飲みに誘っても全然来てくれないんだもん」

「そうなんですか？」

　沖野は行儀《ぎょうぎ》悪く、箸《はし》を振った。

「就職してからも地元に残ってる者どうしってことで、社会人になってから何回かは飲みに誘ってますよ。けどあいつ、いつも『仕事が忙しい』の一点張りで、コロナ禍のリモート飲みにすら参加しなかった。ほかの同級生とも会ってないみたいです」

「へえ……何か、屈託《くったく》があるとかではなく？」

「それはないでしょう。大学時代までは、高校の友達ともたまに会ってたらしいですから。母親が亡くなってからは、独り立ちの資金を貯めると言ってバイトに明け暮れてたみたいですけど。ま、メディアの編集者なんてやってたら、一般ピーポーの俺らなんかは退屈に思えてしょうがないのかもしれませんね」

　無神経なだけの男かと思いきや、案外卑屈な面も持ち合わせているようだ。

鉄板いっぱいのお好み焼きを食べきり、行きつけのバーに連れて行きたいと粘《ねば》る沖野をかわして、二人は帰路《きろ》に就《つ》いた。西鉄《にしてつ》の特急電車のシートに座った響は、毛利に対してのみお礼の連絡を欠かさない。

郷音は今日の感想について簡潔に、

「クソだったね」

「うん。クソだった」

「響が言うと気持ちがいいわ」

二人は笑い合う。

「よく我慢してくれたよ。私、郷音がいつブチギレるかとひやひやした」

「クソには変わりないけど、あんなの序の口だよ。もっとひどい夜だって、いくらでも経験してる。令和《れいわ》になっても、ここはまだまだそういう国だから」

ひどい夜の詳細を、響は聞かないでおく。車窓の外には、心細くなるほど濃い闇が広がっていた。

3

久我原幸秀の行方は杳《よう》として知れない。

調査は順調に進んでいるかに見えたが、響は悠長《ゆうちょう》なことを言っていられなくなってきた。東京に発《た》つ日が、およそ十日後に迫っている。

歯がゆく思う一方で、もうじゅうぶんという気もしていた。状況から見て響は、幸秀が郷音の家に盗みに入り、その発覚を防ぐために、キャンドルの火がカーテンに引火したという事故を装《よそお》い、火をつけたと考えている。それで彼女の罪悪感がゼロになるわけではないものの、十五年越しにいくらか軽くなっただけでも、願ってもない救いだった。

むろん、できるなら幸秀を捜し出して罪を償わせたい。けれど、ここまで来るとあとは単なる人捜しだけ。響はもはや福岡でやり残したことはない、と思うまでになっていた。

いや、一つだけ――。

伊織への自分の気持ちに結論を出すより先に、東京行きという決断に至ってしまったことは、響の胸のうちでずっと引っかかっていた。

自分が福岡を離れることが、郷音と伊織にとって収まりがいいと感じているのは事実だ。でもそれは、ときおり響の心をくすぐってきた感情の萌芽《ほうが》に対し、自分自身を目くらましするための口実でもある。

結局、自分は逃げたのだ。

何を得て、何を失うのかを決めることから。それらによって生じるすべての結果を、受け止める覚悟から。

郷音への罪滅ぼしという大義にしておけば、いつか後悔しても自分をなぐさめられる。そうやってエゴを隠しとおすことに、響は慣れきってしまっていた。もう、引き返すことはできない。

いつか、伊織に吐いた泣き言が甦《よみがえ》る。

――私は自分の意思すらない、弱い人間だと思ってる。

病気が快方に向かっても結局、そんな根っこの部分は変わらないのだな。などと自嘲《じちょう》するにつけ、激動だったこの数ヶ月間が、自身の東京行きという形で結末を迎えるのは、何だかとてもお似合いなように響には思えた。


火曜日の夜。

川端通《かわはたどおり》商店街のそばにある割烹《かっぽう》の座敷席に、響はいた。

正面には郷音、その隣には伊織がいる。そして――。

「もう、郷音。なんて目をしているの」

響がたしなめると、郷音は響の隣に人差し指を向けた。

「だって、何で巧くんがここにいるのよ」

「何でって……響ちゃんに招かれたからだよ」

面と向かって非難され、巧は居心地が悪そうにしている。

大事な話があると言って、響が三人を集めたのだ。かつて、四人が初めて一堂に会したこのお店に。ヴェンティ・クワトロの定休日であるこの日を逃すまい、と響はかねて心に決めていた。

郷音には、巧が来ることを知らせていなかった。事前に知らせたら、参加してくれないかもしれないと思ったからだ。伊織は巧の同席を快諾、巧は参加を渋ったものの、繰り返し説得して強引に連れてきた。

郷音はなおも敵意をむき出しにしている。

「響も人が悪いよ。巧くんが来ること、教えてくれなかったなんて」

もっともこの態度が、本心というよりは引っ込みがつかなくなってしまったせいであることを、響は察していた。悪いのは幸秀であって巧ではないことがわからないほど、彼女は愚かではない。

「黙ってたのは謝る。でもね、私は今夜、どうしても大好きな二人に仲直りをしてほしいの。私がいなくなる前に」

その一言で、空気が固まった。

「響ちゃん、いなくなるってどういうこと？」

伊織が訊ねる。巧が、まだ言ってなかったのか、と驚いた顔をこちらに向けた。

注文した飲み物が和服の女将《おかみ》によって運ばれてくるが、誰も口をつけようとしない。響はあらたまって切り出した。

「アザーサイドの東京本社から栄転の話が来て、受けることにしたの。十月一日付けで、本社勤務になる」

「じゃあ……響、福岡を離れるってこと？」

郷音のこれは、福岡からリモートで勤務するのではないことの確認だろう。響はうなずいた。

「ちょうど九月の末日が土曜日だから、その日の十一時の便で東京へ行く。だから四人でこうやって飲むのも、今夜で最後になる。また帰省《きせい》したときに集まってくれるとうれしいけどね」

「そんな……もうすぐじゃん」

郷音は絶句し、伊織も目を泳がせている。場を取りなすように、巧が言った。

「だからさ、今日は送別会ってことで、思い出のこのお店で盛大に響ちゃんを送り出してやろうじゃないか。それじゃあみんな、グラス持って。響ちゃんの東京でのさらなるご活躍を祈念《きねん》して、乾杯《かんぱい》！」

郷音や伊織は放心状態で、半ば機械的に乾杯に応じる。東京行きのきっかけを作った張本人とはいえ、どうにか会を盛り上げようとする巧の姿勢に、響は感謝した。

食べ物の注文が済んだところで、伊織が口を開く。

「おめでとう、と言うべきなのかな」

「もちろん。本社に異動になったらお給料が増えるんだ。それに、私が書きたい記事を書くチャンスももらえるかもって聞いてる」

「ならいいんだけど、突然すぎて実感が湧かないな。消化不良っていうか……」

「そうだよ」郷音が座卓の上に腕を載せる。「響はそれでいいの？　自分で決めたことなの？」

「半分は会社の意思だけど、私も納得して受け入れたんだよ」

「わたし、響がずっとそばにいてくれると思ってたのに。だめなわたしを、支《ささ》えてくれると思ってたのに」

彼女の眼差《まなざ》しは鋭い。けれどもそれが、親愛から来るものであると響は理解していた。

「郷音は自分の力で立ち直った。それに、伊織くんや巧くんだっている。私がいなくても大丈夫だよ」

「嫌だ。わたし、響に東京行ってほしくない」

郷音が子供のようなわがままを言うので、響は困ってしまう。伊織が郷音の肩に触れた。

「もう、決まったことだから……」

「嫌だ嫌だ。わかってるけど、わかりたくない。ねえ響、何で相談もなしに決めちゃったの。せっかく再会できたのに。この四ヶ月、いろんなことがあったけど、本当の親友に戻れたと思ってたのに」

「東京に行ったたって、親友であることに変わりはないよ」

「嘘だ。そうやって、響はわたしを見捨てるんだ」

「見捨てるだなんて——」

言いかけて、響ははっとした。

郷音の頬を、涙が伝い落ちたからだ。

「わたしがいま、こうやって、生きてるのは、響のおかげなんだよ。響がいなくなったら、死んじゃうよ。ねえ響、わたし、すごく寂しい」

郷音の声が、しだいに嗚咽《おえつ》混じりになっていく。

——郷音のことを思って、福岡を離れる決意をしたのに。これじゃ、何のための東京行きだかわからないな。

本当に、これでよかったのだろうか。

「ごめんね、郷音……本当にごめん」

郷音につられて、響も涙する。

「謝らなくていい。響にとって、東京に行くのはいいことなんだから。だけど、今夜だけは言わせて。何でわたしを置いてっちゃうの。響のバカ。バカ響」

「私も寂しいよ。郷音と会えなくなるのは寂しい。東京なんて行きたくないよ。ずっとみんなと一緒にいたかった」

郷音が響の横に来て、二人は抱き合って泣いた。たっぷり泣いたら郷音のメイクがぐちゃぐちゃになって、響はそれを見て「ひどいね」と言って笑った。郷音はすぐさま「あんたもね」と切り返し、もう一度、今度は四人全員で笑った。

しんみりしたムードで始まった会だったが、女性二人が思いきり泣いたことで落ち着き、その後は和《なご》やかな夜となった。

郷音はしきりに「わたしも東京行っちゃおっかなー。仕事に就くことができたら、そのほうが働きやすそうだし」とつぶやいた。どうやら東京には憧《あこが》れがあるらしい。もっとも、それが少なくともいまは本気でないことは傍目《はため》にも明らかだった。響が「遊びにおいでよ、うちに泊まっていいから。一緒にディズニー行こう」と言うと、郷音は早くもスケジュールを確認していた。

調査の話は一度も出なかった。巧に遠慮したというのもある。響の東京行きのインパクトで、郷音は巧にいがむのをすっかり忘れたようだった。元の仲よし四人組に戻れた気がして、響はうれしかった。

唯一、伊織だけは晴れない顔をしていた。響の東京行きをまだ受け止めきれていないらしい。郷音と違って率直《そっちょく》な思いを口にすることはなく、気を遣《つか》った巧が幾度となく伊織に話しかけるのに柔和《にゅうわ》に対応しながらも、彼の胸中が穏やかでないことはうかがい知れた。伊織は響のほうを向いている、という巧の発言を頭から追い出すのに、響は終始気を張っていなければならなかった。

郷音は完全に酔っぱらい、巧も柄になく呂律《ろれつ》が怪しい。伊織も顔を赤くしていたが、響は今日もノンアルコールである。一人、冷静な響が代表して会計を支払いに行ったとき――送別会だからお金は要らない、という三人の主張を響は固辞《こじ》した――女将に声をかけられた。

「またお越しくださってありがとうございます」

一度しか来店していない自分のことを憶えていたのか、と響は驚きかけたが、すぐに合点《がてん》がいった。

「巧くん、よく来るんですか」

元はといえば、常連だという巧に紹介してもらったお店である。

ところが、女将の返事は想像とは違った。

「夏ごろに二、三回お越しいただいてからは、ご無沙汰《ぶさた》でしたよ」

響は苦笑する。何だ、後輩の手前、恰好《かっこう》つけたかっただけか。巧にそういうかわいらしい一面があることも、響はいまさらになって知った。

四人で店を出る。さっきまでの不仲はどこへやら、巧と郷音は千鳥足《ちどりあし》になりながら、上機嫌《じょうきげん》で笑い合っている。先導するようにアーケード街を歩き出した響の隣に、伊織が寄り添った。

「響ちゃん」

「伊織くん。楽しかったねえ」

うん、と伊織は小声で応じ、続けた。

「本当に、東京行っちゃうんだね。このところも頻繁に会ったり連絡取ったりしてたのに、どうして教えてくれなかったの？」

「隠してたつもりはなくて……急に決まった話だったから。私もギリギリまで迷ってたし」

「明日の夜、時間ある？」

その誘いは唐突《とうとつ》で、響はとまどった。

「仕事が終わりしだい、空《あ》いてるけど……どうして？」

「響ちゃんが東京へ行ってしまう前に、どうしても伝えたいことがあるんだ。時間取らせて申し訳ないけど、うちの店まで来てくれないかな」

その横顔に滲み出る真剣さに、響はどんなに信じがたくとも認めざるを得なかった。

――彼は私に、本心を打ち明けようとしている。

その言葉を聞いてしまってはいけない、と思う。それでは東京へ行く意味がない。しかし一方で、自分も郷音の告白に対してそうすることを彼に要請したように、ちゃんと向き合うことこそが、この数ヶ月のあいだに親愛を育《はぐく》んだ彼への誠意だという気もした。彼が次のステップへと進むために、これは必要な儀式《ぎしき》なのだ。

「郷音も誘っていい？」

往生際《おうじょうぎわ》の悪い響に、伊織はきっぱり首を横に振る。

「一人で来てほしい」

その一言で、覚悟が決まった。

「わかった。早い時間だとお店が忙しいだろうから、二十二時くらいに行くね」

「ありがとう。待ってる」

それきり伊織は何も言わない。もう、地下鉄の中洲《なかす》川端駅に着いてしまう。このまま別れてしまいたくなくて、響は口を開いた。

「調査を途中で投げ出すような真似《まね》して、ごめん」

いいさ、と伊織は微笑んだ。

「本音《ほんね》を言えば、幸秀氏と直接対決したかった。けど、それは難しいだろうとも思っていた。僕は犯人の顔を憶えていない自責の念に駆《か》られていたけれど、いまとなっては犯人を突き止められたも同然だ。あの日、旧児島堂《こじまどう》で台帳を見た段階で、僕の闘いは終わっていたのかもしれない」

それが響をフォローするためのレトリックに過ぎないことはわかった。大濠《おおほり》公園で語った彼の熱意に嘘はなかった、と響は確信している。

「私も似たような感じ。これまでは、十五年前の火事は百パーセント、自分に非があったと思ってた。だけど、いまはちょっと違う。それだけでも、よかったかなって」

「僕らはともかく、さっちゃんはまだ方がついたとは言えない。彼女が望む限り、僕は調査に付き合うつもりだよ。でもたぶん、幸秀氏はそう簡単には見つからないだろう。やれるだけのことはやったと、僕は思う」

「上出来だよね。警察や消防ですら見過ごした事件の真相を、究明したも同然なんだから。びっくりしたなあ、角島旅行の日、伊織くんが郷音の家で男を見たって言い出したときは」

「そのうえ旧児島堂に行ったら、なんと巧の兄貴の名前が台帳に書いてあってさ。これで真相に迫れると思ったら、今度は巧から『どこにいるかもわからない』なんて聞かされて――」

そこでふいに伊織の言葉が途切れたので、響は隣を見た。

伊織は心ここにあらずといった感じで、空中の何もない一点を見つめている。

「伊織くん、どうかした？」

響が声をかけると、彼は我に返ったようだった。

「ああ、いや。ふと、何かが引っかかった気がして――」

「おい伊織、もう一軒行くぞ」

突然、巧が響と伊織のあいだに割って入り、伊織の肩を抱いた。まったく今宵《こよい》の彼は彼らしくない。

「やめといたほうがいいんじゃないのか。飲みすぎだぞ」

伊織がたしなめるも、巧は言うことを聞かない。

「響ちゃん、いなくなっちゃうんだぜ。今夜くらい男どうし、腹割って話そうじゃないか」

「巧くん、明日は午前中から会議だよ」

響の忠告もどこ吹く風だ。

「いざとなったら、リモートで参加するよ。今夜は伊織と二人で飲み直したいんだ」

「わかった、わかったよ。それじゃ行こう」

伊織が折れると、巧は伊織を抱きしめた。

「やっぱりいいやつだな、伊織は。近くにいい感じの飲み屋があるから、ついて来いよ」

「ねーねーお二人さん、わたしも行っちゃだめ？」

郷音が媚《こ》びるような仕草で言うも、巧は据《す》わった目で切り捨てた。

「だめだ。今夜は女人禁制《にょにんきんせい》」

「えー」

「やめたほうがいいよ郷音。どうせ酔っぱらいの面倒見ることになるだけだから」

響が耳打ちすると、郷音は肩をすくめる。

「それもそうだね」

「じゃあ伊織くん、巧くんをよろしくね」

「オーケー。二人も、気をつけて帰って」

男どもは肩を組み、夜の中洲に消えていく。こんな夜がもう訪れないと思うといまさらながらに名残《なごり》惜しくなり、響はしばし感傷《かんしょう》に浸《ひた》った。

4

響は地下鉄空港線で、郷音は天神《てんじん》で西鉄に乗り換えて帰った。

夜中の零時過ぎには、四人のグループＩＬＮＥに伊織から〈酔っぱらいを家に送り届けて帰ります〉と連絡が入った。伊織がついていてくれてよかった、と響は心から思った。

翌朝は十時から、アザーサイド福岡オフィス全社員が参加する企画会議だった。前日の予告どおりにリモートで参加した巧は、すこぶる顔色が悪かった。

「どうした、久我原」

オフィス長の遠藤に問われ、巧は力ない笑みを浮かべる。

「すみません、ゆうべ飲みすぎまして」

「めずらしいな。リモートでもいいが今日は就業日なんだから、しっかりやれよ」

「面目《めんぼく》ないです。企画はちゃんと用意しましたんで」

その言葉のとおり、巧が企画のプレゼンを始めた。と、遠藤が巧の説明を途中でさえぎる。

「さっきから、やたら雑音が入ってるんだが」

「ああ、すいません。実はいま、うちの目の前で道路工事やってて。その音を拾ってるみたいですね」

そう言えば、前にも巧が道路工事の騒音で寝不足だと話すのを聞いた。これだけうるさいとなると仕事に集中できないだろう。職場でもいまだにマスクを欠かさないほど感染予防に気をつけている巧が、それでもほぼ毎日出勤していた理由の一端《いったん》を響は知った。

騒音には閉口したものの、巧のプレゼンは素晴らしく、響も去り際《ぎわ》に花を添えようと力を入れた企画を持ち込んだのだが結局、今回は巧の企画が採用される見通しとなった。

「ありがとうございます」

少しずつ二日酔いが引いてきたのか、巧の顔色もよくなっている。

その日、響は退勤後のことで頭がいっぱいで、仕事が手につかなかった。退社して夕食を済ませると、二十一時半ごろにはヴェンティ・クワトロに到着した。伊織との約束の時間にはまだ早かったものの、待つのが苦痛だったからだ。

もっとも、伊織に何を告げられ、それに自分がどう答えるか、響はこの段に至ってもまったくシミュレーションできずにいた。昨晩覚悟したのはやっぱり単なる思い上がりで、餞別《せんべつ》の品でもくれるだけかもしれない——響の頭には、そんな現実逃避じみた考えすら浮かんでいた。

階段を上《のぼ》っていると、初めてここを取材で訪れたときの切迫した感情が甦った。思い出に追いつかれる前に、木製の扉を開く。

「香住さん、いらっしゃい」

店の入り口で迎えてくれたのは、店主の熊谷《くまがい》だ。あれからここで何度か顔を合わせたおかげで、彼とは打ち解けている。伊織に呼び出されたことはおくびにも出さず、響は明るく訊ねた。

「伊織くん、いますか」

すると、熊谷が顔をしかめた。

「それが、来てないんだよ」

へ、と締まりのない一音が、響の唇からこぼれ出た。

「昨日、本人の口から、今日は出勤するって聞いたんですけど」

「というと、昨日は一緒だったの？」

「はい。友達と、四人で飲んでて……私は途中で帰ったんですが、零時過ぎには今から帰ると伊織くんから連絡が。いつもよりだいぶお酒が進んでいたみたいだったので、二日酔いで動けなくなってるのかも」

「いやいや、あいつはそんなタマじゃない。――実は、ランチ営業の前に本人から、〈当分休ませてください〉とＬＩＮＥが来た」

「えっ？」驚きのあまり、響の声はつい大きくなる。

「そんな大事なこと、事情も聞かずにＬＩＮＥで済ませられるわけがないし、それがわからないほど非常識なやつでもないからね。何度か電話をかけてみたんだが、出ないんだ。香住さん、昨日、あいつ何か言ってなかったかい？」

響がかぶりを振ると、熊谷は腕組みをした。

「そうか……また何かつらいことでもあって、家に閉じこもっているんだろうか。前の職場をやめて荒《すさ》んだ生活を送っていたあいつを、拾い上げたのは私だからね」

熊谷の話を聞いて響は、それはないだろう、と心の中で反論する。伊織が荒れていたのは、自身の相貌失認を知って自暴自棄《じぼうじき》になったからだ。そのレベルの絶望が、昨晩から今日の昼までのあいだに彼を襲ったとは信じがたい。

あるいは響の東京行きが、彼にとっては仕事を休みたくなるほどショックだったのだろうか？それもない、と響はバカげた考えを追い払う。なにせ、彼女をここへ呼んだのは伊織自身なのだ。響の東京行きは覆《くつがえ》らずとも、彼が響に話をする前から落ち込むのはいくら何でも早すぎる。

では、新型コロナウイルスにでも感染した？　去年までなら、これがもっともありうべき答えのように思われた。新型コロナウイルスは感染から発症《はっしょう》までタイムラグがあり、その間に感染を広めてしまうことで知られている。飲食店の従業員が感染に気づかず出勤していたとなれば、クラスターが発生し騒ぎになるおそれがあった。だから正直に言い出せないというのは、伊織の性格には似つかわしくないが、一般論としては筋が通る。治るまでの期間を指して、〈当分〉としているのにも合致する。

だが、今年の五月に新型コロナウイルスの感染症法上の分類が五類に変更されたのに伴《ともな》い、新型コロナウイルス感染症に対する人々の反応は大きく変化しつつある。そんな状況下で、感染を隠したままで仕事を休むのは不自然だ。

いくら考えても、伊織が仕事を休んだ理由がわからない。響は言った。

「あの、ここで待たせてもらってもいいですか。約束したのは二十二時だから、もしかするとその時間に来るかもしれないし」

「かまわないが……期待するだけ無駄《むだ》だと思うがね」

「それならそれでいいんです。私からも連絡してみます」

響はカウンター席に座り、オレンジジュースを注文する。熊谷がサーブする際に、「今日のドリンクはサービスするから」と言った。ありがたく受け取る。

伊織のスマートフォンに電話をかけてみる。だが、出ない。メッセージも送ってみたが、既読はつかなかった。

どうしたんだろう、と案じているうちに、二十二時まで残り五分を切った。と、店の入り口の扉が開く音がして、響は《なんだ、やっぱり来たか》とそちらを振り返った。

そこにいたのは、思いがけない人物だった。

「――郷音?」

Tシャツにロングスカートというすました恰好の郷音が、ハンドバッグを通した右手をこちらに向けて振っている。

「響、来てたんだ」

スタッフのアテンドを断って、彼女は響の隣に腰を下ろした。困ったことになった、と響は思う。

「どうしてここに?」

「日がな一日パソコンに向かってて、疲れたから気分転換でもと思って。響こそ、一人で来てたの？　お酒、飲むわけでもないのに。それ、オレンジジュースだよね」

　郷音がスタッフを呼び止め、スクリュードライバーを注文する。その白々《しらじら》しさに、響はつい噴き出してしまった。

「何、いきなり」

「郷音。さすがに無理あるって。私たちもう、こんなことで駆け引きするような仲じゃないよ」

「駆け引きって、何のこと？」

「聞いてたんでしょう。昨日、私が伊織くんにここへ来るよう言われたのを」

　昨晩、割烹を出て川端通商店街を歩いているとき、郷音と巧はかなり酔っぱらっている様子だった。だから響も油断して、伊織が際どい話をしようとしても止めなかった。

　だが思い返せば、後ろを歩く郷音たちとの距離は大して開いていなかった。響たちの会話が後ろの二人に聞こえていたとしてもおかしくない。

　バレたか、と言って郷音は笑う。

「お察しのとおりだよ。二人の声、丸聞こえだったからさ。伊織くんが響に何を話すつもりなのかが気になって、いても立ってもいられなくなってね。それでまあ、言ってしまえば、邪魔してやろうかなと思って約束の二十二時に来たってわけ」

「ごめんね。伊織くんに響を連れてきちゃだめって言われてたとはいえ、郷音には先に話しておくべきだった」

「やめてよ、もう。ただでさえ性格悪いのに、憐《あわ》れまれたらよけいみじめになるわ」

「憐れんでなんて……」

「言っとくけどわたし、伊織くんのことあきらめてないから。響が東京へ行っちゃうのは寂しいけど、そうなればライバルもいなくなる。だから、それまで時間稼ぎをしようと思っただけ」

どうしてだろう。

響は無性に、ほっとしたのだ。

郷音はやっぱり郷音のままだ。わがままで、したたかで、子供みたいにむき出しで。

それでいい。そのほうがいい。ずっと、そのままでいてほしい。

「何で笑ってんの、響」

「別に。ほら、飲み物来たよ。乾杯しよう」

同じ色のドリンクが入ったグラスが二つ、ぶつかって軽やかな音を立てた。

「それにしても……伊織くんの姿が見えないけど」

不思議そうにする郷音に、響は熊谷とのやりとりを伝える。郷音は眉をひそめた。

「何それ。意味わかんない」

「だよね。私も心配してたところなんだけど」

「まさか、怖気《おじけ》づいたわけじゃないよね。だとしたら幻滅《げんめつ》だわ」

違うだろうとは思ったけれど、それを言えば伊織の気持ちごと認めることになりかねないので、黙っておいた。

正面の窓に目を向け、郷音は考え込んでいる。と、にわかに何かに気づいた素振《そぶ》りを見せた。

「あれが、細貝さんの言ってた……」

「そう。消費者金融」

窓の外には、この時間でも煌々《こうこう》と明かりのついたスマイルの看板が見えている。

十五年前、久我原幸秀はここに金を借りに来たと見られている。たまたま居合わせた友人にも話せない事情があり、実父にもすげなく借金を断られ、彼は相当に追い詰められていたようだ。

果たして彼はどのようなトラブルに巻き込まれ、郷音の家に盗みに入り、その後十年以上にわたって引きこもることになってしまったのだろうか。

「響」

唐突に名を呼ばれ、響は隣の郷音を見る。

そして、ぞっとした。

郷音の顔から、完全に表情が抜け落ちていたからだ。

「わたしの記憶違いかもしれないから、もしそうなら指摘して。細貝さん、確かこう言ったよね」

そんな前置きに続いて、郷音は細貝の台詞を復唱した。

──大名のほうでデートしてたんですよ。すると、消費者金融の入っているビルから出てきた久我原とばったり出くわしまして。

「一字一句、間違ってないよ」

「細貝さんは、消費者金融から出てくる幸秀氏を見たんじゃない。あのビ、ビルから出て、出てくる幸秀氏を見たんだ」

郷音の言葉を咀嚼《そしゃく》するのに、少しの時間を要した。

「幸秀氏は、消費者金融を訪れたのではなかった、ってこと……？」

「彼がお金を必要としていたのは疑いようのない事実だったから、わたしたちは金銭トラブルの可能性を先に細貝さんに示唆《しさ》した。しかもここでばったり出くわした当時、彼らは男子大学生だった。細貝さんが、幸秀氏は消費者金融に用があった――消費者金融くらいにしか用はなかった、と早とちりしたのも無理はない」

――久我原、こんなところで何やってるんだ？　金借りに来たのか？

「まあ、そうだね」

「でも、わたしは違う。女で、しかも顔に火傷の痕がある。あのビルから出てくる友達を見かけたら、真っ先に借金とは別の可能性を疑う」

そう言われ、響はあらためてビルの看板を見た。

一階にスマイル。上のほうの階には、夜景を売りにしているのであろうバーが営業している。

そして――。

この時間、すでに明かりの消えた看板がある。

美容外科。

「幸秀氏は男前だけど老け顔で、周囲に《オッサン》というあだ名でイジられていた。本人にとっては、それがコンプレックスだった」

「だから、美容外科を？」

「あの美容外科、テレビCMで有名だよね。たぶん、十五年前の時点でも知名度があった。男子大学生の幸秀氏にも、入りやすかったんだと思う」

「じゃあ、金銭トラブルというのも……」

「存在しなかった」郷音は断定する。「彼はただ、美容外科で施術《せじゅつ》を受けるためのお金を欲していた。その根拠なら、これまでに得られた情報からいくつも見つかる。わたしより、響のほうがぴんとくるでしょう」

これまで歩んできた人生の意味を問われているように感じ、響は懸命《けんめい》に記憶を探った。

居酒屋の厨房とラブホテルの清掃のアルバイトを掛け持ちしていたという、細貝の証言。

消費者金融や実父のもとを訪れた際、帽子とサングラスを身に着けていたこと。

その後、十年以上にわたって引きこもりになったこと。

その理由を、家族や友人にも打ち明けなかったこと。

ついに、響はとらえた——久我原幸秀が抱えていた、深い苦悩の正体を。

「でも、それじゃあどうして、幸秀氏は二年前に突如、家を出ることができたの？」

郷音のただでさえ色白の肌は、いまや青みがかって見える。

「わたしも半信半疑というか、ほとんど疑のほうでしゃべってるけどね。その質問の答えも、すでに見つかってる気がするの。ゆうべ、伊織くんが響に何を言いかけたのか思い出して」

そして、郷音はその言葉を口にした。

——これで真相に迫れると思ったら、今度は巧から『どこにいるかもわからない』なんて聞かされて。

鏡が光を反射したかのようなきらめきが、またしても響の頭の中を照らした。

そんな、まさか。いや、でも、もしかしたら——。

響はスマートフォンを取り出し、急いで電話をかける。相手はオフィス長の遠藤だった。

『どうした香住、こんな時間に』

不機嫌そうな遠藤にはかまわず、響は訊ねる。

「久我原さんの入社試験の面接を担当されたのって、部長ですか」

『そりゃあ、やったよ。本社の人間もいたけどな』

「面接はリモートで実施されたんでしたよね」

『そうだ。あのころは、コロナの影響で外に出られなかったからなあ』

――なにせコロナ禍でおこなわれた入社試験のリモート面接のときから、ほかの就活生に比べて頭一つ抜けてたからな。

「そのときの映像って、残ってませんか」

『ないと思うが……久我原がどうかしたのか』

話はあとだ。響はまくし立てる。

「久我原さんの住所、わかりますか。ご存じでしたら、いますぐ教えてください」

『どうしたんだよ、香住。同僚といえどそんな個人情報、おいそれと教えられるわけないだろ』

「無理を言っているのは百も承知ですが、一刻を争うんです。人命が懸かっているかもしれません」

その一言に、遠藤は態度を一変した。

『……調べてメールで送るから、ちょっと待ってろ。あとで、事情をきちんと説明しろよ』

「ありがとうございます！」

電話が切れる。ものの一分ほどで、遠藤からメールが届いた。三月に博多駅まで延伸されたばかりの福岡市地下鉄七隈《ななくま》線沿線《せん》、桜坂《さくらざか》駅近くのマンションの住所が記載されている。

「行こう、郷音」

響は荷物をひっつかみ、立ち上がる。こちらの動きに気づいて厨房から出てきた熊谷に向かって、郷音は手を合わせた。

「熊谷さんごめん、急ぐから、お代は伊織くんの給料から天引きしといて！」

こういうところはちゃっかりしている。

ヴェンティ・クワトロを出てすぐに、通りかかったタクシーを捕まえた。遠藤から送られてきた住所に向かってもらう道中、郷音が訊いてくる。

「響の考えてることはだいたい読めてるつもりだけど、根拠《こんきょ》があるなら聞かせてくれる？」

響が説明すると、郷音は納得した。

「なるほど。わたしも響が正しいと思う。で、勝算はあるの」

「どうだろう。想像の域を出ないから、通報しても警察はまだ動いてくれない気がする」

「あー、せめて熊谷さんについてきてもらえばよかったな。あの体格なら、心強かったのに」

郷音の言葉に、響もしまったと悔《く》やむが、あとの祭りである。

「私ね、たぶんだけど、使えると思うものがあるの。郷音、いま持ってるよね？」

響があるものの所持について確認すると、郷音は困惑気味《こんわくぎみ》に、

「それは、持ってるけど……本当に、役に立つの？」

「私の読みどおりなら、ね。念のため、いつでも取り出せるよう身に着けておいて」

「そうしたいけど、わたしがいま着てる服、ポケットない」

「じゃあ、私が代わりにあずかってもいいかな」

郷音からあずかったものを、響はテーパードパンツのポケットに入れた。

大名から桜坂まではおよそ一・五キロメートル、車なら十分もかからない距離だ。限られた時間で、二人は作戦を立てる。アイデアを出し合い、すぐにまとまった。

「うまくいくかはわからないけど、悪くはないかも。というか、いまはこれが限界」

郷音の感想に、響もうなずく。

「少なくとも、無策で特攻《とっこう》するよりはましだよ。ケガだけはしないように、気をつけよう」

目指すマンションはあっさり見つかった。タクシーを降り、まずはエントランスを確認する。幸い、オートロックのドアがあるタイプの建物ではなかった。

響はマンションのまわりを見回し、確信を深める。

やはりだ。工事中の道路など、どこにも見当たらない。

――実はいま、うちのマンションの前で道路工事をやってて、騒音がひどくてね。八月いっぱいかかるそうで、寝不足なんだ。

彼自身が、そう言ったのだ。多少の延長はあるにしても、九月も下旬に差しかかるこの時期まで延びるとは考えにくい。今朝《けさ》の会議でマイクが道路工事の音を拾うことなど、ありえなかったのだ。

エントランスの脇には、マンションのゴミ置き場があった。二人はそこに侵入し、両腕で抱えるサイズの段ボールを拾って組み立てる。これがなければ、さらに作戦は難しくなるところだった。

響が空の段ボールを抱え、二人はエントランスをくぐる。一基しかないエレベーターは、最上階の六階で止まっていた。久我原の部屋は二階だ。階段のほうが速い。

住所に記載《きさい》された部屋の前にたどり着く。表札などはない。あまりにもしんとしていたので、響は自分の考えが誤っているのではないかと不安になった。だが、躊躇《ちゅうちょ》している場合ではない。もし違ったとしても、そのときは笑い話で済む。

郷音に段ボールを支えてもらい、響は久我原に電話をかけた。

『響ちゃん、どうかした？』

聞き慣れた声が、スマートフォンから聞こえてくる。

「巧くん、いま家？」

『そうだけど、何で？』

「今日、会社来なかったからちょっと心配で。いま、部屋の前まで来てるの。お見舞い持ってきたから、ドアを開けてくれない？」

『えっ。いま？』

「うん。ごめん、部長に住所聞いちゃった」

一方的に電話を切って、響はインターホンを鳴らした。これで、居留守は使えない。

少しして、ドアが開いた。

「こんばんは、巧くん」

作った笑みは、果たして自然に見えたかどうか。

「……正気？　俺、ただの二日酔いだよ。こんな時間に、迷惑なんだけど」

依然、顔色の悪い久我原を前に、響はさりげなく確認する。予想したとおり、ドアにはU字ロックがかけられていた。

「私の送別会で飲ませすぎちゃったから、申し訳ないなと思ってね。お見舞いだけ渡したら帰るから」

「お見舞いって、その段ボールのこと？」

「そう。この隙間からじゃ通らないね」

彼は面倒くさそうに、顎《あご》でしゃくる。

「廊下《ろうか》に置いといてくれ。あとで回収するから」

「せっかく来たのに、それはないでしょう。私、ネットショッピングの配達員じゃないんだよ」

久我原の舌打ちが聞こえ、ドアが閉まる。直後、U字ロックの外れたドアが開いた。

「はい、これ」

「わざわざどうも……これ、何が入ってるんだ？　ものすごく軽いけど」

彼が両腕で段ボールを受け取った瞬間、響は叫んだ。

「郷音！」

「よっしゃ！」

ドアの陰に潜《ひそ》んでいた郷音が、勢いよくノブを引っ張る。

「うお、おい！」

驚いてバランスを崩した彼を突き飛ばし、響は久我原宅に土足《どそく》のままで突入した。

「伊織くん！　どこなの、伊織くん！」

奥のリビングまで駆け込み、響は呼びかける。しかし、この混乱で返事は聞こえない。ダイニングテーブルの上に置かれたノートパソコンのモニターの一部に、小さく切った黒い紙のようなものが貼ってあるのが見えた。

「何やってるんだよ！　やめろって」

後ろから久我原に羽交《はが》い締《じ》めにされ、響は暴れる。直後、全身に衝撃《しょうげき》が伝わり、体が自由になった。郷音が久我原の背中を蹴飛《けと》ばしたらしい。

響は寝室らしき部屋の引き戸を開ける。だが、そこに人の姿はない。

「響、危ない！」

郷音の悲鳴が聞こえ、響はとっさに脇に飛びのいた。久我原の振りかぶったワインボトルがベッドのフレームをしたたかに打ち、砕《くだ》け散ってシーツを赤く染めた。自分の身のこなしの軽さに響は、ダンスをやっていてよかった、と思う。

「離せよ！」

久我原が腰にしがみついた郷音を振りほどこうとしている隙《すき》に、響は寝室にあるウォークインクローゼットを開けた。いない。声も聞こえない。この部屋ではない。

揉み合う郷音と久我原を置いて、響は玄関のほうへ引き返す。目指したのは、浴室だった。洗面所に飛び込み、半透明の折れ戸を開く。

伊織はそこにいた。

転がされている、という表現がぴったりだった。浴槽《よくそう》の中で、両手両足を粘着テープでぐるぐる巻きにされ、口もテープで塞《ふさ》がれている。だが、生きていた。

響は浴槽のそばに屈《かが》み、急いでテープをはがそうとする。口元は簡単にはがれたが、手足はきつく巻かれていて、手こずった。

それが、いけなかった。

「動くなよ」

背後で声がして、響は戦慄《せんりつ》した。

振り返る。

「動いたら、こいつを殺す」

久我原が、郷音の首に後ろから左腕を巻き、彼女の右の頬に、割れたワインボトルを突きつけていた。

いけない――と、響は思う。

また私のせいで、郷音の顔に傷がついてしまう。

十五年前、火災の原因を作り、リビングに引き返す郷音を引き止めきれなかった。そしていまも、久我原の凶暴《きようぼう》さを甘く見て、郷音の身を危険にさらしてしまっている。

その未来だけは、いけない。

今度こそ、何が何でも郷音を救わなくては。

響は立ち上がる。そして、身構えた久我原に言った。

「前からずっと思ってたけどさ」

「動くなって言ってるだろ！」

「あんたって、本当に老け顔だよね。自分の顔、一回ちゃんと見てみたら？」

ポケットに入れておいた郷音のコンパクトミラーを、響は久我原の前に突き出した。

久我原の顔色が変わる。

「やめろ……やめろよおおおおおお！」

彼は絶叫《ぜっきょう》とともにミラーを右手で薙《な》ぎ払った。その勢いで、ワインボトルも飛んでいく。

いまだ。

響は腰を低くして、久我原のお腹のあたりをめがけて、渾身《こんしん》の力でタックルした。

久我原が後頭部を床に激しく打ちつける音がした。意識がもうろうとしているようだ。緩《ゆる》んだ腕から逃れた郷音は、すぐさま久我原に馬乗りになる。

片腕で顔を隠す久我原から、戦意はすでに失われていた。

「見るなよ……おまえら、こっち見るなよ。どうせ、吐きそうなほど気持ち悪い顔だと思ってるんだろう」

響は割れたワインボトルを拾って、伊織の手足に巻かれたテープを切る。そして、仰向けになった久我原に歩み寄り、答えた。

「思わないよ。気持ち悪いだなんて、ちっとも思わない」

「嘘つけよ。さっき、老け顔だって言ったじゃないか」

「あれは本心じゃない。あなたの状態を確かめるための、いわば問診に過ぎなかった」

「問診？　何だよ、それ」

響は久我原のそばに座り、彼の頰に手を当てる。

そして、憐れみとともに告げた。

「あなたも私と同じ、身体醜形障害だったんだよ。巧くん――いや、久、我、原、幸秀」

5

響が浴室に置きっぱなしにされていた粘着テープを用いて、郷音に馬乗りになってもらったままの幸秀の手足を縛っていると、伊織が憔悴《しょうすい》しきった様子でつぶやいた。

「本当に……彼が、久我原幸秀なのか」

幸秀からは、何も聞かされていないらしい。

響が拘束を終えたところで、郷音は言った。

「伊織くんは昨晩、一足早くその事実に勘づいた。正確には、その事実に直結する重要なことを思い出した。だから、それを察知した彼に誘拐《ゆうかい》された」

幸秀は郷音の下で、生気《せいき》のない目を天井《てんじょう》に向けている。

「さっちゃんの言うとおりだ」伊織は浴槽から立ち上がりながら言う。「僕は、憶えていたんだ——十五年前、さっちゃんの家の前で出会った男の、声を」

相貌失認の伊織は、十五年前に目撃した男の顔を記憶できなかった。だが、髪型や服装や背恰好のほかにもう一つ、彼にも記憶できたことがある。それが、声だった。

——『さっちゃんいますか』って訊いたら、『いま出かけてるよ、どこにいるかもわからない』って言われた。

幼き日の伊織は、ひと夏をともに過ごした友達との別れの日に聞いたその言葉を、声も含めて正確に記憶していたのだ。

そして今年の夏、旧児島堂の台帳に久我原幸秀の名があるのを見た響は、巧だと信じ込んでいた目の前の男に、幸秀の所在について訊ねた。そのときの答えが、こうだ。

――さあね。どこにいるかもわからない。

質問に対してとっさに嘘を返そうとする際、人はつい、同じような言葉遣いで答えてしまう生き物なのだろう。

あのとき彼は、自身の重ねた罪が明らかになるのをひどく恐れ、冷静さを欠いていた。それで、十五年前とまったく同じ「どこにいるかもわからない」という十二音を、伊織の前で発してしまったのだ。

事態が事態だけに、その瞬間の伊織は十五年前と同じ声、同じ十二音を耳にしたことに気づけなかった。だが昨晩、偶然にも幸秀の台詞を思い返した結果、伊織は自身の記憶がその声に反応したのを感じ取り、何かが引っかかると言ったのだ。

響と伊織の後ろで、幸秀はそれを聞いていた。郷音も証言したとおり、二人の会話は筒抜けだった。だから彼はあいだに割って入り、伊織を強引に連れ去った。彼はこう考えたに違いない。

――自分が巧ではなく幸秀だと悟られる前に、こいつを消して口封じするしかない。

と。

「酔い潰れた巧をこの部屋まで送り届けて、帰ろうとしたときに後ろから頭を殴《なぐ》られ、意識を失った。次に目覚めたときには、もう動けなくなっていた。恐ろしかったよ。どうしてこんな目に、と考えていてようやく、巧の声が十五年前の男のそれとまったく同じだったことに気がついた……もっと早くその事実に思い至っていれば、二人きりで飲み直しになんて行かなかったのに」

伊織は殴られた箇所が痛んだかのように顔をしかめる。

午前中の会議に、幸秀はネット上の動画か何かを用いて、道路工事の騒音を流しながら臨んだようだ。伊織の上げるうめき声を、マイクが拾ってしまうのを防ぐ目的だったのだろう。

「でも、いまだに信じられないよ。彼が久我原幸秀だったなんて。だって、幸秀は僕らより十二も歳上なんだろう？　相貌失認の僕はともかく、二人は、あるいはアザーサイドの同僚たちは、彼の年齢詐称《さしょう》を易々《やすやす》と見破りそうなものじゃないか」

伊織は幸秀の顔をまじまじと見つめている。

そうなのだ。だから、誰も疑いもしなかった。

響を含むまわりの人間はみな、彼のことを二十五歳だと信じて過ごしてきた。普通、三十七歳の男性が二十五歳だと嘘をついたなら、全員が騙《だま》されることはないだろう。

では何が、その年齢詐称を成立させたのか。

「彼は、美容整形を受けていた」

郷音がそのからくりを説明する。

「響が言ったとおり、彼は自身の老け顔に激しく執着《しゅうちゃく》する、身体醜形障害だったのだと思う。その根拠なら、いくつもある」

幸秀が働いていたというアルバイト先は、居酒屋の厨房とラブホテルの清掃だ。どちらも、限られた人としか顔を合わせないで済む。

消費者金融や実父のもとを訪れた際、帽子とサングラスを身に着けていたのは危険を感じていたからではない。人に顔を見られるのが怖かったからだ。

そして大学へ行けなくなり、引きこもりになったのも、それほど深い苦悩の理由を家族や友人に打ち明けなかったのも、典型的な身体醜形障害患者の行動パターンである。

「大学生のとき、友人たちに老け顔をイジられたことで、彼は身体醜形障害を発症した。症状は日に日に悪化し、彼は美容整形を望み、実父を頼り、高級バッグを盗んでもなお費用の工面に失敗すると、人目を避けて引きこもるようになった」

身体醜形障害患者は、自身の疾患《しっかん》に気づけないことが多い。響が七年間にわたってそうであったように。彼もまた、薬で治療できるとは思いもよらず、コンプレックスを克服するには美容整形を受けるしかないと思い詰めてしまった。

「じゃあ、彼が現在、三十七歳とは思えないほど若々しい見た目と、外出できる精神を手に入れたのは……」

「悲願だった美容整形を受け、若返りに成功したから――おそらくは、実の弟である巧に似せるようにして、ね」

響が本物の巧の顔を目にしたのは一度きり、幸秀に兄弟の写真を見せてもらったときだ。

目の前にいるのが別人であると悟られぬよう、特別似ている写真を選んだのであろうことは想像に難《かた》くない。ただ、それにしても幸秀と巧少年は瓜二つだった。兄のほうがややエラが張っている、と感じた程度だ。あれだけ元が似ていたら、費用はかかったとしても完成度は高かっただろう。

響は驚駭《きょうがい》を禁じえない。目の前で倒れている男性は二十五歳の青年か、せいぜいその少し上くらいにしか見えなかったから。それほどまでに技術の高い美容整形が、この世には存在しているのだ。

そうか、と伊織がつぶやく。

「やっとわかったよ。なぜ、これまで僕が巧の声と、十五年前に聞いた男の声を結びつけられなかったのか」

郷音はうなずいた。

「十五年前、わたしたちは十歳の子供だった──こいつが同い年なら、いくら顔を憶えてないといえども、伊織くんの見た大人の男性ではありえない」

一方、幸秀は十五年前の時点で成人しており、まだ子供だった伊織の目には、若くとも大人と映った。そのせいで、同一人物であると見抜けなかったのだ。

「つまり消息不明になっているのは、幸秀ではなく巧のほうだったのか……それじゃあ、本物の巧はどこにいるんだ？」

伊織のその問いに、重苦しい空気が流れた。郷音が言いにくそうに答える。

「たぶんもう、この世にはいない」

いくらかは、その回答を予期していたのだろう。伊織は慎重さを崩さない。

「彼が弟に成り代わって働いているにもかかわらず、本物が現れないこと自体、一つの根拠にはなると思う。だけど、それだけじゃ弱い。ほかにも巧が死んだと考えられる根拠はある？」

郷音の回答は淀《よど》みなかった。

「久我原巧は大学を四年で卒業するまで、高校の同級生の集まりや、バイト先にも継続的に顔を出していた。そのころ幸秀が彼に成り代わっていたら、いくら顔が似てたってまわりは別人だと気づいたはず。となると、幸秀が巧に成り代わることのできたタイミングは、巧が大学を卒業してからアザーサイドで働き始めるまでのあいだ――すなわち、二年前の三月しかありえない。それを裏づける巧の同級生の証言もある」

巧について、沖野は次のように話していた。

――そりゃあ、仕事一本にもなるわ。あいつ、飲みに誘っても全然来てくれないんだもん。

――就職してからも地元に残ってる者どうしってことで、社会人になってから何回かは飲みに誘ってますよ。けどあいつ、いつも『仕事が忙しい』の一点張りで、コロナ禍のリモート飲みにすら参加しなかった。ほかの同級生とも会ってないみたいです。

――大学時代までは、高校の友達ともたまに会ってたらしいですから。母親が亡くなってからは、独り立ちの資金を貯めると言ってバイトに明け暮れてたみたいですけど。

「大学生までの久我原巧と、就職してからの久我原巧、両方を知る人物がいないわけか……いや、待ってくれ」

そこで、伊織が異議をはさんだ。

「彼は、アザーサイドで働いてたんだろ。入社試験の際に、面接だって受けたはずじゃないか。それでもアザーサイドの人間は誰一人、別人だとわからなかったのか」

「響が仕入れた情報によると、面接はオフィス長を含めた複数人でおこなわれたそうだから、平常時ならばまず間違いなく、誰かしらは違和感を覚えたでしょうね。ところが面接がおこなわれた当時、そうなるのを妨《さまた》げるような非常事態のさなかに、この国はあった」

郷音の言葉に、伊織は息を呑《の》み、言った。

「新型コロナウイルスか」

「緊急事態宣言の影響で、アザーサイドの入社試験の面接はリモートでおこなわれた。そして入社後の久我原幸秀は、常にマスクをした状態で出社していたらしいじゃない。だから誰も、別人であることに気づけなかったのね」

その特殊《とくしゆ》な状況を、幸秀がどの時点で認識したのかはわからない。彼はきわめて入念に、綿密《めんみつ》に、微《び》に入り細《さい》を穿《うが》つまで、それこそ脳が焼ききれるほど必死で考えたはずだ。そして、結論に至った――いまなら弟に成り代われるという、悪魔的な結論に。

郷音は軽蔑の眼差しを、幸秀に向ける。

「身体醜形障害の悪化で十年以上も引きこもりだった人間が突然、多額の費用を払って整形手術を受け、弟に成りすまして生活するなんて、どうやったらできる？　わたしは弟を殺して、すべてを奪ったとしか考えられなかった。独り立ちの資金と称して貯められたアルバイト代など弟の貯金は手術代に充《あ》てられ、スマートフォンで知人に怪しまれない程度に連絡を返しつつ直接会うのを避け、実家を離れ、弟が契約した部屋に住むことで近所の人の目をも逃れた」

久我原兄弟は父親に去られ、母親を亡くし、ほかに会う機会のある親類もいなかった。現に幸秀自身の次の発言は、彼が嘘をついていなかったことを証明している。

――母は一人っ子で、親もすでに亡くなってて、頼れる親類もいなかったみたいだし。

――どのみち兄貴を心配するような身内は、もう俺しか残っちゃいない。

十年以上も引きこもっていながら、誰にも怪しまれることなく社会人として働き続けた彼の胆《たん》力《りょく》には恐れ入る。弟に成り代わって人生をやり直すために、相当な覚悟があったわけだ。

「さっちゃんの考えはわかったよ。かなりの説得力があると、僕も思う。だけど、すべては情況証拠に過ぎないんじゃないか？　決定的証拠はあるのか」

　伊織の確認に、郷音は少し顎を引いた。

「いまはまだ、ない。けど、きっと見つかる」

「見つかるって、どこから？」

　伊織の問いには直接答えることなく、郷音は語る。

「二年前の三月に、久我原宅の向かいの住人が、久我原幸秀を目撃していた。いわく、深夜の二時に、ほかの車にクラクションを鳴らされながら、家の庭に自家用車をバックで入れようとしているところだったとか」

「それが、何か関係があるのか」

「長らく引きこもっていた幸秀が、たとえ免許を取得した経歴があったとしても、まともに車を運転できたとは思えない。それでも彼は、深夜に車を動かす必要に駆られていた。なぜか——想像しうる理由が、一つある」

　響は愕然《がくぜん》とした。そこまでは、考えが及んでいなかったからだ。

「まさか——庭に？」

　郷音は響のほうを向き、こっくりとした。

「庭の砂利を避けて地面に穴を掘り、そこに巧の死体を埋めた。そのために、車は動かされたの」

久我原宅の庭は、車が一台とめられるだけのスペースしかなかった。車を動かさなければ、遺体を埋める穴は掘れない。かといって、極度の緊張状態にあった幸秀には、車を通行の邪魔にならず、かつ庭の目隠しになる位置に移動させる余裕などなく、まして遺体を車に乗せて運搬することはとうてい不可能だった。彼は人目も車通りもほとんどない深夜を選び、車をほんの数メートル前に出して、庭に穴を掘った――ところが運悪く、通りかかった車にクラクションを鳴らされてしまった。

「彼が一晩でそれをやり遂《と》げたのか、それとも二晩以上かけたのか、わたしは知らない。ただ、彼は考古学の研究室にいて、発掘調査に加わったこともあり、穴を掘ることにかけては経験があった。一度掘り返した地面は、砂利で覆うことでその痕跡《こんせき》を隠した」

重量のある車が上を動けば大きな音の鳴る砂利も、人ひとり埋められるスペースを空け、あとで戻しておくくらいなら、大した音は出なかったのだろう。

「そう考えると、彼が実家を手放すのではなく人に貸さざるを得なかった事情も見えてくる」

郷音の説明を待つまでもなく、伊織は理解したようだ。

「土地ごと売ったら、建て替えの際に遺体が掘り起こされてしまうかもしれないからだね」

「まだ、証拠は手にしていない。でもわたしは、あの庭を掘り返せば、必ず遺体が出てくると踏んでる。そうなれば、彼はもう言い逃れできない。十五年前の窃盗《せっとう》と放火、成りすまし、そして二年前の殺人――犯した罪のすべてについて」

三人の視線は、先ほどからぴくりともしない幸秀に注《そそ》がれる。

彼は、あまりに長く深い息を吐き出し、言った。

「……とりあえず、いい加減降りてくれ。このままじゃ、苦しくてしょうがない」

郷音が馬乗りしていた幸秀の体から降りると、伊織が幸秀の上体を起こして壁にもたれかけさせた。

幸秀はしばらく焦点《しょうてん》の合わない目をしていたが、視線が廊下の端に至ったところで、ふいに笑った。

「鏡とは、考えたもんだな」

そこには、ひびの入った郷音のコンパクトミラーが転がっていた。

響の口から、自然に謝罪が飛び出す。

「酷《こく》な真似をしてごめんなさい。でも、こうするしかなかったの。あなたの身体醜形障害は、明らかに再発しているようだったから」

身体醜形障害患者は鏡を怖がる。醜《みにく》い自分の姿を映すからだ。

彼はオフィスで、同僚にプレゼントされたデジタル時計を使わなかった。黒地のパネルに、自分の顔が反射するからだ。響と同様に、彼もまたデスクまわりに顔を反射するものを置かないようにしていたのだ。

四人が初めて一堂に会した夜、彼は割烹のトイレから戻ってくるのに時間がかかった。あれも、手洗い場の鏡を見てしまったからではなかったか。角島《つのしま》旅行の貸別荘での入浴時間が長かったのも、やはり鏡を見たからだと考えられる。

同じ角島旅行で車を運転していたとき、響はルームミラー越しに何度も彼と目が合った。あれは、彼が響を意識していたからではなかった。運転席からは角度的にほとんど見えずとも、ルームミラーに自分の顔がどう映っているのか、気にせずにいられなかったのだ。

そして、この家のノートパソコンのモニターに貼られた、黒い紙。リモートで会議に参加する場合、画面には絶えず自分の顔が映し出されることとなる。それを見ないようにするために、彼は自分の顔を紙で覆っていたのだろう。

響だから、鏡を武器にすることを思いついた。その機転と用意が、すんでのところで郷音を救った――十五年前には救えなかった、郷音の顔を。

「思えば、香住さんは最初から邪魔で仕方なかった。さっさと殺しておけばよかった、と思うよ」

呼び方を戻した幸秀から漂ってくる憎悪に、響は背筋が寒くなった。

「例のブログの記事を見たときは、血の気が引いたよ。何でいまさら、十五年も前の火災の話を蒸し返すのかって」

「どうして私に接触したの?」

「よけいなことに勘《かん》づいた気配《けはい》がないか、近くに置いて監視したかった。窃盗の件が明るみに出ることで、芋づる式に俺の重ねた罪が暴《あば》かれるのを危惧《きぐ》していたから」

まさにいま、その恐れが現実となりつつあるように。

「好意があるふりをしながら、それとなく探りを入れていたんだ。ヴィトンのバッグを盗んだことが発覚していないらしいと知ったときは、心底ほっとしたよ。それなのに、だ。おかしいだろう、おまえら三人が、いまごろになって再会するなんて。そんな偶然、あっていいはずがない」

「偶然なんかじゃない」

郷音の反論は、力強かった。

「運命なんだよ。わたしたち三人が、再会したのは。あんたが罪を犯したその日から、すべてはいつか露見《ろけん》する運命だったんだ」

郷音はこれまでも、運命というフレーズを好んで用いてきたように思える。けれども響は、いま郷音が発した《運命》に、とても豊かな響きが宿っているのを感じた。

身体醜形障害の響と、顔に火傷の痕がある郷音と、相貌失認の伊織。三人は身を寄せ合うことで、それぞれの困難を乗り越えてきた。それを誰かの作為《さくい》と見るよりは、丸ごとひっくるめて運命だったと響も信じたい。

「運命、か。つくづく不公平なもんだな」

幸秀はうんざりしたように吐き捨てる。

父親との離別、母親の死、身体醜形障害の発症――それらは幸秀にはどうすることもできない悲劇だった。確かに運命は不公平だったかもしれない。

だが、罪を犯したのは彼自身の選択だ。その点に同情の余地はない。同じ疾患を抱えていた響でさえ、犯罪に手を染めてまで整形などの費用を調達しようとは一度も考えなかったのだから。

「香住さんがブログの幼なじみと再会したんじゃないかと恐れた俺は、自分が二人の会話を聞きやすく、あわよくば会話に混じりやすくなる店に誘導《ゆうどう》することで、二人を監視するとともに、もし恐れが現実となっていた場合は十五年前の火災に話題が及ぶのを妨害しようとした。実際、その目論見《もくろみ》は成功したように思う。だがまさか、あの日俺が姿を見られちまった少年が、同じ席に居合わせているとは想像もしなかった。角島旅行に関しても、できれば計画そのものを頓挫《とんざ》させたかったが、三人が思いのほか乗り気だったからついていかざるを得なくなった」

「あの割烹、常連ってほどじゃなかったみたいだね」

響が女将の言葉を思い出して言うと、幸秀は「そんなことまで知られてたのか」と笑った。

「さほど広くない店内にカウンター席と座敷席のある構造が、俺にとって好都合だっただけさ」

「角島旅行では、あんたがいの一番に響のブログに言及してたじゃない。墓穴を掘ったね」

郷音の指摘にも、幸秀は自嘲をやめない。

「まったくだ。郷音ちゃんの顔の化粧の下にうっすら見える火傷の痕を見て、十中八九、ブログに書かれた友達に違いないと思っていた。だが万が一ということもあるし、別人ならそのほうがいい。火起こしを手伝ってもらって確かめようともしたが、判然としなかった。そこで我慢の限界が来て、ゲームの中でなら不自然じゃない、誰の目にも明白な事実を確認するだけだ、と思い、あの罰ゲームを提案して直接訊いた。まさか、そのあとあんなことになろうとは思いもよらなかった」

実際、伊織の目撃証言が浮上した発端《ほったん》は、幸秀の質問ではない。伊織の質問が、めぐりめぐって彼自身の記憶を引き出したのだ。しかし郷音に一度、火災の話をさせてしまったことが、その後の展開を引き寄せた側面は否定できない。何より、深刻な質問をしてもオーケーという空気を作ったのは幸秀だ。

「旅行の直後に東京行きの話が来たときは迷ったよ。地元にいないほうが、俺が巧ではないとバレるリスクは確実に下がるからな。だが、地元を離れるだけならいつでもできる。いまは調査の妨害が優先と考え、香住さんを推薦《すいせん》した」

伊織に響をさらわれたくなかったというのは、まったくのでたらめだったわけだ。

「自分の罪を暴きかねない調査に加わったのも、言うまでもなく妨害のためだ。現に俺は、予想以上に勘の鋭いおまえらに対して何度も反対意見を述べたはずだ。だが、よりによって伊織があの質屋の孫だったとはな。台帳の名前を見られた日から、近所で売るなんてバカなことをしたもんだという後悔で夜も眠れなかった。——そうそう、八月まで道路工事がおこなわれていたのは事実だよ。会議中に流した音は、クレームを入れるために自分で録音したものだった」

いつぞやの目を充血させた彼を、響は思い出す。目薬を貸そうかと言った響に、目が赤いかと訊き返してきた。鏡が見られないから、そんなことにも気づかなかったのだろう。

「俺は調査を下りるしかなくなった。当たり前だ、協力を続ければ遅かれ早かれ、俺自身の知り合いと会う羽目《はめ》になるからな。そうなったらもう、整形なんかじゃごまかしきれない。おまえらが着々と真相に迫りつつあるのを危ぶんで、香住さんに土下座してまで調査をやめさせようともしたが、手遅れだったみたいだな。ゆうべ、伊織の決定的な一言を聞いて以降の行動は、衝動《しょうどう》的《てき》で記憶もあいまいだよ」

それでも彼は会議にリモートで参加し、プレゼンを成功させた。その胆力を過去の別の時点で活《い》かせなかったのか、ということが響は残念でならない。

「なぜ、僕をすぐに殺さなかった？」

伊織が訊ねる。冷静になって観察すると、彼は昨日と同じ服なのに異臭を発していない。衰弱しているものの、排泄《はいせつ》の世話くらいはしてもらえていたらしい。

幸秀は面倒くさそうに、

「友情が芽生えていたから、とでも言うと思ったか？　おまえをうちに連れ込んだのはそっちの二人に知られているし、タクシーの運転手にも見られてる。すぐ殺したら、確実に足がつく。だからそうならないよう、計画を練っていただけだ」

彼は伊織のスマートフォンを用いて、熊谷にＬＩＮＥを送っている。とにかく時間稼ぎをする必要があったわけだ。二年前と異なり、車の運転はお手のものになっていたから、殺害しても遺体処理の方法はあると考えていたのだろう。

郷音がスマートフォンを取り出す。警察に通報する前に、訊いた。

「言い残したことはない？」

幸秀はもはやどうでもよさそうに、それでも言った。

「何点か、訂正させてほしい」

郷音が無言をもって許可に代える。

「俺は確かに弟を殺した。けど、初めから成り代わる目的で手にかけたわけじゃない。あれは、事故みたいなもんだった」

「……事故？」郷音がいぶかるように訊き返す。

「あの日――もはや取り返しのつかない、二年前の三月のことだ。弟の巧が、俺の部屋にやってきて言った」

――兄さん。俺は、明日この家を出ていくよ。これからは、自分のことは自分で何とかしてほしい。

「そしてやつは、俺の目の前に小さな紙袋を置いた。中をのぞいて、驚いた」

「何が入ってたの」

うだ。

それこそが、独り立ちのために貯めたという資金だったというのか。巧はこんな風に続けたそうだ。

「三百万円の現金だ」

――この金は、好きに使っていいから。

「わかるかなあ。そのときの、俺の気持ちが」

幸秀が笑いを嚙み殺す。壊れている、と響は感じた。

「その金が十五年前にありさえすれば、俺は人生を棒に振ることはなかったんだよ。喉《のど》から手が出るほど渇望《かつぼう》した三百万が、なぜいまになってここにある？　俺にはそれが、どうしようもないスラップスティックに思えてならなかった」

「弟さんは、整形費用として三百万円を用意したの？」

響の質問を、幸秀は切って捨てる。

「違う。あいつには、引きこもりになった理由を最後まで言わなかった。だって、老け顔が原因で引きこもってるなんて、バカバカしくてしようがないだろ」

身体醜形障害患者は、恥ずかしさのあまり自身の苦しみを家族にも打ち明けられないケースが少なくない。巧や母親は幸秀の変貌《へんぼう》ぶりを大いに心配したはずだが、それでも彼は話せなかったのだ。

「目の前の弟から漂ってくるくさぐさの感情を、俺は受け取った。憐れみ、蔑《さげす》み、わずらわしさ――そして、世にも醜いものを見る眼差し。俺は、頭の中が真っ白になり――われに返ったときにはもう、あいつを床に押し倒し、首を絞めて殺したあとだった」

「そんなのは……事故とは呼ばない」

郷音がかすれた声で言う。

「断じて計画的だったわけじゃない。ただし、弟のことは前から気に入らなかった。誰が見たって似ているのに、どうして俺は老け顔で醜くて、あいつは男前で何のコンプレックスも抱かずにのうのうと生きていられるんだ？　そんなの、不公平じゃないか」

コンプレックスのない人間などいない。彼にはそれが見えなかっただけだ。そう思っていても、響は口をはさめない。

「弟の死体を前に呆然《ぼうぜん》としながらも、俺はやつが完全リモートで内定を勝ち取った、と話していたのを思い出した。弟の人生を乗っ取れるかもしれない、と考え始めたのはこのときだ」

彼は遺体を庭に埋めると、長い長い引きこもり生活に終止符を打ち、行動を開始した。

「まず十五年前と同じ美容外科へ行き、弟の写真を見せて、なるべく早くこれと同じ顔にしてくれ、と頼んだ。エラ削りだけで百五十万近くかかったが、それにしわ除去などを追加しても、前回見積もりを出してもらったときよりだいぶ安く済んだのは皮肉だった」

この十五年のあいだに整形手術がより一般的になった結果、費用が下がったのだろう。

「ダウンタイム——術後、通常の生活に戻れるまでの期間のことだ——は正味《しょうみ》二週間程度で済んだ。それでも月をまたいだが、世間ではまだリモート勤務している人もめずらしくない時期だったし、職場では常にマスクをしていたから、怪しまれることはなかった。何より、俺は手術の結果にとても満足していた。この顔が誇らしくすら思えた。だから、久々に社会に出ても堂々と振る舞えた」

新入社員として迎える四月を待つあいだ、そして出勤し始めてからも、幸秀は巧が契約したこの部屋で、弟に関するありとあらゆる情報を頭に詰め込んでいった。すべては殺人という大罪を隠し、久我原巧として人生をやり直すためだった。

「このおよそ二年半、本当に大変だったしスリリングだったが、情熱は際限なく湧いてきたよ。それまでどん底にいた俺にしてみれば、希望しかなかった」

恍惚《こうこつ》とする幸秀に、響はおぞましさすら覚える。

「そのままそっとしておいてくれれば、平穏《へいおん》無事に暮らしていけたのになあ。やっぱり、香住さんは殺しておくべきだった……」

いまさらそんな台詞に怯《おび》えたりはしない。響は告げる。

「私がいなくても、いずれ露見していたに決まってる。巧くんを知る人に会ったら、一目で別人だってわかるんだから。コロナ禍のたった二年半だから、たまたま隠し通せたってだけ」

そうかもなあ、と幸秀は他人事のように言う。

「本当は自分でも、いつかはバレるとわかってたに違いないんだ。そんな夢を何度も見たよ。突然、知らないやつに後ろから肩を叩かれて、言われるんだ。おまえ巧じゃないだろ、ってさ」

罪の意識から、逃れることはできなかったのだ。

「だけど、十年以上も引きこもっていた人間にとっては、いつか終わりが来るとわかっていても、世界が途方《とほう》もなく美しく見えたんだ。この二年半のあいだ、たわいもない一日が過ぎていくたび、どれだけ神に感謝したことか。四人で行った角島旅行が、たとえほかに目的があったにせよ、どれほど掛け値なしに楽しかったか」

響は角島旅行の思い出を振り返る。あの日の彼の楽しそうな様子は、とても演技には見えなかった。四人の人生を一変させたあの罰ゲームを開始するまで、伊織や郷音も、そして響も、本当に幸せな時間を過ごしていた。

「見た目のことで苦しまずに日々を送れることがいかに幸せかなんて、多くの人はわかっちゃくれない。——だけど、おまえらは違う。そうだろう、郷音ちゃん？　火傷の痕さえなかったら、もっとましな人生だったのにって思うだろう。伊織はどうだ？　人の顔が認識できないことで傷ついた経験、ゆうべ二人で飲んでるときに教えてくれたじゃないか」

心の奥の痛い部分をつかまれたのだろう、二人は同時に目を伏せる。

「そして誰よりも、香住さんだよ。俺の苦しみがよくわかるだろ、なあ。にもかかわらずその香住さんが、俺が数々の罪を犯してまでやっと手に入れた平穏をぶち壊しに来るなんて、いったいどういう皮肉なんだよ」

対して響は目を逸らさずに、嘆く幸秀を同じ高さから見つめ続けている。

「香住さんと出会うまで、俺は自分が身体醜形障害だってことにも気づいてなかった。術後しばらくしてまた老け顔が気になり出したときも、歳とともに老けるせいだとか、しわ除去の効果が薄れてきたんだとか、そんな風に考えていた。初めて病気を疑ったのは、香住さんが薬を飲んでいることを告白した、あのときだ」

身体醜形障害は、整形手術で一時的に症状が軽くなっても、すぐに再発するケースが多い。本当に問題があるのは患者の見た目ではなく、脳だからだ。

幸秀もまた、自分の顔を映すものに対する反応などから、遅くとも今年の四月には再発していたことがうかがえる。大がかりな手術を受けてなお、二年しかもたなかったのだ。

世の中の新型コロナウイルスに対する反応が変わってきても、彼は現在に至るまでかたくなにマスクを外したがらなかった。もはや、巧ではないことを隠すためだけのものではなくなっているのだろう。

「おまえらは俺の無知を嘲笑《あざわら》うかもしれない。けどなあ、十五年前は状況が違ったんだよ。ＳＮＳは普及し始めたばかりで、日常的に入ってくる情報量は現代と比べて格段に少なく、精神医療に対するハードルはいまより高く、身体醜形障害について正しく理解している人なんてほとんどいなかった。もし当時、自分の病気に気づいていたら、こんなどうしようもない人生を送らずに済んだのに……いまごろわかったって、もう何もかも手遅れなんだよ……」

幸秀の言葉はしだいに不明瞭《ふめいりょう》になり、あとはただむせび泣くのみとなった。

響は思う。

――私と彼と、何が違ったのか。

響も七年間、自覚なしに身体醜形障害を抱えて生きてきた。けれど、どんなに苦しくても、犯罪に手を染めてまでコンプレックスを解消しようとは一度たりとも考えなかった。置かれた状況は似ているように見えても、そこは決定的に違う。

だけど。

それでも、響は考えてしまうのだ。

結局は、生まれた時代が違っただけなのではないか。

彼とは十二、歳が離れている。たかが十二年、と言ってしまえばそれまでだ。けれどもこの十二年のあいだにもこの国は、東日本大震災や新型コロナウイルスの流行によって日常が簡単に瓦解《がかい》するさまを目撃し、国民の大半がスマートフォンを持つようになり、ルッキズムやフェミニズム、あるいはLGBTQに関する価値観は急速にアップデートされ、ネット上の誹謗中傷《ひぼうちゅうしょう》に法的手段を講じることも以前に比べると容易になった。

響自身がそうであったように、保護者など身近な人に精神医療への理解が足りないと、身体醜形障害を自覚するのは難しい。幸秀は悩みを誰にも打ち明けられなかったと言うが、彼を心配していたはずの家族や友人は、本当に何のヒントも得られなかったのだろうか。身体醜形障害患者は、自分が醜いかどうかをしつこく周囲に確認したがる傾向にあることを、響は身をもって知っている。

悪いのは、無知ではない。機会がなければ知ることはできない。

その機会が限られていた時代の、幸秀は被害者だったのではないか――そう、響は思わずにいられないのだ。

そんな時代はもう、過ぎ去ったものにしなければならない。幸秀が、そしてその周囲の人間たちが見舞われた悲劇を、繰り返させないためにも。

響は立ち上がり、涙を垂《た》れ流す幸秀に向かって告げた。

「私、書くよ」

幸秀の肩の震えが止まる。

「あなたから聞いた話をもとに、身体醜形障害に関する記事を書く。企画が通らなければ、ノンフィクションではなくフィクションの体裁をとってもいい。どんな形であっても、必ず文章にして、世に問う。私やあなたのような精神疾患で苦しんでいる人を、一人でも多く救うために」

だが――。

「……好きにすればいい」

聞こえるか聞こえないかくらいの声量で、幸秀はつぶやいたのだった。

「どのみちもう、俺には関係ない」

郷音が警察に通報すると、ものの数分で警官たちが現場に到着し、伊織の監禁《かんきん》容疑で幸秀を現行犯逮捕した。

連行されていく彼を、響たちは見送る。玄関に差しかかったところで、彼は足を止めた。

「訂正しておきたいことが、もう一点ある」

――何点か、訂正させてほしい。

郷音が眉をひそめる。「何？」

「おまえら、俺が郷音ちゃんの家に盗みに入って、証拠隠滅《いんめつ》のために火をつけたと思ってるんだろう」

「だって、そうとしか考えられないじゃない」

「確かに俺はバッグを盗んだ。だが、火はつけていない」

時が止まったような感覚を、響は味わった。

郷音が猛然《もうぜん》と反論する。

「この期《ご》に及んで嘘言わないでよ――」

「嘘じゃない。十五年前のあの日、父親に借金を断られた俺は、駅まで帰る道すがら、無人のリビングの窓が開けっぱなしになっている家を見かけた。物騒だな、と思っていたら、俺の見ている前で、風に煽《あお》られたカーテンにキャンドルの火が引火した」

響の体が震え出す。

「初めは大変だと思って駆け寄った。ところが中をのぞき込んだとき、そこにヴィトンのバッグがあるのを見つけた。その瞬間、悪魔が俺の耳元でささやいたんだ」

――いまならバッグを盗んでも、証拠はすべて火が燃やし尽くしてくれる。

「俺は靴を履《は》いたままで燃え上がるカーテンをくぐって、バッグを拾った。振り返ると、窓枠に火が燃え移り、もはやそこからは出られそうになかった。やむなく俺は玄関へ回り、外に出た――そこで、伊織少年と出くわした」

隣で伊織が、音を立てて唾を飲み込む。

「万事休《ばんじきゅう》す、と思ったさ。しかし何とも都合《つごう》のいいことに、少年は俺を、その家の子供の家族と勘違いしたようだった。少年を遠ざけるために、俺は口から出まかせを言った。そして、逃げた」

その後、幸秀は児島堂でバッグと中に入っていた鏡を売り払い、響たちの地元をあとにする。彼の目論見どおり、バッグが火災で焼失したのでないことに気づく人はおらず、十五年にもわたって彼の犯行が発覚することはなかった。

「……そんなの、信じられるわけない」

郷音は突っぱねようとするが、その言葉に先ほどの勢いはなかった。彼の話に、リアリティを感じたからだろう。

「信じる信じないはおまえらの勝手だ。俺はただ、事実を話しただけだ。おまえらが都合よく仕立て上げた妄想《もうそう》と、実際の出来事とのあいだにある相違を、な」

そして、幸秀は笑い出す。

「香住さん、残念だったね。俺じゃないんだよ。郷音ちゃんの頬に火傷の痕ができたのは、香住さんのせいなんだ――」

警察官に強く腕を引かれ、幸秀は玄関を出ていく。凍りついたようなマンションの一室に、幸秀の狂気じみた高笑いだけが遠くから響いていた。

「郷音」

響はかろうじて、その名を絞り出す。

せめて、謝らなければと思った。

郷音は一度、こっちを向いて。

その目を、ふっと逸らした。

――ああ、と響は思う。

私たちの友情は、たったいま終わったのだ、と。

幸秀の高笑いは、響の耳朶《じだ》に貼りついていつまでも離れなかった。

終章

久我原幸秀《くがはらひでゆき》は、実弟である久我原巧《たくみ》の殺害・死体遺棄《いき》、吉瀬伊織《きちせいおり》の監禁《かんきん》など複数の罪で起訴《きそ》される見通しとなった。

久我原巧の遺体は郷音《さとね》の読みどおり、大牟田市《おおむたし》の実家の庭から発掘された。現住人である稲永《いなが》一家が気の毒だと、響《ひびき》は思った。

一方、十五年前の窃盗《せっとう》および火災に関しては、再捜査がおこなわれることはなかった。窃盗について七年の公訴時効《こうそじこう》が成立していること、幸秀が放火を否定していること、また仮に放火であったとしても長い年月が経過しており立件が難しいこと、などがその理由だった。再捜査により幸秀が一転して放火を認める可能性にわずかながらの望みを抱いていた響は、落胆《らくたん》せずにいられなかった。

兄が殺害した弟に成りすまし、二年半にもわたって日常生活を送っていたという今回の事件は、センセーショナルに報道された。同時に、犯人を雇用していたアザーサイドへは苦情が殺到《さっとう》した。なぜ入れ替わりに気づかなかったのかという批判や中傷《ちゅうしょう》への対応に、響は連日追われた。

アザーサイド本社は事態を重く見て、福岡《ふくおか》オフィスの撤退《てったい》を決定した。もともと本社への異動が決まっていた響に加え、さらに社員を一人失うことになり、オフィスの存続自体も難しかったのだろう。オフィス長だった遠藤をはじめ、残る福岡オフィス社員は全員、東京本社へ配属となった。

　捜査への協力、アザーサイドの業務の整理、そして東京行きの準備に忙殺される日々の中でも、響の脳裏《のうり》からは、幸秀の放った一言が離れなかった。

　――郷音ちゃんの頰に火傷《やけど》の痕《あと》ができたのは、香住《かすみ》さんのせいなんだ。

　十五年間、そうやって自分を責めながら生きてきたのだ。振り出しに戻っただけだ。わかっているのに、あらためて突きつけられた事実は重かった。あと少しでつかめるところまで希望をちらつかせておいて、それを最後に取り上げるとは、なんて残酷《ざんこく》なのだろう、と運命を恨《うら》みもした。

　福岡で過ごす残りの日々は瞬《また》く間《ま》に過ぎ、響は郷音や伊織と会う時間を作るのはおろか、連絡すらまともに取り合えないでいた。

　郷音には、何度も謝罪のＬＩＮＥを送ろうとした。だがそのたびに、再会したばかりの彼女が放った言葉が頭に甦《よみがえ》った。

　――やめな。そういうの。

　響は本心で、郷音に申し訳ないと感じているのだ。けれども謝罪を押しつけるのは、彼女に許しを強要するも同然の行為だ。そうして自分の心をわずかでも軽くしようとする卑《いや》しさに、響は郷音のおかげで気づかされた。だから、送れなかった。

　放火の事実はなかったと幸秀に聞かされたとき、謝ろうとした響から、郷音が目を逸《そ》らしたことは――そしてその後、彼女から何の連絡もないことは、答え合わせのように思われた。

伊織からは命を救ってくれたことへの感謝や、気遣いが綴《つづ》られたＬＩＮＥが何度も来ていたけれど、響は悪いと思いながらもそれらを無視した。

彼にはもう、ちょっとの期待も持たせるべきではない。自分は東京へ行く。あとのことは、残された二人で自由に決めればいい。

それは、伊織の告白を妨害するほどに彼のことが好きな郷音に対して、自分がなしうるたった一つの贖罪《しょくざい》であるように、響には思えた。

出発当日、響はすでに大濠《おおほり》公園のマンションを引き払い、早良区《さわらく》の実家にいた。

「体に気をつけて、がんばりなさいよ」

三和土《たたき》でスニーカーに足を入れる響に、母が後ろから声をかけてくる。

「うん、ありがとう。年末にはまた帰るから。それじゃ、行ってきます」

立ち上がり、響はキャリーバッグに手をかける。と、

「響」

母に呼び止められ、響は振り返った。

母の自分を見る眼差《まなざ》しに込められた感情を、響は瞬時に読み取る――怯《おび》え、悲しみ、慈《いつく》しみ、後ろめたさ。

それでも母は、笑って言った。

「お母さんは、これまでも、これからも、何があってもずっと変わらず、あなたのことを愛してる」

母だって、完璧《かんぺき》ではない一人の人間だ。親として、いくつも間違いを犯してきたに違いない。でもそれは、決して愛情がなかったからじゃない。彼女もまた、時代の被害者の一人に過ぎないのだ。

「私もだよ。お母さん」

響は微笑《ほほえ》み、母をハグした。母の腕の力は想像よりはるかに強く、響は母の肩に小さな染みを作った。

玄関を出ると空はよく晴れていて、響は新しく買ったバケットハットを深く被《かぶ》った。

目の前には、公園が見える。かつて、郷音や伊織と一緒に遊んだ公園だ。

——おーい、ひびきー。

伊織少年の澄んだ声が、頭の中で懐かしく響く。

響はキャリーバッグを引いて、公園に足を踏み入れる。十一時のフライトまでは、まだ余裕がある。少しくらい、感傷《かんしょう》に浸《ひた》ってもいいはずだ。

朝といっていい時間帯だが、土曜ということもあり、公園には遊び回る子供の姿があった。彼らの多くはもう、マスクをしていない。そんな世の中が戻ってきたことを、響は心から祝福している。

立ち話をしていた保護者らしき女性たちが、響のほうをちらちらと見ている。きっと、ご近所さんたちは一連の事件に響が関わったことを知っているのだろう。彼女たちから一定の距離を保ちつつ、響は隅のベンチに近づいた。

三人で並んで座った、思い出のベンチ。だけどもう、あんな無邪気《むじゃき》な日々は戻らない。

郷音は伊織と再会して初めて、顔の火傷の痕に意味を見出した。彼女には、伊織が必要だ。だから、これでよかったのだ、結果的には。火災が自分のせいだったと確定したことで、響は二人とのつながりを絶つ決心がついたのだから。

——どうか、二人で幸せになってね。

マスクをしなくなった口から、響は胸いっぱいに息を吸い込む。故郷《ふるさと》の空気を、大切な思い出を忘れまいとするように。それから、キャリーバッグのハンドルを握《にぎ》る手に力を込め、地下鉄の駅に向けて歩み出した。

そのときだった。

「響ちゃん」

名前を呼ばれて、響の心臓は大きく跳《は》ねた。

——おーい、ひびきー。

昔、耳にした少年の声が、現在にオーバーラップする。

響は声のしたほうを振り向く。

伊織が立っていた。

彼は息を弾《はず》ませ、こちらをじっと見つめている。思い詰めた様子で、語り出した。

「憶《おぼ》えてたよ。送別会の日に、今日の十一時の便で東京へ行くって教えてもらったこと。実家から出発するんじゃないかと思ってたんだ。よかった、間に合って——」

「あの」

響は意識して、普段より高い声を発する。口をつぐむ伊織に向かって、続けた。

「どちらさまですか」

響はバケットハットを取り、頭を振って髪を揺らす――全体をショートボブにし、前髪を編み込み、明るいブラウンに染めた髪を。

二日前に大濠駅前メンタルクリニックを訪れた際、小田《おだ》医師は言った。

「香住さんの身体醜形《しんたいしゅうけい》障害は、ＳＳＲＩが著効《ちょこう》し、治《なお》ったと言える状態にまで来ています。しばらくは薬を飲み続けたほうがよいと思いますが、東京行きは問題ないでしょう」

そうして東京のメンタルクリニックに提出する紹介状を書いてもらった響は、その足で美容院へ向かった。医師からお墨付きをもらった身体醜形障害の軽快が、事実なのかを確かめるために。

いつもは、これなら何とか我慢できるという髪型――黒髪を肩の下まで伸ばし、毛先をカールさせ、前髪を左に流すという、お定まりの髪型一択だった。けれどもその日、響は長い付き合いの美容師に、すらすらと要望を伝えることができた。

「東京へ行くので心機一転、髪型をガラッと変えたいんです」

美容師と話し合った結果、響は髪を短くし、色を変えることにした。とりわけ前髪は、いままでと違うスタイルになるようこだわった。

カットとカラーリングを終え、セットしてもらった髪を鏡で見たとき、響は心の底から思えた。

――この髪型、すごくかわいい。

もう、前髪を気持ち悪いと感じる自分はどこにもいなかった。

フライトの日時を送別会の日に話してしまっていたことは、響も憶えていた。それまでに、伊織が会いに来ることを、響は恐れた。会ってしまえば、決意が揺らぎかねない。

だから、会えないようにした。

相貌失認《そうぼうしつにん》の伊織はいつも、主に髪型で響を認識していた。髪型を大きく変えてしまえば、それが響であるとはわからないはずだ。万が一、口を利《き》くことになったら、そのときは声色《こわいろ》を作ろう。アイドル時代はよくやっていたことだ。

こうなることを想定しておいてよかった、と響は思った。伊織はうろたえ、見るからに自信を失っている。

「響ちゃん……だよね？」

「人違いですよ。私、そんな名前ではありません」

きっぱり返すと、伊織はうなだれた。

「すみません……知り合いに、似ていたもので」

響の胸が、いままでにないほど鋭《するど》く痛む。

——私はなんて最低なのだろう。彼がどれだけ苦しめられてきたかを知っている相貌失認を、こんな形で利用するとは、やっぱり私みたいな罪深い人間が、彼のそばにいることは許されない。

「では、失礼します」

響が立ち去ろうとしたとき、伊織がぽつりと言った。

「好きだったんです」

響は思わず足を止める。

「その人のことが、すごくすごく好きだったんです。見た目じゃなくて、その人の美しく気高《けだか》い、心が好きだった。でも、どうしても伝える勇気が湧かなくて。自分には、人を愛する資格なんてないと思ってたから」

――それ以来、僕はちゃんと恋愛をしたことがない。そんな資格は自分にない、そう思いながら生きてきた。

いつか聞いた伊織の言葉が、響の脳内で再現される。

「ずっと一緒にいられると信じてた。少しずつ、自分も変わっていけばいいやって。まさか突然、遠くへ行ってしまうなんて思わなかったんです。本当に、だめな人間ですよね。こんな風だから、振り向いてもらえないんだ――」

「きっと、その人も」

響は言い、伊織のほうを見る。

そして、笑った。

「あなたのことが好きだったと思いますよ」

彼は人の顔を認識できない。それでも、響が笑ったことはわかっただろう。

「だと、いいですね」

伊織は、はにかむようにしてつぶやく。

ハットを被り直し、響は今度こそ歩き出す。

すべての未練を、この公園に置き去りにするように。

追いかけてくる音は聞こえない。もう一度、響は自分に言い聞かせる。

――これで、よかったんだ。

公園の出口に差しかかったとき、すぐ近くで遊んでいた十歳くらいの女の子が、響の顔を見て声をかけてきた。

「お姉さん、何で泣いてるの？」

響は目元を指の関節で拭《ぬぐ》って微笑む。

「何でもないよ」

女の子は「元気出してね」と言い残し、友達のほうへ駆けていった。

何事もなかったかのように遊びを再開する彼女に、女の子が一人と男の子が一人、じゃれつきながら笑い声を上げている。

それは、いつか見た光景にとてもよく似ていた。

西暦二〇六三年八月　神奈川県鎌倉市

「……ふう」

室見《むろみ》響子《きょうこ》作『鏡の国』のゲラに、最後の一枚まで目を通し終えた私は、深いため息をついた。すでに何度も読んでいたこともあり、流し読みした部分もあったものの、勅使河原《てしがわら》の言う違和感を探しながらの通読はさすがに集中力を要した。肩はこり、目もかすんでいる。

しかし結局、削除されたエピソードに関する手がかりはほとんど見出せなかった。新飼郷音《しんかいさとね》が実在しないという勅使河原の発言についても、その意図《いと》するところを汲《く》み取れていない。徒労感《とろうかん》だけが、私の体内を満たしていた。

正座をしていた座布団《ざぶとん》から立ち上がり、私は縁側《えんがわ》のほうへ向かう。障子《しょうじ》を開けると、勅使河原と大志《たいし》が同時にこちらを向いた。

「あ、終わりましたか」

勅使河原が言う。滝のような汗をかき、ワイシャツは透けている。大志のTシャツもすっかり色が変わっていた。

「息子の相手をしてくださり、ありがとうございます。どうぞお入りください。いま、拭《ふ》くものをお持ちしますので」

「お気遣い恐縮《きょうしゅく》です。大志くん、中に入ろっか」

「まだあそびたいー」

「またあとでな。おじさん疲れちゃったから、一緒にお水飲んで休憩《きゅうけい》しよう」

勅使河原はごねる子供の扱いにも慣れている。おとなしく和室に上がってきた大志を、私は持ってきていたシャツに着替えさせた。それから台所で冷えたルイボスティーと、叔母《おば》の使っていたバスタオルを用意して、勅使河原に渡す。

「シャツ、洗って干しておきましょうか。この暑さなら、すぐ乾くでしょう」

私の申し出を、勅使河原は遠慮した。

「そのくらい自分でやります。もし着替えなどあれば……」

「ごめんなさい、叔母の服しか残っていませんので。いいんじゃないですか、上半身裸にタオルでも。私は気にしません」

「いやあ、そんな危うい真似《まね》は」

最初はためらっていた勅使河原も結局、濡れたシャツの気持ち悪さには勝てなかったようで、裸になってバスタオルを羽織《はお》った。洗ったシャツはハンガーにかけ、庭の日当たりのよい枇杷《びわ》の枝に干した。

「それで、いかがでしたか」

間抜けな恰好《かっこう》になって座卓の反対側に座った勅使河原が、あらためて訊ねた。

「一つ、気づいたことがあります」

私が言うと、勅使河原はほう、と相槌《あいづち》を打った。

「室見響子の長編は、必ず末尾に〈了〉と打たれていました。けれどこの『鏡の国』には、それがありません」

アマチュア時代に書いた習作とのことだから、その決まりごとができる前とも考えられる。が、室見作品として統一するなら、遺作にすべく見直した際にそのくらいは足してもよかったはずだ。そうしなかったことには、何か意図があるのかもしれない。

自信はなかったが、勅使河原はいい着眼点ですね、と言った。

「先生はあえて〈了〉を打たなかったのだろう、と私も思います」

「つまり、この作品はまだ完成していない、と？」

「そのような意味かと。削除されたエピソードの存在を暗示している、ととらえていいのではないでしょうか」

大志はうつ伏せで足をばたつかせ、私が渡した絵本に夢中になっている。静かにしていてくれるのは助かる。

「そろそろ教えてくださいませんか。削除されたエピソードというのは、何のことです？」

私は本題に切り込んだ。勅使河原は腕時計を確認する。

「いい時間ですね。お願いどおり最後まで読んでくださったことですし、私が抱いた違和感をお話ししましょう。まずは第一章5節、響《ひびき》と郷音が対面を果たす場面です」

勅使河原はゲラをめくり、次の郷音の台詞《せりふ》を指差した。

「だって『ひびき』なんて名前、そんなにありふれてないもん。しかも、自分の名前と同じ字が

入ってるんだからさ。嫌でも思い出しちゃうよ」

「この台詞が、何か？」私は首をかしげる。

「この作品の年代はいまから四十年前です。その時代、確かに『ひびき』という名前はありふれているとは言えなかったかもしれません。ところが、ですよ。この香住《かすみ》響というキャラクターが、室見先生ご自身を投影しているとしたらどうでしょう」

「投影どころか、響は叔母そのものだと……あっ」

彼が何を言わんとしているのかを察した私に、勅使河原はうなずいてみせた。

「室見先生の下の名前は本名と同じですから、ここには『きょうこ』という名前が入るはずなのです。漢字の『響子』ならともかく、読みとしての『きょうこ』は当時、この世代にはやや古風だったかもしれませんが、めずらしい名前とまでは言えなかったでしょう。これは、妙です」

言われてみれば、そうだ。作中の香住響を意識するあまり、私は叔母を当てはめてみるのを怠《おこた》っていた。

ゲラに置かれた勅使河原の人差し指がスライドする。

「そう考えると、『自分の名前と同じ字が入ってる』という発言も不正確ですね」

「『響』と『郷音』は同じ漢字から構成されている、という意味だと受け止めていました。こちらは『響』が『響子』になっても同じですよね」

「そのように解釈することもできますが、書き方としてはややアンフェアかと。では、次に行きましょう。第二章9節です。桜庭《さくらば》さんは響の姉との仲について指摘《してき》されてましたが、私も同じ箇所の別の部分に引っかかりました」

姉とは学年でいえば一つしか変わらず、関係性はよくなったり悪くなったりを繰り返してきた。一度は芸能界入りした響と違って、姉は堅実を絵に描いたような人生を歩んでおり、普段は連絡もめったに取り合わない。姉のことをどのくらい好きか数字で表せと言われても困るが、70より上はつけないだろうというのが正直なところだった。

「私が引っかかったのは冒頭の、『学年でいえば一つしか変わらず』の部分です」
「母と叔母は年子でしたから、正しいのでは？」
「ええ。ですが、『学年でいえば』は明らかによけいです。なぜなら、室見先生の誕生日は十二月でしたから」

それは言うまでもなく私も把握《はあく》している。叔母は去年の暮れに、六十五歳の誕生日を迎えたばかりで亡くなったのだ。

「『学年でいえば』という表現は普通、早生まれが絡むときに使います。ここでは響が早生まれで姉とは生まれ年が二つ、学年が一つ違う、というケース以外に考えられません。十二月生まれの先生は、これに当てはまらないのです」
「でも、歳も学年も一つ違う、と強調するのも、間違いとまでは言えませんよね」
「はい。ですから、修正はしませんでした。さて、同じ第二章9節には、別の気になる点もあります。それが、伊織《いおり》のこの台詞です」

「さっちゃんがそう言うなら、信じるよ。だけど、いまのさっちゃんに僕が気づくっていうのは、相貌失認《そうぼうしつにん》のことを抜きにしても、無理があったんじゃないかな。過去には予約名を『新飼』で承《うけたまわ》ったこともあったけど、福岡には多い苗字《みようじ》だし――」

ピンポイントに切り抜かれると、彼の言いたいことが見えてくる。

「私は福岡に住んだ経験がないので推測になりますけど、《新飼》って苗字はたぶん、福岡にも多くはないんでしょう」

「これは校正からも鉛筆で指摘が入ったので、私も調べてみました。すると当時、新飼という苗字は全国に三百人弱しかおらず、その大半は福岡県に集中していたことがわかりました。つまり、福岡に多い苗字とは言えないものの、この苗字が多いのが福岡であることは事実だったのです。となると、ここはあくまで伊織の主観ですから、おかしな記述とまでは言いきれません」

微妙《びみよう》なラインだが、身近に新飼という苗字の家族が複数あれば、伊織がそう思い込んだ可能性はある、ということだ。舞台が福岡でなければ、その状況がそもそも成り立たない。

「室見先生がすでに他界されている以上、私はこの原稿については、ご遺族の桜庭さんの意向を踏まえつつ、可能な限り修正をしないと決めて臨みました。本来ならば、作者の許可なしに文章を書き換えるなど、もっとも慎むべき越権《えつけん》行為だからです。したがって、私は桜庭さんにゲラをお渡しする前に、その指摘を削除しました」

「理解しました。ほかには？」

「第五章3節、久我原《くがはら》兄弟の実父である鳥島《とりしま》のこの台詞です」

「しんかいさとね……はて、どこかで聞いたような名前だな。ただの同姓同名かもしれないが」

「鳥島が同姓同名かもしれない、と考えるのは勝手です。しかし、先ほども申し上げたように、新飼というのは全国的に少ない苗字です。そして『さとね』という名前もまた、読みだけで見ても多い名前ではない。私が鳥島の立場なら、同姓同名の人がほかにもいたとは思わないでしょう」

「なるほど……」

「私が本文中に見出した違和感は、以上です」

私は勅使河原の話に、しだいに引き込まれつつあった。

「ここまで挙《あ》げてきたのはいずれも、『鏡の国』を独立した小説として読んだ場合には、それほど問題にならないものばかりです。『ひびき』という名前はありふれていないし、作中で誕生日が明示されていない以上、香住響が早生まれでもかまわない。伊織が新飼という苗字を福岡には多いと思い込んでいたっていいし、鳥島が同姓同名かもしれないと思ったっていい。ですが、これが室見先生の実体験をもとに書かれた作品であるというのなら、話は変わってきます」

「だから勅使河原さんは、新飼郷音という女性は本当に実在したのだろうか、という疑いを抱かれたんですね」

「ええ。登場人物たちのその後を調べたのは、肖像権などに関わるからであって、あくまで仕事の範疇《はんちゅう》でしたがね。その結果、かつての人気配信者であり、配信中にオーバードーズ騒ぎを起こしたさとねること新飼郷音という女性の情報は、何一つ出てきませんでした」

「でも、四十年も前の限られた界隈《かいわい》での出来事ですから、情報が残っていないだけという可能性も……」

「おっしゃるとおりです。しかしながら、それでは香住響と新飼郷音の名前に関する違和感を解消できません。そこで私は、最後に抱いた違和感に目を向けました」

「最後？　さっき、本文中に見出した違和感は以上、と」

「ええ。ですから、本文ではありません。こちらです」

そう言って、勅使河原は装丁の見本刷りの、ある一点を指差した。

「タイトル……？」

彼の人差し指は、鏡の隣に刻まれた『鏡の国』という文字に向けられていた。

「これのどこが違和感なんですか。相貌失認だったルイス・キャロルの代表作と絡めつつ、自分の見た目の良し悪しを常に突きつけられる世の中を端的に表した、見事なタイトルでしょう」

「私も同意見です――ただし、室見響子が凡百のミステリ作家であれば、ですが」

ずいぶん過激なもの言いをする。勅使河原の目は、据《す》わって見えた。

「よく考えてください。本作において一番の核となっている題材は、何といっても身体醜形障《しんたいしゅうけい》害です。語り手である香住響の苦悩そのものであり、真犯人の久我原幸秀《ゆきひで》も罹患《りかん》していたことが動機の中心になっており、そして新飼郷音もまた、顔の火傷《やけど》の痕《あと》に固執《こしつ》していたという点では身体醜形障害に通じる部分を持っていました」

「それについては、誤読のしようがないと思います」

「一方で、相貌失認は重要な題材の一つではありますが、あくまでもサブ的なポジションにとどまっています。にもかかわらず先生は、身体醜形障害に関連するワードではなく、相貌失認を抱えていたルイス・キャロルを想起させるタイトルを本作につけました。これは、かの室見響子の仕事にしては杜撰《ずさん》と言わざるを得ません」

室見作品にはいつも、真意を知ると目を開かれるような感覚を味わえる、巧妙なタイトルがつけられていた。私は『鏡の国』もそれらと同じように、響がオーバードーズした郷音を救う場面で、うまいタイトルだと感心した。だが言われてみれば、身体醜形障害よりも相貌失認のほうが前に出ているのは、本作のタイトルとしてはふさわしくない。

「それでも先生があえて『鏡の国』というタイトルを採用したのなら、そこには『相貌失認』と『残酷な世の中』という二つの意味を超える、さらなる意味が込められているはずです」

「それで勅使河原さんは、『鏡の国のアリス』に削除されたエピソードが存在したのと同様に、本作にも削除されたエピソードがあることをタイトルによって示唆《しさ》している、と考えたのですね。つまり、『鏡の国』というタイトルはトリプルミーニングであった、と――」

「違います」

彼の主張を読み取ったつもりが否定され、私はたじろいだ。

「違うんですか？」

「トリプルではありません。クアドラプルミーニングなのです」

聞きなじみがないが、トリプルの次、４を表すのがクアドラプルという単語らしい。

勅使河原は、テーブルに置かれた装丁の見本刷りを手に取り、私の眼前に突きつける。

「この国に生きる女性の顔を映した鏡が、四つにひび割れている。これはまさしく、『鏡の国』というタイトルに四つの意味があることを暗示していたのです」

室見響子らしい発想だとは思うものの、私の理解は追いついていない。

「四つの意味、とは」

「まず一つ目は、ルイス・キャロルが相貌失認だったこと。二つ目が、見た目重視の世の中を端的に表した響のモノローグ。三つ目が、『鏡の国のアリス』にも存在した、削除されたエピソードの示唆です。そして、四つ目は――」

鏡のひび割れの一つ一つを指差しながら、彼はすらすら語る。

「室見響子の実体験として書かれたこの作品は、あたかも鏡に映されたかのように反転している、という意味です」

「反転……ですか」

「ここでいったん、『鏡の国』の前書きを確認しましょう。先生は、次のようにお書きになっています」


本作は私・室見響子が小説家になる以前に、習作として書いた作品である。私自身の実体験をもとにしており、内容についてはほぼノンフィクションであることをお断りしておく（ただし、読者の没入を妨《さまた》げる要因となるのを防ぐべく、氏名など私を指す固有名詞は変えてある）。

「注目すべきは、固有名詞を変えたのを『私』に限定している点です。これは取りも直さず、ほかの登場人物の固有名詞は変えていないという宣明《せんめい》です。それを裏づけるように、犯罪者の久我原幸秀や殺人被害者の久我原巧《たくみ》ですら、報道で確認したところ間違いなく実名でした」

勅使河原の調べによると、久我原幸秀は複数の罪で起訴《きそ》され、懲役《ちょうえき》二十三年の実刑判決を受けた。逮捕《たいほ》された当時で三十七歳だから、仮に刑期満了で出所したのであれば六十歳で、生きていた可能性が高いが、その後の足取りはつかめなかったそうだ。勅使河原は可能ならば本作の刊行の許可を取りたかったと話すが、生死すら判明しなかったので、もし存命だとしても偽名《ぎめい》で生活しているのでは、とのことだった。

「この前書きを踏まえたうえで、先ほど挙げた違和感を、今一度振り返ってみます。まず『福岡には多い苗字』『ただの同姓同名かもしれない』という二つの台詞から、『新飼郷音』という名前は明らかにこの登場人物の実名ではありません。一方で、『ひびき』という名前がありふれたものでないことは事実のとおりですし、香住響は室見先生と違って早生まれであると考えられます。ここまで言えば、もうおわかりですね」

浅く乱れる呼吸をどうにか整え、私は告げた。

「叔母は——室見響子は、香住響ではなく新飼郷音だった」

よくできました、とでも言いたげに、勅使河原が微笑《ほほえ》んだ。

叔母は、本名を古賀《こが》響子という。

聞いたことがある。古賀というのは、福岡に多い苗字であると。したがって『こがきょうこ』という氏名は、耳で聞いただけなら、こと福岡県内においては取り立ててめずらしいものとは感じまい。鳥島が、同姓同名かもしれないと言ったのもうなずける。

「余談ですが、先生のペンネームの『室見』は、地元を流れる室見川からとったそうですね。実は、この室見川の支流に、新飼川というのがあるんですよ」

私は驚いた。「よく気づきましたね」

「福岡には香住ヶ丘《かすみがおか》というよく知られた地名もあるので、香住響の名前は室見響子のオマージュに違いない、と初めこそ思ったんですがね。よくよく調べると、香住ヶ丘は福岡市東区《ひがしく》で、先生の地元であり本作の舞台にもなっている早良区《さわらく》とは何の関係もない。それに対し、『香住』という苗字は大変めずらしいようですが、実際にいらっしゃいます」

「そうなんですね……知りませんでした」

「そして、これは非常にささやかな点ですが、先生がこのお屋敷をお建てになる際に、時代後れの和風建築にこだわったのも、火災により離れてしまった家へのノスタルジーがそうさせたのではないか、と私はにらんでいます。何しろ、〈和の趣《おもむき》がいくらか備わっていた〉そうですから。まあ、何でわざわざ不幸な思い出のある家に寄せるのか、と反駁《はんばく》されればそれまでですし、山口《やまぐち》で暮らした母方の実家に似せた、もしくは単純に先生の趣味という可能性も捨てきれませんがね」

「前書きの〈氏名など私を指す固有名詞〉という言い回し、ぎこちないと感じていました。あれも、『さっちゃん』という呼び名や、配信者としてのアカウント名の『さとねる』を含めたからだったんですね」

「ええ。ちなみに実際のアカウント名は『きょうこす』でした。アイプッシュで起こした騒動に関する情報は、何件か見つかりましたよ」

ここまで来たら、否《いや》でも応でも勅使河原の説の正しさを認めざるを得ない。

『鏡の国』の世界は反転した。香住響と新飼郷音、二人の人物が入れ替わることによって。

この作品を読み進めるあいだ、私は香住響の視点に立っていた。鏡に顔を映せば、若き日の叔母がそこにいると信じて疑わなかった。

だが真相はそうではなかった。鏡に映るのはあくまでも香住響で、隣にいる新飼郷音の鏡像こそが、作家になる前の古賀響子だったのだ。

「作者の実体験と聞けば、普通は語り手イコール作者だと誰もが思い込みます。先生はそれを逆《さか》手《て》に取った」

母の若いころの話を、私は詳しく聞いたことがない。彼女が話したがらなかったからだ。家が火事になったという話も、一時的に山口県に住んでいたという話も、もしかすると耳にしたことくらいはあったのかもしれないが、まったく印象に残っていなかった。

「香住響視点で書かれた新飼郷音への褒《ほ》め言葉も全部、実は本人が書いていたと思うと、ぞっとしますね」

身内らしく呆《あき》れる私を、勅使河原はいえいえ、といなす。

「そこで手心を加えるようでは、一流とは言えません。先生は、作品が必要とする文章ならば逡巡《しゅんじゅん》なく書きされる方でした」

「はあ……でも、叔母はなぜ、このようなややこしいことを？」

「理由はいくつか考えられます。まず一つ、新飼郷音は語り手に向かない」

それは、素人《しろうと》の私には持ちえない目線だ。

「郷音は響を騙《だま》して配信に出演させたり、オーバードーズに及んだりと、言動にややエキセントリックなところの見られる女性です。終盤こそ立ち直ったかに見えますが、これでは読者に共感も感情移入もされにくく、途中までは反感すら買いかねません。反面、本作のように探偵役なら務まるとは思うのですが、それは先生が事件を解決したという現実を反映したに過ぎないのでしょうね」

『鏡の国』は語り手の響と親友の郷音が協力して真相にたどり着いたという形を取っているものの、最終的に推理を語る役割を担うのは郷音だ。響は作中で、論理的思考が苦手であることを自認している。のちにミステリ作家として大成する叔母の頭脳が、若いころから聡明《そうめい》であったことを示していると言えよう。

「対照的に、響は身体醜形障害という難しい疾患《しっかん》を抱えながらも、言動はおおむね常識的で真っ当。しかも、友達思いの優しい人物です。したがって、読者にも受け入れられやすい。仮にこれがフィクションで、先生が郷音視点で執筆していたとしたら、私でも語り手を変更するようお願いしたかもしれません。むろん私から提案するまでもなく、先生はベストな選択をされました」

あるいは叔母の筆力なら、それでもじゅうぶん読ませるものを書き上げただろう。だが、長い付き合いの中で勅使河原は、室見響子に意見できる関係性を築いていた。だからこそ、叔母が書いたものをそのまま受け取るのではなく、さまざまな選択肢を考慮したうえでベストかどうかを判断できるのだ。

その点、私は自身の不明を恥じなくてはならない。私は私生活の室見響子を知る、数少ない身内の一人だ。にもかかわらず、香住響のキャラクターが叔母と違いすぎることを、若さのせいにして受け入れてしまった。どう考えても、後年の叔母の性格は香住響より新飼郷音に近かったというのに、である——第一章を読み終えた私が性格の違いに言及するにあたり、作家としてのキャリアの話を持ち出した際、勅使河原の返答があからさまなミスリードになっていた点に関しては、少し恨《うら》めしくもあるけれど。

「そう考えると、先生が覆面《ふくめん》作家としてキャリアをまっとうした事情にも思い当たりますね」

「配信で騒ぎを起こした過去は、確実に汚点となったでしょうからね」

「前書きには『信念のもとに、私はこれまで作中でしばしばルッキズムや女性差別を糾弾《きゅうだん》してきたが、自身かつて容姿と女性性を利用して口を糊《のり》した時期があり、それが作品を読まれるうえでのノイズになるのを嫌った』とあります。それも真実ではあったのでしょうが、身元が明らかになった場合の面倒を避けた、というのが先にあったような気がしますね」

もっとも、その前書きの文言《もんごん》は、香住響にも当てはまるように記されていた。室見響子の仕掛けは、前書きからすでに始まっていたのだ。

勅使河原の話は、なぜ叔母が語り手を自分にしなかったのか、という本題に戻る。

「タイトルを揺るぎないものにしたかったのも理由の一つだと思います。『鏡の国』というフレーズによって、クアドラプルミーニングという離れ業《わざ》をやってのけられるとひらめいたら最後、先生は採用せずにいられなかったでしょう。それは作家の業《ごう》です」

「では……そのために、あえて一度書いたエピソードを削除した？」

「それはどうでしょうね。小説のアイデアは、スーパーマーケットでカレーの材料を一からカゴに入れていくように、一つずつ順番に浮かぶというものではありませんから。私個人の考えとしては、エピソードを削除するという判断とクアドラプルミーニングは表裏一体で、どちらが先と言えるものではなかったと思います」

実作者にしか理解しえない領域だ。勅使河原の話は続く。

「最後の理由ですが、本作のラストは、郷音視点ではどうやっても書きえないものです。なぜなら、郷音が登場していないのですから」

これには私も、「あ」と間の抜けた一音を発してしまった。そんなことにも思い至らないとは。

「響の身体醜形障害の克服と、伊織との別れを同時に描いたこのラストは、私の目にも魅力的に映りました。もっとも私は、作中のいくつかの記述から、先生がこのエピソードを知るより先に本稿の執筆を開始していた可能性にも考え及んでいます。しかしながら、それでもこのエピソードを知ったとき、先生の中でおのずとラストシーンが固まったはずです。だから、よりいっそう、語り手は香住響でなくてはならなかった」

「『鏡の国』は、アマチュア時代の習作が原型になっているんですよね。そのころから、叔母はこれだけの理由のもとに視点人物を入れ替えたのだ、と？」

「おそらくは。そのような類稀《たぐいまれ》なるセンスが備わっていたからこそ、先生はミステリ界の巨星《きょせい》になりえたのでしょう」

そして、勅使河原は柔和《にゅうわ》に問いかけた。

「どうでしょう、桜庭さん。これでもまだ、先生のことがお嫌いですか」

私はうつむき、『鏡の国』のゲラに目を落とす。

私が叔母を嫌いになったのは、まさにこのラストのエピソードが描かれていたからだ。小説としてはいい締め方だと思う。けれど、香住響が叔母であると考えるとき、彼女は遺作のラストで、親友のために自分を犠牲《ぎせい》にしたエピソードを描いたことになる。私は室見響子の身内としてその点に、最後の最後で自身の友達思いな部分をひけらかした叔母のいやらしさを感じ、嫌いになったのだ。

だが、香住響が叔母ではなかったとしたら。

吉瀬《きちせ》伊織という男性を、叔母は響から譲られたことになる。そんな響の——選択の是非《ぜひ》はさておき——親友を思いやる優しさを、叔母は美談として書き留めておきたかったのではないか。

顔を上げ、私は勅使河原の質問に答える。

「嫌いになったと言ったのは、撤回します。叔母が自分をよく見せるためにあのラストを書いたという、私の読みは誤りだったのですから」

「そう誤読させたのは先生自身ですけどね」勅使河原は苦笑する。

「でも、今度は別の観点から、叔母を嫌いになりそうです」新飼郷音の気の強さは、そのまま晩年の叔母の人格を表しているように思えます。彼女は親友を騙し、その親友に命を救われ、意中の異性を譲ってもらい、それでも性格をあらためることができなかった。生涯独身を貫きましたから、吉瀬伊織ともうまくいかなかったのでしょう——」

そこで、疑問が湧いた。

「ちょっと待ってください。やっぱり、何かがおかしい」

「何でしょうか」と勅使河原。

「郷音が伊織に執着したのは、そして響が彼を叔母に譲ったのも、吉瀬伊織が相貌失認だったからです。郷音は火傷の痕が伊織にとって目印になるのを喜び、その火傷を負わせた責任を感じていた響は、償《つぐな》いとするために郷音の気持ちを汲んだ」

「はい。それで？」

「でも、ありませんでしたよ――叔母の頰に、火傷の痕なんて」

叔母の頰には、五十を過ぎてもしみやたるみの一つもなく、まして火傷の痕はなかった。そんなものがあったら、視点人物の入れ替わりには即座に気づいたはずだ。

この疑問に、勅使河原もたどり着いていたらしい。

「いまおっしゃった疑問を解消するエピソードが、本作からは削除されているのではないか。私はそう、結論づけました」

「どうしてそのようにお考えなのです？」

「作中に、その根拠となりうる描写があるからです」

と言われても、全然ぴんとこない。勅使河原はやにわに頭をかいて、

「と、いうのもまんざら嘘じゃあないんですが、ちょっと恰好つけました。実は、私は桜庭さんが知らない、とある事実をつかんでいるんです」

「私の知らない事実？」

「先ほどから申し上げているように、私は『鏡の国』の登場人物たちについて、できる範囲で調査をしています。香住響という人物が実在したことも、すでに確認が取れております。たとえば、アタッカーというグループに所属して芸名で活動していたことや、アザーサイドで書いてい

た署名入りの記事などは出てきました」

四十年が経過していても、かき集められる情報はある、ということだ。

「ところが、ですよ。香住響に関する情報は、本作に描かれている時期を境に、ぱったり途絶えてしまっているのです。身体醜形障害をはじめとする精神疾患や精神医療に関する見識を世に広めるという、大いなる野望と久我原幸秀への誓いを携《たずさ》え、意中の人を振りきってまでアザーサイド東京本社へ異動したはずであるにもかかわらず、ね」

「えっ?」私は驚かずにいられない。「それ、本当なんですか。たまたま見つからなかっただけでは」

「いいえ。それ以前の情報がわりあい簡単にヒットしたのに比べると、きわめて不自然な途絶え方でした」

なぜ、そのような事態になったのか。口元に手を当て、私は考える。

ペンネームを用いるようになった? いや、響が話題になったブログや一連の事件の当事者であることは、記事を広めるうえではプラスにはたらいたはずだ。ペンネームを用いれば、その説得力は確実に減じてしまう。ありそうにない、と私は思う。

何らかの事情により、アザーサイド東京本社で働けなかった? 響が本社へ異動になったのは本社が人員を必要としていたからだが、福岡オフィス撤退《てったい》に伴《ともな》う社員四人の本社への異動により、人員には余剰が出た可能性がある。四人全員が東京へ移住したとも考えにくいが、そうなったときに久我原幸秀の誘《さそ》いでアザーサイドに入社した響が、割を食って会社をやめさせられた、あるいはいづらくなってやめたという線も否定はできない。

あるいは――私は想像を、さらに悪いほうへとたくましくする。

香住響は、文章を書けなくなるほど、ひどい悲劇に見舞われたのではないか？

久我原巧は死の寸前まで、まさか三百万円もの大金を渡した実の兄に殺されようとはつゆほども思っていなかったに違いない。人生とは、まったく予測不可能なのだ。響が理不尽な運命に巻き込まれ、社会から姿を消していたとしても、私は不思議だとは思わない。

結局のところ、どれだけ考えても答えは絞《しぼ》れそうになかった。よほど深刻な表情をしていたのだろう、私の顔を見ていた勅使河原が噴《ふ》き出す。

「人の顔見て笑うなんて、失礼です」

「いやあ、すみません。そこまで悩ませてしまうほど、もったいぶるつもりはありませんでした。おそらくですが、桜庭さんの想像は外《はず》れています」

「というと、香住響の情報が途絶えた理由を、勅使河原さんはご存じなんですか」

「はい。なに、大したことじゃありません。響と郷音の反転を見抜いた私は、ちょっとした思いつきをもとに、響を捜しました――そして、彼女の所在を突き止めたのです」

その言葉が意味するところを理解した瞬間、私は大きな安堵《あんど》に包まれた。

香住響は、生きている。

「じゃあ、香住響と接触できたんですか」

「ええ。私が『鏡の国』の担当編集者としてお会いしたいと申し出ると、彼女は快く承諾《しょうだく》してくださいました。ただし、一つ条件がある、と」

「条件、とは」

勅使河原は、居住まいを正してこちらを見つめた。

「桜庭さん。『鏡の国』の著作権を相続されたあなたに、同席していただくことです」

「私に？」

思いがけない条件を提示され、私はとまどう。

「はい。了承してくださいますね」

「かまいませんが……お約束はいつですか」

「本日です。いまからおよそ一時間後の十七時に、こちらにいらっしゃることになっています」

さすがに、これには面食《めんく》らった。

「ここまで来るんですか？　おうちはこの近く？」

「いえ。地元の福岡にお住まいだそうですが、彼女のほうから申し出があったのです。響子の暮らしていた家を見せてほしい、と」

ようやく話がつながった。私はてっきり、削除された原稿のデータやプリントアウトをこの家で探すものと思っていた。そして、そうであるならば期待は持てないだろう、とも。

だが、そうではなかった。勅使河原はこの家で、香住響と会う約束を取りつけていたのだ。

「わかりました。そうと決まれば、急いでお迎えする準備をしなくては」

私は腰を上げる。力尽きて絵本に突っ伏した大志を再び座布団に寝かせ、準備を始めた。

約束の十七時を三分ほど過ぎたとき、インターホンが鳴らされた。

生乾《なまがわ》きのシャツを着直した勅使河原と二人、玄関へ向かう。引き戸を開けると、門のところに立つ女性が、ゆったりとした動作でお辞儀《じぎ》した。

白地に藍色の小花柄のツーピースに身を包み、首元にはパールのネックレスをあしらっている。きれいで豊かなグレイヘアーをショートボブにし、足元は編みの入った涼し気なパンプス。小さめのハンドバッグを腕にかけ、手にはA4サイズの茶封筒を持っていた。

そして、その顔立ちは、自然な六十代らしさをまといながらも、美しかった。

「ようこそお越しくださいました。松下出版文芸編集部の、勅使河原篤《あつし》です」

勅使河原が家主《やぬし》であるかのように振る舞う。女性は口を開いた。

「初めまして。『鏡の国』に登場する香住響とは、私のことです」

「古賀響子の姪《めい》の、桜庭怜《れい》です。どうぞこちらに」

私も名乗り、響を招き入れる。三和土《たたき》でパンプスを脱ぎながら、彼女は言った。

「ごめんなさいね、お約束に遅れてしまって。不案内な土地で、道がわからなかったものだから」

その言葉とは裏腹に、約束の数分前には家の近くまで車の上がってくる音を、私と勅使河原は聞いていた。人の家にお邪魔《じゃま》する際、わざと数分遅れるのがマナーと考える人がいることを、私は知っている。

先ほどまでいた和室に響を通して、お茶と勅使河原の用意していたお菓子を差し出す。今度は私と勅使河原が横並びになり、彼女と向かい合う形になった。大志はまだ、座布団の上で寝息を立てている。

「あらためまして、このたびは福岡から鎌倉までご足労《そくろう》いただき、誠にありがとうございます」

勅使河原が頭を下げ、私もならう。

「とんでもない。もう歳ですし、足を悪くしておりますから、こんなことでもないと腰が重くて。私もお二人にお会いするのを楽しみにしておりました」

「そう言っていただけると、こちらとしても気が楽になります」

「彼女のお葬式にも参列したかったのですけれど。そのころちょうど、夫婦で風邪《かぜ》をこじらせておりまして。ほら、寒い時期でしたから」

「叔母の訃報《ふほう》はどちらでお知りに?」私は恐縮しながら訊ねる。「本来ならば、私がご連絡差し上げるべきところでしたが、叔母からは響さんのお話をお聞きしたことがなく……」

「昔と違って、いまは自分が亡くなった際に、あらかじめ登録しておいた相手に自動で連絡が行くサービスがありますでしょう。響子はその設定を済ませていたようでした」

なるほど。そう言えば、私から連絡した覚えのない参列者の名前が多数、芳名帳《ほうめいちょう》にあった。仕事の付き合いか何かだと思っていたが、中には叔母が望んで訃報を届けた相手もいたのか。

響は家の中を見回し、

「そう……響子はこの家で、晩年を過ごしたのね。何だか懐かしい感じがするわ。彼女の住んでいた家と似ていて」

ここまで立派ではなかったけれど、と言って響はいたずらっぽく笑う。

「本当に、『鏡の国』に書かれていたとおりなんですね」

私の問いに、響は柔《やわ》らかな物腰で答える。

「一連の出来事に関しては、ほぼ事実です。むろん私の視点で描かれているから、彼女の想像で補ってある箇所もあるけれど。ただ、あまりに事実とかけ離れている点については修正してもらう。


彼女は生前の叔母と交流を続け、『鏡の国』の原稿にもすでに目を通しているのだ。

「響子が亡くなる、一年くらい前でした。突然、福岡で暮らす私のもとに、彼女がやってきたのです。驚く私に向かって、彼女は言いました。『もう、自分は長くない』と」

叔母が晩年に福岡を訪れたことなど、私は聞かされていない。本人が秘密にしたかったのだろう。

「それまでは没交渉だったんですか？」

私が訊ねると、響はくすりとして、

「縁《えん》が切れたと思ったことは一度もないわ。私たちは、強い絆《きずな》で結ばれていた。でも、それぞれの生活があるでしょう」

「おっしゃるとおりです」

「当時はまだ、かろうじて遠出できるくらいの体力は残っていたのでしょうね。私たちはいろんな話をしました。その中で、響子がいかにも心残りといった様子で、『遺作を書きたいけど、もう新作を書くだけの気力や体力がない』と嘆きました」

福岡まで遠出する体力はあるのに？　と私は疑問に思ったが、

「先生は新作を書くたびに、ひどく神経をすり減らしておられましたからねえ。みずからに一切の妥協《だきょう》を許さない方でした」

勅使河原が納得していたので、そういうものか、と考えをあらためた。

「響子は本当につらそうで、私もいたたまれなくなってきました。そのときでした。ふと思いつったわ」

いて、私は彼女に勧めたのです――『あの小説、出しちゃいなさいよ』と」

「それが、『鏡の国』？　では、原稿を読まれたのはそれ以前なのですね」

　私の確認に、響はこくりとする。

「あの事件から三ヶ月も経つころには、響子は『鏡の国』を九割がた完成させていました。そのころ私も読ませてもらいましたが、事実に基づいているとはいえ、およそアマチュアの作品とは思えない、素晴らしい出来栄えでした。ところが結局、彼女がそれを世に出すことはなかったのです」

「どうしてですか？」

「事件から日が浅すぎて、私たち関係者の今後の人生に支障《ししょう》が出かねなかったからです」

　ああ、と私は思う。あれだけ詳細を克明《こくめい》に綴《つづ》ってしまえば、固有名詞を変えた程度ではごまかしが利《き》かないだろう。

「そもそも響子自身が、配信で騒ぎを起こした張本人でした。作品の出来の良し悪しにかかわらず、色眼鏡《いろめがね》で見る人が現れることや、かつての炎上が再燃することは避けて通れそうにありませんでした。彼女は、自分はどうなってもかまわない、と口では強がっていましたが、内心ではひどく怯《おび》えていることが、ありありと感じ取れました」

　精神的に不安定になり、オーバードーズをしてしまった過去のある女性だ。そうした精神の不調は、わかりやすく完治して二度と再発しないと断定できるようなものではない。せっかく響や伊織のおかげで立ち直れたのに、また調子を崩《くず》してしまうことを叔母は恐れたのだ。

「そしてもう一つ、響子が懸念《けねん》していることがありました。それが、私の過《あやま》ちを世間にさらしてしまうことです」

「過ちというと……キャンドルの件ですか？　しかし、あれはリビングに引き返した室見先生にも、消火をしなかった久我原幸秀にも責任はありますし、あなた一人が責められるいわれはないと思うのですが」

正論を言う勅使河原の目を、響は束の間、じっと見つめた。

「あなたのおっしゃることはよくわかります。それでも私は、どうしても、あの日キャンドルを響子の家に持ち込みさえしなければ、火災が起きることも、久我原幸秀が人の道を踏み外すこともなかったのでは、と考えずにいられなかったのです」

勅使河原は沈黙する。それが人間心理というものであることを、理解しているからだろう。

「私が自責の念を強くすればするほど、響子がその責任を感じてしまうことも、私は重々《じゅうじゅう》承知しておりました。だから私は覚悟を決めて、自分のことは何を公表してくれてもかまわない、と彼女に伝えたのです。けれど、響子はそれをよしとしませんでした」

区切りを入れるように、響は初めてお茶に口をつける。そして、続けた。

「最終的に、彼女は『鏡の国』を習作として、外部には出さないと結論づけました。自分の目標を達するには、必ずしもこの作品である必要はないから、と。私はもちろん、彼女が情熱を注《そそ》いで書き上げた、これだけ優《すぐ》れた作品が日の目を見ないのはもったいない、とは思いましたが、響子の気持ちが第一なので、彼女の判断を支持しました」

そして、『鏡の国』は封印《ふういん》された——四十年もの長きにわたって。

その時点では詭弁《きべん》に過ぎなかったのだろうが、習作という言葉が適切だったのは、その後の室見響子の活躍を見れば明らかだ。彼女は二十代のうちにミステリ新人賞を受賞し、たちまちベストセラー作家の仲間入りを果たしている。『鏡の国』を書き上げた経験は、間違いなくほかの作品に活《い》きたのだ。

「いまから思うと、当時の響子にとってはそれがベストの選択だった、と私も感じるのです。新人賞を受賞したのちも覆面作家として活動するほど、彼女は慎重《しんちょう》でしたから。――でも、あれから四十年が過ぎ、関係者もみんな老いました。もう、遺作が世に出るころには鬼籍《きせき》に入っているはずの彼女が世間の声に悩まされることも、いまどこで何をしているのかもわからない久我原幸秀の復讐《ふくしゅう》を恐れることも、おばあちゃんになった私がいまさら罪の意識に苛《さいな》まれることもありません。『鏡の国』を遺作にするという私の提案に、響子は『そうね』と素直に応じました。まるで、そうすることがあらかじめ決まっていたかのように」

そうして、『鏡の国』は四十年の封印を解かれ、遺作として私の手に託されたのだ。

「一つ、お訊きしてもよろしいでしょうか」

勅使河原が言い、響は「どうぞ」とうながす。

「先ほど、『自分の目標を達するには、必ずしもこの作品である必要はないから』と先生が言ったとおっしゃいましたね。ここでいう先生の目標とは、いったい何だったのですか。おそらくですが、単に小説家になることではなかったのでしょう」

すると、響は脇に置いてあった茶封筒を手に取り、座卓の上に差し出した。

「それについては、こちらを読めばわかります」

「これは？」

「響子が削除した、『鏡の国』の本当のラストシーンの原稿です」

雷にでも打たれたかのように、私はびくんと身を震《ふる》わせてつぶやいた。

「本当に、あったんだ……」

削除されたエピソードは実在した。勅使河原の読みは正しかった。しかし彼も、響がその原稿を所有していることは聞かされていなかったようだ。彼は早く原稿を読みたくて仕方がない様子で封筒を手に取り、うっとりと見つめながら訊ねる。

「どうしてあなたがこれを?」

「福岡で会って数ヶ月後、響子から電話がかかってきました。彼女は私にこう言いました――『鏡の国』のラストシーンは、少し削ることにしたわ。

「私は驚いて、それはだめよ、と反対しました。けれど、彼女の心はすでに決まっているようでした。その理由を懇々《こんこん》と説《と》かれると、私も最後には引き下がらざるを得ませんでした」

「先生は、どのように説明されたのでしょうか」

「最大の理由は、小説として美しくないから、だそうです。あの作品を執筆したころはまだ未熟で、一から十まで書いてしまったけれど、『鏡の国』はあそこで終わらせるのがベストなの、と」

叔母はプロとして、作品の出来を最優先したのだ。それは、小説家ではない響に反論できようはずもない。それに、私の目にも『鏡の国』の幕引きは、あれ以外にないように思われた。

「もう一つの理由はタイトルにあります。かつての自分がつけた『鏡の国』というタイトルに、響子は強い不満を感じたそうです。いわく、『当時はいいタイトルだと思ったけれど、いま見るとピントがずれている』と。身体醜形障害ではなく相貌失認に関するワードであることと、四十年前に発表した場合と異なり、作者と語り手の反転に読者が気づきえないことに引っかかったんだとか」

私は勅使河原の慧眼《けいがん》に舌を巻いた。彼はワードの選択に関して叔母と同じ不満を抱いただけでなく、作者みずからが読者には気づきえないと思っていたことまでも見抜いたのだ。

「この不満を解消するにはタイトルを変更するか、それとも『鏡の国』というタイトルをより強固なものにするかの二択だ、と彼女は語りました。そして、前者は難しいが後者ならばアイデアがある、と。それが、『鏡の国のアリス』になぞらえてエピソードを削除することでした」

「ははあ、やっと理解できましたよ。先生がなぜ、エピソードを削除しながらもその存在を作中でにおわせるという、およそ先生らしくない中途半端な真似をしたのか」

勅使河原はしたり顔で言う。

「先生は、ラストを削った現在の状態こそが『鏡の国』の完成形だと確信していた。そうである以上、削除したエピソードがあることを読者にはっきりと知らせてはいけない。『鏡の国』は未完成の作品である、という誤った印象を持たれかねないから」

確かにその情報は、作品を味わううえでのノイズになりうる。あると言うのなら出せよ、気になるじゃないか——と反発する読者は少なからずいることだろう。

「ところが同時に先生は、『鏡の国』というタイトルが、四つの意味を込められたもの——クアドラプルミーニングになっていることを、何らかの形で示しておかなければならなかった。でないと、本人いわく『ピントのずれている』タイトルに終始してしまうから」

削除されたエピソードについて明記することはできないが、削除されたエピソードの存在を示唆しなければクアドラプルミーニングは決して伝わらない。両者は明らかに矛盾している。

「この矛盾を、先生はどう解消したか——普通に読むだけでは『鏡の国』の四つの意味に気づくことができないが、注意深く読めばそれがわかるよう、フェアに伏線を張っておく。そうして、作者から読者に向けたシークレットの謎という形で、作中に埋《う》め込むことにしたのですね」

四つにひび割れた装丁の鏡を見つめながら、私は思う。

勅使河原の考えたとおりなら、室見響子の目論見《もくろみ》は成功したと言っていい。

なぜなら、『鏡の国』のクアドラプルミーニングを正しく読み解いた人間が、少なくともこの世に一人——いま、私の隣にいるのだから。

「あなた本当に、あの気難しい響子の考えが手に取るようにおわかりなんですねえ。よっぽど響子のことがお好きだったのね」

響が小さく拍手《はくしゅ》をしてみせると、勅使河原は後頭部に手をやった。

「いやあ、お恥ずかしい。担当についたばかりのころは、作家に向ける以上の眼差しを、室見先生に向けていた時期もありました。私もまだ、青かったので」

それは意外な告白だったが、そのおかげで、彼がここまで室見響子に執着《しゅうちゃく》するわけが腑《ふ》に落ちた。

勅使河原が室見響子の担当になった二十年近く前、彼はまだ駆け出しの編集者だった。そんな彼を、すでにベテランとなりつつあった、二十も歳上の叔母がかわいがっていたのだ。二人のあいだに直接的な何かがあったとは思わないが、青年の眼差しの意味に叔母が気づかなかったとも考えにくい。きっと叔母は叔母で、特別な思いを勅使河原に抱いていたのだろう。

場が和《なご》んだところで、響が本題に戻る。

「私は響子の発想に感心し、ラストを削除することを受け入れましたが、代わりに条件を出しました」

「条件？」

「削除する予定の原稿を、私にあずからせてほしい。そう主張して、響子の承諾を取りつけたのです」

それでいま、ここにこの茶封筒があるのだ。

「いよいよ、こちらを拝読するときが来たようですね。どうぞ、お先に」

勅使河原が、封筒を私に手渡した。

「いいんですか」

「当然です。著作権者は桜庭さんなのですから。それに、私はすでに、その原稿の内容におおかた見当がついています」

私は封筒の玉ひもを外し、中から原稿が印字された薄い紙の束を取り出す。大志は相変わらず寝静まったままで、鎌倉の邸宅には静寂《せいじゃく》が広がっている。

『鏡の国』の削除されたラストシーンに、私は目を通し始めた。

＊　＊　＊

それは、いつか見た光景にとてもよく似ていた。

もう、二度とは戻らない光景だ。

公園の外へと、響は足を踏み出そうとした。

「待ってよ、響」

――今日はよく、呼び止められる。

振り返った響は、自分の見ている光景が信じられなかった。

「郷音……どうしてここに」

伊織の隣に、マスク姿の郷音が立っていた。

彼女は響のほうへ、一歩ずつ距離を詰めてくる。

そして――響の頬を、ぶった。

「何するの」

抗議する響に、郷音は怒りをあらわにする。

「ひどいよ響。伊織くんの気持ちに向き合おうとせず、こんなやり方で逃げるなんて、あまりにひどすぎる。昨日伊織くんから聞いたよ。自分は伊織くんに、わたしと向き合うべきときが来たらちゃんと向き合えって言ったそうじゃない。なのに、よくこんな真似ができるね」

「私は郷音のためを思って――」

「うれしくない！」

郷音の目尻から、涙が流れてマスクに染み込んだ。

「わたしは伊織くんのことが好きだった。伊織くんが、わたしにとって必要だったから。でも響とは、正々堂々と勝負したかった。こんな結末、望んでなんかいない」

「そうは言うけど……郷音だって、伊織くんの告白を邪魔しようとしたじゃない」

「目の前で告白の段取りつけられたのに、じっとしていられるわけないでしょう！　二人がほかの日に仕切り直すことにまで干渉《かんしょう》するつもりはなかったっての！」

真剣に怒る郷音を見ていたら、響は思わず笑いが込み上げた。

「ごめん。言われてみれば、そうだね」

「何でそういう機微《きび》すらわかんないわけ。この、バカ響」

郷音は怒りながら泣いている。その後ろから、伊織がゆっくり近づいてきたので、響は頭を下げた。

「伊織くん、ごめん。こんなこと、すべきじゃなかった」

するると、伊織はばつが悪そうになる。

「お互いさまだよ。僕も、響ちゃんを騙そうとしたから」

「えっ？」

何のことかわからず困惑《こんわく》する響を見て、伊織は苦笑した。

「響ちゃん、いくら僕が相貌失認だからって、あの至近距離であれだけ言葉を交わせば、さすがに誰だかわかるよ。髪型に加えて、声色《こわいろ》まで変えてきたときには驚いたけど」

浅はかな自分に、響は頬が熱くなる。

「ただ、響ちゃんが僕に人違いだと思ってほしいみたいだったから、これはふられたも同然だなってあきらめて、芝居に乗ったんだ。それでも僕の気持ちだけはどうしても伝えておきたかったから、あんなことを言ったけど」

――その人のことが、すごくすごく好きだったんです。

それに対して、自分は何と返したんだったか。思い返して、響はますます頬を熱くする。

「響、何でこんなことしたの」

問い詰める郷音に、もう嘘はつきたくない。響は言った。

「あの火事が放火ではなかったことがわかって、あらためて郷音の火傷が私のせいだったと知ったとき……私は伊織くんに、郷音のそばにいてあげてほしいと思った。そうなるように仕向けることが、郷音へのせめてもの償いになれば、って」

「僕の気持ちはどうなる?」と伊織。

「ごめん、勝手だったよね。それもわかってた。それでも、私がいなくなりさえすれば、伊織くんの気持ちも自然と郷音に向かうんじゃないかって」

郷音が、ふう、と息を吐き出す。

「十五年前の火事のこと、いつまで責任感じるつもりなの? ケンカしたとき、売り言葉に買い言葉でつい、アイドルになる夢を奪ったなんて言っちゃったのは謝るよ。でも、響はそのあとオーバードーズしたわたしを助けてくれたし、久我原幸秀からも守ってくれたじゃない。響の機転がなければ、わたしの頬には新たな傷がつくところだった。命さえ、どうなっていたかわからない」

あの一瞬の響の決意に、郷音はちゃんと気づいてくれていたのだ。

「じゃあ……どうしてあのとき、私の目を見てくれなかったの？」

響のその問いかけに、郷音ははっとした。

「久我原幸秀に、郷音の火傷は私のせいだって言われたとき、郷音はそれを否定するどころか、謝ろうとした私から目を逸《そ》らしたじゃない。あれで私は、嫌われた、私たちの友情はもうおしまいなんだって感じたんだよ。そのあとも全然連絡くれなかったし」

うつむいた郷音は、先ほどまでの勢いをすっかりなくしていた。

「ごめん……あれは、響を恨んでいたからじゃなくて。反対に、合わせる顔がなかったの」

意外な言葉に、響は問いただした。「どういう意味？」

「響さ、ずっとわたしに後ろめたさを感じてるみたいだったけど、あれ、かえってわたしも後ろめたさを感じてたからね」

「火事を起こした罪を背負わせてしまって申し訳ない、ってこと？」

「違うよ」

郷音の後ろめたさの理由は、響にはまったく想像だにしないものだった。

「前にもちらっと話したけどさ。わたしの火傷の痕はずっと、技術的には治療が可能だったんだよ」

――レーザーとか使えば、けっこうきれいになるらしいよ。お金もたかだか数十万とか。

「わたしはもちろんそれを知ってて、実際に施術《せじゅつ》を受けにも行った。けど、恐怖に耐えられなくて逃げたんだ。火傷の痕が消えさえすれば、響の罪の意識も一緒に消せたのに」

「それはでも、しょうがないじゃない。顔に熱さを感じることが、トラウマになってしまっているんだから」

「しょうがなくなんてない」

郷音はきっぱり言いきった。

「響は自分の病気と向き合って、薬を飲んで克服した。いまの響の髪型には、響の勇気が表れている」

編み込みにした前髪を、響は触る。

「対するわたしは、いつまでも怖い怖いって逃げ回ってただけ。本当は鎮静剤を打ってもらうとか、いくらでも方法があったはずなのにね。響と再会してからのわたしは、そのことがずっと後ろめたかった」

知らなかった。郷音がそんな風に感じていたなんて。

響が何も言えないでいると、郷音はマスクに手をかけ、外した。

「これを見て」

郷音の頬を見て、響は息を呑《の》んだ。

「郷音、それ――」

「昨日受けたの。レーザー治療」

郷音の火傷の痕は赤らみ、腫《は》れていた。

「まだ一回目だから、すぐにはきれいにならないらしいけど。半年から一年も治療を続ければ、ほとんどわからなくなるだろうって」

郷音が最近外していることの多かったマスクをしていた理由を、響はようやく知る。腫れが引かず、マスクで覆《おお》い隠すしかなかったのだ。

「大丈夫《だいじょうぶ》だったの……？」

訊くまでもないことを訊く響に、郷音は笑いながら答える。

「実はわたし、響と再会してからずっと、顔に熱さを感じる訓練をしてたんだよね」

「訓練？」

「角島《つのしま》でバーベキューをやったのも、その一つだよ。あとは、タバコを吸ってみたりとかね。喫煙者の友達に、初めてでも吸いやすい銘柄を教えてもらったりして。なかなか、思うようには吸えなかったけど」

郷音に騙されて配信に出演した日に見た光景を、響は思い出す。彼女の家のベランダに、長い吸い殻《がら》がいっぱい刺さった灰皿があった。

そうか――いまさらながらに、響は気づく。

久我原幸秀と職場の喫煙ブースへ行ったとき、彼が吸い終わったタバコは短くなっていた。ところが、郷音の家の灰皿に刺さっていたのは、見るからに長いタバコばかりだった。

吸い終わったタバコは当然、短くなる。あれは、郷音が熱さに慣れるためにタバコを吸おうとして、何度も失敗したことの表れだったのだ。

非喫煙者だから、そんなこともわからなかった。やはり自分は論理的思考が苦手《にがて》なようだ、と響は情けなく思う。

「というわけで、そう遠くない将来、わたしの火傷の痕はなくなる。だから、響が責任を感じることはもうないし、相貌失認だからという理由でわたしが伊織くんを必要とすることもない。これで、二人の条件は対等になった」

そして、郷音は伊織の背中を叩《たた》く。

「伊織くん。もう一度、ちゃんと響に思いを伝えて。あんなヘタレなやり方じゃなく」

「郷音、今日も邪魔するつもりでここへ来たんじゃなかったの？」

「あんたねえ」郷音がまたも響をはたこうとする。「今日、響に会いに行きなって伊織くんの背中押したのはわたしだよ。そんで、響がふざけた理由で断ったときのために、わたしもすぐそこで控えてたの。だからレーザー治療、無理やり間に合わせたんじゃない」

郷音は本気で怒っているのに、響は笑ってしまう。

——私たちの友情に、終わりなんて来るわけがなかったのだ。

だって郷音は、こんなにも、私のことを好きでいてくれているのだから。

響の前へ、伊織が進み出る。

その真剣な面持《おもも》ちを、響は見つめた。

まっすぐ自分に向けられた目を。

尖《とが》った鼻を。

薄い唇と、その右上にあるほくろを。

思春期の少年を彷彿《ほうふつ》させる、繊細《せんさい》できれいな面立《おもだ》ちを。

いや——違う。

西暦二〇六三年八月　神奈川県鎌倉市

うわべではなく、吉瀬伊織という人間の本当の姿を、響は見つめた。

「ひびき」

昔、この公園で呼んだのと同じ呼び方で、伊織は響の名を呼んだ。

「好きだ。僕と、付き合ってほしい」

迷いはなかった。その一言を口にする瞬間、これまで抑《おさ》え込んでいた激しい感情がこみ上げるのを、彼女は自覚した。

「私も、伊織くんが好き」

伊織が響を抱きしめる。響の頬を、涙が伝う。

さらに郷音が、二人に腕を回して言った。

「よかったね。響も、伊織くんも、本当によかったね」

「何で郷音が私たちより泣いてるわけ」

「だって、うれしくて……」

気づけば三人とも、涙で顔がぐしゃぐしゃである。

子供や保護者らの視線が気になり出して、響たちは体を離す。それから、響は言った。

「私、そろそろ行かなくちゃ。飛行機に間に合わなくなっちゃう」

「そうだね。寂しいけれど……」

伊織の言葉には後ろ髪を引かれるものの、響には立ち止まれない理由があった。

「仕方ないよ。私、久我原幸秀に誓《ちか》ったから」

――あなたから聞いた話をもとに、身体醜形障害に関する記事を書く。企画が通らなければ、ノンフィクションではなくフィクションの体裁をとってもいい。どんな形であっても、必ず文章にして、世に問う。私やあなたのような精神疾患で苦しんでいる人を、一人でも多く救うために。

「あれは、いまの私の夢でもある。そのための一番の近道は、アザーサイドの本社へ行って、がんばって働いて、企画を通すこと。久我原幸秀に誘われて入った会社だから、居心地悪くなるのは目に見えてるけど……それに、東京には友達が全然いないから不安だし、何より二人にいつでも会えなくなるのはつらいけど……」

しだいに本心が漏《も》れ出して、響の言葉は尻すぼみになる。

そのとき、郷音が口を開いた。

「あのさ、響」

「何？」

「あんたの夢、わたしが奪ってもいいかな」

その刺激的な発言に、響は度肝《どぎも》を抜かれた。

「さっちゃん、いきなり何言い出すの」

伊織も驚いている。

「響はわたしのアイドルになるという夢を奪ってしまった罪悪感から、代わりに自分がアイドルになったんだよね。本気でアイドルになりたいわけではなかったのに」

「正直に言ってしまえば、そうだね。私、当時は小説家になりたいと思ってた」

「いま、響は夢のためと自分に言い聞かせて、いろんなことを我慢して東京へ行こうとしてる。

そうしないと、久我原幸秀への誓いを果たせないから」

たとえ相手が殺人犯であり、最後の最後で響に罪悪感を植えつけ直すような人であろうと、同じ身体醜形障害に苦しみながら、大切な時間をともに過ごしたことは事実だ。一度口にした誓いを、響は反故《ほご》にしたくなかった。

「でもさ、響の本当の夢は、身体醜形障害をはじめとする精神医療の見識を自力で世に広めること、ではないよね。身体醜形障害をはじめとする精神医療の見識が、世に広まることでしょう。響が東京でがんばるよりも効果的な方法がほかにあるとしたら、必ずしも響自身がそれを成し遂《と》げる必要はない。違うかな」

「まあ、そのとおりではあるけど……」

「だったらそれ、わたしにやらせてよ。響はわたしの代わりにアイドルになってくれたけど、わたしのほうこそ子供のころの響の夢を奪ったも同然なのに、奪いっぱなしのままなんだもん。だから、わたしにやらせてほしいんだよ。響にはもう、誰かとの約束に縛《しば》られる人生を歩んでほしくない」

郷音が響の幼き日の夢についてそんな風に感じていたことも、響は想像すらしなかった。郷音のことを考えているつもりでいてその実、自分のことしか考えていなかったのだな、と思い知る。

「郷音はどういった形で、文章を書こうと思っているの」

まじめくさった質問に、郷音はふふん、と意味ありげに笑う。

「実はわたし、無職になってからの有り余る時間を活用して、今回の一連の出来事を小説形式で書いてるんだ」

「えっ、そうなの？」

「うん。何ていうか……いろいろ大変なことがあって、書くことでしか、やり過ごせないような気がしてさ。ほら、響もブログ、書いたじゃない」

――たぶん、書くことでしか過去をやり過ごせなかったんでしょう。

郷音は響の胸中を、そのように慮《おもんぱか》っていた。郷音自身が、そういう人間だったのだ。

「最初は自分のためだったけど、書き進めていくうちにだんだん、やり甲斐《がい》感じてきてさ。もともと、小説読むのは好きだったし。それで、配信で騒ぎを起こしたせいで顔バレしちゃってるし、もう顔出しはしたくないけど、小説家ならそれでも仕事できるかな、とも思うようになって。書き始めたときは、まさか事件があんな結末を迎えるなんて思いもよらなかったけど。わたしが真相にたどり着けたのは、執筆のために情報を整理してたからでもあったんだよ」

その告白に、響は郷音のいくつかの発言を思い出す。

――最近は一日じゅうパソコンに向かってるから、ちょっとは体も動かしたいし。

――絶対いつか全部ぶちまけてやる。

――わたしも東京行っちゃおっかなー。仕事に就《つ》くことができたら、そのほうが働きやすそうだし。

――日がな一日パソコンに向かってて、疲れたから気分転換でもと思って。

あれらはすべて、郷音が小説家を目指して小説を書き始めたことを暗に意味していたのだ。

「その原稿がもうすぐ完成しそうだから、まずは響に読んでみてほしい。それで、わたしが小説家としてやっていけそうかどうかを判定して。たぶん、いろんな意味でびっくりすると思うよ」

その態度を見ているだけで、響は確信する。

――郷音は本気だ。その聡明な頭脳を生かして、きっと私なんかよりもはるかに優れた文章を書くだろう。

「わかったよ。私、東京行くのやめる」

響がすっきりとして言ったので、伊織はまたも驚いている。

「いいのかい、本当に」

「うん。だって、二人のそばにいたいんだもん。もし郷音が不甲斐ない文章しか書かなかったら、そのときは私が会社の力を借りずに一からやるよ。ブログの記事で話題になったみたいに、ね」

「言ったね。まあ見てなさいよ、吠《ほ》え面《づら》かかせてやるから」

二人はくすくす笑い合う。そのあとで、響が言った。

「あーあ、これで私もめでたく無職かあ」

「よかったら、うちの店で働かない？　響、カフェでのバイト経験長いって聞いてるから、即戦力になるだろうし。とりあえず日銭を稼ぎながら、やりたい仕事を探せばいいよ」

伊織の魅力的な提案に、響は迷わず乗る。

「いいの？　じゃあ、お世話になろっかな」

「オーケー。熊谷《くまがい》さんに話しとく」

「ちょっと、仕事中にいちゃつかないでよ。酒がまずくなる」

「しないよ、そんなこと」

じゃれ合いながら、三人は思い出の公園をあとにする。

それは、いつか見た光景にとてもよく似ていた。

二度とは戻らないと思った光景の中で、編み込みにした響の前髪は、日差しを浴びてきらきらと輝いていた。


〈了〉

＊　　＊　　＊

「……よかった」

　考えるより先に、口を衝《つ》いて出た。

　勅使河原の読みどおりだった。叔母の頬に火傷の痕がなかったのは、レーザー治療を受けたからだった。その伏線は作中に、バーベキューやタバコの吸い殻という形で張られていたのだ。そしてこの結末まで見抜いていたからこそ、彼は私の『鏡の国』に対する感想――叔母への印象は変わるかもしれない、と予言した。

　私が原稿の束を座卓に置くと、待ちきれない様子で勅使河原がそれを手に取る。にこにこしている響に向かって、私は告げた。

「大団円《だいだんえん》で、感動しました。読後感が百八十度転換する結末でした」

「そうでしょう。響子は、このエピソードを入れると自分がいかに友達思いかをひけらかすようで嫌だ、と話していましたが」

　それはまさしく、香住響が叔母であると思い込んで『鏡の国』を読んだ私が、最初に抱いた感想そのままだった。だが叔母はむしろ、ひけらかすのを嫌がる人だったのだ。

　さぞ勅使河原も感動しているに違いないと思いきや、彼は異なる感想を抱いたようだ。ベテラン編集者らしい速さであっという間に読み終えると、彼は言った。

「実話ですから、このようなことを申し上げるのは滑稽《こっけい》とお思いでしょうが。私には、きれいにまとまりすぎていて、かえって作り物めいて見えました。小説としては野暮《やぼ》と言いますか。私は、このラストシーンを削除すべきという先生の考えに賛成です」

もっとも私はいまや、彼の思考にバイアスがかかっていないとは思わない。勅使河原は室見響子に心酔していた。作品作りの途中で意見するケースはあっても、室見響子が最終的に確信をもって判断したことなら、彼はそれを支持するだろう。

「桜庭さん」

響に名前を呼ばれ、私は姿勢を正す。

「勅使河原さんから聞きました。あなた、『鏡の国』を読んで、響子がお嫌いになったんだとか」

「はい。彼女の醜《みにく》さが結末に表れているという、完全に誤った認識からきたものではありましたが……なにぶん、香住響が叔母だと思って読んでおりましたので」

響は息を吐《は》き、続ける。

「『鏡の国』の作中にも記されていたとおり、若いころの私は姉と折り合いが悪く、ようやく関係を修復できたのは三十代も半ばに入ってからでした。でも、そんな私だからこそ、あなたにお話ししておきたいことがあるのです」

「はあ。何でしょうか」

「響子の気が強くて頑固《がんこ》なところは、終生あらためられることがありませんでした。仕事をするうえでも、ずいぶん周囲を困らせたと聞いております。そうですよね、勅使河原さん」

「めっそうもございません」勅使河原は担当編集者としてのスタンスを保つ。

「その点について、私は彼女を擁護《ようご》しません。私たちの交流はその後も続きましたけれど、彼女の聞かん気でわからずやな性格が原因で、たびたびケンカもしましたよ。それで壊れるような、やわな絆ではありませんでしたけど」

「面目《めんぼく》ないです」なぜか、私まで恐縮してしまう。

「でもね、桜庭さん。これだけは忘れないでいてあげてください。響子は、私たちのために恐ろしかったはずのレーザー治療を受け、しかもそれを世間には秘しておこうとするという、大変に気高《けだか》い精神の持ち主でした。有言実行で小説家になってからは、私との約束どおり、精神医療の理解に一役買う小説を著《あらわ》し、ルッキズムや女性差別といった社会問題も作中で積極的に取り上げました。この国を変えるような作品を書くためには出版社の多い東京にいるほうが都合がいい、という理由で関東へ進出したときの彼女の潔《いさぎよ》さが、どれだけまぶしかったことか。彼女のそういう姿に、私は幾度となく惚《ほ》れ直してきたのです」

そのとき私の心の中で、せめぎ合いが起きていた。

介護《かいご》する私さえも侮辱《ぶじょく》した、一人の人間としての古賀響子。

たくさんの人に希望と喜びを与えてきた小説家、室見響子。

私はいったい、どちらを信じればいいのか。

最後のわだかまりを、私は口にする。

「母は、叔母を嫌っていました。子供のころから、母のリカちゃん人形の髪を勝手に切るほど意地悪だったって。顔を合わせるたび、ひどいことばかり言われてました。そういう叔母の一面を、私は目《ま》の当たりにしてきたんです」

「あらあら。彼女の素直じゃない性格も、本当に困りものね」

そう言いながらも、響は笑っている。

「リカちゃん人形の話は、響子から聞いたことがあるわ。彼女、こんな風に言ってた」

――あの人形を買ってもらってから、お姉ちゃんが全然遊んでくれなくなってさ。寂しくて、髪を切っちゃったんだよね。そしたらまた、遊んでくれるかなって思ったから。

私は愕然《がくぜん》とする。

「それ、本当なんですか？　友達の前だから自分を正当化しただけでは……」

「そうかもしれません。でも、よくお考えになってくださいね。あなたのお母さまは、人形の髪を切られた子供のころから、妹を疎《うと》んじておられたのでしょう。であるならば、その後の姉妹の関係が良好にならなかったのは、どちらに原因があると思われますか」

その言葉に、私ははっとする。

先に嫌いになったほうが、相手を遠ざけるのが普通ではないか。

《善良》だと信じきっていた母のイメージが、少しずつ塗り替えられていく。

「響子も悪いのよ。何か言われたら、言い返さないと気が済まない性質《たち》だったから。それでも彼女は、お姉さんに嫌われていることをずっと気に病《や》んでいたわ」

「そうなんですか……？」

「思い出して。『鏡の国』で、郷音が姉に言及したシーンを」

勅使河原が素早く反応し、『鏡の国』のゲラの該当《がいとう》するページを開く。

角島旅行の中で、ｉｔｏというカードゲームに興じる場面だ。『好きな人』というお題に対し、郷音は「お姉ちゃん」と回答した。

その数字は――86。

「響子はあえて、このシーンを書いたのよ。その気になればいくらでも省略できたはずの、このシーンを。まだ小説家になる前、これを書いたときの彼女の気持ちが、私には手に取るようにわかるわ」

――お姉ちゃん、大好きだよ。

もしかすると、それは響が私のために口にした気休めだったのかもしれない。

母も叔母も、もう亡くなった。答え合わせは誰にもできない。

けれど、私は信じたいと思った。

目の前にいる女性を――いや、彼女の中でいまも生きている、古賀響子という人を。

堰《せき》を切ったように、私の目から涙があふれ出す。

「私……ずっと、母から叔母の悪口を聞かされて育ってきました。どんなに叔母の小説が好きでも、私も叔母を嫌いにならなきゃいけない、だってそうしないと今度は私が母に嫌われちゃう、って……」

「さぞ苦しかったでしょうね」響はいたわりを示す。

「悔《く》やんでも悔やみきれません。私は叔母のことを何も知らなかった。彼女を毛嫌いする母に、仲直りを勧めることだってできたのに」

「人を嫌いになることが、悪いとは思いませんよ。あなたにとってお母さまが素晴らしい母親だったなら、それもまた真実なのですから。ただ、私は知ってほしいだけ。数少ない血族であるあなたに、響子の本当の姿を」

実を言うとね、と響は教えてくれる。

「あの子は姉の娘であるあなたを、恐れていたようなのです。あなたも自分を嫌っているに違いない、と決めつけて」

「本人が、そう言ったんですか」

「ええ。ときどき、自分の嫌いなお菓子や服をわざと買ってくるのだ、と話していました。専業主婦をやっていることも、まるで姉の人生をなぞることで自分への当てつけにしているみたいだって。私は、被害妄想《もうそう》が過ぎるわよ、とたしなめましたけど」

——やっぱり、あの人の娘ね。

だとしたら、あの言葉を、叔母はどういう意味でつぶやいていたのだろう。

攻撃されているように感じて、やり返さずにいられなかったのだろうか。それとも——。

叔母は、寂しかったのかもしれない。姉だけでなく、その娘にまで嫌われることが。

親友の東京行きを知って泣き喚《わめ》くほどの、彼女は寂しがり屋だったのだから。

「嫌がらせだとか当てつけなんて、するわけないじゃないですか。叔母の好みを知らなかったし、産休のあいだに叔母の介護が始まったので会社に戻りづらくなっただけです」

私は釈明《しゃくめい》する。涙は引いていた。

「そうでしょう。あなたを見ていたらわかります」

「でも、よかった」

私が言うと、響は何が、という顔をした。

「私、叔母のことを嫌いにならなくてもいいんですね」

響は微笑み、勅使河原も満足げにうなずいている。

子供のころから私の心を覆っていた雲が、ようやく晴れた瞬間だった。


目覚めた大志が泣き出したのをしおに、響は帰ると言い出した。

「でも、その前に一つだけ。桜庭さん、あなたに折り入ってお願いがあります」

「お願い？」

大志を抱いて揺らしながら訊き返した私に向かって、響は告げた。

「あなたを今日、お呼び立てしたのはほかでもありません。この、響子が削除した原稿を、あなたに託します。どうか、『鏡の国』のラストに付け加えていただけないでしょうか」

その衝撃的《しょうげきてき》な言葉に、私は思わず勅使河原のほうを見やる。だが、彼は微動《びどう》だにしない。

勅使河原が私のことを《著作権を相続された》と表現した以上、それが響の提示した条件であったことは明白だ。であるならば、その文言から勅使河原はある程度、この展開を予期していたのかもしれない。

「響子の説得を受け、私も一度はラストシーンの削除を認めました。けれど、私はやはりどうしても、響子の本当の姿を世間に知らしめたい。彼女を愛した親友として」

「だから、その原稿をあずからせてもらうことを要求した？」

「ご明察《めいさつ》ですわ」

響はお茶目《ちゃめ》に笑う。さすがは長い付き合いだ、叔母の扱い方を熟知《じゅくち》している。この人も、叔母に負けず劣らずしたたかなのだ。

「この原稿さえあれば、いずれ何らかの形で発表できますから。でも、刊行に間に合うタイミングで担当編集者さんからご連絡をいただいたからには、『鏡の国』に収録するのに勝《まさ》る方法はありません」

響の意思を汲めば、そういうことになる。本編を読んだ人は全員、このラストを知ることができるのだから。

「私は素人ですから、小説として美しいかどうかとか、そういったことはよくわかりません。響子と勅使河原さんが要《い》らないと言うのであれば、おそらくそっちのほうが正しいのでしょう。ですが、それでも私は、この本当のラストをみなさんに読んでもらいたい。私に口出しする権利がない以上、桜庭さんにお願いするしかないのです」

そして、響は私のそばに来て、手を強く握《にぎ》った。

「最後は、あなた自身がお決めになることです。でもどうか、よろしくお願いしますね」

私はうなずくことも、かぶりを振ることもできない。ただ、彼女の真剣な眼差しを見つめ返した。

「タクシーをお呼びしましょうか」

勅使河原の気遣いを、響は遠慮した。

「迎えが来ることになってますので。たぶんもう、着いているんじゃないかしら」

言葉のとおり、玄関を開けると、門の前には完全自動運転の無人タクシーが停まっている。そのそばに、男性が立っていた。唇の右上に、ほくろがある。

あの人が――。

私はようやく、勅使河原がどうやって響を捜し当てたのかを理解した。彼は響と伊織が最終的に結ばれたことを察して、『吉瀬響』の名前で捜したのだ。四十年ほど前のこの国の法律では、夫婦同姓が必須《ひっす》だったから。

靴だけ履《は》かせて大志を再び抱き、響に付き添ってタクシーまで歩む。その途中、私は言った。

「ご夫婦でいらっしゃったらよかったのに」

「あら、私も誘ったのよ。でも彼、若いころの自分のあれこれを知ってしまった人に会うのが、どうにも恥ずかしいみたいでね。行っておきたい店があるとか何とか言って、逃げちゃった」

「行っておきたいお店、ですか」

「鎌倉にある人気店だそうなの。私たち、三十歳で独立して、一緒にイタリアンのお店を開いたんですよ。歳は取ったけど、まだまだ現役ですわ。店名は、armonia《アルモーニア》――イタリア語で、《ハーモニー》という意味なの」

福岡にいらっしゃる際はぜひいらして、との言葉に、「必ず」と答えた。

男性のもとまでたどり着く。響が私に手を向け、紹介してくれた。

「この方が、響子の姪っ子さん」

「ほう」

彼は言い、私の顔をまじまじと見つめる。

そして、笑った。

「きょうちゃんに、そっくりだ」

――顔ではない、どこかの部分で。

私にも、あの人と同じ血が流れているのだ。

「お邪魔しました。それでは、ごきげんよう」

響は来たときと同じようにゆったりとお辞儀し、夫に支えられてタクシーに乗り込む。二人の手は、とても自然につながれていた。

タクシーが走り去っていく。小さくなるまでながめていたら、隣に立つ勅使河原が言った。

「先ほども申し上げたとおり、私はラストシーンの追加には反対です。それに、響さんは著作人格権について勘違いしておられるおそれがある」

「著作人格権?」

「桜庭さんが相続された著作権は、簡単に言うと著作物から発生する財産に関する権利です。一方、著作人格権は著作者の人格を守るための権利であり、相続はされません。そしてこの著作人格権の中に、同一性保持権、すなわち作品を無断で改変されない権利が含まれるのです」

要するに、私にも叔母の作品を改変する権利などない、ということだ。

「じゃあ、どのみちだめじゃないですか――」

「しかし、まあ」

勅使河原はこちらを向いて、何かに完敗したみたいな笑みを浮かべた。

「そっとしておけばあのままの形で刊行されたのに、寝た子を起こしたのは私です。桜庭さんがお望みならば、あのラストシーンを追加しましょう」

「大丈夫なんですか?」

「本来であれば、部署を替えられても文句は言えないレベルの御法度《ごはっと》です。同一性保持権は、決して侵してはならない聖域ですから。でも今回の場合は、削除されたエピソードが存在することを解とする謎を読者に提示した、先生にも責任があります。それに、あのラストシーンも先生自身がお書きになったものなので、追加の原稿が見つかったことにすれば会社からも苦情は出ないでしょう」

それは、最後まで室見響子に翻弄《ほんろう》された、かつて青年だった一人の男の、ささやかな意趣返《いしゅがえ》しのように、私には聞こえた。

退屈な会話と感じたか、大志が体を反《そ》らしたので、私は彼を下ろした。そして、勅使河原に向き直る。

「いますぐ決めることはできません。いつまでに、お返事すればよろしいですか」

「そうですね。来週には会社も印刷所もお盆休みに入りますので、休み明けまでにいただければ、何とか」

「わかりました。必ずご連絡いたします」

よろしくお願いします、と言って勅使河原は丁重《ていちょう》に頭を下げる。

「さあ、私も歩き出さなくては。こうしているあいだにも、新たな原稿が届いていますから」

別れ際にそう言い残し、勅使河原は大きなカバンを抱え、坂を下って帰っていった。

気づけばあたりは暗くなっていた。大志の手を引いて、和室に戻る。この邸宅を離れる前に、どうしてもかけておきたい電話があった。

『もしもし、姉さん？　どうしたの？』

弟は、ほんの数コールで出た。めったに電話をかけないから、何かあったのかと心配したのだろう。

「ちょっと聞きたいんだけどさ。あなた、私のこと嫌いじゃないよね」

いきなり何だよ、と弟は噴き出す。

『俺は、姉弟としては仲がいいほうだと思ってるよ』

「それならよかった。実は、あなたに相談したいことがあるの。私一人では決めきれそうになくて」

『相談って？』

「話せば長くなるから、直接会って話したい。お盆にそっちに帰省《きせい》して、お墓参りに行こうと思うから、そのときにでもどう？」

『かまわないけど……気になるじゃないか。何に関する相談なの？』

その質問に、私は息をたっぷり吸い込んで、答えた。

「叔母さんのこと」

――室見響子が、どういう人だったか。

母のことを、どう思っていたか。

私たちは、正しく知っておいてあげよう。血のつながった、彼女の姪と甥《おい》として。

『叔母さんかあ。よくわからないけど、わかったよ』

弟の間延《まの》びした声が返る。彼が驚く姿を見るのが、いまから楽しみで仕方がない。

「ありがとう。じゃあ、空《あ》いてる日がわかったら教えてね。あと、今度出版される叔母さんの遺作の原稿を先に送るから、当日までに目を通しておいて」

西暦二〇六三年八月　　神奈川県鎌倉市

『うへえ。小説読むの、遅いんだよなあ。でもまあ、叔母さんのことでは姉さんに頭が上がらないから、言うこと聞くよ。仲の悪い姉弟になりたくないし』

「あはは、バカね。それじゃ、また」

電話を切る。まぶたを閉じると、美しかった在りし日の叔母の顔が浮かぶ。

何度も目を開かれたと思ったのに、私は何をも見ていなかった。

今度こそ、ちゃんと目を開こう――本当の姿を、見つめるために。

大志が私の服の裾《すそ》を引っ張って、はやくおうちにかえろうよ、と言った。

〈参考文献〉

『歪んだ鏡　身体醜形障害の治療』　キャサリン・A・フィリップス著　松尾信一郎訳　金剛出版
『身体醜形障害　なぜ美醜にとらわれてしまうのか』　鍋田恭孝著　講談社
『天才と発達障害　映像思考のガウディと相貌失認のルイス・キャロル』　岡　南著　講談社
『アメリカ人は気軽に精神科医に行く』　表西　恵著　ワニブックス
『不思議の国のアリス＋鏡の国のアリス　２冊合本版』
ルイス・キャロル著　河合祥一郎訳　ＫＡＤＯＫＡＷＡ

本書は書き下ろしです。

〈著者略歴〉
岡崎琢磨（おかざき　たくま）
1986年、福岡県生まれ。京都大学法学部卒。2012年、第10回『このミステリーがすごい！』大賞の最終選考に残った『珈琲店タレーランの事件簿　また会えたなら、あなたの淹れた珈琲を』でデビュー。13年、同作で第1回京都本大賞受賞、人気シリーズとなる。その他の著書に『下北沢インディーズ　ライブハウスの名探偵』『夏を取り戻す』『貴方のためにに綴る18の物語』『Butterfly World 最後の六日間』など多数。

鏡の国

2023年9月26日　第1版第1刷発行
2023年10月19日　第1版第2刷発行

著者　岡崎琢磨
発行者　永田貴之
発行所　株式会社PHP研究所
東京本部　〒135-8137　江東区豊洲5-6-52
文化事業部　☎03-3520-9620（編集）
普及部　☎03-3520-9630（販売）
京都本部　〒601-8411　京都市南区西九条北ノ内町11
PHP INTERFACE　https://www.php.co.jp/
組版　有限会社エヴリ・シンク
印刷所　株式会社精興社
製本所　東京美術紙工協業組合

ISBN978-4-569-85557-8

PHPの本

心臓の王国

竹宮ゆゆこ 著

だから俺は決めてた。十七歳になれたら『せいしゅん』するって！——爆笑、号泣、戦慄……最強濃度で放たれる、傑作青春ブロマンス！

定価 本体一、九〇〇円（税別）